뒤바뀐 영혼

류팅의 기묘한 이야기

뒤바뀐 영혼

류팅의 기묘한 이야기

류팅 소설 · 동덕한중문화번역학회 옮김

자음과모음

차
례

뒤바뀐 영혼 · 7

귀 · 43

당나라로 돌아가다 · 77

죽음의 신과 친구가 되다 · 111

낮과 밤 · 145

영혼의 무게 · 177

제복 · 209

죽음의 매니저 · 245

허구의 사랑 · 313

아버지의 감옥 · 341

양치기 · 389

추수 · 429

작가 후기 : 신(新)허구, 내가 상상하는 소설의 가능성 · 464

번역을 마치며 · 477

일러두기

모든 주는 옮긴이의 것이다.

뒤바뀐 영혼

야거(雅閣)는 열다섯 살 때 큰 깨우침을 얻었다. 밭두렁 위에 누워 있다가 먹구름이 겹겹이 쌓인 하늘에서 그가 태어난 이래 첫 시구(詩句)가 떨어졌다. 그 후로는 밥을 먹거나 길을 걷거나 다른 사람과 이야기할 때, 모내기를 하거나 수확을 할 때, 심지어 끙끙대며 대변을 볼 때도 아름다운 시구들이 그의 머릿속을 파고들었다. 그렇게 터무니없이, 하지만 의심의 여지없이 야거는 천재 시인이 되었다.

열여덟 살에 대학 중문과에 합격했지만 이내 모든 교수의 수업이 지겨워 견딜 수가 없었다. 야거는 그들 모두 문학도 시도 이해하지 못하고 있다고 생각했다. 그들이 하는 일이라곤 많은 글을 써내 신성한 시를 모욕하고 요란스럽게 할 뿐이었다. 야거는 강의실 안에 있었지만 그의 마음은 강의실 밖에 있었다. 강의실에서 신들린 듯이 펜을 휘둘러 몇 편의 시를 써 내려갔다.

사람들이 열아홉 살 야거의 시를 알아보기 시작했고, 야거는 아주 빨리 유명한 시 문학상을 수상했다. 반년 후, 국내에서 제일가는 출판사가 그의 시집 『밭두렁 위의 야거』를 출간하여 큰 반향을 일으켰다.

스무 살이 된 야거는 시정(詩情)이 더욱 충만해지는 것을 느꼈다. 연필 한 자루와 종이 한 뭉치가 주어지면 끊임없이 시를 써 내려갈 수 있을 것 같았다. 야거는 이미 기교와 전통을 초월했고 작품 속에 영혼이 가득했다. 야거와 마주 앉아 있는 사람들은 그의 까만 눈동자를 보기 어려웠다. 그 눈동자는 너무 깊어서 그 바닥을 헤아리기 어려웠기 때문이다.

그러나 바로 그해에 예사롭지 않은 일이 일어났다. 야거가 학교 앞에 있는 옷가게 아가씨를 사랑하게 된 것이다. 아가씨의 이름은 샤화(夏華)였다. 야거는 이 이름에 시적인 구석이 전혀 없어서 그녀의 순수한 매력과 음악 같은 목소리와 잘 어울리지 않는다고 생각했다. 그래서 그녀를 샤셩(夏笙)이라 부르기로 했다. 샤셩은 야거의 시적 영감의 원천이 되었다. 야거는 마음을 점령하고 있는 이 아가씨만 생각하면, 온 세상이 물빛으로 가득 찼다. 마치 온 세상이 물의 나라가 된 것 같았다. 이리하여 그의 시풍은 부드럽고 다정한 경향으로 변했다. 한 구절 한 구절이 모든 소녀들로 하여금 소년을 그리워하게 만들고 소년들의 마음을 뒤흔드는 듯한 느낌이었다. 당연히 수업을 듣거나 다른 일이 생겨 샤셩과 만날 약속을 하지 못하게 되면, 야거는 가슴이 찢어지는 듯한 고통을 느꼈고, 이런 슬픔은 그의 시구 속에 언어의 바늘이 되어 꽂히게 되었다.

야거와 샤셩의 사랑은 순식간에 이 학교의 폭발적인 뉴스가 되었다. 탁월한 시재를 타고난 천재 시인 야거와 머나먼 남방의 농촌 아가씨 샤셩은 하늘이 맺어준 한 쌍이었다.

사람들은 처음에는 놀랍고 의외라고 느꼈지만 시인 야거에게는 역시 이런 사랑이 어울린다며 고개를 끄덕였다. 야거가 예술계에서 활동하는 아름다운 옷차림의 화장이 진한 여학생과 만나기를 바라는 사람은 아무도 없었다. 그가 무표정의 안경 쓴 수학 전공 여학생과 만나기를 바라는 사람도 없었다. 혹은 그가 자신보다 나이가 열몇 살 내지 스무 살 더 많은 데다 몸매가 풍만하고 사회적으로 성공한 여인과 만나기를 바라는 사람도 없었다. 이런 생각을 가진 사람은 하나도 없었다. 시인 야거는 반드시 시인 야거의 길을 가야 했다.

스물한 살의 7월이 오기 전까지 야거는 매일 시 같은 나날을 보냈다. 이른 아침에는 시를 음송하고 대낮에는 단잠을 자거나 샤셩의 옷가게 카운터 앞에서 각양각색의 사람들을 구경했다.

저녁 무렵에는 강의실 구석에 앉아 열심히 시를 썼다. 야거가 교정을 거닐고 있을 때면 맞은편에서 걸어오던 학생들이 전부 그를 가리키며 "봐, 저 사람이 시인 야거야" 하고 수군대곤 했다. 이에 대해 야거는 즐거움도 짜증도 느끼지 않았다. 몇 년 동안 하느님이 내려준 깊은 사색과 시에 내재된 무한한 탐색 속에서 이미 과거의 모든 위대한 시인이 가졌던 사람들에 대한 애틋한 동정심을 갖게 되었고, 자주 마음속으로 '이 세상 사람들을 어여삐 여겨야 한다'라는 다짐을 말없이 새기곤 했다. 야거는 이 세상 모든 만물에는 제각기 돌아가야 하는 길이 있다고 믿었다. 그의 임무는 시를 써서 수천수만의 어리숙하고 미숙한 사람들에게 남겨주는 것이었다.

어느 날 샤셩은 기분이 몹시 울적했지만 그 모습은 여전히 빗방울에 젖은 배꽃처럼 아름다웠다. 보통 사람들도 아름다운 그 모습에 감동할 정도였으니 감수성이 뛰어난 시인 야거에게는 더 말할 것도 없었다. 야거는 그녀가 가장 좋아하는 오리 목과 아이스크림을 사다 주었지만 샤셩은 예전처럼 기뻐하지 않았고 여전히 쓸쓸한 모습으로 카운터 뒤에 앉아 있었다. 야거는 극도로 침울해졌다. 이런 순간에 샤셩을 위로해줄 수 있는 시구가 없다는 사실을 깨달았다. 결국 샤셩은 그에게 속사정을 털어놓았다. 임대료가 또 오른 데다 가게 매출도 저조하여 곧 문을 닫게 될 것 같다는 것이었다. 야거는 생존에 관해서 가장 본질적인 진리만 알고 있을 뿐, 두 사람이 처한 곤경에 대해 어떠한 실질적인 해결책도 내놓지 못했다. 이리하여 마음속으로 개인적 감정 이외의 우울함과 무력감, 고통이 치밀어 올랐다. 이는 예전에 그가 느꼈던 큰 슬픔이나 고통과는 달리 아주 단순하고 평범하고 사소하지만 어디에나 존재하는 그런 것이었다. 마음속 깊은 곳이 벼룩에 물린 것처럼 몹시 가렵지만 긁을 방법이 없는 것과 같았다.

야거는 자신의 일상으로 돌아와 책상 앞에 앉았다. 서랍을 열어 종이를 한 뭉치 꺼내고는 고난의 시구를 써 내려가기 시작했다. 너무 힘주어 써서 펜이 종이 뒷면으로 뚫고 나올 것 같았다. 시를 다 쓰고 나니 마음이 편안해졌고 무척이나 만족스러웠다. 그는 큰 소리로 시를 낭송하기 시작했다. 이 시들이 자신에게 유용한 것처럼 샤셩에게도 틀림없이 쓸모가 있으리라고 생각했다. 샤셩은 그를 바라보면서 미간을 일그러뜨린 채 깊은 감정이 담긴 그의 낭송을 들었다. 그녀의 표정은 이내 분노로 바뀌더니 몸을 일으켜 시구가 적힌 종이를 빼앗아 갈기갈기 찢어버렸다.

"자기가 쓴 이 시들이 무슨 소용이 있어. 밥이 되어 먹을 수 있기를 해? 아니면 돈이 되어 쓸 수 있기를 해?"

야거는 그녀의 이런 태도에 처음에는 이해할 수 없다는 반응을 보이다가 이내 몹시 화가 났다. 그는 줄곧 진흙탕에 내놓아도 더러워지지 않을 것 같던 샤셩이 갑자기 시에 대해 난폭한 태도를 보이는 데다 세속적인 말을 내뱉는 것이 이상하게만 느껴졌다. 야거는 잠시 말이 없었다. 현실과 현실 사이에 뭔가 착란이 있는 것이 분명했다. 게다가 이 착란을 그는 어떠한 시로도 형용할 수 없었다.

샤셩이 울음을 멈추고 말했다.

“야거, 내 친구가 아이디어를 하나 알려줬어.”

야거가 고개를 들어 샤셩을 바라보았다.

“내 친구 말로는 야거가 학교에서 대단히 유명하고 전교생이 다 안다더라고. 야거가 시인이라는 것도 알고 있대. 내 말 이해하겠어?”

지금까지 샤셩이 하는 말을 전혀 이해하지 못한 야거는 두 눈을 껌벅이며 샤셩이 어서 이야기를 이어가기를 기다렸다.

“야거가 학교에서 내 옷가게를 홍보하면 어떨까? 예컨대 내가 옷을 한 벌 팔면 옷을 산 사람에게 자기 시집 한 권을 선물로 주는 거야. 어때?”

야거가 이번에는 눈을 껌벅거리는 것이 아니라 오히려 크게 떴다. 그는 놀라움을 금할 수 없었다. 의아해하던 야거는 이내 질색하면서 되물었다.

“샤셩은 내 시집을 세제 한 봉지 정도로 생각하는 거야?”

“아니야. 그런 게 아니야.”

샤셩이 이어서 물었다.

"설마 나를 사랑하지 않는 거야?"

야거는 긴장으로 팽창되었던 몸이 갑자기 느슨해졌다. 모든 뼈마디와 인대, 근육, 피부가 전부 느슨해졌다. 크고 건장해 보이던 야거가 갑자기 작아져 마르고 야윈 어린아이가 되어 입으로 혼잣말하듯 중얼거렸다.

"물론 사랑하지. 나는 당연히 샤셩을 사랑해."

지금까지 줄곧 앞을 향해 나아가던 야거는 둥그렇고 완전하다고 생각했던 세계가 약간 기울고 분열되어 있다는 것을 알게 되었다. 그는 거대한 역설의 소용돌이 속에 놓여 있었다. 야거는 이미 샤셩을 시의 영감으로 여기는 데 익숙해 있었지만 그런 샤셩은 그에게 시를 배신할 것을 요구했다. 취사선택이 필요했다. 타고난 천재 시인 야거는 머릿속으로 다른 시인의 시구를 찾았다. 하지만 예나 지금이나 위대한 시를 포함해 그 어떤 시구도 그가 처한 곤경을 설명할 수 없었고 그의 심정을 위로해주지도 못했다. 바로 그때, 여전히 그의 영감의 원천이었던 샤셩이 그를 구해주었다.

"사랑하는 야거, 이렇게 생각하면 어때? 우리는 시집을 파는 거야. 누군가 야거의 시집을 한 권 사면 옷을 한 벌 증정하는 거지."

야거는 즉시 속이 뻥 뚫리는 것 같은 기분이었다. 속세가 그를 타락시키는 것이 아니라 그가 민소매 상의와 청바지, 폴리에스터와 리넨에 시를 얹어 주는 것이었다. 사람들은 자신의 시구를 입고 거리를 돌아다닐 것이고 정교하게 다듬은 무수한 시구들이 땅 위에 떨어질 것이었다. 그 시구들이 뿌리내려서 꽃으로 필 수도 있고 혹은 어떤 아이가 주워서 꿈속으로 가져갈 수도 있을 것이었다.

야거의 마음이 충분한 혈액을 보충받게 되었다. 다시 원래의 체격으로 부풀어 오른 그는 샤성을 끌어안고 사정없이 그녀의 입술과 목, 팔 그리고 가슴에 입을 맞췄다.

"사랑해, 나의 영감!"

그해 여름, 야거는 간신히 졸업을 했다. 사실 그는 몇몇 과목을 통과하지 못했지만 야거의 재능을 아끼는 문학원의 노시인 한 분이 직접 교무처장과 교학 담당 부총장을 찾아가 야거가 빳빳한 졸업장과 학위증명서를 받을 수 있도록 도와주었다. 이는 아주 기쁜 일이었지만 시집을 끼워 줘도 샤성의 옷 장사가 나아질 기미를 보이지 않는다는 것이 큰 유감이었다. 누구나 알다시피 온라인 거래가 오래전부터 크게 성장하고 있었다. 학생들은 샤성의 가게에 와서 옷을 입어보고 브랜드와 사이즈를 기억했다가 타오바오(淘寶)*에서 싼 물건을 사곤 했다.

출판사 창고에서 실어 온 500권의 『밭두렁 위의 야거』는 종이로 만든 벽돌이 되어 한 무더기씩 쌓여 간이 탈의실이 되었다. 탈의실이 완성되던 날, 야거는 가슴이 무척 설렜다. 이제부터 그는 자신의 시집이 옷을 사러 온 고객들과 알몸으로 만나게 되어 서로 허물없는 사이가 되리라고 생각했다. 그들은 티셔츠나 청바지를 입는 동시에 한 줄 한 줄 빽빽하게 쌓인 『밭두렁 위의 야거』를 보게 될 것이었다. 그들은 어쩌면 야거의 시를 한두 구절 읊을지도 모른다. 설사 다른 사람의 시구를 한두 줄 떠올린다 해도 충분히 의미 있는 일이었다.

처음 몇 개월 동안 야거는 일자리를 찾을 수 없었다. 그저 샤셩의 작은 가게에서 옷을 개거나 화장실을 청소하고 단정하게 앉아 있었다. 그러면서 단순해 보이지만 심오한 눈빛으로 오고 가는 사람들을 살폈다. 밤이 되면 샤셩과 야거는 가게 문을 닫고 앞서거니 뒤서거니 하면서 후퉁에서 그리 멀지 않은 청두(成都) 간이음식점에 들어가 각자 쏸라(酸辣) 쌀국수나 단단멘(担担麵)을 한 그릇 먹었다. 그러고는 다시 앞서거니 뒤서거니 후퉁의 수많은 마당을 에돌아 샤셩의 10평방미터짜리 단칸방에 있는 침대에서 잠을 잤다. 가끔씩 사랑을 나누기도 했다.

사랑을 나누는 일을 언급하자면, 야거는 한없이 억울했다. 첫 경험이 다가오기 전에 그는 일종의 환상에 빠져 있었다. 그것이

* 중국의 대표적인 인터넷 쇼핑몰.

분명 자신의 일생에서 경험하는 가장 아름다운 일일 것이라고 생각했다. 심지어 그는 이를 위해 한 달 동안 시를 쓰지 않았다. 시를 쓰지 않았을 뿐만 아니라 아무런 생각도 하지 않았다. 야거는 절정이 다가오는 순간의 아름다운 느낌을 통해 자신의 시를 새로운 정점에 올리려고 시도했다. 하지만 현실은 그의 생각과 달랐다. 샤셩의 부끄러움과 거부, 고통과 절규가 그를 극도로 초조하게 만들었다. 침대 시트 위에 드문드문 흩어진 핏자국만이 야거에게 벅찬 신비감을 제공할 뿐이었다. 그는 비쩍 마른 맨 엉덩이로 침대에서 뛰어내려 종이와 펜을 찾았다. 마음속에 간신히 생겨난 영감을 빨리 적어야 했다. 하지만 그는 단 한 글자도 쓰지 못했다. 아무것도 쓸 수 없었다. 그는 영감이 자신의 떨리는 음경 위에서 하얗고 끈적끈적한 몇 방울의 액체로 변하는 것을 똑똑히 보았다. 길게 늘어진 액체는 까맣고 축축한 시멘트 바닥 위로 떨어졌다. 야거는 종이와 펜을 던져버리고 비명 소리와 함께 바닥 위로 맥없이 쓰러졌다.

그러나 샤셩은 점차 이런 행위에서 즐거움을 찾았다. 몸이 힘들지 않을 때는 야거에게 자신을 만족시켜달라고 적극적으로 요구하기도 했다.

"내 몸에서 영감을 찾아봐, 라오*순(老孫)."

샤셩은 더 이상 그를 '사랑하는 야거'라고 부르지 않고 그냥 '라오순'이라고 불렀다. 그녀는 사소한 모든 디테일을 이용하여 그를 자신의 남편 같은 배역으로 설정하려 했다. 야거는 못 들은 척하면서 영원히 빨리 돌 수 없는 중고 선풍기만 만지작거렸다. 그는 라오순이 아니라 야거였다. 아무나 라오순이 될 수 있지만 그는 아니었다. 서로 그렇게 고집부리다 결국 야거의 패배로 끝이 났다. 샤셩은 이미 완전히 그의 약점을 쥐고 있었다. 그녀는 옷을 다 벗고 그에게 자신의 몸을 드러낸 채 그의 시집 한 권을 집어 아무렇게나 몇 구절을 낭독했다. 그러면 자연의 상태로 돌아갔던 야거의 음경은 곧바로 긴 총이 되었다. 호르몬 자극은 야거로 하여금 시를 쓸 때와 같은 쾌감을 느끼게 했다. 물론 때로는 샤셩이 열 페이지 넘게 낭독해도 야거의 물건은 여전히 부드럽고 납작한 채 전혀 기운을 내지 못했다. 이럴 때면 샤셩이 참지 못하고 말했다.

"자기는 할 수 있는 게 뭐야? 돈도 못 벌고 일도 못 하잖아?"

야거가 반박했다.

"나는 시를 잘 쓰잖아."

"그래, 써. 쓰라고."

샤셩은 속사포를 쏘아대듯이 반격했다. 야거는 아무 말도 하지 않았다. 확실히 그는 마음속에 위대하고 긴 시를 한 수 숙성

* 친한 사람 이름이나 성 앞에 붙여 친근감을 나타내는 접두사다. 일정한 기준은 없으나 나이가 비교적 많은 사람에게는 '라오(老)'를 붙이고 상대적으로 어린 사람들에게는 '샤오(小)'를 붙인다.

시키고 있었다. 하지만 지금은 아직 펜을 들 때가 아니었다. 언제가 적합한지는 하늘의 뜻에 달려 있어서 그로서는 정확히 말하기 어려웠다.

이리하여 야거는 술을 좋아하게 되었고 식사할 때마다 가장 값이 싼 맥주를 한 병 마셨다. 다 마시고 나면 두 눈에서 빛이 났다. 육교 위에 선 그는 오래전에 썼던 아름다운 시구를 큰 소리로 낭송하거나 행인들을 향해 외쳤다.

"이걸 아셔야 합니다. 위대한 시인은 평생 한 수의 위대한 시를 기다리지요. 저는 이미 보았습니다. 저의 그 시가 희미하게 보일 듯 말 듯 공중에서 나부끼는 것을 말이에요. 저는 곧 그 시를 완성하게 될 겁니다. 그때가 되면 여러분은 놀라움에 몸을 떨게 될 겁니다."

사람들은 처음에는 놀라고 의아해했지만 곧이어 킥킥거리며 웃었다. 나중에는 야거가 육교 위의 풍경이 되어 있는 것에 익숙해졌다.

9월 말이 되어 가게 임대계약 만기가 다가오자 샤셩은 모든 옷을 정리해 헐값에 팔아버렸다. 여러 해 동안 저축한 3만 위안과 넋이 나간 듯한 야거를 데리고 베이징을 떠나 남방으로 내려갔다. 그녀는 고향의 작은 현성(縣城)으로 돌아가 그 돈으로 작은 가게를 열 생각이었다. 그러면 생존이 좀 쉬울 터였다. 그녀는 야거를 데리고 가는 김에 부모님도 찾아뵙고 결혼을 허락받을 생각이었다.

샤셩의 집은 강과 호수가 많은 강남의 편벽한 마을에 있었다. 사계절 모두 푸르렀지만 새벽은 몹시 습하고 축축했다.

남방에 처음 와본 야거는 보는 것마다 전부 새로웠다. 대나무 광주리를 등에 메고 민물새우나 채소를 파는 사람들도 있었다. 그는 펄쩍 뛰어올라 광주리 안을 자세히 들여다보았다. 구경하면서 연신 감탄을 토했다. 논 근처 강에서 아이들이 소 등에 올라타 물건을 사라고 외치면 그도 강둑에 올라서서 호응해주었다. 야거는 아이들이 재잘거리는 사투리를 알아듣지 못했지만 평온한 표정 속에서 지금까지 경험해보지 못한 인생의 의미 혹은 시적인 정취를 발견했다. 야거도 물이 많은 지역에서 논농사를 짓고 여름이면 홍수와 물난리를 겪으며 자랐지만 그는 이 세상에 있는 물이 저마다 사뭇 다르다는 것을 알지 못했다. 이때 샤셩은 야거가 호기심 많은 어린아이 같다는 생각이 들었다. 그리고 자신은 아이를 데리고 소풍을 가는 엄마 같다고 생각했다.

샤셩의 집에 도착한 그들은 몸집이 작고 야윈 데다 무척 노쇠한 그녀의 부모님을 만났다.

야거는 작은 대나무 의자에 앉아 눈 한번 깜빡이지 않고 샤셩의 어머니가 누에콩 껍질을 까며 하나하나 세는 것을 바라보았다. 어머니가 그에게 한마디 물었지만 그는 알아듣지 못했다.

샤셩이 그에게 무슨 일을 하는지 물으셨다고 설명해주었다.

야거가 대답했다.

"시인입니다. 저는 시를 씁니다."

어머니는 몹시 놀라서 몇 마디 중얼거리더니 샤셩을 소리쳐 불렀다.

샤셩은 호호 웃으며 말했다.

"시체를 옮기는 사람이 아니라 시를 쓰는 사람이라고요."

노모는 다시 평정을 회복하고는 계속 누에콩 껍질을 깠다. 잠시 후 다시 물었다.

"시를 쓴다는 게 뭐 하는 거냐?"

야거는 몇 단어를 정확히 알아듣지 못했지만 노모가 하는 말의 의미를 대충 짐작하고는 손짓으로 글씨 쓰는 모습을 흉내 내면서 말했다.

"시를 쓰는 것은 글씨를 쓰는 거예요. 아주 특별한 글씨들이지요. 글씨로 아름다운 문구를 만들고 풍부한 의미를 표현하는 거예요."

노모가 껍질을 벗긴 누에콩을 양은 대야에 쏟고 물을 가득 채웠다. 연두색 콩이 대야에 초록색 자갈처럼 평온하게 담겼다.

노모가 혼잣말처럼 중얼거렸다.

"이 세상에 아직 시를 쓰는 사람이 있다니!"

밖으로 나온 야거는 물가의 거위들과 놀고 있었다.

"거위, 거위, 거위는 목을 구부려 하늘을 향해 노래하네. 흰 깃털은 맑은 물 위로 떠오르고, 빨간 발바닥으로 맑은 물결을 가르네."

그는 아주 오래되고 단순한 시를 낭송했다.

샤셩이 말했다.

"저건 거위가 아니고 오리야."

야거가 말을 받았다.

"나도 알아. 하지만 내 생각에는 오리들도 자신들이 거위가 되는 것에 동의하는 것 같아. 아주 특별한 거위 말이야."

야거는 샤셩 아버지의 얼굴이 줄곧 굳어 있고 콩알만 한 눈이 눈구멍 안으로 움푹 들어가 있다는 것을 알아차리지 못했다. 그의 입에는 갈색 담뱃대가 물려 있어 쉬지 않고 연기를 빨아들였다. 연기는 끝이 없는 것처럼 그의 코에서 뿜어져 나왔다. 담뱃대 안에서는 담뱃잎이 지직 소리를 내며 타들어갔다. 야거는 그 속에서 신음 같은 소리를 들을 수 있었다.

저녁 식사를 마치자 야거는 너무 피곤해 안채로 들어가 대나무 돗자리 위에 누워 잠이 들었다. 옷을 입지 않아 상반신이 다 드러났다. 갈비뼈 하나하나가 다 보일 정도로 야윈 몸이 마치 삶아서 바짝 말린 음식점의 양갈비 같았다. 인기척도 없이 안채로 들어온 노모가 한쪽 구석에서 성냥을 그어 말린 쑥에 불을 붙였다. 쑥 향기가 빠르게 안채로 퍼져나가 모기를 전부 쫓아냈다.

"이 아이 머릿속에는 괴물이 있어서 몸을 다 빨아 먹고 있어. 이렇게 마른 것 좀 봐."

야거는 낮은 목소리로 말다툼하는 소리에 잠을 깼다. 안채에서 샤성의 절박한 목소리가 들려왔다. 굵고 완강한 목소리도 들렸다. 샤성의 아버지인 것 같았다. 그는 두 사람이 싸우고 있다는 것을 알았다. 샤성은 울기 시작했다. 곧이어 방 안에서 우당탕하고 물건이 떨어지는 소리가 들렸다. 오후가 되자 샤성은 빨개진 눈으로 가지고 왔던 가죽가방을 들고 야거의 팔을 잡아끌었다.

야거는 그녀를 따라 밖으로 나왔다. 노모가 뭐라고 중얼거리듯이 말했지만 두 사람은 이미 문을 나선 터였다. 샤성의 아버지가 문을 닫아버린 데 이어 철컥하고 빗장 걸리는 소리가 들렸다.

샤성이 집을 향해 소리쳤다.

"다시는 돌아오지 않을 거야!"

이 말은 야거도 완벽하게 알아들었다. 그는 뭔가 잘못된 것 같다고 생각했지만 말이 나오지 않아 그저 하염없이 훌쩍거리는 샤성과 함께 달빛 아래에서 앞을 향해 걷는 수밖에 없었다. 연못과 논을 지나 현성에서 비교적 큰길로 이어지는 곳에 이르자 샤성이 큰 소리로 울기 시작했다.

달과 밤 그리고 흐느끼는 샤성을 바라보면서 야거는 문득 자신이 쓰게 될 위대한 시가 얇은 종이 한 장 같은 밤을 사이에 두고 바로 지척에 와 있는 느낌이 들었다.

야거가 말했다.

"뭘 좀 써야겠어."

샤셩은 거들떠보지도 않았다.

야거가 또 말했다.

"종이랑 펜 좀 줘. 시를 써야겠어. 빨리 줘."

몹시 화가 난 샤셩이 그에게 가방을 집어 던졌다.

"써라 써, 빨리 시나 쓰라고. 나는 그냥 정략결혼 상대한테 시집가면 그만이야. 1만 위안이면 잘 팔리는 셈이지."

야거는 샤셩의 말에 담긴 의미를 전혀 알아차리지 못했다. 그는 가방을 뒤져 뭔가를 적을 종이와 펜을 찾았다. 하지만 수천수만 구절의 시 전체가 가슴속에 있지만 단 한 글자도 써 내려갈 수 없다는 것을 깨달았다. 야거는 너무 괴로워 엉엉 울기 시작했다.

샤셩은 현성에 가게를 열지 않고 그녀의 집에서 조금 멀리 떨어진 성성(省城)으로 갔다. 이번에도 옷을 팔았다. 샤셩의 가게는 성성 근교의 길가에 있었다. 근교이지만 교통의 요충지라 지난 몇 년 동안 작은 번화가들이 형성되어 다양한 유형의 상점들이 자리 잡고 있었다. 게다가 성성에서 유행하는 감각이 이곳까지 확장되어와 그리 멀지 않은 곳에 내부 인테리어를 하지 않은 콘크리트 건물이 무더기로 세워지기 시작했다. 여기서 또 2킬로미터 남짓 떨어진 곳에는 성성에서 가장 큰 화장터가 있었고, 우리의 천재 시인 야거는 바로 그곳에서 일하게 되었다.

야거는 화장터에서 가장 기술적이면서도 기술이 필요 없는 일을 했다. 버튼을 누르는 일이었다. 그가 하는 일은 빨간 버튼을 누르는 것이 전부였다. 누군가 죽으면 시신을 화장터로 운구하여 철로 된 관에 담아 화장로에 집어넣었다. 그러고는 누군가 소각의 시작을 알리면 야거가 빨간 버튼을 눌렀다. 누군가 다 됐다고 말하면 그는 다시 한번 버튼을 눌렀다. 이렇게 한 구의 육신이 재로 변해서 나왔다. 매번 손가락을 그 빨간 버튼을 향해 뻗을 때마다 그는 야릇한 기분을 느꼈다. 마치 자신이 하늘과 땅을 잇는 엘리베이터를 열어 사람을 하늘로 데려다주는 것 같았다.

야거는 항상 뭔가 이상하고 잘못된 것 같았다. 그는 항상 뭔가 잘못됐다는 생각을 떨치지 못했다.

그랬다. 야거를 가장 마음 아프게 하는 것은 샤셩이 곧 첫아이를 낳는다는 것이었다. 하지만 그들은 여전히 낡은 6평방미터짜리 단칸방에 살고 있었다. 야거는 매일 집을 나서면 오수와 오물이 넘치는 100미터에 이르는 길을 1년 내내 지나다녀야 했다. 그곳에는 오리 똥과 비닐봉지, 물병, 폐기된 천 등이 있었고 뭔가 썩는 냄새가 뿜어져 나왔다.

"야거, 우리 아이가 이런 데서 놀아야 해. 불쌍한 우리 아기."

샤성이 울면서 말했다. 야거는 슬픔에서 벗어날 수 없었다. 자신이 어린 시절 드러누웠던 아득한 논바닥이 생각났다. 별들이 총총한 하늘도 생각났다. 그러나 그의 아들은 이런 오수에서 뒹구는 수밖에 없었다. 샤성의 배는 하루가 다르게 불러오고 얼굴에는 주근깨가 잔뜩 생겼다. 머리칼은 황갈색으로 변했다. 게다가 임신으로 인해 비만해졌고 심지어 부종까지 나타났다. 그녀는 늘 옷가게 카운터에 있는 큰 대나무 의자에 앉아 있었다. 한 번씩 일어날 때마다 힘이 많이 들었다. 나중에는 손님들이 알아서 마음대로 옷을 고르고 입어보았다. 그녀는 돈 받는 일에만 관여했다. 찌는 듯한 여름은 너무 무더웠다. 머리 위의 선풍기는 열기를 여기저기 불어댈 뿐이었다. 샤성은 항상 졸면서 꿈을 꿨다. 자신이 베이징의 학교 옆에 가게를 여는 꿈이었다. 야거가 커다란 두 눈으로 자신을 쳐다보는 꿈도 꾸었다. 그러나 이런 꿈들의 마지막은 항상 굉음으로 끝이 났다. 샤성은 매번 그것이 어디에서 나는 소리인지 알지 못했다.

야거는 자신의 시를 거의 다 잊은 것 같았다. 화장터로 오고 가는 길에 그의 머릿속은 줄곧 샤성의 비대해진 몸과 풍선 같은 배에 관한 생각으로 가득 찼다. 그는 늘 그녀의 배가 갑자기 터져 피와 살이 사방으로 흩어지지나 않을까 걱정했다. 야거는 계속해서 술을 마셨고 담배도 피우기 시작했다. 그의 치아에는 이미 니코틴 때가 끼어 있었다. 이곳으로 이사한 뒤로 두 사람은 치약 살 돈도 아꼈다. 샤셩은 악착같이 돈을 모았다. 아이 하나를 키우는 데 얼마나 많은 돈이 필요한지 잘 아는 그녀는 필사적으로 생활의 갖가지 지출을 줄였다. 하지만 야거의 술, 담배는 일종의 중독이라 이웃이나 동료에게 자주 돈을 빌려 담배를 샀고, 그렇게 오랜 시간이 지나자 그가 알고 지내는 모든 사람이 그의 빚쟁이가 되었다. 야거는 길을 걸을 때 더 이상 하늘을 보지 않았다. 발밑만 보고 걸었다. 이렇게 하는 것이 안전했기 때문이다. 아는 사람이 지나간다 해도 그를 부르지 않으면 야거는 못 본 척하고 지나쳤다. 하지만 빚쟁이들은 그를 놓치지 않았다.

"화장터 야거, 내게 빚진 돈 꼭 갚아. 안 갚으면 네 마누라 찾아갈 거야."

야거는 전기에 감전된 사람처럼 펄쩍 뛰면서 말했다.

"안 돼. 그건 안 돼. 제발 부탁이야. 절대 찾아가지 말아줘. 꼭 갚을게."

하지만 그는 절대로 정확한 상환 날짜를 말하지 않았다. 이 일이 샤셩의 귀에 들어가는 날에는 그녀의 주먹이 긴 연작시처럼 연이어 그의 몸을 강타할 것이다. 그녀는 한 시간 동안은 묵묵히 단 한 마디도 하지 않을 것이고, 그 후 한 시간 동안은 소리 없이 눈물을 흘리다가 또 그다음 한 시간은 엉엉 소리 내 울 것이다. 그리고 야거를 엉덩이 밑에 깔고 앉을 것이다.

야거는 몇 차례 얻어터지고 나서 혼자 화장터에 가서 몰래 커다란 철제 관에 들어가 자신을 태워버리면 그만이라고 생각했다. 하지만 그가 그곳에 누우면 빨간 버튼을 눌러줄 사람이 없었다. 야거는 손이 부족해 어찌할 도리가 없었다.

하루 종일 소리를 지르고 나서 샤셩의 가랑이 사이에서 두 개의 핏덩이가 나왔다. 각각 3킬로그램의 아이 둘을 낳은 것이다. 쌍둥이는 둘 다 사내아이였다. 그 전에 샤셩은 사람을 시켜 단칸방 창가 밑에 작은 공간을 만들었다. 침대 하나와 좁은 책상 하나를 놓을 수 있었다. 이곳이 부부가 아기를 키우는 장소가 되었다. 이날 야거는 두려움과 기쁨 속에서 시간을 보냈다. 그는 샤셩이 질러대는 돼지 멱 따는 듯한 소리에 질겁했다. 시인 야거는 여태껏 여성이 아이를 낳을 때 소나 말처럼 자연스럽게 태어나는 줄만 알았지 출산이 이렇게 무서운 것인 줄은 몰랐다. 그는 두 개의 핏덩이를 보고 또 한 번 놀랐다. 처음에 야거는 아내가 기형아를 낳은 줄 알았다. 갓난아기를 깨끗하게 씻기자 작고 흐릿한 코와 눈이 드러났다. 그제야 그는 웃을 수 있었다. 바로 그 순간 야거의 머릿속에 인생의 모든 장면이 주마등처럼 빠르게 스쳐 지나갔다. 그 속에서 그는 위대하지만 실패한 사내를 보았다. 옹졸하고 답답하고 두려움이 가득한 모습을 본 그는 부끄럽기 그지없었다. 야거는 다시 길을 걸으면서 어깨가 몹시 무거운 것을 느꼈다. 머리가 자신을 내리누르는 것 같았다.

야거가 화장터의 상사를 찾아가 말했다.

"아이가 생겨서 버튼 누르는 일을 그만두고 싶습니다."

"그럼 자넨 어떤 일을 하고 싶은가? 어떤 일을 할 수 있지?"

"시신을 정리하고 싶습니다."

그 일이 화장터에서 가장 돈을 많이 버는 작업이라는 것을 그는 잘 알고 있었다. 상사가 웃으면서 안 된다고 말했다.

"야거, 나는 시인에게 죽은 사람을 정리하는 일을 시킬 수 없네."

야거는 상사를 쳐다보고 상사는 야거를 쳐다보았다. 결국 시인 야거가 먼저 눈길을 거뒀다.

"일 그만두겠습니다. 다시는 버튼을 누르지 않을 겁니다."

야거가 말했다. 하지만 시인이자 버튼 누르는 일을 전담하는 화장터 직원인 야거는 집으로 돌아가는 길에 마음속에 울분이 차올랐다. 그는 러시아 목제 인형 마트료시카처럼 차례로 담을 수 있는 유골함을 가장 예쁜 것으로 다섯 개 가져갔다.

화장터 밖에는 조의용 화환과 수의, 유골함 등을 파는 가게가 있었다. 야거는 이 유골함 다섯 개를 500위안에 팔아 분유와 달걀, 대추를 사서 집으로 돌아오자마자 샤셩에게 대추죽을 끓여 주었다.

아이를 낳을 때 모든 기력을 다 소진했는지, 아니면 아주 작은 육체 둘이 그녀의 몸 안에 있던 악한 기운과 분노를 전부 가져갔는지, 샤셩은 창백하지만 편안한 얼굴로 방금 침대보를 새것으로 바꾼 침대에 몸을 반쯤 기울여 누워 있었다. 그녀의 양팔에는 잘 감싼 갓난아기들이 곤히 잠들어 있었다.

샤셩은 처음으로 편안하게 잠이 들었다. 시인 야거는 드디어 남편 야거가 되었다가 금세 범죄자 야거가 되었다.

그가 몰래 유골함 다섯 개를 가지고 가는 과정이 CCTV에 모조리 기록되었다. 그날 저녁 경찰국 사람들이 야거를 체포하러 왔고, 그는 6개월 유기징역형을 받았으나 후에 화장터의 상사가 사정한 덕에 3개월로 감형되었다. 어쨌든 우리의 시인 야거는 감옥에 가야 했다. 재미있는 것은 감옥과 화장터가 서로 멀리 떨어지지 않아서 야거가 매일 밖을 내다볼 때면 멀리 하늘 위로 피어오르는 연회색 연기를 볼 수 있었다.

"저건 화장터의 연기야. 내가 버튼을 누르기만 하면 철제 관에 있던 사람이 화장로에 들어가고 몇 분 뒤면 다 타서 재가 되지."

야거가 말했다. 수감자들은 야거가 말하는 그 버튼에 대해 점차 흥미를 보이면서 천 도의 고온이 가져다주는 기묘한 기분에 관해 이야기하곤 했다.

이곳에는 그가 일찍이 시인이었다는 사실을 아는 사람은 하나도 없었다. 사람들은 그에게 아내와 쌍둥이가 있고, 쌍둥이의 분유를 사기 위해 유골함을 훔쳤다는 것만 알고 있었다. 야거는 가정을 소중하게 생각하는 좋은 남자로 여겨졌고 수감자들도 그를 매우 존경하여 괴롭히지 않았다. 그러나 밤이 깊어 사방이 고요해지면 야거는 여전히 그 많은 사람들 속에서도 고독감을 느꼈다. 감방의 손바닥만 한 작은 창문 밖은 깊고 먼 하늘이었다. 그곳에서는 더 이상 아름다운 시구가 떠오르지 않았다. 야거의 마음속에 감춰진 그 위대한 시는 여전히 보일 듯 말 듯 하면서 손에 잡히지 않았다. 그는 그저 쓴웃음만 지을 뿐이었다.

90일째 되던 날, 감옥에서의 마지막 밤에 야거는 창문을 보면서 이렇게 중얼거렸다.

"지금 위대한 시가 무슨 소용이 있단 말인가? 원하는 사람이 있다면 차라리 나는 내 모든 시재를 훌륭한 삶과 바꾸고 싶다."

"정말 그러길 원해?"

갑자기 감방 안 깊은 곳에서 어떤 목소리가 튀어나왔다. 야거가 깜짝 놀라 말했다.

"네, 정말 원해요. 정말 행복한 삶을 살고 싶습니다."

"잊지 마. 일단 네 마음속에 있는 그 위대한 시를 써내면 세상을 뒤흔들게 될 거야. 크게 성공해서 이름을 날릴 수 있지."

“그것이 위대한 시라는 건 맞아요. 저도 그렇게 생각해요. 하지만 저는 지금 그 시를 다른 것과 바꾸고 싶어요.”

그 목소리는 말했다.

“이렇게 하지. 내일 감옥에서 나가면 맨 처음 만나는 사람에게 ‘우리 바꿉시다’라고 말해봐. 너의 시재를 전부 그에게 주고 그의 모든 삶의 지혜를 달라고 하는 거야.”

야거는 피식 웃고 말았다. ‘이건 그냥 신비한 우스갯소리일 뿐이야. 설마 사람의 영혼이 바뀔 수 있겠어?’ 시인 야거는 신비한 기운에 대한 믿음을 저버렸다. 그의 눈에는 침대에 누워 있는 아내와 아기들만 보였다.

다음 날 오전 10시쯤 야거는 작은 보따리를 들고 감옥을 나섰다. 감옥 밖은 썰렁하기만 했다. 그를 맞으러 온 사람은 아무도 없었다. 어젯밤 목소리가 말한 영혼을 바꿀 수 있는 사람도 보이지 않았다. 야거는 몹시 실망했다. 그때 갑자기 큰 소리와 함께 멀리서 차 한 대가 달려와 야거에게서 그리 멀지 않은 곳에 멈춰 섰다. 완전무장한 경호원이 내리고 곧이어 차에서 양복을 입은 사람이 내렸다. 그가 고개를 들자 야거는 자신도 모르게 작은 소리로 비명을 질렀다. 이 사람은 다름 아니라 그의 대학 시절에 가장 똑똑하고 능력 있는 친구였던 푸청(涪成)이었다. 두 사람은 서로를 향해 걸어가다가 얼굴이 마주치자 서로 쳐다보았다. 푸청은 야거를 전혀 알아보지 못했다. 곧 몸이 스쳐 지나치려는 순간 야거가 말했다.

"우리 서로 바꿉시다."

곧이어 두 사람은 몸 안에서 뭔가 사라지고 다른 어떤 것이 들어오는 것을 느꼈다. 푸청은 놀라서 눈앞에 있는 남루한 옷을 입은 마른 사내를 바라보다가 냉소를 짓고는 가버렸다.

이미 겨울이 지나고 춘절(春節)도 지나 있었다. 야거가 집에 도착해보니 문이 잠겨 있었다. 창문을 통해 안을 들여다보니 모든 것이 가지런하고 깔끔했다. 나무판자로 만든 아기의 간이 요람이 작은 방 침대 위에 놓여 있고 긴 탁자 위는 분유와 젖병, 보온병들로 가득 차 있었다. '내가 없는 석 달 동안 세 사람은 잘 지내고 있었군.' 야거는 속으로 생각하면서 약간 실망스럽다는 느낌이 들었다.

촉촉하고 차가운 바람이 마당 한구석에서 불어왔다. 지린내를 맡은 야거가 고개를 드는 순간, 이 짙은 냄새가 얼굴 전체를 뒤덮었다. 창문 앞에서 너무 다급하다 보니 줄에 걸린 알록달록한 기저귀를 보지 못했던 것이다. 그는 그 기저귀에서 자신의 찢어진 옷을 꿰맸던 흔적을 어렴풋이 알아보았다. 그는 이 냄새가 자기 아이들 것이라는 것을 알고는 기저귀로 얼굴을 덮고 숨을 몇 번 길게 들이마셨다.

야거는 무척 배가 고팠지만 자물쇠를 열 수가 없어서 보따리를 바닥에 내려놓고 마당을 나와 샤셩의 가게로 갔다. 몇 걸음을 걸은 야거는 원래 있던 진흙탕 수로가 사라진 것을 발견했다. 땅바닥에는 깨진 벽돌이 촘촘하게 깔려 있었다. 깨진 벽돌이지만 평평한 데다 무늬를 이루고 있었다. 게다가 이 골목은 놀랍게도 그가 감옥에 들어가기 전보다 훨씬 넓어져 있었고 양쪽에 늘어서 있던 각종 잡화점들은 한결 깔끔하고 단정해졌다. 야거는 석 달이라는 시간 동안 이곳에 확실한 변화가 있었음을 분명히 알게 되었다.

저 멀리 샤셩이 가게 안에 앉아 있는 모습이 보였다. 몸매는 여전히 뚱뚱한 편이었지만 한창때의 모습을 되찾은 것 같았다. 샤셩 옆에는 분홍빛 갓난아기 둘이 광주리 같은 방석에 앉아 있었다. 아기들도 그를 보았지만 누구인지 알아보지는 못했다.

야거가 가게 안으로 들어오는 것을 보고 샤셩은 놀라움을 금치 못했다. 갑자기 자신에게 아직 남편이 있다는 사실을 알아차린 것 같았다.

아주 긴 침묵 끝에 샤셩이 말했다.

"왔어요!"

야거는 가볍게 고개를 끄덕이고는 쪼그리고 앉아 자신의 두 아이를 바라보았다. 그의 마음에는 말할 수 없는 기쁨이 일었다. 본능적으로 눈앞에 있는 천사 같은 아기들을 어떤 말로 표현해 보려 했지만 그런 생각은 순식간에 사라졌다. 그냥 아기들에게 입을 맞출 뿐이었다. 극도로 만족스럽고 성숙한 아버지 같았다.

몇 달 동안 이곳은 분명히 변하고 있었다. 건물 몇 채가 세워지기 시작했고 맨 처음 지어진 건물에는 사람들이 끊임없이 이사를 왔다. 이 골목은 사람들의 소비로 점차 활성화되었다. 건축 공사 현장에서 벽돌을 몇 개 주워다 오수로에 까는 사람도 있었다. 가게마다 장사가 점점 잘되자 문과 창문을 새것으로 바꾸고 저녁에도 빛이 나는 네온 간판을 다는 집도 있었다. 샤셩의 옷가게도 전보다 장사가 잘됐다. 가게에 아기 둘이 있으니 늘 여자 손님이 많았다. 손님들은 아기들을 좋아해 몹시 즐거워하며 옷을 사서 돌아갔다.

한번은 손님이 가게 안에 들어서자 샤셩이 일어나 손님을 맞으려 했지만 야거가 먼저 일어서 손님을 맞았다.

"어서 오세요, 손님! 오늘 어떤 옷을 보러 오셨어요?"

샤셩은 멍한 표정을 지으며 이 남자가 원래 시인 야거였다는 사실을 믿을 수가 없었다. 야거는 스스로 전혀 의식하지 못하면서도 마치 사오 년 정도 옷가게에서 일한 숙련된 점원처럼 가게 안의 옷을 소개해나갔다. 손님이 옷을 입어보고 만족하여 가격을 흥정할 때는 서로 조금씩 양보해 거래가 이루어졌다. 그는 옷을 판 120위안을 여전히 멍하니 앉아 있는 샤셩에게 건네주었다.

샤셩이 물었다.

"당신 감옥에서 맞아서 머리가 어떻게 된 거 아니야?"

야거는 아무 말도 하지 않고 옷을 정리하기 시작했다. 걸려 있는 옷 몇 벌을 내려놓고 개켜 있는 옷을 그 자리에 걸었다. 그는 이미 모든 가격표를 바꿔놓았다. 가격을 3분의 1 정도씩 올린 것이다. 샤셩은 그제야 알게 되었다. 방금 판 그 옷은 원래 가격이 100위안이었는데 야거가 120위안에 팔았던 것이다.

한 달 후 야거는 본격적으로 옷가게를 관리하기 시작했다. 두 달 뒤에는 이웃 잡화점을 양도받아서 가게를 두 배로 확장했다. 반년 후 야거의 옷가게는 근처 성성의 제4순환도로 근처에도 문을 열게 되었다. 그 뒤로 야거는 샤셩에게 작은 액세서리 가게를 열어주었다. 액세서리 가게도 빠른 속도로 사업이 확장되었다. 2년밖에 안 되는 짧은 세월 동안 야거는 100평방미터짜리 주택에 입주했고 옷가게 두 곳과 액세서리 가게 두 곳을 더 보유하게 되었다. 무슨 이유에서인지 그는 무엇을 하든지 돈을 벌었고 손님들이 대거 몰려들었다. 장사뿐만이 아니었다. 야거는 신비한 능력을 얻은 것처럼 다양한 사람들을 알게 되었고, 이런 대인 관계에 익숙해졌다. 그는 어느새 잘나가는 사람들 사이에서도 빛나는 모범이 되었다. 성공한 야거는 자신의 원칙을 고수했다. 외박을 한 번도 하지 않았고 샤셩을 자상하게 챙겼으며 곧 유치원에 가는 쌍둥이를 극진하게 사랑하고 아꼈다. 담배도 피우지 않았고 술도 마시지 않았다. 그는 태양처럼 빛과 열을 내면서 만물을 자라게 했고 어떠한 결점도 드러내지 않았다.

야거는 샤성을 데리고 고향으로 돌아가 샤성의 부모님과 화해하고 두 분에게 집도 지어주고 가전제품도 사주었다.

하지만 이처럼 완벽하고 아름다운 생활 속에서 샤성은 이상함과 불안함을 느꼈다. 그녀는 야거가 어떻게 갑자기 이처럼 대단한 능력을 갖게 되었는지 알 수 없었다. 그의 몸속에서 무언가가 상실된 것 같았다. 하지만 도대체 그것이 무엇인지 샤성도 말로 표현해낼 수 없었다.

그러던 어느 날 마침내 아이들이 미소를 지으며 잠자리에 들자 샤성은 야거가 만들어준 야식을 다 먹고 나서 슬그머니 물었다.

"야거, 당신 왜 요즘은 시를 쓰지 않아?"

"시?"

놀랍게도 야거는 이 단어가 무척이나 낯설게 느껴졌다.

"아, 쓰지 않아. 내게 이제 시재 같은 건 없어."

야거가 또 말했다.

"그저 열심히 살아서 잘사는 걸로 만족해."

샤성은 야거가 대학 시절에 쓴 시를 낭송했다. 그녀는 그렇게 오래된 일인데도 자신이 그 시구를 정확하게 기억하고 있는 것이 신기했다. 한 자 한 자 입에서 나올 때마다 심미안이 둔한 샤성도 그 시의 아름다움을 느낄 수 있었다. 하지만 야거는 아무런 느낌도 없었다. 그는 시에 감동하지 않았고 그것이 자신이 한때 가장 사랑했던 것이라는 느낌조차 없었다.

"아주 훌륭해."

그리고 이어서 말했다.

"좋은 시야. 우리 내일 같이 유치원에 가서 선생님을 좀 만나 봅시다. 아이들이 유치원에 갈 나이가 됐잖아."

야거는 마음 깊은 곳에서 이 시에 대해 더없이 명징하게 알고 있었다. 그는 그 시가 자신이 쓴 것임을 알고 있었고 그 시를 쓸 당시의 모든 사정도 선명하게 기억하고 있었다. 그리고 출옥하기 며칠 전 밤에 들었던 신비한 목소리와 동창 푸청을 마주친 일도 분명히 기억하고 있었다. 그날 이후로 그는 남몰래 푸청을 주시했다. 하지만 그는 푸청이 체포되고 나서 1년 뒤에 감옥에서 나와 시를 쓰기 시작했다는 사실을 알지 못했다. 지금은 이미 전국적으로 이름이 알려진 시인이 되어 있다는 것도 몰랐다. 야거는 신문에서 그의 사진을 보게 되었다. 그는 긴 머리에 창백한 얼굴, 깊고 고요한 눈동자를 갖고 있었다. 야거는 갑자기 꿈속에 있는 것 같았다. 어렴풋하지만 푸청이 몹시 친숙하게 느껴졌다. 신문은 시인 푸청이 수년간 장시를 창작했다고 보도하고 있었다. 그는 이미 천 행 정도의 시를 썼고 올여름에 완성하여 출간할 예정이라고 했다. 천 행의 시구 가운데 가장 처음 발표된 부분만으로도 이미 전국, 심지어 전 세계의 시인들로부터 경탄을 자아내고 있었다. 사람들은 백 년에 한 번 나타날 수 있는 위대한 시가 탄생했다고 믿었다. 잡지평론에서는 푸청에 관해 설명하면서 간간이 과거 푸청의 동창으로 일찍이 천재적인 시재를 날렸던 야거가 언급되곤 했다. 평론가들은 야거가 자신의 천재성을 낭비해버렸지만 푸청의 시 가운데 적지 않은 부분이 야거의 초기 시와 일맥상통한다고 말했다.

야거는 초조한 마음을 떨칠 수 없었다. 그는 푸청이 그 시를 써낼 수 있기를 기대하면서도 한편으로는 그가 시를 써낼 것이 두렵기도 했다. 그는 그날의 한마디가 두 사람의 '영혼'을 정말로 바꿔놓았다고 믿기 시작했다. 시를 쓰는 그의 재능은 전부 푸청에게로 가고, 푸청이 가진 모든 지혜는 자신에게 왔다고 믿었다.

야거의 사업과 생활은 영원히 위를 향해 나아갔다. 때로는 모든 것이 너무나 완벽해 자신도 믿기 어려울 정도였다. 이런 비현실적 느낌은 야거의 마음속으로 들어와 일종의 고통으로 다시 천천히 자라나기 시작했다. 야거는 자신의 아름다운 현재의 생활과 미래가 중력을 상실한 듯 허공에 떠 있는 것처럼 느껴졌다. 영원히 중력을 잃어버려 자신의 발이 존재하지 않는 것 같았다.

푸청의 장시 『끝』이 마침내 출간되었다. 정말로 위대하고 부끄럼 없는 시집이었다. 야거는 소포를 하나 받게 되었다. 포장을 열어보니 뜻밖에도 푸청의 시집 『끝』이었다. 속표지에는 한 구절의 문구가 쓰여 있었다.

"나의 것이자 당신의 것!"

그때 야거는 유리로 된 건물 23층에 앉아 있었다. 그는 거리낌 없이 큰 소리로 책에 있는 문구를 읽었다. 글자 하나, 부호 하나까지 놓치지 않았다. 그는 의미와 감정을 지닌 그 문구의 글자와 부호가 천천히 먼 길을 걸어온 부대 같다는 생각이 들었다. 부대는 두 줄로 나뉘어 질서 있는 걸음걸이와 낭랑한 리듬으로 그의 두 눈을 통해 몸 안까지 걸어 들어오고 있었다.

눈앞의 세상이 빙빙 돌기 시작했다. 그는 시집 『끝』을 손에 꼭 쥔 채 건물 아래로 떨어졌다. 육중한 그의 몸이 허공을 내려가는 순간, 야거는 건물 꼭대기의 유리를 보았다. 마치 작은 천창(天窗) 같았다. 그러나 그 밖에는 별도 없고 달도 없었다. 야거는 자신의 몸이 화강암 대리석 바닥에 부딪히면서 뼈가 끊임없이 우두둑거리는 소리를 들었다. 누군가가 기괴한 언어로 시를 읽는 것 같았다.

이것은 야거가 인간 세상에서 들은 마지막 소리였다.

책임 번역 : 박소진

귀

상사와 회의하는 도중에 휴가를 신청하는 것이 얼마나 어려운 일인지 누구나 다 알고 있을 것이다. 하지만 나는 반드시 휴가를 내야만 했다. 아내가 수화기 너머로 울면서 소리치고 있었기 때문이다.

"그 사람들이 불도저까지 몰고 왔어. 우리를 완전히 밀어버리려 한다고."

상사의 못마땅한 눈총을 받으며 회의실을 나온 나는 택시를 불러 재빨리 베이징로(北靜路)를 향해 달렸다. 도로 입구에 도착하자 새까맣게 몰려 있는 군중이 보였다. 우르렁거리는 중장비의 요란한 소리도 들렸다.

“내려요! 빨리 내리라고요!”

택시 운전사가 차 문을 열면서 화를 냈다. 차비를 계산하려 했지만 그는 문을 쾅 닫고 백미러가 긁히는 것도 아랑곳하지 않고 매섭게 차머리를 돌렸다. 10여 미터 차를 몰던 기사는 차창으로 머리를 내밀고 소리쳤다.

“이런 멍청한 것들을 봤나. 경찰들이 와서 너희를 전부 잡아갈 거다.”

나는 이런 상황에 신경 쓸 겨를이 없었다. 이미 벽이 무너지는 소리와 아내가 억장이 무너진 듯 우는 소리가 들렸기 때문이다. 평생 나는 이렇게 흉포하고 용맹했던 적이 없었다. 나는 거침없이 구경꾼들을 헤치고 연기가 자욱한 마당으로 돌진했다. 아, 내가 하고 싶은 얘기는 내가 이웃 추이다펑(崔大鵬)의 머리를 잡아당길 때, 나를 비난하려는 사람들을 노려볼 때, 내가 누군가의 엉덩이를 밟고 앞으로 나아갈 때, 일종의 해방의 쾌감을 느꼈다는 것이다. 40년 가까이 손주 노릇만 하다가 이제야 할아버지 행세를 하게 된 것 같은 기분이었다.

불도저를 못 본 사람이 어디 있겠는가. 도처에 널린 게 불도저였다. 하지만 불도저가 이렇게까지 크리라고는 생각지 못했다. 바퀴는 내 키만 하고 진한 기름 냄새가 났다. 운전석에 앉은 사람은 선글라스를 끼고 있었다. 마당의 담장이 넘어지는 바람에 아버지의 다리 한쪽이 돌 밑에 깔렸고 어머니는 머리가 산발이 된 채 바닥에 주저앉아 있었다. 아내가 필사적으로 돌을 치우려고 했지만 불도저는 이미 넘어진 담장을 깔아뭉개며 집을 향해 다가가고 있었다. 나는 재빨리 뛰쳐나가 불도저 앞을 막아섰다.

"이런 썅, 배짱 있으면 날 깔아뭉개고 지나가보라고!"

선글라스를 쓴 기사는 귀마개라도 한 듯이 계속 불도저를 몰았다. 제복을 입은 사람들 속에서 양복 차림의 사내가 소리쳤다.

"염병할, 자기가 무슨 영웅이라도 되는 줄 아나? 깔고 지나가라니! 깔려 죽어도 10평방미터에 해당하는 돈밖에 못 받아."

구경하던 이웃들이 연이어 소리쳤다.

"라오천(老陳), 어리석은 짓 하지 마. 깔려 죽어도 돌아오는 건 아무것도 없어!"

"왜 이러는 거야. 상대는 정부라고. 정부가 돈을 준다잖아."

"라오천, 정말 겁대가리가 없네! 계속 버텨! 저놈들이 라오천을 깔아뭉개진 못할 거야!"

젠장! 내가 마지막으로 들은 한마디는 후얼(胡二)이 외친 것이 분명했다. 그는 나에게 200위안을 빌려 갔고 차용증도 쓰지 않았다. 내가 죽으면 그는 빚을 갚지 않아도 될 터였다.

불도저는 정말로 가까이 다가왔다. 나는 도망치고 싶었다. 무서웠다. 그렇게 큰 쇳덩어리를 누가 두려워하지 않겠는가. 내가 도망치려는 순간, 아내가 소리쳤다.

"라오천, 당신은 정말 억울하게 죽는구려."

나는 아직 죽지 않았는데 이 망할 여편네가 내가 불도저 뒤에 가려 보이지 않자 이미 내가 깔려버린 줄 알았던 것이다. 하지만 도망치기엔 너무 늦었다. 불도저의 거대한 삽이 이미 내 머리 위에 있었다. 기사가 멈추려고 해도 말을 듣지 않았을 것이다. 세상이 그렇게 조용했던 적이 없었다. 하늘은 파랗고, 물은 푸르렀다.

이것이 567번째였다. 내 머릿속에서는 영화를 방영하는 것처럼 이런 풍경이 펼쳐졌다. 567번째라는 것은 56일이 지났고 오늘이 57일째 오후라는 것을 의미했다. 똑같은 화면과 소리가 반복되는 것에 대해 나는 약간 싫증이 났다. 쉬지 않고 끊임없이 똑같은 연극이 반복되는 것 같았다. 고통을 느끼지는 않았다. 어쩌면 처음 며칠은 아팠을지 모르지만 점차 무감각해졌다. 처음에 나는 그것이 일종의 절대적 자유라고 생각했다. 확실히 그랬다. 평소에 다리를 들려고 하면 중력이 끌어당기고 머리를 흔들려고 하면 목이 꽉 잡고 있고 눈을 깜빡거리면 바깥세상 역시 함께 깜빡였다. 지금은 이 모든 것이 사라지고 나는 나일 뿐이었다. 수영할 때 가장 편안한 방법이 잠영인 것과 마찬가지였다. 올라가거나 내려가지 않고 가볍지도 무겁지도 않았다. 딱 좋았다.

그들은 내가 아무것도 느끼지 못한다고 생각했지만 그렇지는 않았다. 사지를 움직일 수 없고 눈을 뜨지 못하며 말을 할 수 없었지만 입은 움직일 수 있었다. 하느님이 나를 굽어살피시어 유동식을 먹을 수 있도록 입 하나는 남겨주셨다. 움직일 수는 있지만 그걸 느끼지는 못했다. 몸 전체에서 유일하게 기능을 온전히 유지하고 있는 것은 귀였다. 심지어 지금은 모든 정신과 세계가 두 귀에 의존하고 있어 예전보다 더 예민했다. 대뇌의 한 구역에 피가 고여 눌려 있지만 다른 쪽의 수천수만 개의 뇌세포는 활발히 활동하고 있어 세상을 인식하는 데는 별문제가 없었다. 이것이 나의 가장 큰 비애인 동시에 기쁨이었다. 만일 내가 생각할 수 없었다면 어떤 고통이나 번민도 없었을 것이고, 이 세상 역시 존재하지 않았을 것이다. 하지만 하느님이 내게 이 영역을 남겨주셨기 때문에 나는 머릿속 작은 뇌세포 속에 살아 있었다.

나는 사고가 난 날로부터 12일째 되는 날 의식을 되찾았다. 말하자면 그날부터 나의 상황을 이해하게 되었다는 것이다. 그날 아침, 나는 깊고 먼 꿈에서 깨어나 복도에서 찰박찰박 바닥 닦는 소리를 들었다. 나는 몸을 움직이고 싶었고 대뇌에서도 뭔가 지령을 내리는 것 같았지만 명령이 모두 사라졌는지 아무 일도 일어나지 않았다. 몸이 마비된 것이 틀림없다는 생각에 움직이려고 계속 애써봤지만 소용없었다. 몸이 허공에 붕 떠 있는 것처럼 기댈 곳이 전혀 없었다. 갑자기 한 가지 생각이 떠올랐다. 젠장, 내가 누워서 지낸 지 얼마나 지났지? 상사를 화나게 해서는 안 되는데. 사고를 당하기 전에 고객에게 전화해서 사흘 안에 처리해주겠다고 했는데, 이거 큰일 났네. 아무래도 해고당할 것 같아.

처음 한 달이 가장 고통스러웠다. 수술실을 몇 차례 드나들어야 했고 깨진 두개골이 붙었다가 다시 열렸다. 의사는 두개골 안쪽을 이리저리 만졌다. 그 느낌은 굉장히 이상했다. 동시에 아무것도 느낄 수가 없었다. 의료진이 내 뇌를 만지작거리면서 전뇌, 후뇌, 좌뇌, 우뇌, 시상, 뇌하수체, 피질, 회백질 등 해괴한 단어들을 주고받는 걸 듣고서야 그들이 내 뇌를 만지고 있다는 것을 확실히 알 수 있었다.

내 주치의는 샤(夏)씨였고 남성이었으며 나이는 50세 전후였다. 그는 신경외과 전문의로 실력이 아주 뛰어났다. 그가 마지막으로 내 머리를 열었던 지난주 금요일에는 수술용 펜치로 어떤 조직을 잡아당기며 간호사에게 물었다.

"저녁에 또 위안청(圓成) 호텔로 가나? 너무 자주 가서 좀 지겨운데."

막 수술실에 들어갈 자격이 생긴 자(賈) 간호사가 말했다.

"가요, 꼭 가요. 샤 주임님은 여러 번 가보셨겠지만 저는 한 번도 못 가봤거든요."

왕(王) 간호사가 말을 받았다.

"그 집 상어지느러미 맛이 괜찮던데."

"어머! 피가 좀 많이 나는 것 같아요."

"괜찮아. 이 뇌는 계속 이 모양일 텐데 뭘. 가족도 참 안타깝지. 보상금 30만 위안을 전부 수술 몇 번에 써버리다니. 인생은 한 번뿐이고 환자가 언제까지 살 수 있을지도 모르는데 그 돈으로 잘 살라고 여러 번 말해줬건만……."

"샤 주임님, 그 사람들 하고 싶은 대로 하면 되지, 우리가 너무 많은 생각을 할 필요는 없잖아요?"

"그것도 맞는 말이야. 대충 봉합하고 정리하자고."

나는 그 말을 들으면서 정말로 마음이 아픈 것 같았지만 아프다는 것을 느낄 수 없었다. 그저 어둠 속에서 말없이 분노하는 것이 전부였다.

누군가 나를 입원실 침대로 옮겨주었다.

"의사 선생님, 제 남편은 어떤가요? 깨어날 수 있을까요?"

아내가 말하는 소리가 들려왔다. 이미 수십 차례 물어본 말이었다.

그는 매일 똑같은 대답을 반복했다.

"저희는 최선을 다했습니다. 하지만 남편분 상태가 매우 심각해서 평생 깨어나지 못할 수도 있어요. 물론 깨어날 가능성을 완전히 배제할 수는 없습니다. 의학계에서는 그런 기적도 종종 일어나니까요."

이런 설명을 들으면 아내는 울기 시작했다. 두 달 동안 그녀의 울음은 조건반사가 되어 몇 분 울고 나면 관성을 잃어버렸다. 다 울고 나면 "벌써 점심시간이네" 하며 밥 먹으러 나가는 것이다. 찬장을 열어 도시락을 챙긴 그녀는 뚜벅뚜벅 밖으로 나갔다. 그리고 곧 또 다른 발소리가 들려왔다. 옆 침상 할머니의 아들이다. 나는 그의 발소리를 구별해낼 수 있었다. 사람들은 그를 쑹(宋) 선생이라고 불렀다. 쑹 선생은 간병인을 쓰지만 매일 오후에 어머니께 직접 밥을 떠먹여드렸다. 식사가 끝나면 두 사람은 침대맡에서 한숨을 내쉬기도 하고 때로는 머리를 부여안은 채 통곡하기도 했다. 할머니 뇌에 생긴 악성종양이 말기에 이른 탓이었다.

아내의 눈물은 더 이상 진정으로 나를 위해 흐르는 것이 아니었지만, 그녀가 여전히 나를 사랑하고 연민의 정을 갖고 있다는 것은 알 수 있었다. 그녀가 내게 밥을 떠먹여줄 때 수저의 죽을 입으로 호호 부는 소리를 들을 수 있었다. 결혼할 때 그녀는 내게 많은 걸 바라지 않았다. 자신이 사랑하는 건 나 자체라고 했다. 몇 년 동안 작은 실수가 있긴 했지만 그녀는 시부모에게 효도하고 자녀를 낳아 정성껏 기르는 어질고 착한 아내였다. 작년에 우리 집 인근을 철거하면서 보상금을 넉넉하게 준다기에 가족은 방 세 칸짜리 집을 살 계획을 하면서 모두 들떠 있었다. 그러나 1년 만에 나는 병원 신세를 지게 되었고 집은 헐려버렸으며 30만 위안밖에 안 되는 보상금은 전부 병원비가 될 것이라고는 누구도 생각지 못했다.

어제저녁 무렵, 아버지가 다리를 절면서 손주인 나의 아들을 데리고 왔다. 아들의 이름은 샤오푸(小福)다.

샤오푸는 여섯 살이지만 다른 아이들보다 발육이 늦어 비쩍 말랐다. 하지만 이미 철든 아이였다. 샤오푸가 병실에 들어서자마자 말했다.

"아빠, 아빠, 왜 아직도 주무세요? 며칠째 잠만 자고 계시네요."

이 말을 들은 아이 할아버지는 한숨을 내쉬며 지팡이로 병원 바닥을 탁탁 두드렸다. 간호사가 퉁명스러운 어투로 "조용히 하세요!" 하고 주의를 주자 금세 조용해졌다. 잠시 후 샤오푸가 또 말했다.

"할아버지, 저도 아빠처럼 저렇게 자고 싶어요."

아이는 지팡이로 정수리를 한 대 맞고는 머리를 감싸고 울어댔다.

"멍청한 소리 하지 마! 멍청한 소리 하지 말란 말이다!"

아버지는 이렇게 말하면서 먼저 흐느껴 울기 시작했다.

아들이 내 손을 잡은 것 같았다. 어쩌면 눈물을 머금은 입술로 내 얼굴에 입을 맞춘 것인지도 몰랐다. 아이는 그 작은 머리로 수만 가지 생각을 하고 있을 것이다. 아빠는 대체 어떻게 된 걸까?

아버지가 말씀하셨다.

"모두 내 탓이다. 내 탓이야. 그날 내가 쓰러지지만 않았어도 이런 일은 일어나지 않았을 거야. 집이야 철거되면 철거되는 거지, 뭐. 목숨이 제일 중요하단 말이다."

잠시 후 아버지가 또 말씀하셨다.

"샤오푸, 이제 그만 가자. 내일 유치원 가야 하잖아."

샤오푸가 말했다.

"싫어요. 더 이상 천막에서 살기 싫어요. 저 집에 갈래요. 제 침대에서 잘 거예요."

"멍청한 놈, 넌 이제 집 없어. 네 아비도 잃을 뻔했잖아."

아버지는 아이를 끌고 밖으로 나갔다. 질질 끌리는 한쪽 다리가 마치 대걸레로 바닥을 닦는 것 같았다.

샤오푸가 말했다.

"아빠, 내일 또 올게요."

나는 그 애가 아직 어리다고 생각했다. 집이 없다니! 가엾은 아이의 비참함을 생각하니 눈에서 눈물이 흐를 것만 같았다. 하지만 눈물은 흐르지 않았다. 내 눈은 내 말을 듣지 않았다. 울고 싶어도 눈물샘이 아무런 반응도 보이지 않았다. 지난번에 울고 싶었을 때는 내가 깨어난 지 2주가 되었을 때였다. 그날 밤 나는 문병 온 친척들이 이야기하는 것을 듣고 있었다.

"어휴, 오빠도 참. 불도저를 막아서 뭐 해. 그걸 막을 수나 있어?”

“그러게 말이야. 이 애는 어려서부터 무모했어. 상황을 따질 줄 몰랐지. 주는 대로 보상금을 챙기면 될 텐데 말이야. 그 동네 수백 가구가 전부 그 정도 보상을 받은 거잖아. 굳이 이렇게까지 할 필요가 어디 있었어?”

“우리 그이도 막겠다는 걸 내가 간신히 끌어냈어. 상상만 해도 끔찍하네.”

“셋째 고모가 이번 생을 워낙 반듯하게 살아서 흠잡을 데가 없었는데, 늙어서 울화통이 터져 죽게 됐으니 이만저만 애석한 게 아니야.”

“천둥성(陳東升) 얘는 말이야. 죽을 거면 죽고 살 거면 살았어야지, 이렇게 반쯤 죽은 상태로 있으면 어쩌자는 거야? 안 그래도 셋째 고모가 적잖이 충격을 받았는데, 아들도 평생 깨어나지 못한다는 소리에 갑자기 숨이 턱 막히더니 그대로 가신 거 아니야!”

아, 이제 알겠다. 그들은 지금 우리 어머니가 돌아가셨다는 이야기를 하고 있는 것이다. 여기까지 생각이 닿자 울고 싶었지만 정작 눈물은 나오지 않았다. 머릿속이 고통으로 가득 찰 뿐이었다.

아버지가 샤오푸를 데리고 나갈 때, 마침 간호사가 링거를 교체하러 들어왔다. 내가 머릿속의 우울함을 전부 털어놓으려고 의지를 발휘하자 갑자기 간호사가 소리쳤다.

“어, 환자분, 움직이셨네요!”

이어서 내가 또 움직이는지 지켜보느라 한동안 정적이 흘렀다.

"정말 움직이셨어요. 이건 기적이에요!"

아내가 돌아오자 간호사가 말했다.

"보호자님, 남편분이 눈꺼풀을 움직이는 걸 제가 분명히 봤어요."

아내가 놀라서 되물었다.

"정말이에요? 정말 보셨어요?"

"네, 봤다니까요."

간호사들은 환자의 모든 움직임에 예민하게 주의를 기울인다. 이튿날 의사가 회진 돌 때 아내가 의사에게 이런 상황을 이야기했다.

샤 선생이 말했다.

"네, 좋아요. 이건 아주 좋은 현상이에요."

그러고는 간호사에게 검사 몇 가지를 하게 했다. 좋은 약을 쓰면 내가 회복되어 깨어날 가능성이 있다고도 했다. 약은 한 개에 천 위안씩 하루에 두 번 복용하면 한 달에 6만 위안이나 드는 수입 제품이었다. 아내는 말이 없었다. 샤 선생이 나가길 기다리던 그녀는 의사가 나가자 내 눈꺼풀을 어루만지며 말했다.

"당신, 정말 눈꺼풀을 움직였어요? 다시 움직여볼 수 있겠어요?"

나는 아내의 말에 눈꺼풀을 조금이라도 움직여볼 요량으로 모든 의지를 눈에 집중했다. 아내가 손을 확 치운 걸로 보아 눈꺼풀이 조금 움직인 것 같았다. 잠시 후 아내가 내 앞에 앉아 말했다.

"당신도 방금 들었죠? 의사 선생님이 한 알에 천 위안씩 하루 두 번, 한 달에 6만 위안이나 되는 약에 대해 얘기한 것 말이에요. 우리 형편에 6만 위안이 어디서 나겠어요? 당장 식구들 살 곳도 없는데 당신이 이렇게 되는 바람에 보상금 30만 위안에서 20만 위안을 써버리고 남은 돈으로는 한 달도 버티기 힘들다고요. 당신이 정말로 깨어나고 싶으면 스스로 힘을 좀 써봐요. 그럼 그렇게 비싼 약을 쓸 필요도 없잖아요, 안 그래요? 정 그렇게 못 하겠으면 제발 부탁이니 눈꺼풀 좀 움직이지 말아요. 제가 봤으니까 망정이지, 당신이 이렇게 눈을 움직이는 것을 아버님이나 샤오푸가 보면 이런 세월도 끝이라고요."

그 뒤로 내 눈꺼풀은 한 번도 움직이지 않았다. 내 생각으로는 노력하면 다시 움직일 수 있을 것 같았다. 하지만 며칠 뒤에는 그럴 능력마저 사라져 그 뒤로 다시는 눈꺼풀을 움직일 수 없게 되었다.

또 두 달이 지나 나는 집으로 돌아가게 되었다. 날이 조금씩 추워져서 더 이상 천막에서 살 수 없게 되자 아내가 남은 돈으로 반지하 방을 하나 얻었다. 가족은 나를 특수 제작된 침대로 옮겼다. 바닥에 작은 구멍이 하나 있어서 그걸 열면 대소변을 해결할 수 있는 침대였다. 내 방은 아주 어두웠지만 빛이 필요하지 않아서 전구도 달지 않았다. 가족이 들어올 때 문을 열면 거실 불빛이 닿는 것이 전부였다.

이제 내 모든 기분은 안정을 되찾았고 모든 이야기를 다 들을 수 있었다. 집으로 돌아온 것 같았다. 그나마 위안이 되는 것은 아내와 아버지의 웃음소리가 들리는 것으로 보아 슬픔에서 점점 벗어나고 있는 것 같다는 사실이었다. 샤오푸가 어린아이다운 말을 하면 가족이 일제히 까르르 웃음을 터뜨리는 소리도 들리곤 했다. 그 웃음 뒤에는 간혹 어색한 침묵이 찾아오기도 했다. 아버지와 아내가 침상 위에 누운 나를 바라보면서 속으로는 한숨을 쉬고 있을 것이다. 하지만 그런 한숨에 더 이상 속이 상하지는 않았다. 그건 일종의 습관일 뿐이었다. 아버지와 아내가 고생하는 주변 사람들에게 "아이고, 이 불쌍한 녀석" "가여운 사내!"라고 하는 것과 다르지 않았다. 그들은 내 몸을 주물러주거나 매트리스를 갈아줄 때, 발을 닦아줄 때도 내 이야기를 하지 않았다. 그저 일상적이고 사소한 생활에 관한 이야기를 주고받을 뿐이었다.

"얘야, 저 녀석은 이미 저 지경이 되었으니 이게 다 운명이라 생각하고 넘기도록 하자꾸나."

"아버님, 전 아직 그이를 보살필 수 있어요. 우리 샤오푸도 있잖아요."

"내 말은 네가 아직 젊으니까 괜찮은 사람 있으면 만나보라는 거야. 샤오푸 때문에 좀 어려울 것 같으면 애는 내게 맡기면 된다."

"그게 무슨 말씀이세요? 저 그런 여자 아니에요."

"인생은 한 번뿐인데 네 발목을 잡을 수는 없지 않겠니. 네가 천씨 집안에 후손을 남겨줬으니 더 이상 폐를 끼치고 싶지는 않구나."

아버지는 인자한 분이고 아내도 성실한 사람이지만 인생은 피도 눈물도 없었다.

이런 대화가 몇 번 오간 뒤로 두 사람은 더 이상 그 이야기를 꺼내지 않았다. 그저 저녁에 무얼 먹을지와 샤오푸의 유치원 이야기만 주고받을 뿐이었다. 아버지가 종종 말을 멈추고 숨을 몇 번 고르면 생명이 기체가 되어 그의 몸에서 서서히 빠져나와 흩어지는 것을 내 예민한 귀로 알아차릴 수 있었다. 아버지는 늙으셨다. 겨우 예순을 넘기셨지만 백 세 어르신의 영혼을 가진 것 같았다. 낮에 집에 혼자 있을 때면 아버지는 작은 의자를 하나 들고 와 줄곧 내 옆에 앉아 뻐끔뻐끔 담배를 피워댔다. 조금 지나면 신음 소리와 고통을 참는 소리가 들려왔다. 아버지의 몸 어딘가가 괴사해 신경을 자극하는 탓이었다. 아버지는 이것이 당신의 운명임을 알고 마지막을 향해 조금씩 걸어가고 있는 것이다. 먹기만 하면 기사회생할 수 있는 선단(仙丹)이 있더라도 아버지는 드시지 않을 것이다.

어느 날, 아버지가 담뱃대로 담배를 세 봉지나 태우고 나서 말씀하셨다.

"얘야, 네가 들을 수 있을지 모르겠지만 너에게 꼭 얘기해줘야겠다. 내가 며칠을 고민했는데 말이야, 사람은 밭고랑을 가는 소나 마찬가지야. 어떤 밭고랑은 길고 어떤 밭고랑은 짧지만 걷다 보면 어느새 끝에 도착하게 되지. 난 이미 그 끝이 보여. 살날이 얼마 남지 않은 것 같구나. 샤오푸는 아직 어리고 네 아내도 젊은데 말이다."

아버지는 계속해서 담배를 태우면서 안타까운 신음을 토했다. 한참 뒤 또 이런 말씀을 하셨다.

"아니면 나랑 같이 가는 게 어떻겠니? 남은 애들이라도 뜻대로 살게 말이야. 아들아, 이 아비의 모진 마음을 탓하지 말거라. 네가 조금이라도 움직임이 있었다면 나도 이런 생각은 하지 않았을 거야. 샤오푸를 봐라. 아직 열 살도 안 됐잖니. 네가 온종일 이렇게 누워 있는 건 앞으로 샤오푸한테 부담만 될 게다."

아버지의 목소리가 점차 높아졌다. 울부짖는 것 같았다.

"내 마음대로 하마. 이 집 가장은 나니까 말이야. 나는 네 아비고 네 목숨도 내가 준 게 아니겠니. 그러니 내가 가져가는 것도 당연한 일이야."

나는 속으로 생각했다.

'아버지, 망설이지 말고 가져가세요. 제 생명을 전부 가져가시라고요. 저도 이렇게 살고 싶지 않아요. 이런 고통은 견딜 수가 없어요. 지금 저로서는 스스로 목숨을 끊을 힘조차 없으니 아버지가 대신 제 목숨을 가져가세요. 그것이 제가 자유로워질 수 있는 길이에요.'

바스락바스락, 아버지는 내 몸 위에서 뭔가를 하는 것 같았지만 아무것도 느껴지지 않았다. 귓가에 아버지의 무거운 숨소리가 들려왔다. 헉헉.

'아버지, 제 목을 조르고 계시나요? 감사합니다, 아버지. 좀 더 세게 조르세요. 젖 먹던 힘까지 다해서 조르시라고요.'

어딘가에 갇혀 있던 나 자신이 날아오르는 것 같은 느낌이 들었다. 하지만 그때 문소리가 들리며 누군가 들어왔다. 아내와 샤오푸였다. 나는 비명 소리에 이어 울부짖는 소리를 들었다. 우리 집에서 이렇게 큰 소리가 난 건 오랜만이었다. 나는 또다시 그 감옥으로 돌아가는 것 같았다. 아버지는 담뱃대를 집어 들어 온 힘을 다해 침대를 때려 부쉈다. 탕탕탕.

나는 기억을 거슬러 올라가기 시작했다. 이 뇌 하나가 이런 상황에서 뭘 할 수 있을까? 나는 어렸을 때부터 지금까지의 사소한 기억들을 끊임없이 되뇌었다. 네 살 때의 기억이 떠올랐다. 아버지는 나를 업고 둥자오(東郊)의 작은 가게에 가서 훈툰

(餛飩)*을 먹였다. 새우 속살이 들어 있는 훈툰은 아주 맛있었다. 그때 나는 겨우 네 살이었다. 집으로 돌아가는 길에 하늘이 갑자기 어두워지자 아버지는 겉옷으로 나를 감싸 안았다. 아버지의 수염이 내 얼굴을 찔렀다. 어머니가 나를 쫓아와 머리를 깎아주었던 것도 생각났다. 어머니는 걸핏하면 "요 녀석, 너 거기 안 서!" 하면서 겁을 주었다. 이는 어머니가 내게 던지는 영원한 욕이었다. 나는 또 아내를 떠올렸다. 10년 전에 아내는 겨우 스무 살이었다. 우리는 대학 행사에서 처음 만났다. 그녀는 귀밑까지 오는 짧은 단발을 한 유능한 여자였다. 처음 그녀와 입을 맞출 때 내가 수줍어하자 갑자기 그녀가 먼저 내 혀를 자기 입 속으로 빨아들였다. 모든 일이 다 기억났다. 정말로 이상한 일이었다. 30년에 걸쳐 경험해온 모든 일들을 회상하는 데는 사흘도 채 걸리지 않았다. 그 잃어버린 시간은 다 어디로 간 것일까? 굳어버린 내 몸속에 있는 걸까? 많은 기억들이 이미 희미해지고 끊겨서 상상으로 보충하고 이어가는 수밖에 없었다. 사건과 사건을 연결하다 보니 원인 없는 결과가 없다는 것도 깨달았다. 내가 불도저 앞에 설 수 있었던 것은 칼을 뽑아 전장을 누비는, 만 명이 마주 서도 당해내지 못하는 엄청난 영웅이 되고 싶었기

* 밀가루를 소금물에 반죽하여 얇게 편 뒤 고기나 새우, 파, 생강, 후춧가루 등을 간장에 버무린 소를 넣고 빚어서 끓인 중국식 만둣국.

때문이다. 어렸을 적 전쟁영화와 무술영화를 보면서 거기에 등장하는 협객과 영웅들을 숭배했고 목검을 만들어 친구들끼리 실력을 겨루기도 했다. 나는 상대가 나의 기세에 놀라 철거 조건에 응해줄 줄 알았다. 정말 그렇게 되었다면 후얼이 내게 빚진 200위안은 그냥 받지 않을 작정이었다.

"후얼, 형 돈이 좀 생겼다. 그 200위안은 안 받을 테니 담배를 사 피우든지 술을 마시든지 맘대로 해."

기꺼이 이렇게 말할 수 있었을 것이다. 나는 그 거지 같은 일도 그만두고 더 이상 상사 노릇하는 인간들에게 굽실거리지 않을 생각이었다. 염병할, 서류를 상사 얼굴에 내던지고 한마디 호쾌하게 던질 수 있었다면 얼마나 좋았을까.

"이런 젠장, 나 더는 못 해먹겠어. 더 이상 당신들 노예 노릇 안 할 거야."

나는 당시에도 잠시 이런 생각을 했었다. 그래서 불도저 앞에 섰던 것이다. 하지만 죽기는 싫었다. 살고 싶었다. 그러나 제때 도망치지 못해 결국 불도저의 큰 삽에 얻어맞고 말았다. 나중에 병원과 집에서 들은 바로는 내가 불도저에 맞고 나서 남은 몇 집의 세대주마저 순순히 계약서에 서명했다고 한다. 우리는 불도저를 막을 수 없었고, 불도저 뒤에 있는 양복과 제복은 더더욱 막을 수 없었다.

언제부턴가는 기억도 다 바닥나버리고 상상하는 것조차 재미없어졌다. 인생을 몇 차례나 살았던 것처럼 모든 가능성이 머릿속을 한 번씩 스쳐 지나갔다. 나는 현재도, 미래도, 추억도 없는 공허에 빠졌다. 방 안은 아주 조용했다. 그 사건이 있고 난 뒤로 아버지는 낮에 페트병을 주우러 다니기 시작했다. 그렇게 모은 돈으로 손자에게 장난감과 가방을 사줄 요량이었다. 나는 아버지의 생각이 변하지 않았다는 사실을 잘 알고 있었다. 내가 죽기를, 조용히 혼자 죽어가기를 기다리고 있었던 것이다. 나는 그런 아버지를 원망하지 않았다.

내 모든 생명력은 두 귀에 몰려 있었다. 하지만 이 반지하 방은 무덤처럼 고요했고 째깍째깍 시계 가는 소리조차 들리지 않았다. 창문에는 누군가 샤오푸에게 선물한 풍경이 하나 걸려 있었다. 하지만 이곳에 바람이 불 리가 없었다. 나는 수도꼭지에서 조금이라도 물이 새거나 쥐가 출몰했으면, 모기가 앵앵거리며 날아다녔으면 하는 생각을 했다. 생명체의 소리를 듣고 싶었다. 하지만 아무것도 없었다. 고요함뿐이었다. 기억이 다 고갈되고 기력도 바닥났다. 그런 느낌은 정말 견디기 힘들었다.

보름을 고통스럽게 보냈을 때 아내는 낡은 텔레비전을 한 대 사 왔다. 샤오푸를 위한 것이었다. 아직 어린 샤오푸는 만화영화를 무척 보고 싶어 했다. 내가 텔레비전에서 나는 소리를 들으며 얼마나 흥분했는지 아무도 모를 것이다. 나는 너무나 감동하여 펄쩍 뛰었다. 정말로 펄쩍 뛰었다. 나는 이미 어떤 일이든 자유롭게 행동으로 옮기는 법을 배웠다. 무슨 일이든지 할 수 있었다. 심지어 정상적인 사람들이 할 수 없는 일도 할 수 있었다. 박쥐처럼 주방 천장에 붙어 뜨거운 물이 보글보글 끓는 것을 지켜볼 수도 있고 아내의 이불 속으로 기어 들어가 발끝에서 무릎과 사타구니, 복부를 거쳐 가슴을 넘고 목덜미를 따라 온몸에 입을 맞추는 일도 할 수 있었다. 나는 계속 위로 올라가 그녀의 이마에서 비틀거렸다. 겨우 서른 살이 갓 넘은 여인의 이마에 난 깊은 주름이 나를 넘어뜨렸다. 샤오푸를 품에 안았을 때는 내가 아직 살아 있다는 든든한 안정감이 느껴지기도 했다. 샤오푸의 몸이 바로 내 몸이기 때문이었다. 나는 어머니의 어두운 유골함 앞에 쪼그리고 앉아 아버지의 황소 같은 숨소리를 들었다. 최근에 아버지는 천식이 생겨 숨을 쉴 때마다 수천 미터 땅속에서 물을 긷는 것처럼 힘들어하셨다. 나는 아버지의 숨결이 폐에서부터 거칠고 좁은 기도를 지나 목구멍의 방해를 이긴 다음, 다시 온 힘을 다해 입 밖으로 나오는 것을 똑똑히 들을 수 있었다. 나는 유령이 된 것이다.

저녁 식사를 할 때, 샤오푸가 텔레비전을 켰다. 〈연합뉴스〉에서 남녀 진행자가 떠들어대는 소리가 벽을 타고 내 귀에까지 들어왔다. 눈에서 몇 방울 눈물이 흘러내린 것 같았지만 가족은 전혀 눈치채지 못했다. 아무런 감정도 없는 뉴스 방송이 내게는 아름다운 음악처럼 들려 귀를 즐겁게 했다. 후쿠시마 원전 위기와 중국인들의 소금 탈취, 국가 지도자의 중요한 연설, 이라크에서 또 발생한 인명사고 등에 관한 뉴스였다. 맙소사! 이런 게 바로 세상이 아니던가. 샤오푸는 만화영화를 보면서 깔깔거리며 웃다가 대사를 따라 하기도 했지만 8시가 되자마자 아내가 탁 소리와 함께 텔레비전을 꺼버렸다. 나는 또다시 고요 속으로 돌아가야 했다.

텔레비전에 대해 더할 수 없는 미련이 생기기 시작했다. 매일 괴로움을 참으며 텔레비전이 켜지기를 기다렸다. 거실 쪽에서 인기척이 나면 누군가 텔레비전을 켜는 것이 아닌가 하여 신경을 곤두세우곤 했다. 가장 행복한 순간은 아내가 밖에 나가고 샤오푸와 아버지만 집에 남아 있을 때였다. 아버지가 반지하 계단에서 숨을 헐떡거리며 담배를 피우는 사이에 샤오푸가 텔레비전을 켰다. '사랑하는 아들아, 이럴 때 네가 날 구해주는구나!' 나는 나의 모든 정신을 귀 기울여 듣는 데에 다 쏟았다. 이야기들은 이전보다 더 완전해졌다. 한번은 이야기에 깊이 빠져 있다가 샤오푸가 실수로 끓는 물을 자신의 발에 뿌리고 나서 질러대는 비명 소리를 듣지 못했다.

마음 놓고 텔레비전에서 나는 소리를 들을 수 있는 시간은 아주 짧았고 대부분의 시간이 여전히 공허하기만 했다. 나의 세계에는 낮과 밤이 없었다. 잠은 점점 줄어들기 시작했고 정신은 이미 흐려지기 시작했다. 밖에서 나는 미묘한 소리가 꿈과 뒤엉켜서 구분할 수가 없었다. 나는 자신이 자고 있는지 깨어 있는지, 환상인지 꿈인지 구분하지 못했다. 나 자신에게 "너는 지금 깨어 있어. 그러니까 그만 가서 자도록 해"라고 말하면 정말로 금세 잠이 들었고 "너는 지금 꿈을 꾸고 있으니 그만 깨어나"라고 말하면 잠에서 깼다.

한동안 춘절이라 집에 많은 사람들이 찾아왔다. 매일 너덧 명씩 찾아와 새해 복 많이 받으라고 축원을 건네며 내 상태가 어떤지 물었다. 그들은 내 침상으로 다가와 머리를 만져보거나 다리를 주물러주었다. 억지로 내 눈꺼풀을 열어보기도 했다.

"오빠 안색이 많이 좋아졌네요."

"라오천, 자넨 참 좋겠어. 하루 종일 누워 아무것도 하지 않으니 마음 졸일 일도 없고 말이야. 이런 자유를 누릴 수 있다는 건 정말 복받은 거야!"

"조카, 자네가 이렇게 힘들게 누워 있으니 자네 아내가 더 힘들어하잖아. 우리 천씨 집안이 평생 무슨 죄를 지었기에 자네가 이 모양이 된 거지?"

"형수님, 우리 형님이 언제까지 이렇게 누워 계셔야 하나요?"

나는 하나하나 서로 다른 목소리를 들으며 그들이 누구인지 다 알 수 있었다. 너무 오래 소리에 귀를 기울이다 보니 사람들이 말할 때 어떤 심정으로 말하고 있는지도 분별해낼 수 있었다. 그들의 이야기를 들으며 최근에 사촌 여동생의 형편이 좋지 않다는 것도 알 수 있었다. 그 애는 남편과 이혼하고 홀로 일용직 노동자로 일하면서 부인병까지 견디고 있었다. 셋째 삼촌은 최근 몇 년 동안 돈을 많이 벌어 매일 수탉을 한 마리씩 사 먹은 덕분에 기력을 많이 회복했다고 했다. 둘째 고모는 지난 며칠 동안 몸에 활력이 없어 목소리에서 겨울바람처럼 서늘한 기운이 느껴졌다. 그녀의 인생 역시 무척이나 고달팠기 때문에 내 기구한 처지를 위해 울어줄 여력이 없었다. 고모의 아들은 육교 위에서 노점상을 했다. 어느 날 도시관리 직원에게 쫓기다 그는 육교 아래로 떨어져 다리가 부러졌다. 설상가상으로 며느리는 효성이 지극하지 않아 매일 그녀를 냉대했다. 사촌동생은 그나마 나은 편이었지만 대출금 돌려 막기를 하느라 매일 은행에 몇 백 위안을 빚진 일로 악몽을 꾸다 깨곤 했다.

친척과 지인들이 어떻게 사는지 알고 나자 마음속에서 슬픔이 가시지 않았다. 이것이 바로 우리 서민의 삶이었다. 어떻게 살아도 생활은 어려웠다. 그저 하루하루를 힘들게 보내면서 견디다가 죽을 때가 되어서야 임무를 완수하는 셈이었다.

초엿새에는 직장 상사가 우리 집을 찾아왔다. 그가 문 안으로 들어서면서 말했다.

"라오천, 서기와 함께 문병 왔네. 많진 않지만 줄 것도 있고 해서 말일세."

그러더니 아내에게 돈 봉투를 건넸다. 상사가 내 손을 잡으며 다정한 어투로 말했다.

"라오천, 우리 회사에서 일한 몇 년 동안 회사에서는 자네에게 박하게 대하진 않았네. 자네의 일 처리도 조직에 긍정적인 영향을 미쳤고 말이야. 그런데 참 안타깝게 됐네. 반년만 더 있었으면 국가에서 공공의료보험으로 전환할 수 있었을 텐데 말일세. 딱 반년이 모자라서 어렵게 됐네. 규정 때문에 어쩔 수 없는 것이니 내 탓은 하지 말게. 제도가 그렇단 말일세. 라오천, 혹시 어려운 일 있으면 내게 꼭 말해주게. 내가 최대한 돕도록 할 테니까 말일세."

상사는 자리에서 일어서며 아내에게도 말했다.

"회사에 찾아와 시끄럽게 굴어도 아무 소용 없으니 회사로 찾아오진 마세요. 라오천의 상황이 산업재해에 포함되지 않아 우리 직원들이 십시일반으로 만 위안이라는 적지 않은 돈을 모았는데 직장에 와서 또 난리를 피우면 돕고 싶은 마음이 식지 않겠어요?"

아내는 말없이 대걸레를 들고 시멘트 바닥을 박박 문질러 닦았다. 몇몇이 껑충껑충 뛰면서 말했다.

"이게 뭐 하는 짓입니까? 갑니다, 가요. 가면 되잖아요."

그렇게 모두 가버렸다. 과거에 상사와 함께 출장을 갔다가 목욕하게 되었을 때, 그는 내게 등을 밀어달라고 했다. 염병할 놈이 나를 아주 개처럼 부려먹었다. 지금은 어떨까? 지금도 그렇지 않을까? 그는 마사지 업소에 가서 아가씨를 불러 뜨거운 시간을 보내며 내게 핸드폰을 들고 밖에서 망을 보게 하기도 했다. 상사 아내에게 전화가 오면 잘 둘러대라고 했다.

"형수님, 별일 아니에요. 요즘 변비가 심해져서 화장실에 가 계세요. 정 못 믿겠으면 들어보세요, 일을 보고 계시잖아요."

하지만 나는 상사가 언젠가 변비 때문에 죽기를 바랐다. 마음의 평정을 되찾았던 나는 집까지 찾아와 연기를 하고 간 상사들 때문에 또다시 마음속에 격한 분노가 일었다. 연말결산 회의에서 그들이 어떻게 말할지 잘 알고 있었기 때문이다. 그들은 눈물을 흘리며 이렇게 호소할 것이다.

"우리 직원인 천둥성 씨가 불행한 일을 당해 식물인간이 되었지만 우리는 그를 포기하지 않았습니다. 우리 직원들은 그에게 만 위안을 기부했고 매년 춘절이 돌아올 때마다 임원들이 그의 집을 찾아가 위로의 선물을 건네기로 했습니다. 그의 아내는 무척 감동하면서 요즘 세상에 정말 보기 드문 직장 상사라고 하더군요. 임직원 여러분, 이것이 우리 기업 조직의 결속력이자 무한한 발전 동력입니다. 이번 사례를 통해 저희 임원들의 마음이 직원 여러분에게 충분히 전달되기를 바랍니다. 우리는 한 가족입니다."

나는 그를 위해 7년 동안이나 매년 연말에 연설문을 준비해 주었기 때문에 그가 어떻게 말할지 잘 알고 있었다. 달라진 것이 있다면 지금은 내가 관심과 그리움, 위로의 대상이 되어 연설문 속의 예시로 변했다는 점이다.

얼마나 오래 누워 있었을까. 나 자신은 알 도리가 없지만 그동안 귀 기울여 들은 바에 기초하여 적지 않은 시간이 흘렀다는 것을 알 수 있었다. 아내가 샤오푸를 혼내는 말로 미루어 대략 칠팔 년은 된 것 같았다.

"벌써 3학년인데 철 좀 들면 안 되겠니?"

"중학생이나 됐는데 아직도 엄마를 화나게 해!"

"곧 고입 시험인데 제발 공부 좀 해라."

"네 아버지가 이 모양인데 넌 어쩌려고 그러는 거야?"

아내의 입에서 나온 일련의 말에 근거하여 유추해보면 샤오푸는 열너덧 살쯤 되었을 것이다. 샤오푸는 열 살 이후로 침대에 누워 있는 나를 본체만체했다. 녀석은 집에 오면 마치 내가 없는 것처럼 행동했다. 녀석은 손에 들고 있던 책을 내 몸 위로 내던지려고 할 때도 있었다. 아내가 아버지에게 무슨 짓이냐고 나무랐지만 녀석은 "아버지는 무슨 아버지! 어차피 미라처럼 아무것도 느끼지 못하고 밥 먹고 똥만 누는 나무토막일 뿐인데"라고 말을 받았다. 한번은 내 옆에서 한참이나 입을 다물고 있다가 "참 대단하십니다. 왜 아직도 안 죽은 거예요? 당신이 내 아버지라면 나와 엄마를 그만 좀 괴롭히고 어서 죽어주세요!"

라고 말하기도 했다. 나는 그 말이 마음에 꽂히는 것 같았지만 마음이 어디에 있는지조차 느낄 수 없었다. 아이가 한 말에 대해 나는 상상 속에서 대답했다. 우리 부자는 이렇게 대화를 이어나갔다.

"샤오푸, 나도 정말 죽고 싶구나. 내가 차라리 죽기를 얼마나 바라왔는지 너는 잘 모르겠지만 나는 죽는 것조차 마음대로 하지 못한단다."

"사람들이 내게도 아버지가 있다고 하는데, 이게 있는 거야? 차라리 없는 게 낫지!"

"그래, 맞아. 차라리 없는 게 나을 게다."

"아버지가 죽으면 고통스럽지 않을 텐데. 매일 여기 이렇게 누워 있는 걸 보면 저도 정말 힘들어요."

샤오푸는 이렇게 말하면서 울기 시작했다.

"사내 녀석이 왜 울고 그래. 샤오푸, 울긴 왜 울어? 너는 공부 열심히 하고 실력 발휘해서 훌륭한 사람이 되어야지. 절대 이 아버지처럼 말에 힘도 없고 실낱같은 목숨을 가진 서민이 되어선 안 돼."

"어떤 아저씨가 자꾸 엄마를 찾아와요. 제가 보기엔 엄마를 좋아하는 것 같아요."

"네 엄마가 그렇게 쉬운 여자는 아니다만 좋다는 사람이 있으니 얼마나 다행이냐. 어서 재가하라고 해. 넌 엄마의 앞길을 막지 말고 엄마를 따라가도록 해라. 난 여기서 혼자 죽게 내버려두면 돼."

"아버지, 가서 복수하고 싶어요. 엄마한테 도대체 누가 아버지를 이렇게 만들었는지 물어봐서 그 사람들 가족까지 다 죽여버릴 거예요. 제가 몇 년째 남몰래 조사하고 있다는 사실은 아무도 몰라요. 그놈들을 찾으면 가족까지 전부 죽여버릴 거예요."

"아들아, 그러지 마라. 절대 그러면 안 돼. 그건 네 인생만 망치는 짓이야. 아빠는 이미 망가졌지만 너까지 망가져서야 되겠니? 열심히 공부해서 대학도 가고, 나중에 공무원 시험도 봐서 국가 관리가 되어야 사람들이 못 괴롭힌단다."

"못 찾겠어요. 이렇게 오랫동안 노력해도 못 찾았어요."

샤오푸는 엉엉 울기 시작했다. 그러더니 갑자기 울음을 멈추고 내 뺨을 때렸다.

"살려면 살고 죽으려면 죽지 이게 뭐예요? 산 것도 아니고 죽은 것도 아니고 이게 뭐냐고요!"

나는 아픔이 느껴지지 않았다. 손바닥으로 얼굴을 탁탁 치는 소리만 들릴 뿐이었다.

여러 해 동안 시간이 어떻게 이 나무토막 같은 몸을 흘러간 것일까. 그건 나도 모르겠다. 돌이켜 생각할 때마다 어떤 두려움과 비애가 덮쳐왔다. 샤오푸가 중학교 1학년이 되었을 때, 아버지는 마침내 거칠게 몰아쉬던 숨을 쉬지 않게 되었다. 내가 아직 살아 있는 탓인지 아버지는 눈도 제대로 못 감고 돌아가셨다. 아버지 유골은 어머니와 함께 모셨다. 오랜 시간이 지나 먼지가 한 겹 쌓이고 나서야 두 분은 진정한 행복을 누리고 평안을 찾았다. 아버지는 돌아가시기 직전까지도 담뱃대에 담배를 채워 넣었지만 한 모금도 빨아들이지 못하고 가버리셨다. 샤오푸가 학교를 마치고 돌아와 할아버지를 부르며 몸을 툭 치자 콧구멍에서 연기가 잠깐 나더니 아버지가 바닥에 쿵 하고 넘어지셨다. 놀란 샤오푸는 울음을 터뜨렸고 소식을 들은 친척들이 허둥지둥 달려왔다. 나는 많은 소식을 듣다 보니 좋은 일도 알았고 안 좋은 일도 알았다. 누가 죽었는지, 병이 났는지, 멀리 떠났는지 두루 다 알게 되었다. 최근에 아버지는 이 작은 방에서 나와 함께 주무셨다. 아버지가 대나무 침대에 누우면 뼈와 침대가 부딪칠 때마다 특이한 소리가 났다. 삐걱삐걱 낡은 로봇 같은 소리가 났다. 그러고 나선 밤새 움직이지 않았다. 몸을 뒤집지도 않고 중간에 깨지도 않다가 새벽 5시가 되면 변함없는 모습으로 일어나셨다.

이제 그 침대는 비어 있지만 나는 매일 밤 여전히 뼈가 대나무에 부딪쳐 삐걱대는 소리를 들었다. 그 위에 아직 아버지와 함께 가지 못한 무언가가 남아 있는 것 같았다.

내 몸에는 생명력이 여전히 또렷하게 남아 있었다. 호흡도 고르고 심장박동도 정상이었다. 아직도 이 완벽한 영혼의 감옥에 갇혀 있었다. 유일하게 위로가 되는 것은 언젠가는 이 감옥이 부서져서 내가 철저히 완전하게 사라지게 될 것이라는 사실이었다. 그건 아주 큰 행복임에 틀림없을 것이다. 여러 해에 걸쳐 화제가 되다 보니 나의 죽음은 다른 사람들에게 더 이상 슬프고 아픈 일이 아니라 일종의 해탈이자 무거운 짐을 내려놓는 일이었다. 그러나 그날이 오기 전까지 나는 계속 귀 기울여 듣고 스스로를 끝없는 허공 속에 가둬두어야 했다.

책임 번역 : 이정민

당나라로 돌아가다

천보(天寶)* 11년의 봄에는 물이 부족했다. 지난겨울에는 눈이 내리지 않았고 올봄에도 비가 내리지 않아 날은 가물고 땅은 메말랐다. 마을 노인들이 담장 밑에 웅크리고 앉아 해를 바라볼 때마다 항상 누군가 중얼거렸다.

"재앙의 해야. 재앙의 해로구나!"

이 말은 온 마을 사람들의 마음을 우울하게 했다. 열 명이 넘는 아이들이 부모의 단속에 집 안에 틀어박혀 있어야 했다. 너무 많이 뛰어다니면 쉽게 배가 고파지기 때문이다.

* 당 현종의 연호(742~756).

3월 16일 축시만 되면 창안(長安)성 방향에서 검은 구름이 밀려왔다. 구름은 오풍촌(五豊村) 상공을 한 시진쯤 떠다니다가 갈색 비를 쏟아냈다. 이 비를 틈타 나는 다른 마을 사람들과 마찬가지로 밀 씨앗을 땅에 묻고 흙비료를 두 번 뿌린 다음, 땅에 쪼그리고 앉아 밀 싹이 트기만을 기다렸다. 밀은 하룻밤 사이에 흙에서 나오는 것이 아니었다. 동틀 무렵 마을 사람들과 삼삼오오 모여 집으로 돌아오니 공기 중에 안개가 자욱했다. 나는 땅이 그다지 마르지 않았다는 사실에 남몰래 기뻐했다.

집에 있는 쌀이 동이 나면 어두컴컴한 쌀독 밑은 쌀을 푸는 바가지에 긁혀 유약이 한 겹 벗겨지고 버짐 같은 흠집이 드러나 밥에서 종종 쌀알만 한 크기의 모래가 씹히곤 했다. 하지만 토해내기에는 너무나 아까웠다. 다행히 아직까지는 이가 튼튼해 오독오독 씹어 배 속으로 삼켜버리면 그만이었다. 뚱뚱하고 키가 작은 아내는 한숨을 쉬는 데에 온 힘을 다 써가면서 화덕 옆에 쪼그리고 앉아 숭늉 한 솥을 보글보글 끓이고 있었다. 어제 심은 밀 씨앗이 이미 말라비틀어져 쓸모없어졌다 해도 구수한 숭늉 냄새를 맡으면 곧바로 하루가 좋은 쪽으로 흘러갔다. 수확의 계절인 가을의 공기가 집 안에 떠다녀 언제든지 손으로 잡을 수 있을 것만 같았다.

아내가 물었다.

"밀 파종했어요?"

"했지."

"거름도 주었나요?"

"주었지."

"하이고……."

아내는 여전히 긴 한숨을 내쉬었다. 나는 그녀의 폐 속에 거대한 풍로가 들어 있는 것이 아닌가 하는 의심이 들었다. 그녀는 이따금씩 온 힘을 다해 숨을 내쉬어 몸 안의 기체를 전부 밀어내곤 했다. 하지만 굳이 그녀에게 신경 쓸 필요는 없었다. 우리는 각자 소금을 넣은 숭늉을 두 그릇씩 마셨다. 몸에 활기가 돌기 시작하는 것이 느껴졌다. 아내는 버드나무 광주리를 찾아 팔에 걸고는 나뭇잎을 찾으러 나갔고 나는 소를 몰고 마을 뒤편 산비탈로 올라갔다. 해가 마을 동쪽 언덕 위로 떠올랐다. 봄이 온 지 석 달이나 지났지만 풀은 한 치도 자라지 않고 누렇게 시들어버렸다. 게다가 매일같이 많은 소와 말, 돼지, 양들이 찾아와 풀을 뿌리까지 깨끗이 뜯어 먹었다. 나는 뼈만 앙상하게 남은 소를 몰고 매일 그곳으로 향했다. 소가 스스로 먹을 풀을 찾아 뜯어 먹도록 내버려둔 다음, 커다란 바위 위에 앉아 북동쪽을 바라보았다. 그곳은 산이 겹겹이 이어진 지역으로 아마도 사람들이 친링(秦嶺)이라고 부르는 곳일 테지만 나도 잘은 알지 못했다. 일거리가 없는 날에는 늘 이곳에 와서 멍하니 앉아 그렇게 북동쪽을 바라보곤 했다. 그곳에 대체 무엇이 있기에 나를 이렇게 끌어당기는 건지 알 수 없었다. 그저 끝없이 이어지는 산일 뿐인데 내 고개는 나침반의 바늘처럼 나도 모르게 늘 그 방향으로 돌아가곤 했다.

내가 오풍촌에 온 지 벌써 10년이 됐다.

나는 아직까지도 처음 왔던 그해가 천보 원년 봄이었다는 것을 기억하고 있었다. 그때 온 산과 들에 곡식과 잡초가 가득했고 강물은 맑고 투명했으며 날씨는 쾌청했다. 나는 실오라기 하나 걸치지 않은 맨몸으로 이곳에 도착하여 사람 키 반쯤 되는 풀숲에 숨어 무명옷을 입은 사람들이 괭이를 메고 소를 끌고서 밭으로 나가는 것을 지켜보았다. 그들의 옷차림으로 보아 나는 그토록 염원하던 당나라 시대로 온 것이 확실하다는 결론을 내렸다. 무성한 수풀에 몸이 쓸려 가려웠음에도 나는 몸을 움직일 수 없었다. 지나가는 사람들이 떠드는 소리를 들으니 정말 '창안 말'이라고도 불리는 산시(陝西) 방언이 아닌가!

나는 그들이 지나가기를 기다렸다가 모래톱 위를 이리저리 뛰어다니며 봄의 정취를 만끽했다. 실로 오랫동안 풀 내음과 흙냄새가 섞인 이토록 달콤한 공기를 마셔보지 못한 터였다. 이것이야말로 내가 이곳에 온 목적이라 할 수 있었다. 이러한 즐거움이 배가된 것은 어제의 그 한풀이 덕분이다.

모든 것을 버리고 당나라에 오기로 결심하기 전, 나는 나와 관련된 문서와 자료들을 모조리 불태워 이 세상에 한 점 흔적도 남기지 않으려고 노력했다. 그러고는 총장실로 들어가 1분 동안 말없이 그를 쳐다보았다. 그가 성가시다는 듯한 어투로 말했다.

"라오자오(老趙), 무슨 일입니까? 용건이 있으면 빨리 말씀하세요. 회의에 가야 하거든요."

나는 차갑게 웃으며 그에게 다가가 따귀 두 대를 날렸다.

"이 염병할 새끼, 멍청한 짓만 하고 있네!"

그는 멍한 표정을 짓더니 이내 얼굴을 감쌌다.

"라오자오……. 당신, 다 알고 있었군요. 사실은 내가……."

나는 따귀를 두 대 더 갈기고 나서 문을 박차고 나왔다. 그래, 원치 않아도 총장이 이 학교 최고의 미녀라 불리는 내 아내 량쯔웨이(梁紫薇)와 관계를 가져왔다는 사실을 받아들여야 할 것 같았다. 나는 그녀에게 이미 어떠한 감정도 없었다. 3년 전 그녀는 대학에서 내 말단 직원에 불과했지만 운수가 대통하여 단번에 당위원회 부서기 자리까지 올랐다. 나는 그녀와 총장이 붙어먹고 있다는 사실을 알고 있었다. 교내의 모든 사람이 이 사실을 알고 있었지만, 이런 일은 요즘 시대에 조금도 새로울 것이 아니라 나조차도 크게 놀랄 필요가 없다고 생각했다. 그 당시 나도 이 일로 인해 적지 않은 이득을 보았으니까. 집을 나누어 가졌고 부교수로 승진도 했다. 게다가 량쯔웨이는 도둑이 제 발 저린 격으로 나와 관계를 가질 때마다 대단히 열정적이었다. 후에 내가 정교수 심사에서 매번 떨어지자 그녀가 말했다.

"여보, 너무 조급해하지 말아요. 당신은 반드시 승진할 거예요. 단지 시간문제일 뿐이죠. 그나저나 부교수로 승진한 지 얼마 되지도 않았는데 정교수까지 된다면 남들이 뒷담화를 하지 않을까 걱정이에요. 당신도 알다시피 내가 지금 학교에서 고위 간부이긴 하지만……."

나는 할 말이 없었다. 하지만 내가 가장 참기 힘든 순간은 전체회의 시간이었다. 회의를 할 때마다 량쯔웨이와 총장은 상석에 앉아 상사와 부하 관계인 것처럼 나를 향해 고개를 끄덕였다. 나는 미소를 지어 보이며 아무렇지 않은 척했지만, 그들이 나를 보는 시선의 밑바닥에는 은밀한 수군거림과 비웃음이 가득하다는 것을 알고 있었다. 그들의 연설이 끝나면 사람들은 팔을 높이 들어 열렬한 박수를 보냈고, 얼굴에는 흥분과 인정의 표정이 가득했다. 오로지 나 혼자만 시종일관 말없이 자리에 앉아 단상 위아래의 사람들을 차가운 눈길로 바라볼 뿐이었다.

나는 이 학교에서 12년 동안 당대(唐代) 문학을 연구해 당 전성기 시인들에 대해 훤히 꿰고 있었으며 운과 대구가 잘 갖춰진 고시(古詩)를 써낼 수도 있었다. 인생의 황금기를 맞이한 것처럼 보이겠지만 책에서 벗어나 고개를 들면 온 세상이 혼탁하다는 느낌이 들었다. 그다지 혼란스럽지 않을 수도 있었다. 하지만 좌절하여 우울감에 휩싸여 있는 남자의 눈에 이 세상은 온갖 인간

쓰레기들이 필사적으로 진흙과 진액을 빨아먹는 더럽고 냄새나는 저수지에 지나지 않았다. 나는 한 수의 시처럼 아름다운 당나라 시대로 돌아가고 싶었다. 요즘 각종 타임슬립 드라마가 끊임없이 방영되면서 고대의 어느 시대로 돌아가는 것이 가능할 뿐만 아니라, 꼭 필요한 것 같다는 생각이 들게 했다. 몇 달 전부터 나는 당나라로 돌아갈 준비를 하고 있었다. 인터넷에 있는 각종 게시물과 메일함을 모두 지우고 전화번호를 반납했으며 은행에 있는 모든 잔고를 인출해 고향 집으로 보냈다. 그리고 매일 량쯔웨이와 한바탕 열정적인 놀이를 즐겼다. 어쨌든 내 아내는 몸매는 가냘프지만 가슴과 엉덩이는 풍만한 이 시대의 진정한 미녀였다. 나는 당나라로 돌아가면 다시는 이렇게 날씬한 여인을 만날 수 없을 것 같다는 생각이 들었다. 모두가 알다시피 당나라에는 뚱뚱한 것을 아름답게 여겼기 때문이다. 이유는 없지만 나는 그 순간이 반드시 오리라는 것을 잘 알고 있었다.

총장실에서 나와 회의실 옆을 지나는데 모든 학과의 선생들이 회의를 하고 있었다. 듣자 하니 교수들의 자녀 진학과 관련하여 논의하고 있는 것 같았다. 내 눈에는 평상시에는 온화하고 우아하던 동료들이 마치 아이들의 목을 한 명씩 졸라 높이 들어 올리면서 "내 거야, 내 거, 내 거라고……" 하고 외치는 것처럼 보였다. 교수인 그들은 일반 학부모와 출발선부터 달랐다. 그 순간 나와 량쯔웨이 사이에 자식이 없다는 사실이 다행스럽게 느껴지면서도 한편으로는 울화가 치밀었다. 나는 무수히 많은 장면을 생생히 기억해낼 수 있었다. 량쯔웨이는 여태껏 나와 아이를 가질 생각을 해본 적이 없었다. 매번 관계를 가질 때마다 그녀는 내게 콘돔 사용을 요구했다. 처음에 나는 미끈미끈하고 희미하게 플라스틱 냄새가 나는 그 물건을 극도로 싫어했다. 하지만 몇 년이 지나자 콘돔과의 친밀한 접촉을 좋아하게 되었다.

나는 마음속으로 '범부 속물'이라고 그들을 비웃었다. 막 자리를 뜨려는 순간 우연히 고개를 돌린 언어학을 하는 장(姜) 선생이 나를 보았다. 그녀가 농담 반 조롱 반으로 말했다.

"자오 선생님은 여전히 걱정이 없으시네요."

이런 유형의 말은 이미 너무 많이 들어 아무런 느낌이 없었다. 하지만 이날, 내가 곧 당나라로 돌아가는 이날만큼은 그 누구도 용납할 수 없었다. 용납하고 싶지도 않았다. 나는 회의실로 뛰어들어가 곧장 강단 위로 올라갔다. 서류를 읽고 있던 처장 한 명을 걷어차 강단 아래로 내려보내고는 수십 명의 교수와 박사 지도교수, 강사들을 향해 큰 소리로 외쳤다.

"여러분은 부끄럽지도 않습니까? 이 자리에 앉아 자기 아이를 집어 들어 끝없는 어둠의 터널로 필사적으로 밀어 넣는 것이 부끄럽지도 않느냔 말입니다."

강단 아래에 있던 사람들이 웅성대기 시작했다. 말을 계속 이어나가려는 순간, 경비원 두 명이 달려와 나를 바닥에 짓눌렀다. 입이 바닥 타일에 닿자 진하고 축축한 냄새가 진동했다. 발악하며 고함을 지르고 싶었으나 문득 그들이 나를 작고 어두운 방에 가둬버리면 당나라로 돌아갈 수 있는 일생일대의 기회를 잃게 될 것이라는 생각이 들었다. 나는 곧바로 입을 닫았다. 이런 기회는 오직 나만이 알 수 있었다.

나는 우연히 당시(唐詩) 한 편에서 이런 비밀을 발견했다. 미안하지만 그것이 어느 시인지는 말할 수 없다. 하지만 바로 오늘, 내가 학교 시계탑 꼭대기에 서 있기만 하면 하늘에서 번개가 내리쳐 내 몸에 적중할 것이고, 나는 화신(火神)이 되어 순간적으로 시공간을 건너뛰어 곧장 그 시가 그리고 있는 장면 속으로 들어가게 될 것이다. 준비는 이미 끝났다. 나는 모든 것을 버리고 당나라로 돌아갈 것이다. 옛날로 돌아가는 이 여정이 실패로 끝나거나 시공간을 초월한 블랙홀 속에서 내 몸이 산산조각 나는 일이 있더라도 반드시 떠날 것이다.

경비원들은 건물 밖으로 나와서야 결박하고 있던 내 팔을 놓아주었다. 그들은 미소 띤 얼굴로 걸어가는 내 뒷모습을 미심쩍은 눈길로 쳐다보았다. 그때 짙은 먹구름이 밀려오는 것을 분명히 보았다. 먹구름 속에서 천둥소리가 은은하게 울렸다. 나는 곧 그 시간이 오리라는 것을 알았다. 그리하여 빠른 걸음으로 시계탑을 향해 갔다.

시계탑 밑에 도착하기도 전에 비는 이미 미친 듯이 쏟아지고 있었다. 운동장과 큰길에 있던 사람들 모두 소리를 지르며 비를 피해 건물 안으로 들어갔다. 시계탑 처마 밑에도 많은 사람들이 서 있었다. 그들 가운데 세 명은 우리 반 학생이었다. 두 명은 남학생이고 한 명은 여학생이었다. 여학생은 무척 조용하고 예쁜 아이였다. 나는 수업 시간에 그 아이를 당시에 등장하는 어느 여인, 남편을 그리워하는 아내 혹은 무희로 상상한 적이 있었다. 여학생 곁에 있는 키 크고 잘생긴 청년은 그녀의 남자친구였다. 여학생이 나를 발견하고 입을 열어 인사하려는 순간, 남자친구가 그녀를 확 끌어당겨 키스를 퍼붓기 시작했다. 여학생은 처음에는 수줍은 모습으로 발버둥 쳤으나 곧 순순히 호응하면서 눈을 감았다. 그러고는 이내 키스에 몰입하여 내 존재조차 의식하지 못했다. 또 다른 남학생은 안경을 쓰고 있었다. 그 학생에게는 재능이 아주 많았다. 책을 많이 읽었고 서예 솜씨도 뛰어났으며 논문 쓰는 능력도 대단했다. 특히 당나라와 관련된 논문이 훌륭했다. 사람들 모두 그가 내가 아주 자랑스러워하는 제자일 것이라고 생각했다. 하지만 사실 나는 이 학생을 가장 싫어했다. 그는 지나치게 오만했고 수업 시간에 항상 나의 관점에 의문을 제기했다. 이런 것들은 크게 문제가 되지 않는다. 내가 가장 용납할 수 없는 것은 그가 당나라 시대를 좋은 시대로 생각하지 않는다는 것이다. 게다가 그는 당나라에 대해 추호의 친근감도 갖고 있지 않았다.

나는 그들 곁을 지나쳐 시계탑 문을 열고 들어가 계단을 올랐다. 신발이 계단을 밟는 쿵쿵 소리와 창밖의 빗소리가 겹쳐졌다. 발걸음을 세어보았다. 총 212개의 계단을 올라 마침내 시계탑 꼭대기에 있는 작은 방에 도착했다. 나는 커다란 스패너를 하나 찾아 자물쇠를 향해 힘껏 내리쳤다. 다섯 번쯤 내리쳤을 때 자물쇠가 놀랐는지 위로 훅 튀어 올랐다. 안으로 들어가자 밖에 있는 두 개의 거대한 시곗바늘이 비에 씻기고 있는 것이 보였다. 시계탑 밖으로 나가 시곗바늘을 껴안았다. 비가 세차게 얼굴을 내리쳐 거의 눈을 뜰 수 없었지만, 나는 한층 더 거대하고 검은 먹구름이 빠른 속도로 몰려와 뭉게구름 속에서 번쩍 번개가 내리치는 광경을 보았다. 왔다! 그토록 기다리던 때가 온 것이다. 누군가가 소리쳤다. "큰일 났어요. 시계탑에 사람이 있어요!" 그 뒤로 더 많은 사람들의 외침이 이어졌다.

번개야, 어서 빨리 와라!

폭발음이 울렸다. 눈을 찌르는 듯한 흰빛이 작열하면서 하늘과 땅이 빙빙 도는가 싶더니 나는 이내 기절하고 말았다. 나는 아주 오래전부터 알고 있었다. 이 순간이 오면 사람들은 필시 어리둥절해할 것이다. 그러고는 어떤 사람이 벼락에 맞아 죽었는데 시신이 흔적도 없이 사라졌다고 말할 것이다. 아내와 총장 그리고 중문과 교수 모두 이에 대해 여러 가지 해석을 내놓을 것이다. 이 해석들은 나뿐만 아니라 누구나 상상할 수 있는 것이리라.

소를 몰고 돌아오는 길에 나는 목이 무척 말랐다. 작열하는 해가 하늘 높이 걸려 있었다. 나는 당나라 이전의 시대를 생각했다. 그때는 도시가 하루 종일 흐릿한 구름 속에 갇혀 있었다. 지금 나는 햇빛 아래 완전히 노출되어 있지만 생각했던 것만큼 그리 아름답지는 않았다. 오풍촌의 일부 지역에서 모종들이 모두 폐병에 걸린 사람처럼 야위고 시들었다. 아내는 밭머리에 쪼그리고 앉아 긴 한숨을 내쉬고 있었다. 내가 소와 함께 걸어오는 것을 보고는 그녀가 말했다.

"다 죽었어요. 모두 죽게 될 거예요."

늙은 소가 꼬리를 치켜들더니 쇠똥 몇 덩어리를 힘껏 밀어냈다. 아내는 벌떡 일어나 보물을 품기라도 하듯이 쇠똥을 자신의 옷자락으로 받쳐 들었다. 나는 눈을 휘둥그레 떴다. 그녀는 긴장한 듯 몸을 떨더니 이내 조심스러운 눈빛으로 나를 쳐다보았다. 나는 뒷짐을 지고 앞으로 걸어갔다. 뒤에서 아내의 조심스러운 발걸음 소리가 들려왔다. 아내는 나를 무서워했다. 아내의 몸에 가득한 상처를 모두 내가 만들어놓았기 때문이리라. 젠장, 부끄러운 얘기지만 당당한 문학 교수였던 나는 뜻밖에도 아내를 때리는 사람이 되어 있었다.

마을 어귀에서 사시나무에 가려운 등을 긁고 있는 노인과 마주쳤다. 우리 모두 그를 조종(祖宗)이라고 불렀다. 조종은 오풍촌에서 가장 나이가 많은 사람으로 올해 예순아홉이었다.

내가 말했다.

"조종님, 하늘은 여전히 비를 내리지 않네요."

"별일 아니야. 별일 아니라고. 이렇게 안 좋은 작황은 수도 없이 봐왔네."

아내는 품속에 쇠똥을 끌어안은 채 울부짖었다.

"집에 먹을 것이 없어요. 이 쇠똥을 먹을 수는 없잖아요. 먹을 수만 있다면 저는 지금 당장이라도 먹었을 거라고요."

조종이 말했다.

"괜찮아. 괜찮아질 거야. 앞으로 보름이 지나기 전에 틀림없이 한차례 비가 내릴 게다."

"정말인가요?"

"그럼, 내가 거짓말을 하겠느냐?"

"마을 사람들과 농작물이 보름이나 더 버틸 수 있을지 모르겠어요."

이 조종이란 자는 매일같이 마을 어귀 사시나무에 몸의 상처를 긁어대 살갗이 다 까지고 등줄기에서는 누런 고름이 흘렀다. 누군가 그의 등에 탕약을 한 그릇 부어놓은 것 같았다. 조종은 성이 첸(錢)이고 호는 없었다. 홀아비였다. 마을 사람들의 존경을 받는 인물도 아니었고, 원래 이곳에 살 생각도 없었는데 그냥 살다 보니 마을의 최고령자가 되었다. 다른 사람들보다 더 오래 산 데다 전해지는 바에 의하면 창안성까지 가보았다는 이유로 조종이 되었다고 한다. 그는 농사도 짓지 않았고 밥도 짓지 않았다. 굶거나 이집 저집 동냥을 다니는 수밖에 없었다.

한번은 아내가 큰 소리로 울면서 달려와 조종이 그녀를 원했다고 말했다. 두 손을 아내의 옷깃 안으로 집어넣어 아내의 황갈색 젖꼭지를 만지려고 했다는 것이다. 아내는 말도 안 되는 일이라면서 내게 이 사실을 알리고 곧장 죽으러 갈 생각이었다고 했다.

내가 말했다.

"죽을 필요 없어. 이런 일들은 수도 없이 봐왔는데 죽긴 뭘 죽는다는 거야."

아내는 놀란 눈으로 나를 바라보았다. 눈에는 뜻밖에도 기사회생의 안도감이 어렸다. 곧이어 몸을 돌린 그녀는 부뚜막으로 가서 부엌칼을 찾았다.

"하지만 내 몸이 더럽혀졌단 말이에요. 조종이 만진 곳을 전부 잘라버려야겠어요."

내가 너무 놀라 옷깃을 걷어 올리는 아내의 손을 꽉 붙잡았다.

"제발 그만둬. 멈추라고."

나는 거의 눈물을 흘릴 뻔했다. 이 못나고 미련한 아내는 나를 대하는 감정이 량쯔웨이와는 정말로 비교조차 할 수 없었다.

정조를 지키기 위해 자신의 젖꼭지를 자르려 할 정도였다. 내가 아내에게 말했다.

"당신은 너무 일찍 태어났어. 당신은 모를 거야. 천 년만 더 지나면 이 세상은 완전히 달라질 거라고. 다른 사람이 가슴을 만지는 것이 나쁜 일이 아니라 오히려 영광이 될 수도 있지. 당신을 만진 사람이 우리 마을 조종처럼 대단한 인물이라면 다른 사람들이 당신을 우러러보게 될 것이고 당신도 앞으로 예순아홉까지 살 수 있을 거야."

물론 아내는 내 말을 믿지 않았다. 아내는 이 세상이 언제까지나 먹고 일하고 또 먹고 일하는 삶일 것이라고 여겼다.

아내와 함께 집으로 돌아와 초가집 창문 아래 소를 묶었다. 이런 시기에 집안의 유일한 가축을 잃을 수는 없었다. 아내는 쇠똥 두 덩어리를 창턱에 펼쳐놓았다.

"죽을 한 솥 끓일 수 있겠어요."

쇠똥은 이미 다 굳어 있었다. 뜻밖에도 아내의 옷깃에는 쇠똥의 흔적이 조금도 남아 있지 않았다. 아내는 나뭇가지 하나를 찾아 쇠똥 안을 이리저리 파헤쳤다. 그러더니 실망 가득한 얼굴로 땅이 꺼질 듯 한숨을 내쉬었다.

"아이고! 먹을 만한 게 하나도 없네."

아내와 나는 침상에 누웠다. 그때부터 저녁 무렵까지 쌀 한

톨도 먹지 못했다. 누워서 한숨 자다 보면 시간이 빠르게 흐르고 배도 덜 고플 것이었다. 나는 손을 들어 아내를 만졌다. 아내의 피부는 밀기울처럼 거칠었다. 높이 솟아 있던 가슴 두 쪽도 반쪽짜리 물주머니를 넣은 것 같았다.

그녀가 말했다.

"재미없어요. 가만 좀 있으라고요."

막 당나라에 도착했을 때였다. 들에서 벌거벗은 채 뛰어다니다가 갑자기 누군가와 부딪쳤다.

"이리 와, 좀 맞아야겠다!"

밭 가장자리에 있던 사람들이 호미와 망치를 휘두르며 나를 향해 달려왔다. 지금의 아내가 나서서 구해줄 때까지 나는 도망칠 수밖에 없었다. 아내는 이 마을의 노처녀였다. 열대여섯 살쯤 실성한 적이 있어서 시집을 가지 못한 터였다. 사람들은 그녀를 구미호로 여기면서 감히 누구도 그녀에게 장가들려 하지 않았다. 때문에 혼사가 그때까지 미뤄진 것이다. 아내는 나와 부딪쳤던 남자, 즉 그녀의 오빠에게 나를 자신에게 달라고 간청했고 그는 즉시 허락했다. 그들은 심지어 나를 하늘이 그녀에게 보내준 남자라고 여겼다. 나는 낡고 얇은 이불에 쭝쯔(粽子)* 처럼 싸여 이내 초가집으로 옮겨졌다. 내가 아무리 발버둥 쳐

* 찹쌀과 대추 따위를 댓잎이나 갈잎에 싸서 쪄 먹는 단옷날 음식의 한 가지.

도 그들은 내 말을 듣지 않았다. 문을 열고 들어온 아내가 나에게 음식을 건넸다. 배가 몹시 고팠던 나는 게걸스럽게 먹어치웠다. 갈증 난 늑대 같은 그녀의 눈빛을 보고 나는 도망칠 수 없음을 직감했다. 순간 도망치고 싶은 마음도 사라졌다. 이 여자가 당나라로 돌아오기 전의 내 모습과 다르지 않다는 생각이 들었다. 오로지 걱정되는 것은 천 년의 시간을 관통했음에도 내 정력이 아직까지 괜찮을까 하는 것이었다. 그때 아내는 이미 나에게 달려들고 있었다. 감사하게도 나는 아직 괜찮았다. 예전보다 더 나아진 것 같기도 했다.

그리하여 나는 그녀의 남편이 되었고 그녀는 나의 아내가 되었다. 나는 그녀를 따라 밭에 나가 농사를 짓기 시작했다. 밤이 이토록 조용하고 길었구나 하는 생각이 들었다. 한 달 뒤에 그녀의 오빠가 병사로 징집되었다. 그로부터 또 한 달이 지나 그는 전쟁터에도 나가보지 못한 채 군부대에서 죽음을 맞고 말았다. 상부에서 약간의 위로금을 지급했다. 우리는 그 돈으로 소를 한 마리 샀다.

나는 실의에 빠졌다. 당나라로 오기 전, 나는 이곳에 오기만 하면 나의 지혜와 재능 그리고 남들보다 천 년 이상 앞선 문명으로 틀림없이 이곳에서 큰일을 할 수 있을 것이라고 생각했다. 하지만 이곳에 온 지 10년이 지났음에도 나는 관원이나 상인이 되지 못했고 심지어 창안성에 들어가보지도 못했다. 나는 줄곧 창안에 갈 기회를 기다려왔다. 1년 후인 천보 12년, 대시인 이백(李白)이 세 번째 입경하는 해였다. 물론 나는 미리 이런 사실을 알아내 창안에 갈 채비를 했다. 사흘 전에 아내에게 밀가루 떡을 몇 개 굽고 짠지를 몇 조각 썰어 보따리에 담게 했다. 나는 창안성으로 가는 길에 이백을 가로막을 작정이었다. 아내는 이백이든 이흑(李黑)이든 아무것도 알지 못했다. 그녀는 내가 이번에 가면 다시는 돌아오지 않을 것이라고 생각하면서도 나를 도와 이것저것 준비해주었다. 떠나기 전에 아내에게 말했다.

"다녀올 테니 기다리고 있어. 일이 끝나면 곧장 돌아올 거야."

아내의 얼굴색이 누렇게 변했다. 아내는 아무 말도 하지 않았다. 뜻밖에도 헤어지는 순간에 아내의 얼굴이 무척이나 아름답게 느껴졌다. 아내의 황갈색 얼굴에서 애절한 부드러움이 흘러나왔다. 줄곧 흐려져 있던 두 눈도 참아왔던 눈물에 젖어 반짝거렸다. 꼭 돌아올 거라고 다시 한번 아내에게 다짐하듯 말했다.

그녀가 겨우 한마디 내뱉었다.

"떡은 돌려가며 깨물어야 해요. 자꾸 한 군데만 깨물면 안 돼요."

그녀가 덧붙였다.

"짠지는 너무 많이 먹지 말아요. 가는 길에 목이 말라도 물을 찾기 어려울 거예요."

놀랍게도 이 짧은 이별은 내가 외운 수천 수의 옛 시구들과 충돌하지 않았다. 어떤 말도 무의식중에 튀어나와 그 느낌을 대신 묘사해주지 않았다. 그저 온몸과 마음이 이별에 잠겨 있을 뿐이었다. 나는 행여 울음을 터뜨릴까 봐 두려워 서둘러 몸을 돌려 출발했다.

내가 마을을 벗어날 때 조종은 여전히 그 자리에서 나무에 등을 문지르고 있었다. 내가 먼 길을 떠나는 것을 보고는 그가 흐흐 웃으며 말했다.

"소용없는 일일세. 소용없는 일이라고."

물론 나는 그를 무시했다. 하지만 관도(官道)에 오르자마자 마음이 쓸쓸해지기 시작했다. 내키지 않았지만 내가 읽었던 추억의 시들이 우르르 몰려와 흙길을 휩쓸면서 먼지가 자욱하게 일었다. 심지어 나는 시를 몇 수 짓고 싶어졌다. 길은 정말 멀었다. 마을을 지나고 고개를 넘었다. 내가 당나라로 돌아오던 그 순간이 마침 내 실질적인 여정으로 변한 것 같았다. 사실 오풍촌에서 창안까지의 거리는 200여 리밖에 되지 않았지만 나는 꼬박 사흘을 걸어야 했다. 가는 길에 사람의 모습은 거의 보지 못했다. 나는 이 시기의 당나라가 그리 태평하지 않았다는 것을 잘 알고 있었다. 다행스럽게도 내 앞길을 가로막는 도적 떼는 마주치지 않았다.

눈앞에 창안성의 성벽이 희미하게 보인 것은 출발한 지 나흘째 되던 날 아침이었다. 이슬비가 내렸고 행인들은 점점 많아졌다. 보따리 속의 양식은 진즉에 다 먹어치우고 이미 두 끼나 거른 터였다. 그때, 서쪽에서 한차례 울부짖는 소리가 들려왔다. 곧이어 갑옷 차림의 사람과 말들이 우르르 달려왔다. 너무 놀란 나는 옆에 있던 사람과 함께 재빨리 길가 숲으로 몸을 숨겼다.

"에구, 또 전쟁이로군."

"정말이에요?"

"모두들 그렇게 말하더라고요."

나는 옆 사람의 말을 들으면서 마음속으로 이 시기가 언제쯤인지 생각해보았다. 우리의 대당(大唐) 왕조는 앞으로도 치러야 할 전쟁이 정말 많았다.

"오늘은 성에 못 들어가겠네요."

"오늘은 말할 것도 없고 열흘에서 보름까지는 이 성문을 열 수조차 없어요."

나는 땅바닥에 주저앉고 말았다. 이 일을 어찌하면 좋단 말인가. 창안성까지는 겨우 3리밖에 되지 않았다. 예전 같으면 버스로 두 정류장 거리에 불과했다. 당나라로 돌아가려는 나의 계획이 이렇게 성 밖 3리 지점에서 좌절되고 마는 것인가. 나 스스로 단념하지 않았는데 무엇이 두렵겠는가. 나는 곧바로 일어나 숲 밖으로 나갔다. 그러고는 총칼로 가득한 진영을 향해 걸어갔다. 가까이 다가가기도 전에 창 한 자루가 내 목에 닿았다. 창 자루를 따라 고개를 들어보니 은빛 갑옷을 입은 장군 하나가 보였다.

"제겐 할 일이 있습니다. 성안으로 들어가게 해주십시오, 장군님."

그가 창끝을 살짝 치켜들었다. 나는 목에 약간 서늘한 한기와 동시에 타는 듯한 열기를 느꼈다. 손으로 만져보니 피가 흘러나오고 있었다. 나는 놀라지 않을 수 없었다. 그가 내 목을 벤 것인가.

장군이 냉담한 어투로 말했다.

"그 누구도 성으로 들어갈 수 없다."

그는 몸을 돌려 말을 타고 가버렸다. 나는 겁에 질린 채 벌벌 떨었다. 거친 숨을 몰아쉬며 잠시 기다려보았다. 죽지는 않을 것 같다는 생각에 서둘러 보따리를 찢어 목에 감고는 관도에서 물러섰다.

30년 전, 혹은 천몇 년 뒤에 나는 시안(西安)*성에 갔었다. 그때 내 나이 열아홉이었다. 친구들과 선생님을 따라 대입 시험을 보기 위해 시안으로 향했다. 그때도 마찬가지로 걸어서 갔다. 세월의 연마를 통해 다소 성숙해지긴 했지만 우리는 여전히 소년의 심성을 지니고 있었다. 게다가 겨우 세 명밖에 안 되는 여학생들 중에는 내가 오랫동안 짝사랑해오던 아이도 있었다. 지금 돌이켜봐도 그 아이는 정말로 이목구비가 또렷하고 어여뻤

* 당나라 때 창안이 지금의 시안이다.

다. 나는 항상 그녀와 멀지 않은 곳에서 따라 걸으며 그녀의 뒷모습을 몰래 훔쳐보았다. 일부러 친구들과 큰 소리로 고시를 외웠던 것도 모두 그녀의 주의를 끌기 위해서였다. 그녀는 한 번도 뒤를 돌아본 적이 없었던 것 같다. 그저 묵묵히 다른 사람들이 가는 길을 따랐을 뿐이다. 어깨에 멘 카키색 가방이 그녀의 엉덩이를 찰싹찰싹 때렸다. 나는 그보다 더 좋은 리듬을 들어본 적이 없었다. 소년의 마음을 더욱 설레게 하는 리듬이었다. 나는 그녀를 사랑하고 있다고 확신했다. 손을 뻗어 두 갈래로 땋은 그녀의 검고 빛나는 머릿결을 어루만지는 장면을, 그녀를 품에 끌어당겨 꼭 껴안는 장면을 무수히 상상했다. 돌이켜보면 그 공허한 찰싹찰싹 소리와 굵고 까만 머리칼에는 화산의 용암과도 같은 욕망이 잠재되어 있었던 것 같다. 때때로 사람들은 이런 욕망을 사랑이라고 부른다.

관심이 온통 이 여학생에게 집중되어 있다 보니 이미 성문을 지나 시안 시내에 들어섰다는 것조차 깨닫지 못했다. 선생님은 우리를 작은 가게로 데려갔다. 우리는 양고기와 만터우(饅頭) 한 접시를 먹고 시험장이 있는 고등학교를 찾아다녔다. 이때 나의 마음은 방출되지 않은 호르몬으로 인한 답답함과 대도시에 대한 공포로 가득했다. 길 찾기는 분명 힘들고 번거로운 과정이 될 것이기에 끊임없이 길을 묻고, 걷고, 모퉁이를 돌아야만 비로소 운명의 장소를 찾을 수 있다고 생각했다. 그런데 나의 땋은 머리 소녀가 갑자기 입을 열었다. 삼촌을 만나러 자주 시안성에 방문했기 때문에 그 고등학교가 어디에 있는지 잘 알고 있다는 것이었다. 바로 그 순간, 나는 그녀에 대한 나의 사랑이 희망이 없다는 것을 직감했다. 나는 시안성에 자주 오는 여자아이, 시안성에 친척이 있는 여자아이와는 도저히 어울리지 않았다.

바로 이런 이유 때문에 나는 시험을 살아 있는 송장이요, 걸어다니는 고깃덩어리처럼 무력하게 마쳤다. 그동안 여러 번 상상해왔던 시험을 치르고 난 뒤의 장면은 펼쳐지지 않았다. '어떻게 이럴 수 있지?' 하는 생각이 마음속을 떠나지 않았다. 물론 나는 낙방했다.

나중에 땋은 머리 소녀는 함께 시안에 갔던 다른 남학생에게 시집갔다. 결혼 전에 그녀가 나를 찾아와 말했다.

"다음 생에는 꼭 너랑 결혼할게."

나는 몹시 놀랐다. 그녀가 말을 이었다.

"나는 줄곧 너를 좋아했는데 너는 전혀 알아채지 못하던걸."

나는 대꾸할 말을 찾지 못해 대충 얼버무렸다.

"어, 그래. 아니, 나는……."

그녀가 또 말했다.

"사실 나는 시안성에 친척 따위는 없어. 시험 전에 한 번 가본 게 전부야. 시험장을 알게 되었을 때, 나는 혼자 동네방네 뛰어다니며 그 학교를 찾았어. 만터우를 먹고 나서 모두에게 내가 시험장이 어디인지 알고 있다고 말한 것은 너의 주의를 끌기 위해서였지."

나는 하마터면 웃음이 나올 뻔했다. 어떻게 웃지 않을 수 있겠는가. 모든 것이 제멋대로 돌아가는 팽이와 흡사했다. 바람을 이끌고 가는 줄 알았는데, 알고 보니 바람에 끌려가고 있었던 것이다. 나는 그녀의 굵고 검은 두 갈래 땋은 머리가 그녀 자신 혹은 다른 사람에 의해 잘려 나가 그녀의 귀에 이르는 단발로 변한 것을 발견했다. 이리하여 나는 술을 진탕 마시고 크게 취하고 말았다. 들리는 이야기로는 내가 술에 취해 고시를 미친 듯이 암송했다고 한다. 이런 황당한 사랑 덕분에 나는 열심히 공부했고, 이듬해 마침내 대학에 합격할 수 있었다. 그 후 대학원 박사과정을 거쳐 교수가 된 나는 적당한 시기에 량쯔웨이를 만나 결혼했다. 나는 원래 굵게 땋은 검정 머리를 가진 여자를 아내로 맞아야 한다고 속으로 다짐한 바 있었다. 하지만 량쯔웨이는 언제나 파마머리였다. 때로는 검정색이었다가 때로는 갈색이었다. 그녀와 부부의 연을 맺게 된 것은 순전히 우연 때문이었다. 량쯔웨이는 원래 현 문화관의 무용수로서 타고난 미모를 지니고 있었다. 그녀는 강한 분투 정신으로 서른도 안 되어 현에서 시로, 시에서 성으로 아주 빠르게 자신의 지위를 높였다. 그러나 승승장구하던 그녀는 한차례 내부 투쟁에서 밀려 대학의 말단 과원(科員)으로 좌천되고 말았다. 당시 사람들은 뱀이

나 전갈을 피하듯 그녀와의 어떤 교류도 거부했다. 오직 나만이 어리숙하게 그녀와 친하게 지낼 뿐이었다. 량쯔웨이는 자신이 결혼하지 않으면 학교의 여자 동료들이 마음을 놓을 수 없다는 것을 잘 알고 있었다. 그녀는 비록 패배를 인정하지는 않았지만 몇 년 동안 생활고를 거치며 계속 힘들어했다. 게다가 당시에는 나도 제법 훌륭한 인재였다. 통장에 찍힌 잔고 숫자 외에는 어떤 것으로도 그녀를 실망시키지 않았다. 그녀는 나에게 청혼했고 나는 승낙했다. 이것이 우리의 이야기다.

오풍촌으로 돌아갈 때는 올 때보다 더 오랜 시간 동안 길을 걸어야 했다. 몇 차례 길을 잃기도 했고 하마터면 짐승에 잡아먹힐 뻔한 적도 있었다. 그러나 이 길을 가는 나의 마음은 아주 확고했다. 반드시 오풍촌으로 돌아가야 했다. 나는 줄곧 키 작고 얼굴이 통통한 아내가 그리웠다. 이별할 때의 그녀 표정과 태도가 떠올랐다. 그녀는 내가 다시는 돌아오지 않을 거라고 생각했던 것이 분명하다. 나의 부재로 인해 그녀가 영원한 이별의 절망에 빠져 있을 것을 생각하니 가슴이 미어졌다. 솔직히 말해서 갑자기 당나라로 오기 이전의 날들이 조금 그리워졌다. 다시 돌아갈 수 있는 기회가 주어진다면 아내를 데리고 가서 아이를 낳을 것이고, 천여 년 후의 세상이 어떤지 보게 했을 것이다. 나는 틀림없이 아주 손쉽게 그녀를 먹여 살리고 밥도 배불리 먹이고 옷도 따스하게 입힐 수 있을 것이다. 심지어 그녀를 미용실에 데리고 간다면 까무러치지 않을까 하는 생각도 들었다.

다행히 창안으로 향하는 동안 나는 길가의 풍경을 눈여겨 살폈다. 1년 반 동안 변함없는 저택과 나무들의 모습을 똑똑히 기억했다. 그래서 마침내 산야에 있는 오풍촌을 찾아낼 수 있었다. 마을 어귀에 도착하자 마치 거대한 물독에 담긴 물이 전부 쏟아지는 것처럼 큰비가 내렸다. 마을 어귀 사시나무 아래에서 등을 문지르던 조종의 모습은 보이지 않았지만 손바닥만 한 두 개의 매끌매끌한 나뭇가지는 조종이 아직 존재한다는 것을 확인시켜주었다. 내 행색은 매우 초라했다. 신고 있던 신발은 진즉에 한 짝이 해져 내버렸고 다른 한 짝도 심하게 찢어진 터였다. 나는 물웅덩이를 밟으며 집 안으로 들어갔다. 오풍촌 전체를 통틀어 사람 그림자 하나 보이지 않았다. 심지어 닭과 오리, 개조차도 보이지 않았다. 이 얼마나 아름다운 비인가! 메마른 논에 물이 들면 농작물과 풀이 미친 듯이 잘 자랄 것이다. 이때 오풍촌 사람들은 환호하며 삽을 메고 수로를 뚫어 농작물에 물을 대야 했다.

나는 문득 땅에 흐르는 물의 색깔에 미묘한 변화가 있는 것을 발견했다. 먹구름 아래 누런 빗물 속에 한 가닥 또 한 가닥 가늘게 검은색이 섞여 있었다. 검은색은 흩어졌다가 응집되었다. 나중에는 빗물에서 비린내가 났다. 나는 그것이 무엇인지 분간해낼 수 없었다. 그저 익숙한 냄새라고만 느끼다가 갑자기 그것이 피 냄새임을 알아차렸다. 어느 집 마당으로 들어가 내부의 광경에 놀란 나는 멍한 표정을 지었다. 네 식구가 이리저리 땅바닥에 널브러져 있었다. 팔이 어깨에서 빠져나온 사람도 있고 머리가 깨진 사람도 있었다. 또 어떤 사람은 복강에서 창자가 흘러나와 빗물에 둥둥 떠다녔다. 네 사람 몸에서 새어 나온 피가 조금씩 빗물에 스며들어 마당 밖으로 흘러나왔다. 구토가 날 것 같았다. 그러나 며칠 동안 굶어 배 속에 든 게 없어서 씁쓸한 담즙만 토했다가 다시 삼키는 수밖에 없었다.

이어서 두 번째, 세 번째 문을 열었다. 살아 있는 사람은 아무도 없었다.

내 아내에게도 십중팔구 좋지 않은 일이 생겼을 것이었다. 그녀는 죽은 것이 확실했다. 하지만 살해당한 것은 아니었다. 나는 마당으로 향했다. 거대하고 하얀 뼈를 보고 어리둥절해 있다가 이내 그것이 소의 사체임을 알아차렸다. 그들은 소를 도륙해 살을 깨끗이 발라놓았다. 방으로 들어서자 구들장 구석에 앉아 있는 아내가 보였다. 그들은 칼로 그녀의 옷을 헤집어놓았다. 그녀는 벌거벗은 채로 몸에 갈색 가죽만 남아 있었다. 눈은 움푹 패어 있고 젖가슴은 바람 빠진 풍선 같았다. 나는 땅바닥에 무릎을 꿇고 소리 내어 울기 시작했다. 내가 그녀를 죽였다는 자책감 때문이었다. 내가 오풍촌을 떠날 때, 아내는 모든 음식을 말려 내게 건넸다. 그날부터 그녀는 어떤 음식도 먹지 않았다. 그녀는 죽음을 각오하고 나와 이별했던 것이다. 나는 그걸 전혀 눈치채지 못했다.

나는 실과 바늘을 찾았다. 바늘에 실을 꿰어 그녀의 찢긴 옷을 꿰매고 그녀의 머리카락을 묶어주었다. 그런 다음 비쩍 말라 죽어 있는 얼굴을 자세히 살펴보았다. 얼굴이 량쯔웨이 같기도 하고 땋은 머리 소녀 같기도 했다.

마을을 떠나야 할 것 같았다. 오풍촌 어디에도 살아 있는 생명체는 존재하지 않았다. 어디로 가야 할지는 모르겠지만 떠나야 하는 것은 분명했다. 신발을 가져가고 싶었다. 나는 아내가 만든 질 좋은 새 신발이 있다는 것을 기억해냈다. 이내 뒷벽에 널빤지를 박아 만든 옷장을 뒤졌다. 옷장을 열자마자 짙은 악취가 코를 찔렀다. 작은 모기 떼가 윙 하고 날아오르는 바람에 화들짝 놀라고 말았다. 잠시 후 코를 막고 다시 살펴보니 놀랍게도 옷장 안에 또 다른 몸이 짓눌린 채 웅크리고 있었다. 나는 단번에 그가 조종임을 알아차렸다. 옷장 뒷면에는 밖으로 통하는 구멍이 하나 나 있었다. 나는 한참을 멍하니 서 있었다. 고개를 돌리자 구들장 한구석에 앉아 있는 아내가 보였다. 형체를 알아볼 수 없을 정도로 부패한 조종도 보였다. 어떠한 논리나 실마리도 찾을 수 없었다. 연이어 강한 충격을 겪고 나자 내 마음속에는 슬픔도 사라지고 두려움도 없었다. 심지어 혹시 내가 공포

영화 속으로 들어온 것이 아닌가 하는 의구심마저 들었다. 그러나 창밖 천둥과 번개, 눈앞의 모든 것들은 실재했다. 나는 무장한 군대가 오풍촌으로 돌진해 모든 사람들을 죽이고 물건을 약탈해 간 것이 틀림없다고 짐작했다. 어쩌면 내가 창안성 밖에서 만난 그 군대일지도 몰랐다.

내가 정신을 차렸을 때, 비는 여전히 내리고 있었다. 하지만 나는 오풍촌이 아닌 운동장 시계탑 앞에 있었다. 비를 피한 한 무리의 학생들이 내 주위를 에워싸더니 소리쳤다.

"깨어났다. 교수님이 깨어나셨어."

일어나고 싶었다. 뇌에 명령을 내렸지만 몸은 여전히 제자리였다. 다리가 전혀 말을 듣지 않았다.

나는 큰 소리로 외쳤다.

"다리가 안 움직여요. 병원에 좀 데려가주세요. 얼른 병원에 데려가주세요."

누군가가 말했다.

"조금만 기다리세요. 곧 구급차가 도착할 거예요."

"빨리요, 빨리."

나는 엉엉 울기 시작했다. 구급차의 사이렌 소리가 들렸다. 이때 다리에서 타는 듯한 고통이 느껴졌고 나는 혼절하고 말았다.

다시 깨어났을 때는 병원이었다. 눈을 뜨니 량쯔웨이가 병상에 엎드려 잠들어 있었다. 누워 있는 자세 탓에 나는 그녀의 곱슬곱슬한 머리카락과 등밖에 볼 수 없었다. 손을 뻗어 그녀의 머리카락을 만졌다. 그녀는 무의식중에 내 손을 잡아 머리맡에 올려놓았다. 나는 문득 량쯔웨이에게는 파마머리가 잘 어울린다고 생각했다. 지금 이 순간 그녀는 참으로 아름다웠다. 얼마 후 총장과 서기, 학과장 등이 일일이 꽃을 들고 찾아와 위로의 말을 건넸다. 그들은 나에게 학교를 위해 공헌하고 학교의 공공재산을 보호해주어서 고맙다고 말했다.

학과장이 내 손을 잡으며 말했다.

"라오자오, 걱정하지 말게. 퇴원하는 대로 자네에게 좋은 평가가 내려질 테니까 안심하게나."

나는 그 말이 이해가 되지 않아 량쯔웨이에게 물었다.

량쯔웨이가 말했다.

"당신이 다친 곳은 다리인데 설마 벼락에 맞아 머리까지 잘못된 건 아니겠죠?"

그녀는 학교의 시계탑이 현재 교육부 부부장인 전임 교장의 주관하에 건축되었다고 알려주었다. 부부장은 일찍이 사람을 불러 점을 쳤다. 점쟁이는 시계탑의 시계가 안정적으로 작동한다면 그는 계속 승진할 수 있을 것이라고 말했다. 또한 점쟁이는 벼락을 맞는 순간 공든 탑이 무너질 것이므로 반드시 천둥을 막을 것을 당부했다. 공교롭게도 그날 큰비가 내렸고, 천둥 번

개와 함께 당나라로 건너가려던 나는 의도치 않게 시계탑을 보호함으로써 학교의 큰 공신이 되었던 것이다.

량쯔웨이가 말했다.

"여보, 부부장님이 당신을 지켜줄 테니 이제 당신의 앞날에는 한계란 없을 거예요."

"어, 그래?"

"저는 결혼을 잘못 한 게 아니었어요. 저 량쯔웨이의 안목은 한 번도 틀린 적이 없거든요."

"어, 그렇군!"

나는 조금 슬펐다. 동시에 고통스러웠다. 설마 당나라에 가지 않았던 것인가? 하지만 내가 그곳에서 오랜 시간 살았던 것만큼은 확실한 사실이다! 나는 그곳에서 농사를 지었고, 소를 길렀고, 겨와 나물을 먹었으며, 키가 작고 뚱뚱한 여인과 함께 살았다. 또한 의도적으로 창안성 밖으로 가서 성안으로 들어가려는 이백의 앞을 가로막고 그에게 시 한 편에 대해 궁금한 것을 가르쳐달라고 청했다. 만약 이 모든 사실을 다른 누군가에게 말한다면 그들은 필시 내가 꿈을 꾼 것이라 말할 것이다. 오직 나만이 알 수 있다. 나는 분명 당나라로 돌아갔었다. 기근과 흉작, 살육이 존재하는 그곳이 나는 여전히 이곳보다 좋다.

책임 번역 : 이혜림

죽음의 신과 친구가 되다

이야기하자면 참 기묘한 일이다.

어느 날 야근을 마치고 지하철 막차를 타고 집으로 돌아갈 때였다. 리수이차오(立水橋)역에서 5호선으로 갈아타는 승강장에는 나 혼자였다. 몇 분 후 쑹자좡(宋家莊) 방향에서 열차가 들어왔다. 스크린도어와 차창을 통해 열차 안에 검정 옷차림의 남자가 앉아 있는 것이 보였다. 열차에 올라탄 나는 그 사람 맞은편에 앉아 몇 차례 그의 얼굴을 훔쳐보았다. 그의 얼굴을 좀 더 자세히 보고 싶었기 때문이다. 실제로 막차를 타면 사람들은 어떤 이들과 같은 차를 타게 될지, 어떤 일이 벌어질지 전혀 알 수가 없다.

그의 얼굴은 까만 망토로 완전히 가려져 있었고 그 틈새는 깊이를 알 수 없는 어둠으로 가득 차 있어 얼굴을 제대로 볼 수 없었다.

"다음 역이 어디예요?"

갑자기 그가 묻는 소리를 듣고는 나는 속으로 한차례 놀랐다가 안정을 되찾았다. 그의 말투는 전혀 표준어가 아니었고 억양도 서툴렀다. 중국어를 배운 지 얼마 되지 않은 외국인이 말하는 것 같았다.

나는 열차 안의 노선도를 가리키며 말했다.

"톈퉁위안난(天通苑南)역이에요."

"톈퉁위안난이라! 하늘과 통할 수 있는 곳인가요?"

"네? 아니, 아니요. 그건 잘 모르겠네요."

이때, 그의 좌석 밑에 놓인 물건 하나가 눈에 들어왔다. 검은 천으로 싸인 낫 모양의 물건이었다. 나는 모세혈관으로 계속 퍼지는 두려움을 억누르며 지갑 안에 그가 나를 해치지 않을 정도로 만족할 만한 충분한 돈이 있는지 생각해보았다. 나는 강도를 만난 거라고 생각했다. 요즘 막차에서 강도를 당하거나 강간을 당해 다음 날 철로 위에 알몸으로 눕혀진 채 발견되는 사람들이 있다는 소문이 심심찮게 나돌던 참이었다. 톈퉁위안난역에 도착했지만 그는 내리지 않았다. 갑자기 낫 모양의 물건을 집어 들지도 않았다. 여전히 검은 장갑을 낀 손으로 난간을 짚은 채 몸은 열차를 따라 흔들리고 있었다.

그가 물었다.

"그럼, 다음 역은 톈퉁위안이겠군요?"

나는 고개를 끄덕였다.

"이번 역에서 내리세요?"

"저요? 아…… 네…… 맞아요."

왜 그랬는지 모르겠지만 나는 그렇다고 대답했다.

"아, 이제 진실을 말해야겠군요. 나는 죽음의 신이에요."

자리에서 일어선 그는 키가 나보다 머리 하나는 더 컸다. 족히 2미터는 될 것 같았다.

"돈을 다 드릴 테니 저를 해치지 말아주세요. 어떤 말도 하지 않을게요."

나는 그 사람이 나쁜 놈이라고 확신했다. 역시나 그는 몸을 숙여 좌석 밑에 놓인 낫 모양의 물건을 집어 들었다. 뜻밖에도 그 물건은 아주 길었다. 바로 세우면 검은 옷의 남자 키보다 훨씬 길었다. 나는 그것이 대충 거대한 낫이라고 짐작했다.

하지만 그는 내 머리를 베지 않았고, 대신 나를 따라서 열차에서 내렸다. 마침내 나는 망토 속 얼굴을 볼 수 있었다. 그 자리에는 얼굴이 없었다. 텅 빈 허공이었다. 그가 걷기 시작하자 옷 한 벌이 나풀나풀 걷는 것 같았다.

"무서워하지 말아요. 나는 진짜 죽음의 신이고 당신을 해치지 않을 거예요. 당신이 죽을 날은 아직 멀었어요."

그는 계속 나를 따라왔다. 가로등 없는 거리에서 그는 어두운 밤 속에 완전히 녹아들었다. 그가 내 발자국을 따라 걷고 있다는 것을 느낄 수 있었다. 나는 "형님, 우리 여기서 그만 헤어집시다"라고 말하고 싶었지만 끝내 말이 나오지 않았다. 두려움은 점점 호기심으로 변해갔다. 그가 정말로 죽음의 신이고, 내 목숨을 가져가려고 온 것이 아니라면 이 얼마나 기묘한 만남인가.

죽음의 신은 아무 소리도 내지 않았다. 하지만 우리가 혼잡하고 비좁은 판자촌을 지날 때 그는 걸음을 멈췄다. 그에게 발이 있다면 그랬을 것이라는 말이다. 불빛이 살짝 비치는 창문 몇 개를 바라보기도 했다. 그에게 눈이 있다면 그랬을 것이다.

그가 말했다.

"느껴지는군요."

"뭐가 말이에요? 죽음의 냄새 말인가요?"

나는 긴장하지 않을 수 없었다. 가난한 사람들이 잔뜩 모여 사는 이곳에서 또 한 가정이 재앙을 입게 될 거라는 생각이 들었다.

"아니, 두려움의 냄새예요. 죽음 그 자체가 아니라 죽음에 대한 두려움 말이에요."

그는 대답하면서 낫을 싸고 있던 검은 천을 휙 잡아당겼다. 날 끝이 완전히 갈라진 낫이 모습을 드러냈다. 이 거대한 낫은 연기처럼 희미한 죽음의 신 옆에서 아주 선명하게 보였다. 그림자가 아니라 진짜 쇠였다.

"부탁할게요. 그들을 내버려두세요."

나는 부들부들 떨면서 그의 소매를 잡아당겼다. 영화에서 본 것처럼 내 손이 순식간에 공기 같은 소매를 뚫고 나갈 줄 알았는데 그러지 않았다. 손에 잡힌 소매에서는 알갱이처럼 오돌토돌한 리넨의 촉감이 실제로 느껴졌다. 이때 창문 안쪽에서 외치는 소리가 들려왔다.

"주사를 놔줘, 어서 주사를 놔달란 말이야. 더는 못 견디겠어."

저주가 섞인 고함 소리는 누군가가 병으로 심하게 고통받고 있다는 사실을 증명해주었다.

"나는 수확을 위해 존재해요. 두려움으로 가득 찬 머리를 베어 거두어들이는 것이지요."

"하지만 우리가 받는 고통으로도 충분해요."

"그렇기 때문에 당신들은 더욱더 죽음을 두려워하죠. 그래서 당신네 인간들을 거두어 고통스러운 환경에서 벗어나게 하는 것이에요."

죽음의 신은 바람에 나부끼듯 앞으로 나아가더니 이내 그 창문을 넘어가려 했다. 나는 아직 그의 소매를 붙잡고 있었다. 갑자기 용기가 솟은 나는 그를 힘껏 끌어당겼다.

"당신이 그를 데려가지 않으면 어떻게 되나요?"

그는 멍하니 그 자리에 서 있었다. 아마도 지금껏 이 질문에 대해 생각해본 적이 없는 것 같았다. 나는 말을 이었다.

"저는 당신이 누구의 명령에 따르는지 모르겠고, 수확으로 인해 무슨 일이 일어나는지도 잘 모르겠어요. 그저 여기 사는 사람들 모두 비참한 운명을 견디고 있다는 것만 알고 있을 뿐이에요. 왜냐하면…… 저도 그들과 같은 처지니까요."

그가 낫을 거두어들이며 말했다.

"배가 고프군요. 나는 두려움을 수확하지 못하면 배가 고파져요."

"제가 대접할게요. 어때요? 저희 집으로 가요. 제가 달걀볶음밥 해드릴게요."

얼마 후 나는 새로 사귄 친구와 우리 집 탁자에 마주 앉았다. 앞에는 방금 만든 달걀볶음밥 한 그릇이 놓여 있었다. 평소보다 기름과 달걀을 많이 넣었기 때문에 색깔이 좋았다. 광택도 향도 좋았다. 죽음의 신은 숟가락을 들어 볶음밥을 한 숟가락 떠서 캄캄한 모자 아래로 집어넣었다. 달걀이 듬뿍 묻은 그 밥알들이 목 부분에서 시멘트 바닥으로 떨어졌다. 신의 몸은 인간의 음식을 담지 못했다. 낱개로 포장된 백주(白酒) 한 병을 꺼내 먼저 한 잔 따라 마시자 금세 땀이 몸 밖으로 쏟아져 나왔다. 그에게도 한 잔 따라주자 그는 의심스러운 표정으로 잔을 들어 올려 들이켰다. 이번에도 허공에 쏟아버리는 것은 아닌지 걱정되었다. 하지만 그가 백주를 들이키자 방바닥에는 소량의 액체가 남았다. 술 냄새가 전혀 나지 않는 맹물이었다. 신의 몸이 알코올을 흡수한 것이다.

몇 잔 마시자 나는 약간 취기가 돌았다. 죽음의 신 역시 조금 취하는가 싶더니 놀랍게도 입담이 좋아지기 시작했다.

그는 오랫동안 두려움을 수확하지 못해 굶주리고 있었다고 했다. 그는 미국에서 왔고, 그곳에서 수확에 미친 나머지 데려가지 말아야 할 사람을 데려갔다가 중국에서 당직을 서는 벌을 받게 되었다. 처음 이곳에 왔을 때 죽음이 너무 많이 존재하다 보니 자신이 천국(이상한 천국)에 와 있다고 생각했다. 갓 도착했을 때는 한동안 일할 필요가 없었다. 사망자가 늘 넘쳐났기 때문이다. 그는 신바람이 나서 이리저리 뛰어다니며 고통에 울부짖는 사람들의 머리를 마구 베었다. 이들의 영혼은 맛이 이상하고 시큼한 냄새가 나는 것이 마치 물속에서 오래 썩은 잎사귀 같았다. 미처 돌아볼 겨를이 없을 정도로 시골이든 도시든 어느 곳이나 까닭 없이 죽은 외로운 혼귀들이 떠돌아다녔다. 그는 어디선가 또 죽은 영혼이 생겼다는 소식을 들을 때마다 그들이 도대체 어떻게 죽었는지 살피기 위해 서둘러 달려가보았다. 찬물을 마시다 죽은 사람도 있고 목매 죽은 사람도 있었다. 열 번 넘게 칼로 그어 자살한 사람도 있고 차 안에서 카섹스를 하다가 죽은 사람도 있었다. 하느님을 위해 봉사하던 죽음의 신이 악마에 현혹되기라도 한 것 같았다. 악마가 장난치는 것이 아니라면 인간들이 왜 그렇게 다양하고 기괴한 방법으로 죽음을 맞이하는지 알 수가 없었다.

아주 빨리, 커다란 낫은 녹이 슬어 갈색으로 변했다. 죽음의 신은 낫을 비스듬히 끌면서 숨이 곧 끊어질 듯한 사람들 곁을 지나치며 절망과 분노, 두려움에 젖은 수많은 머리를 베어냈다. 그렇게 피를 내뿜는 목을 통해 그들의 영혼이 허공으로 날아가 흩어지도록 내버려두었다. 이 영혼들은 오랜 세월의 속박으로부터 필사적으로 벗어난 듯이 홀가분하게 천국으로 향했다. 죽음의 신은 서쪽에서 동쪽으로, 북쪽에서 남쪽으로 마음껏 돌아다녔다. 심지어 전혀 고심할 필요 없이 매일 거리를 한 바퀴만 돌아도 죽음을 향해 한 걸음씩 다가가고 있는 사람들을 수없이 볼 수 있었다. 자살과 질병, 교통사고, 계획 살인 등 그가 추수를 담당한 몇 년 동안 무수한 죽음을 보아왔다. 하지만 그는 이처럼 다양한 망자들이 왜 끝없는 탄식을 비축하고 있는지 이해하지 못했다. 죽음의 신도 무료함과 적막함을 느꼈다. 그는 원래 인간이 죽음에 이르기 직전의 두려움을 먹고 살아왔다. 오직 두려움만이 텅 빈 그의 검은 망토를 채울 수 있었다. 그에게 어느 정도의 무게를 주었더라면 가벼운 바람에도 흩날리지는 않았을 것이다. 하지만 지금, 이 땅의 사람들은 스스로 죽음을 자초할 뿐만 아니라 죽기 직전까지 두려움이 거의 없었다. 대부분의 사람들이 쾌감과 비분, 침울, 증오의 감정으로 이 세상을 떠났다. 이러한 감정은 음미하기 어려울 뿐만 아니라 딱딱하고 거칠어 항상 고약한 악취를 풍겼다. 심지어 그는 삼킨 것을 몇 번이고 다시 토해냈다. 고작 몇 밀리그램의 두려움 속에 너무 많은 죄책감이 섞여 있어 그의 위는 뜨거운 솥처럼 부글부글 끓었다.

그는 정말 극도로 배가 고팠다. 온몸에서 힘이 빠지고 발걸음이 허공에 붕 뜬 것 같아 하마터면 한 무리의 아이들 앞에서 본색을 드러낼 뻔했다. 마지막으로 그는 병원을 향했다. 병원에서 인간의 죽음을 기다리는 것은 죽음의 신 가문에게는 가장 치욕스러운 일이었다. 하지만 명예에 신경 쓸 겨를이 없었다. 아무리 죽음의 신이라 하더라도 배를 채우는 것이 가장 중요했다. 다만 그가 미처 생각하지 못했던 것은 수많은 병원에 그의 구미에 맞는 두려움이 거의 없다는 것이다. 물론 병원의 병실과 수술실, 복도, 화장실, 전화기에는 온갖 두려움이 가득 차 있었다. 죽음에 대한 두려움을 제외한 대부분의 두려움은 몹시 먹기 힘든 것이었다. 한번은 병원 옥상에 웅크리고 앉아 13층에 있는 몇몇 병실의 환자들이 숨 거두기만을 기다리면서 그들의 두려움의 냄새를 확실히 인식하고 있었다. 한 환자가 곧 세상을 떠날 것을 감지한 죽음의 신은 재빨리 병실로 들어가 그의 두려움과 영혼을 송두리째 먹어치울 준비를 하고 있었다. 하지만 그는 두려움이 가득한 나무에 다른 뿌리가 자라고 있는 것을 발견했다. 이 환자는 장군이었다. 그의 몸속에는 도금된 탄환이 한 알 숨겨져 있었고, 탄환에는 두려움의 큰 나무가 자라고 있었다. 그는 백 년이 넘는 긴 생애의 절반 이상을 자신과 가까운 누군가가 자신을 총으로 암살할지도 모른다는 걱정 속에서 살았다. 총알을 피하기 위해 그는 항상 선수를 쳤다. 온갖 수단을 동원하여 주변 사람들을 하나둘씩 제거했다. 밤에 누군가 그에게 섹시한 여자를 보내오면 보이지 않는 곳에 총 한 자루를 숨긴 채 혹시 그 여자가 자신을 쏘아 죽이지 않을까 하고 걱정했다.

이런 두려움을 먹어치우기 위해 죽음의 신은 그의 몸속에 있는 탄환을 함께 삼켜야 했다. 그는 또 다른 방으로 들어갔다. 빈사 상태에 처한 사내의 몸속에는 배가 홀쭉하게 마른 여인과 글씨가 희미한 붉은 도장, 통장과 도끼가 들어 있었다. 진정한 두려움 때문에 죽은 사람은 없었다. 그들의 두려움은 전부 욕망으로부터 생겨난 것이었다.

그는 술에 취했다. 나는 죽음의 신도 술에 취할 수 있으리라고는 생각지 못했다. 이튿날 새벽에 집을 나서면서 나는 그의 까만 망토가 여전히 세워져 있는 것을 보았다. 하지만 망토의 무늬가 부드럽고 선이 완만한 것으로 보아, 죽음의 신은 숙면을 취하고 있는 것 같았다. 이날은 하루 종일 마음이 불안했다. 죽음의 신이 자신의 집에서 자고 있다면 누구라도 일에 전념하기 어려울 것이다. 오후가 되어 집으로 돌아가 문을 열어 보니 그가 빈 술병을 마주한 채 탁자에 앉아 있었다.

"배가 고파요."

그가 말을 이었다.

"정말 배가 고파요. 곧 죽을지도 몰라요."

"농담하지 마세요. 당신은 죽음의 신이잖아요. 죽음의 신도 죽을 수 있나요?"

"누구나 마찬가지예요. 영원한 것이 어디 있겠어요?"

이리저리 생각해보았지만 내게는 그가 원하는 두려움을 제공할 방법이 없었다. 그의 망토가 점차 광택을 잃고 쪼그라드는 것을 보며 나는 조금 슬퍼졌다. 남들이 두려워하는 죽음의 신에게 이런 비참한 면도 존재할 줄 누가 알았으랴. 그에게 무엇을 먹여야 할까? 아무래도 술 한 병을 더 마시게 할 수는 없었다. 나는 오랜 시간 동안 읽지 않아 먼지가 쌓여 있던 책들 가운데 어느 한 페이지에서 답을 찾길 바라면서 책을 뒤적거리기 시작했다. 한 권 또 한 권, 책이 펼쳐졌다가 던져지기를 반복했다. 모든 책들이 인생의 희로애락을 말하고 존재하는 것과 존재하지 않는 것에 대해 이야기하고 있었다. 몇몇 책에서 죽음의 신에 관해 언급하고 있었지만 죽음의 신이 배고플 때 어떻게 해야 하는지에 대해서는 단 한 마디도 기술하고 있지 않았다. 그는 내가 자신 때문에 서두르는 것을 알았는지, 천천히 걸어와 헌책

더미 위에 걸터앉으며 말했다.

"당신네 인간들은 배가 고프면 어떻게 하나요?"

"아, 네……. 배가 고프면 뭐든지 입 안에 쑤셔 넣고 씹어 삼키고 싶어지죠."

나는 계속해서 역사와 철학, 종교 그리고 문학에 관한 책들을 뒤적이며 점점 비관적인 생각을 갖게 되었다. 이는 아무도 경험하지 못한 일이라 답을 남기지 않았을 거라는 생각이 들었기 때문이다. 이런 생각은 순간적으로 내게 깊은 피로감을 주었다. 기력이 다한 나는 그 자리에 주저앉고 말았다. 고개를 돌리자 그가 책 한 권을 찢어 필사적으로 종이를 입에 넣고 씹고 있었다. 그의 얼굴에는 맛있는 음식을 먹은 것 같은 만족의 표정이 가득했다. 먼지와 오래된 먹물 냄새가 풍기는 종이가 아니라 종이처럼 얇은 소고기를 먹고 있는 것 같았다. 나는 그가 먹고 있는 책에 『망령서(亡靈書)』라고 쓰여 있는 것을 보았다. 일찍이 뒤적거려본 적이 있는 책이었다. 내가 알고 있는 바에 의하면 고대 이집트의 작가가 저술한 그 책은 일종의 부적으로서 『백주통행서(白晝通行書)』라고도 불렸다. 실제로는 이집트인들이 망자에게 비는 주문을 집대성한 책이었다. 사람들은 이 책이 있으면 죽은 자가 저승에서 안전할 수 있을 뿐만 아니라 낮에는 이승으로 돌아올 수도 있다고 믿었다. 그는 아주 빠른 속도로 『망령서』를 깡그리 먹어치웠다. 조각난 종이 부스러기가 그의 텅 빈 입에서 흩어져 겨울 눈송이처럼 흩날렸다. 그의 검정색 망토가 순식간에 반질반질 윤이 나고 빳빳해지기 시작했다. 그는 깔깔 유쾌한 웃음을 웃었다. 쇠로 다른 쇠를 문지르는 것 같은 웃음소리였다. 그는 책 더미 안으로 손을 뻗더니 『사망필기(死亡筆記)』라는 또 다른 책을 꺼내 우적우적 씹어 먹기 시작했다. 세 번째 책은 『사망시학(死亡詩學)』이었다. 그는 결국 배가 불렀는지 놀란 눈으로 자신을 쳐다보고 있는 나를 향해 두 팔을 활짝 벌려 큰 소리로 트림을 했다. 찢어진 종이 부스러기들이 입에서 튀어나와 춤추듯 허공에 흩날렸다.

"아주 좋군요. 이 책들 정말 맛있어요."

"죽음과 관련된 책이면 무조건 다 맛있게 드시나요?"

"맞아요. 이 책들을 먹어보니 인간의 두려움보다 더 맛있다는 것을 알았어요. 당신도 알다시피 두려움은 형태가 없어 음미할 수가 없지요. 하지만 책은 음미할 수 있어서 느낌이 아주 좋아요."

나는 죽음과 관련된 책들을 전부 찾아 그에게 건넸다. 죽음과 관련된 글과 시편, 기사들을 전부 그에게 찢어 주었다. 덕분에 그는 나날이 풍만해졌다. 그는 오래된 글이나 시편보다 재난 기사를 즐겨 먹었다. 실재하는 생명의 소실을 다루고 있는 데다 싱싱하고 질감이 좋기 때문이었다. 이런 것들을 삼키고 나면 그의 마음속에서 즐거운 노랫소리가 들리기도 했다. 아니, 노래가 아니라 빈사 상태에 있는 사람들의 절규였다. 공기와 나무, 기차, 키보드, 선로, 종이, 신문 기사와 추모 글에 맺혀 있는 잉크를 통해 그가 즐겨 먹었던 것도 바로 이것이었다.

“당신은 아주 좋겠어요. 먹을 것이 충분하니까. 하지만…… 저는 너무 괴로워요. 이곳에는 재난이 너무 많거든요.”

내가 그에게 말했다. 죽음의 신은 주량이 갈수록 늘어나 이제 쉽게 취하지 않았다. 그는 집 밖에 한 발자국도 나가지 않은 채, 매일 얼궈터우(二鍋頭) 술을 마시며 죽음의 정보들을 먹어치웠다.

“하지만 당신이 알아야 할 것이 있어요. 나는 여태껏 인간의 목숨을 직접 앗아 간 적은 없어요. 오직 그들이 죽음의 길 위에 있기만을 기다릴 뿐이에요. 나는 그들의 길동무라고요.”

나는 텔레비전을 켰다. 화면에 나타난 것은 훼손된 고가철도였다. 형체를 알아볼 수 없는 열차 몇 칸이 그 위에 얹혀 있고 한 칸은 끊어진 고가철도와 도로 사이에 거꾸로 매달려 있었다.

“보세요. 어디선가 또 재난이 발생한 게 분명해요.”

그가 고개를 돌려 텔레비전 화면을 보며 말했다.

“내일 먹을 것이 또 생겼군요.”

“어떻게 그렇게 말할 수 있죠? 좀 보세요. 사람들이 죽었다고요. 수많은 사람이 죽고 수많은 가정이 완전히 파괴되었는데, 설마 당신은 배고픈 것만 생각하는 건가요?”

나는 그의 태도에 격분했다. 이때를 기점으로 나는 점차 그를 잔인하고 무자비한 죽음의 신이 아닌 생명과 감정이 있는 한 인간으로 대하기 시작했다.

"뭐가 이상한가요? 그들은 죽음의 길로 들어섰고 나는 그저 그들이 남긴 죽음의 정보들을 먹어치울 뿐이에요. 내가 잡아먹지 않더라도 이 기사나 글은 금방 당신네 인간들로부터 잊히지 않나요?"

맞는 말이었다. 우리는 확실히 이 모든 것들을 최대한 빨리 잊어버린다. 내심 자신이 불운한 사람이 아닌 것을 다행스럽게 생각하면서 다음 재앙이 자신에게 찾아오지 않기를 몰래 기도한다. 하지만 잊기 전에 우리의 마음 역시 절실하게 아팠고 눈가는 촉촉해졌으며, 가슴 깊은 곳에서 분노의 불길이 치솟았다. 우리가 뭔가를 잊는 것은 살아 있기 때문이다. 우리가 죽음의 일부라면 이 고난의 흔적들은 영원히 우리 몸에 새겨져 있을 것이다. 그런데 이런 걸 죽음의 신에게 이렇게 설명해야 할까. 그에게는 그저 겁 많고 이기적이며 나약한 인간의 변명으로 들리지 않을까. 그는 우리를 향해 차가운 웃음을 지으며 "보세요. 이거야말로 내가 죽음의 신이고 당신들이 인간이라는 이유 아니겠어요?"라고 반문할 것이다.

그는 채널을 돌리며 빈 얼궈터우 술병을 탕탕 두드렸다. 입으로는 텔레비전에서 나오는 경극(京劇) 노래를 따라서 흥얼거렸다. 그의 신비로운 검정 망토 안에서 고독의 물이 조용히 흐르고 있는 것 같았다. 나는 진심으로 알고 싶었다. 죽음의 신으로서 그가 정말 일말의 감정도 느끼지 못하는 것인지 궁금했다. 인간의 희로애락과 비슷한 감정이 있는지 알고 싶었다. 어쨌든 술과 경극에 심취해 있는 그의 모습은 약간의 감수성이 있는 것처럼 보이기에 충분했다.

꽤 긴 시간이 흐른 뒤였다. 내가 얼궈터우 한 병을 반쯤 마셔가고 있을 때 그가 갑자기 한숨을 내쉬었다.

"사실 어제저녁 그곳에 갔었어요."

"어디를요?"

"사고가 났던 곳 말이에요."

"그럼, 당신은 그 상황을 전부 보았나요?"

"네, 보았어요. 궤도를 벗어나 철도가 뒤틀리며 불꽃이 튀었고 사람들의 사지가 분리됐어요."

"그러고 보니 당신은 무척 아름다워졌네요. 정말 만족스럽게 먹었나 보군요."

나는 까닭 없이 슬피 울기 시작했다. 마음 한구석에서 이제 막 사귀기 시작한 친구에 대한 원망이 솟아났다. 이 세상에 그런 재난을 피할 수 있는 자가 있다면 오직 그뿐이고, 그의 임무는 생명을 가져가는 것이라는 생각이 들었다.

"당신 생각이 틀렸어요. 그 많은 사람들 중에서 나는 오직 한 사람, 열차 기관사의 두려움만 느낄 수 있었어요. 마지막 순간에 전 세계에서 유일하게 그만이 무슨 일이 벌어질지 알고 있었던 것이지요."

"그게 당신이 꿈꾸던 거 아닌가요? 뭘 더 망설이나요?"

그가 씁쓸하게 웃었다.

나는 속으로 이렇게 생각했다.

'아, 아니, 내가 잘못 본 것이겠지. 얼굴 없는 죽음의 신이 어떻게 쓴웃음을 지을 수 있단 말인가?'

"나는 그 두려움을 가져가지 않았어요. 그의 두려움은 자신의 죽음에 대한 것이 아니라 열차 승객들의 죽음에 대한 것이었어요. 나로서는 처음 겪는 일이었어요. 나는 그의 마음속에서 자신의 죽음에 대한 망각을 느꼈어요. 이유야 어떻든 그의 가슴속에는 타인의 죽음에 대한 두려움이 가득했지요."

"제가 분명하게 알려드릴게요. 그게 바로 인간이에요. 당신 같은 죽음의 신은 영원히 이해할 수 없는 영역이죠."

나는 사고에 관해 보도하는 채널로 돌렸다. 부서진 열차 안에 여전히 생명이 살아 있었지만 정부에 의해 구조가 중단되고 차체가 절단된 채 묻혔다는 헛소문이 나돌았다. 화면에는 수많은 굴착기가 거대한 쇠 발톱을 휘두르며 뭔가를 들어 올리고 파내고 매장하는 장면이 나오고 있었다. 제복을 입은 사람들과 대포처럼 긴 카메라를 들고 있는 기자들과 팔짱을 낀 채 구경하고 있는 사람들이 사방을 둘러싸고 있었다.

"사람들 말로는 열차 안에 아직 생존자가 있을 거래요."

죽음의 신이 말했다.

"맞아요. 그건 내가 제일 잘 알고 있지요. 나는 살아 있는 사람들의 두려움을 똑똑히 느낄 수 있거든요. 자신의 죽음에 대한 두려움, 미지의 운명에 대한 두려움을 말이에요. 아주 크고 강렬한 어둠이지요."

"당신은 그 두려움들을 먹어치우지 않았어요, 그렇죠? 왜 그랬나요?"

"당시 어떤 사람이 살아남을지, 어떤 사람이 빨리 죽게 될지 알 수 없었기 때문이에요. 사실 나는 그 가운데 적지 않은 사람들이 살 수 있었다는 것을 잘 알고 있었어요. 그들의 두려움 속에는 너무나 큰 희망이 담겨 있었기 때문이지요. 심지어 그들은 자신이 구출되는 모습을 상상하기도 했어요. 가족과 부둥켜안고 통곡하면서 재난을 이기고 살아남은 생의 감개무량함을 상상했지요. 그들의 머릿속에 가장 많이 떠올랐던 장면은 지진 상황이었어요."

"2008년의 원촨(汶川) 지진 말인가요?"

"네, 맞아요. 바로 그때 상황이었어요. 누군가 한 여인을 떠올렸어요. 그녀의 모습을 흉내 내면서 깨진 유리와 의자에 깔려 부상당한 자신의 다리를 톱으로 잘라내고 싶어 했지요. 어떤 사람은 생수 한 병을 만지작거리면서 감히 다 마시지 못하고 조금씩 아껴 먹고 있었어요. 자신이 얼마 만에 구출될지 알 수 없지만 언젠가는 그런 순간이 올 것이라고 생각했지요. 아마 당신은 이해할 수 없을 거예요. 나는 그들의 강렬한 희망이 어디로부터 왔는지 잘 알고 있지요. 하지만 사고 희생자들은 거의 대부분 목숨을 잃었고 죽기 직전의 순간에도 그 희망의 숨결은 여전히 두려움에 사로잡혀 있었어요. 나는 더 이상 어떠한 감정도 집어삼킬 방법이 없었지요."

인터넷에는 다양한 관련 기사들이 쏟아졌다. 감동과 분노, 의문, 슬픔 등 온 나라가 이 사건이 불러일으킨 갖가지 정서에 젖어 있었다. 인간의 도리와 구원, 거짓말, 배신 그리고 암울한 일들이 그치지 않고 오히려 증폭되었다. 겉으로는 가려진 것 같았지만 이내 다시 튀어나오곤 했다. 원래 인간을 가장 두렵게 해야 할 죽음의 신은 말이 없어지고 예민해졌다. 그는 18인치 텔레비전에 의존했고 나중에는 나의 중고 노트북으로 인터넷에 접속하는 법을 배워 사이버 공간을 통해 이 나라의 다양한 감정을 느꼈다.

나는 살아가기 위해 매일 붐비는 지하철과 버스를 타고 출근해야 했다. 상사에게 혼나고 나서 동료들과 함께 상사 욕을 했다. 육교를 걷다가 구걸하는 사람을 마주치면 진짜 거지인지 사기꾼인지 내기하기도 했다.

어느 날 집에 돌아와보니 죽음의 신이 의자에 앉아 있었다.

바닥에 물기가 조금 있는 것을 보고는 또 술을 흘렸나 보네, 하고 생각했다. 하지만 그 물기에서는 술 냄새가 나지 않았다. 눈물이었다. 그가 눈물까지 흘리며 울고 있었다.

"어째서 도처에 재난이 만연한 건가요?"

그가 또 물었다.

"이게 도대체 어떻게 된 일인가요? 머리 위에 온갖 죄가 쌓여 있는 사람들은 유유자적하게 살고 있는데 엉뚱한 사람들이 무고하게 죽고 있어요. 그들은 살아 있어야 해요. 이제야 깨달았어요. 내 선임이 왜 우울증을 얻어 이곳을 떠났는지 말이에요. 여기에 계속 있다가는 나도 언젠가 당신과 같은 사람이 될지도 몰라요. 그렇게 되면 더 이상 죽음의 신으로서의 영생 능력은 존재하지 않겠지요."

"그럼, 떠나겠다는 말인가요?"

그는 고개를 끄덕이고는 말을 이었다.

"이곳의 많은 일들은 규칙이 없고 시비가 전도되고 흑백이 뒤섞였기 때문에 일어나고 있어요. 나는 일찍이 우리가 이 세상에서 가장 공평한 죽음의 신이라고 생각했지요. 세상 모든 사람이 신분과 재산, 취미에 관계없이 죽음 앞에서 평등한 중생이라고 생각했어요. 하지만 그게 아니었어요. 이런 생각 역시 환상에 불과하며 삶의 평등 없이는 죽음의 평등 역시 존재하지 않는다는 것을 이제 깨달았어요."

"당신 말이 맞아요. 하지만 당신이 가장 슬픈 이유는 사람에게는 사랑과 선한 인성도 있다는 사실을 영원히 알지 못하기 때문이에요. 어쨌든 저는 아주 기뻐요. 당신이 눈물을 흘렸으니까요. 죽음의 신이 수확하려는 사람들의 두려움을 위해 눈물을 흘린 거잖아요. 사는 동안 제대로 인정받지 못한 사람들에게는 죽음의 신의 연민과 동정이 필요해요. 대부분의 사람들은 비참한 삶을 살아가니까요."

그가 바닥의 눈물을 보고 중얼거렸다.

"이게 눈물인가요? 아, 나도 모르게 눈물을 흘렸군요. 텅 빈 내면이 채워지기 시작했어요. 고마워요. 내 생각에는 당신이 나의 첫 번째 친구인 것 같아요."

"친구라고요? 그래요, 우린 친구예요. 친구니까…… 저는 당신이 최소한 몇 시간만이라도 더 이곳에 남아 있었으면 좋겠어요. 당신의 도움이 필요한 일이 있어요."

그는 고개를 들어 나를 쳐다보았다. 나는 그의 눈이 어디에 있는지 몰랐지만 그가 나를 보고 있다는 것을 느낄 수 있었다. 그리고 그의 눈에 내가 보인다는 것도 느껴졌다.

내가 죽음의 신에게 부탁할 일은 친구와 관련된 것이었다. 나에게는 오랫동안 심각한 병을 앓고 있는 친구가 하나 있었다. 그의 집에서는 가산과 가재도구를 팔아 온갖 기기와 약물로 그의 생명을 유지하고 있었다. 그러나 지금 이 가정은 절망적인 상황에 놓여 있었다. 어제 오후에도 나는 병문안을 위해 친구의 병실을 찾았다.

친구가 말했다.

"겁이 나. 죽어서 지옥에 떨어지면 어쩌나 하는 두려움을 떨칠 수가 없어. 지옥에는 뜨거운 기름 솥이 있고 칼로 된 산과 불바다가 있다잖아."

나는 그를 위로할 방법이 없었다. 살아 있는 사람이라면 그 세계에 누구도 가보지 못했기 때문이다. 지옥은 존재하지 않는다고 말하는 사람들도 있지만 이런 말을 그가 어떻게 믿을 수 있겠는가. 이 세상에 그를 마음 편하게 보내줄 누군가가 있다면 그것은 오로지 죽음의 신뿐이라는 생각이 들었다.

죽음의 신은 의기소침해서 말했다.

"그건 안 돼요. 내가 죽음의 신이긴 하지만 다른 세계가 어떤지 모르는 건 나도 마찬가지예요. 그 친구에게 아무것도 말해줄 수가 없어요."

"그러면 친구를 위해 연극이라도 해주세요. 사람이 죽는 것은 등불이 꺼지는 것에 불과하다고, 저쪽 세상은 맑고 깨끗한 데다 꽃향기가 가득하다고 말해주세요. 그 친구처럼 좋은 사람은 절대로 지옥에 가는 일이 없을 거라고 좀 말해주세요."

"안 돼요. 죽음의 신은 거짓말하지 않아요. 그건 무서운 짓이에요."

"이런 거짓말은 무섭거나 수치스러운 게 아니에요. 이건 일종의 선이고 사랑이라고요."

죽음의 신은 침묵했다. 선과 사랑, 그가 지금까지 경험해보지 못한 이 두 가지 유형의 감정이 그를 충격에 빠뜨렸다. 나는 그가 동요하고 있다는 것을 직감했다. 검정 옷자락이 미세하게 떨리고 있었다.

결국 어느 날 밤, 그는 나와 함께 친구의 병실을 찾아갔다. 빈사 상태의 친구에게는 어느새 죽음의 신을 알아보는 능력이 생겼다. 죽음의 신이 친구에게 말했다.

"친구, 마음 편히 가요. 그곳은 아주 맑은 곳이에요. 새가 지저귀고 꽃향기가 가득하지요. 당신 같은 사람은 음산한 지옥에 갈 리가 없어요."

내 친구는 처음에 가졌던 두려움과 당혹감에서 벗어나 그에게 구체적인 질문을 던졌다.

"그곳에서는 무얼 먹나요? 낮과 밤이 따로 있나요? 가난과 부유의 차이가 있나요?"

죽음의 신은 하나도 빼놓지 않고 대답해주었다.

"그곳에는 그곳만의 음식이 있고 낮과 밤도 있어요. 가난과 부유의 차이도 존재하지요."

순간 친구는 실망하여 그렇다면 죽는 것과 죽지 않는 것에 아무 차이도 없지 않느냐고 되물었다.

죽음의 신이 말했다.

"당연히 차이가 있지요. 죽어서 그곳에 가면 다시는 죽는 일이 없을 거예요. 지켜야 할 규칙도 없고 고통도 없지요."

의심이 없어지지 않았지만 내 불쌍한 친구는 편안한 미소를 머금고 이승을 떠났다.

"지금보다 더 나빠지진 않겠죠."

그는 그렇게 다른 세계로 조용히 빠져들어갔다.

병원에서 나오자 죽음의 신은 갑자기 춥다고 말했다. 나는 그가 지나간 땅에 또 물 자국이 있는 것을 발견했다. 그는 땀을 흘리고 있었다. 거짓말에 익숙지 않은 그는 몹시 긴장하고 있었던 것이다. 우리는 집으로 향했다. 밤은 조용하고 은밀했다. 그는 내 앞에서 쥐 죽은 듯 조용하게 걸었다. 하지만 나는 차츰 그가 나보다 조금 큰 보폭으로 걷고 있는 것을 발견했다. 검정 옷 밑에 단단한 다리를 감추고 있는 것 같았다. 나는 속으로 다른 계획을 생각하고 있었다. 어쩌면 이것이야말로 내가 애당초 죽음의 신을 집으로 데려가려고 했던 원래의 목적이었는지도 모른다.

나는 사람을 하나 죽이고 싶었다.

우리는 친구였다. 친구를 위해서라면 희생을 감수할 수도 있지 않을까. 하지만 내 이야기를 들은 죽음의 신은 고개를 가로저었다.

"내가 왜 그 사람의 목숨을 빼앗아야 하는지 모르겠군요."

"저를 위해서요."

또 이렇게 덧붙였다.

"제 이야기를 위해서예요."

나는 죽음의 신에게 이 원수를 왜 죽여야 하는지 그 이유를 상세히 말해주었다.

원수는 내 고향의 관리로 직위는 부현장이었다. 어느 왕조에나 일부 관리들은 백성들의 원수가 되기 마련이다. 고등학교에 다닐 때 성적이 아주 좋았던 나는 그의 아들과 같은 반이었다. 대입 시험을 치르게 되었을 때, 그는 인맥을 이용해서 아들의 자리를 내 책상 뒤로 배치했다. 그리고 500위안을 손에 들고서 내게 경고하듯이 말했다.

"답안지를 다 작성하고 나서 내 아들의 이름과 수험번호를 쓰면 이 500위안을 주겠다. 물론 내년에 재수하는 데 드는 비용도 제공할 것이다."

내가 거절하자 그는 나를 위협했다.

"내 체면을 생각해주지 않으면서 네 체면이 무사하길 기대하지 마라. 너를 상대로 이런 상의를 하는 것은 그래도 널 존중한다는 뜻이야. 내 말대로 하지 않으면 넌 편히 시험을 치르지 못하게 될 거야. 대학 입학은 아예 꿈도 꾸지 말아야지!"

그때 나는 몹시 겁이 났다. 결국 1년만 더 공부하면 좋은 대학에 갈 수 있다는 생각에 돈을 받고 그의 제안을 수락했다. 그해에 그의 아들은 내 성적으로 다른 지역에 있는 명문 대학에 진학했다. 물론 바뀐 성적으로 나는 명문 대학에 진학할 수 없었고, 형편없는 성적의 대가로 아버지한테 매를 맞았다. 나중에 그 돈 가운데 5위안을 꺼내 아버지께 술을 몇 병 사드리면서 모든 사실을 털어놓았다. 아버지는 술을 마시며 자식인 내게 면목이 없다고 말씀하셨다. 나는 재수를 해야 했지만 현 전체를 통틀어 어느 고등학교에서도 나를 받아주지 않았다. 한 선생님이 몰래 내게 말해준 바에 따르면 부현장이 어떤 학교에서도 나를 받아주지 못하게 막았다고 했다. 내가 재수를 하지 않으면 그의 아들의 대리시험 사건은 영원히 묻힐 것이기 때문이었다. 자초지종을 다 알게 된 아버지는 더 이상 참지 않았다. 아버지는 현 정부로 달려가 소란을 피우며 해명을 요구하다가 그들에게 붙잡혀 다리가 절단되고 말았다. 그 뒤로 아버지는 살림살이를 죄다 팔아 이리저리 연통한 끝에 간신히 가족의 호적을 다른 지역으로 옮겼다. 이름을 바꿔 고등학교 1학년부터 다시 시작한 나는 스물세 살이 되어서야 대학에 합격할 수 있었다. 합격통지서를 받던 날, 아버지는 큰 소리로 울부짖으며 말씀하셨다.

"얘야, 공부 열심히 해서 관리가 되어야 한다. 그래서 먼 훗날에 꼭 원수를 갚도록 해라."

다리가 절단된 아버지는 일자리를 구하지 못해 할 수 있는 일이라고는 쓰레기 줍는 것밖에 없었다. 우리의 새 주소지를 찾아

낸 부현장은 또다시 사람들을 보내 큰비가 쏟아지던 날 아버지를 저수지에 빠뜨려 익사하게 했다. 내가 경찰을 찾아가 따졌지만 경찰은 아버지의 다리가 좋지 못해 발을 헛디뎌 익사한 것이라고 둘러댔다. 염병할, 이 세상에 저수지까지 가서 쓰레기를 줍는 사람이 어디 있단 말인가. 불쌍한 아버지는 내가 대학을 졸업하고도 관리가 되지 못하고 원수를 갚지도 못한 채 겨우 막노동이나 하게 되리라고는 전혀 생각지 못했을 것이다.

"당신이 나 대신 그놈을 좀 죽여주세요. 어차피 세상이 이런 바에야 내가 직접 나서볼까 생각했지만 두려워서 그러지 못했어요."

"무엇이 두려운 건가요?"

"실패하는 것도 두렵고 성공하는 것은 더 두려웠어요. 저는 아직 잘살고 싶은 욕망이 있거든요. 아버지가 누리지 못한 좋은 날들을 맞고 싶어요."

"좋아요, 내가 도와줄게요."

나는 그가 허락한 진짜 이유가 무엇인지 잘 몰랐지만 물어볼 용기가 나지 않았다. 물어보면 그 이유를 내가 감당할 수 없을 것 같아 두려웠다.

며칠 후, 그는 연기가 가득 찬 유리병을 가지고 돌아와 탁자 위에 놓으며 말했다.

"그는 죽었어요. 이게 그의 두려움의 영혼이에요."

나는 기대했던 것만큼 그렇게 즐겁지는 않았지만 무거운 짐을 벗은 것처럼 홀가분한 기분이었다. 이제 다시 정상적인 생활을 시작할 수 있을 것 같았다.

"그가 오래전부터 더 이상 부현장도 아니고 관리도 아니라는 걸 알고 있었나요?"

죽음의 신이 뜬금없이 물었다.

"그는 심한 뇌출혈로 한쪽 다리가 마비됐어요. 내가 찾아갔을 때는 지팡이로 겨우 몸을 지탱하고 있더군요. 공중화장실에서 나오던 그의 바지는 지린내 나는 오줌에 젖어 있었어요."

"하지만 그는 죽어 마땅한 놈이에요. 그가 반신불수가 되었다 해도 그가 내게 저지른 모든 악행을 보상받을 수 없어요."

"그는 쪽방에서 아주 열악하게 살고 있더군요."

"그럴 리가 없어요. 아들이 성공했다는 얘기를 몇 년 전부터 들었단 말이에요."

"맞아요. 아들은 성공했지요. 엄청난 성공을 했어요. 하지만 아버지가 병이 나자 며느리가 시아버지의 더러움을 견디지 못해 집에서 내쫓았다고 하더군요."

"정말 인과응보네요."

"내가 그의 영혼을 거뒀을 때, 그 안에는 어두운 회한이 아주 많았어요. 그중에는 당신에 대한 것도 있었지요. 그는 자신이 저지른 일들을 많이 후회하고 있었어요."

나는 앞에 놓인 병을 바라보았다. 악행을 일삼고 자신을 비참하게 한 사람의 영혼이 그 안에 있다고 생각하니 당장이라도 그 영혼을 불태워 엄동설한의 강가로 던져버리지 못하는 것이 한스러웠다. 병을 들어 올려 보니 밖으로 튀어나오려는 듯이 검은 연기가 이리저리 움직이고 있었다.

"나는 이만 가볼게요."

죽음의 신이 말했다. 나는 그제야 그가 생각난 듯 고개를 돌렸다가 깜짝 놀라고 말았다. 그곳에는 검은 망토를 입은 사람이 서 있었다. 게다가 그는 중국인의 얼굴과 머리칼, 중국인의 눈을 갖고 있었다.

"당신……."

그가 말했다.

"나는 이제 진정한 사람이 되었어요. 더 이상 죽음의 신이 아니에요. 죽어서는 안 될 생명을 가져갔으니 그 대가를 치러야 마땅하지요."

"죄송해요. 이렇게 될 줄은 정말 몰랐어요."

"사실 나는 사람이 되고 싶었어요. 당신을 위해 그를 죽일 충분한 용의가 있었지요. 왜냐하면……."

그는 아주 길게 침묵했다. 나는 팔이 약간 시큰거리는 것을 느끼며 병을 다시 탁자 위에 내려놓았다. 마침내 그가 계속해서 말을 이었다.

"그를 죽이지 않았다면 당신을 죽여야 했을 테니까요. 이 집을 떠나던 날, 나는 분명히 당신의 두려움을 느꼈어요. 그 두려움은 죽음의 기운에서 오는 것이 아니라 오래 쌓인 증오에서 유래한 것이지요. 한 사람의 죽음을 너무 오래, 너무 많이 상상하면 당신은 본질적으로 이미 그를 죽인 것이나 마찬가지예요. 어쨌든 당신은 나의 친구라서 당신을 데려가고 싶지는 않았어요."

나는 그에게 앞으로 어떻게 할 것인지 묻고 싶었다. 이제 살아 있는 사람이 된 그가 어떻게 살아가야 한단 말인가. 내가 묻기도 전에 그는 내 원수의 영혼이 담긴 병을 들고 문을 나섰다.

"잠깐만요!"

나는 그를 불러 세우고 싶었다. 그는 뒤를 돌아보거나 잠시 멈춰 서지도 않고 익숙한 속도로 앞을 향해 나아갔다. 내가 쫓아 나갔을 때는 이미 계단을 반쯤 내려가고 있었다. 나는 그가 맨발인 것을 분명히 보았다. 그런데도 그는 여전히 무게가 전혀 없거나 적은 무게의 가스로 가득 찬 인형처럼 땅바닥을 사뿐사뿐 밟으며 햇빛 아래 수많은 사람들 속으로 섞여 들어갔다. 금세 그의 모습이 보이지 않았다.

이게 어떻게 된 일이지? 내가 의아해하고 있는 사이에 승용차 한 대가 급정거하더니 차창 너머로 분노에 가득 찬 얼굴이 불쑥 튀어나왔다.

"야! 죽고 싶어서 환장했어? 눈을 어디에 달고 있는 거야?"

나는 분노로 가득한 그의 모습에서 깊은 두려움이 급속도로 확산되는 것을 감지했다. 나는 재빨리 길가로 물러났고 운전자는 가속페달을 밟아 계속 앞으로 나아가더니 빨간 신호등이 켜진 사거리를 향해 빠르게 돌진했다. 그리고 충돌하는 굉음과 비명 소리가 이어졌다. 자갈을 가득 실은 20미터 길이의 트럭과 승용차가 부딪친 것이다. 승용차는 멀리 날아가 아무렇게나 널브러져 있는 공용 자전거 더미 위로 떨어졌다. 충격과 함께 두 번이나 뒤집힌 승용차에서 연기가 솟았다. 승용차의 연기와 함께 성난 영혼은 일그러진 형태로 하늘로 올라갔고 그의 몸은 형태를 알아볼 수 없는 상태로 차체에 끼어 있었다.

내가 이런 신기하고 기이한 능력을 얻게 된 것은 대략 한 달 전부터였다. 이런 능력은 둘째 주에 가장 강렬했다. 나는 병원으로 뛰어가 병실을 이리저리 쏘다니며 어떤 사람이 곧 세상을 떠날 것이고 또 어떤 사람이 살아날 수 있는지 지켜보았다. 그 중에는 아이와 노인, 청년이 있었고 부자와 서민, 경찰, 도시관리요원 등 다양한 나이와 계층의 사람들이 있었다. 이들은 복도를 헤집고 다니면서 자신들이 가야 할 길을 찾고 있었다. 심지어 한번은 떠오르는 한 아이의 영혼을 붙잡아 되돌려놓으려 한 적도 있었다. 하지만 그 영혼은 뜻밖에도 내 손을 뿌리치더니 이내 신이 나서 날아가버렸다.

나는 내가 친구라 생각한 죽음의 신을 기다리고 있다는 것을 알았지만 그는 전혀 모습을 드러내지 않았다. 어쩌면 그는 정말 사람다운 삶을 살고 있을지도 몰랐다.

고향으로 돌아온 나는 아버지의 산소를 찾았다. 아버지의 무덤 근처에는 작고 노란 꽃들이 잔뜩 피어 있었다. 이 지역에서는 본 적 없는 꽃이었다.

그날 저녁, 현성의 여관을 나온 나는 현 정부의 차량 행렬과 마주쳤다. 검정색 고급 승용차의 차창 너머로 행정장관의 모습을 보고 놀라움을 금치 못했다. 그는 아직 살아 있었다. 어쩌면 그는 줄곧 잘 살고 있었는지도 모른다. 바로 그 순간 내 몸 안의 그 기이한 능력은 완전히 사라져버렸다.

나는 이튿날 새벽 첫차를 탔다. 베이징에 도착했을 때는 사흘째 되는 아침이었다. 도시 전체가 짙은 잿빛이었다. 지단관빙(鸡蛋灌饼)* 냄새가 잘 배치된 봉화 연기처럼 거대한 대도시의 사거리마다 피어오르고 있었다.

책임 번역 : 김채은

* 중국 산둥(山東) 지역의 대표적인 길거리 음식으로 밀가루 반죽을 기름에 튀긴 다음, 그 안에 달걀과 다양한 재료와 소스를 넣어 먹는 주전부리다.

낮과 밤

사람들은 지하철역에서 나와 햇빛을 맞이하는 순간을 좋아한다. 지상의 하늘이 비구름으로 덮이거나 미세먼지로 가득해도 마찬가지다. 하지만 라오훙(老洪)은 이런 걸 그다지 좋아하지 않았다. 사람들은 저절로 깰 때까지 긴 잠 자는 것을 좋아한다. 그러다가 일어나 커튼을 열고 햇빛이 가득 쏟아지는 것을 보면서 기지개를 켠다. 하지만 라오훙은 이것도 싫어했다. 그는 빛에 대해 보통 사람들과는 전혀 다른 느낌을 갖고 있었다.

라오훙은 베이징 시내버스 201번 노선의 운전기사다. 버스는 무인 매표 시스템으로 운행된다. 이는 별로 신기한 것이 아니다. 라오훙의 특별한 점은 그가 야간버스 운전기사라는 데에 있다. 그의 가장 주요한 활동 시간은 전부 밤이다. 밤은 때로는 누르스름하게 밝다가 때로는 칠흑같이 어두웠다. 어쨌든 대낮처럼 반짝반짝 빛나고 환하지 않았다. 시간이 오래 흐르면서 라오훙은 낮에 생활하는 것이 더 어색해졌다. 예컨대 아내는 가끔씩 휴일을 맞아 낮에 그와 함께 쇼핑을 가고 싶어 했다. 옷도 사고 장도 보려는 것이다. 하지만 라오훙은 이런 걸 몹시 싫어했다. 라오훙은 집을 나서는 순간, 도로 전체가 눈이 부시도록 밝고 차나 사람이나 전부 빛을 내는 것 같아 몇 초만 눈을 뜨고 있어도 현기증이 났다. 라오훙은 외출을 거의 하지 않지만, 정말 부득이하게 외출해야 할 때는 선글라스를 꼈다. 선글라스를 끼고 세상을 바라보면 훨씬 편안했다.

한때 라오훙은 이것이 직업병일지도 모른다고 생각했지만 나중에 똑같이 야간운행을 하는 동료 기사들과 이야기를 나눠 보니 남들은 그런 것 같지 않았다. 밤은 밤이고 낮은 낮이라, 해가 지면 해가 진 뒤에 해야 할 일을 하고, 날이 밝으면 날이 밝을 때 해야 할 일을 하면 된다. 서로 영향을 주지 않는 것이다. 라오훙은 다시는 이에 대해 언급하지 않기로 마음먹었다. 사람들이 그에게 심리적인 문제가 있다고 소문 내면 심리 진료소에 가서 치료받아야 하기 때문이다. 자칫 사소한 심리 문제라도 발견된다면 아예 직장을 잃을 수도 있었다. 앞으로 이삼 년만 더 버티면 퇴직인데 낮과 밤의 변화에 적응하지 못해 직장을 잃게 되고 퇴직금도 받지 못한다면 그것이야말로 궁지로 몰리게 되는 일이었다.

다행히 이런 고민만 제외하면 라오훙의 나날은 평온한 편이었다. 세상은 평화롭고 임금은 해마다 조금씩 올랐다. 많이 오르지는 않지만 그래도 물가와 대등하게 오르는 편이었다. 아들과 며느리는 친황다오(秦皇島)에서 일하며 집도 사고 아이도 낳았다. 자신과 아내는 혈압이 조금 높을 뿐 큰 문제는 없었다. 라오훙은 삶에 아무런 불만이 없었다. 심지어 그는 자신의 삶이 대단히 순조롭다고 여겼다. 스물몇 살에 운송조에 들어가 트럭을 운전하며 운송 일을 하던 그는 결혼하여 안정된 환경을 갖고 싶어 버스 회사에 들어가 버스 운전기사가 되었다. 그 뒤로 다시는 직업을 바꾼 적이 없었다. 아내는 무던하고 착한 사람이었고, 성실하게 생활했다. 광장무(廣場舞)*조차 좋아하지 않았다. 아들은 성적이 특별히 뛰어난 편은 아니었지만 중고등학교와 대학교 모두 스스로의 힘으로 합격했고, 졸업 후에는 제법 괜찮은 직장도 구했다. 결혼할 때도 부모에게 큰 부담을 주지 않았고 아주 빨리 손자도 낳아주었다. 라오훙은 자신의 일생이 이 버스 같다는 생각이 들었다. 정해진 노선을 따라 운행하면서 정류장에 도착하

* 중국에서 매일 아침 혹은 저녁 무렵 중노년층(주로 여성층)이 광장에 모여 함께 음악을 틀어놓고 간단한 동작을 반복하는 대중적인 무용으로 보편적인 취미 활동으로 자리 잡고 있다.

면 멈춰 서고, 제시간에 발차하여 제시간에 교대하는 것처럼 모든 것이 순조로웠다. 직장 생활 말기에 접어들면서부터는 핸들에 미련이 남을 정도였다. 그는 핸들을 잡고 가속페달을 밟거나 브레이크를 밟으면 모든 것이 손안에 있는 것 같았다.

때때로 라오훙은 버스를 몰고 교외의 밤길을 지날 때, 버스에 승객이 없고 정류장에서 기다리는 사람이 없어도 버스를 세우고 잠시 기다리곤 했다. 누군가가 헐레벌떡 뛰어와 그의 버스에 올라타기를 기대하는 것은 아니었다. 그저 잠시 멈춰 담배를 한 대 피우려는 것이었다. 전조등의 두 줄기 빛이 전방의 수십 미터 길을 밝게 비추면 인접한 베이징 시내 전체가 환한 것 같았다. 라오훙은 빛도 도망칠 수 있다는 것을 알았다. 빛을 멀리 비추면 사방으로 흩어져 달아났다. 라오훙은 대낮의 햇빛보다 이렇게 도망칠 줄 아는 빛을 더 좋아했다. 도망치는 빛도 자신과 마찬가지로 밤새도록 내달려야 하기 때문이다. 이런 빛이 있기 때문에 라오훙에게 밤은 단지 어둠만이 아니었다. 뭐라고 표현할 방법은 없었지만 그는 이런 분위기를 즐겼다.

담배를 피울 때면 라오훙은 운전석에서 내려 누런 빛줄기 안에 쪼그리고 앉았다. 그러고는 담배를 다 피우면 꽁초를 발로 밟아 뭉갠 다음, 차에 올라타 시동을 걸었다. 두 줄기 빛도 도로 앞을 달리기 시작했다. 라오훙은 아무리 달려도 그 빛줄기를 따라잡을 수 없었다.

물론 때로는 황급히 달려와 감격스러운 어투로 인사를 건네는 승객도 있었다.

"정말 다행이에요. 야간버스를 놓치지 않았으니 말이에요. 기사님, 정말 감사합니다."

그럴 때면 라오훙도 웃으며 말을 받았다.

"어서 올라오세요."

야간버스를 타는 사람들 중 일부는 이야기하는 걸 좋아해 앞줄로 모여 앉아 이 버스는 몇 시에 출발하는지, 저녁에 타는 사람이 많은지, 운전하느라 피곤하지는 않은지 등등 온갖 것을 물어본다. 그리고 일부는 뒤쪽 좌석에 조용히 앉아 있는다. 승객 하나만 뒤쪽에 앉아 있을 경우 라오훙은 종종 승객이 없는 것으로 착각하기도 한다. 그러다가 얼마 후 백미러를 통해 고개를 숙인 채 맨 뒷줄 창문에 기대앉아 있는 그림자를 발견한다. 그럴 때면 라오훙은 승객이 없는 것보다는 낫다는 생각이 든다. 이야기를 좋아하지 않아도 승객이 없는 것보다 낫다는 것이 그의 생각이다.

가는 길 내내 라오훙은 뒷줄에 앉은 사람을 걱정했다. 귀까지 내려오는 짧은 머리에 머리칼보다 짧은 반바지를 입은 아가씨였다. '요즘 젊은이들은 참 이상해. 어떻게 저런 옷을 입지? 아무리 여름에 더워도 저렇게까지 짧을 필요는 없지 않나?' 라오훙은 속으로 이렇게 생각했다. 순간 라오훙은 자신이 신경을 덜

써도 되는 아들을 낳은 것을 다행으로 여겼다. 자신의 딸이 옷을 저렇게 입는다면 화가 날 것이 분명했다. 아들 샤오훙(小洪)은 성실한 아이였다. 공부와 직장, 결혼, 육아 등 모든 것이 차근차근 순조롭게 진행됐고 쉽게 만족하는 편이었다. 라오훙은 자신이 운이 좋다고 생각했다. 많은 동료들이 자녀 문제로 심란해한다는 것을 잘 알기 때문이다.

라오훙은 그 아가씨의 어깨가 쉬지 않고 들썩이는 것을 보았다. 울고 있는 것이었다. '아이고, 실연당했군!' 갑자기 라오훙의 머릿속에서 아가씨의 인상이 선명해지기 시작했다. 그는 이 아가씨가 자신의 버스를 가장 많이 이용하는 단골 승객으로 항상 맨 마지막에 헐레벌떡 달려와 차에 오른다는 것을 기억해냈다. 매번 고관절까지 오는 반바지에 헐렁한 상의 차림이었다. 그녀가 앞문으로 차에 오를 때 라오훙이 고개를 돌리면 작은 가슴의 윗부분이 살짝 보였다. 어떤 때는 껌을 씹어 풍선을 불면서 교통카드를 대기도 했고, 또 어떤 때는 한 손에 담배를 쥐고 다른 손에 옌징(燕京) 맥주를 들고 타기도 했다. 라오훙은 이런 그녀의 인상이 좋지 않았다. 뭔가 안 좋은 직업을 가진 사람은 아니더라도 평범한 아가씨는 아닐 거라는 것이 그의 추측이었다. 게다가 몇 번인가 남자친구와 어깨동무를 하고 차에 올라 맨 뒷좌석에서 서로 껴안고 입을 맞추기도 했다. 남자는 매번 바뀌었다. 라오훙은 그녀가 자기 딸이 아니라서 다행이라고 생각했다.

그녀는 아직 울고 있었다. 차가 갑자기 멈춰 섰다. 정류장에 도착한 것이다. 라오훙은 그녀가 항상 이 정류장에서 내렸던 것을 기억했지만 아가씨는 움직이지 않았다.

"다 왔어요. 내리셔야죠."

라오훙이 큰 소리로 말하자 아가씨는 눈물을 닦고 일어나 걸어 나왔다.

라오훙이 뒷문을 열지 않고 앞문을 열었지만 아가씨는 그 차이를 알아차리지 못하고 앞문으로 내리면서 감사하다는 인사를 건넸다.

아가씨가 차에서 내려 앞을 향해 걸어가자 라오훙은 차를 출발시켰다. 전조등이 그녀 발밑을 비추었다. 전조등 빛을 제외하고는 끝없는 어둠이었다. 라오훙은 속도를 내지 않고 천천히 차를 몰았고 그녀는 버스 전조등 불빛 속을 걸었다. 잠시 후 그녀는 모퉁이를 돌아 작은 마을로 들어섰다. 라오훙이 발에 힘을 주자 버스는 굉음을 내면서 전방의 더 큰 어둠 속으로 빨려들어갔다.

그는 아직 세 정류장을 더 가야 했고 마지막 정류장에 도착하면 업무를 교대할 수 있었다.

라오훙은 차를 마지막 정류장까지 몰고 와서 시동을 껐다. 하지만 차에서 내리지 않고 의자에 몸을 기댄 채 담배를 피우기 시작했다. 그는 그 아가씨에게 무슨 일이 생긴 것은 아닐까, 하고 걱정했다. 무슨 일이 생기기야 했겠어? 하면서 애써 마음을 놓으려 했지만 뭐라 말할 수 없는 걱정을 떨칠 수 없었다.

이날 낮에 뜻밖에도 라오훙은 잠을 자지 못했다. 잠을 자긴 했지만 비몽사몽인 채로 편안하게 잠자지 못하고 줄곧 몽롱한 상태로 있었다. 예전에는 그렇지 않았다. 업무 교대를 하고 집에 돌아오면 식사를 하고 눕자마자 잠이 들었다. 오늘 아침 라오훙이 돌아왔을 때는 아내는 이미 밥상을 치운 뒤였다. 라오훙의 퇴근이 좀 늦자 아내는 그가 밖에서 식사를 하고 오는 줄 알았다. 라오훙이 먹지 않겠다고 했지만 아내는 애써 다시 음식을 데웠다.

라오훙이 식사를 마치고 침대에 눕자 그 아가씨가 전조등 불빛 속을 걷던 모습이 또다시 떠올랐다. 병이로군! 그가 자신을 욕하면서 몸을 돌려 눕는 순간, 뭔가가 몸에 눌려 몹시 아팠다. 손을 뻗어 만져보니 손자의 장난감이었다. 그는 벌써 반년 동안 손자를 만나지 못했다. 아들이 친황다오에서 일을 하다 보니 설을 쇠고 돌아간 뒤로는 얼굴을 볼 수 없었다. 베이징이 친황다오에서 그리 멀지 않지만 라오훙이 야간근무라 휴가를 내기가 쉽지 않을 뿐만 아니라 근무를 대신해줄 사람도 없었다. 아들과 며느리도 바빠서 베이징에 오기가 힘들었다. 라오훙은 손자가 보고 싶을 때면 손자가 두고 간 장난감을 가지고 상상으로 손자와 놀았다. 어차피 집에는 노부부뿐이라 창피할 것도 없었다. 라오훙은 손자 생각만 하면 잠을 이루지 못하고 핸드폰을 꺼내 손자의 사진을 보곤 했다. 이 핸드폰은 싼 물건이 아니었다. 무려

1500위안이 넘는 전화기로 회사에서 연말 보너스로 받은 것이었다. 그는 작년 한 해 동안 하루도 휴가를 내지 않았고 지각한 적도 없었으며 사고도 내지 않았다. 라오훙은 반년이나 사용하고 나서야 그 전화기가 스마트폰이라는 것을 알았다. 회사의 젊은 청년 하나가 연락하기 편하다면서 그의 전화기에 위챗*을 깔아주었다. 확실히 편했다. 운전자가 계속 핸드폰을 보고 있을 수도 없는 노릇이라 위챗 음성 서비스를 사용하니 더없이 편했다.

저녁 식사를 마친 라오훙은 아내가 우려놓은 진한 차 한 병을 허리에 차고 전동 자전거를 타고 버스 회사로 출근했다. 가는 길에 뭔가 이상하다는 느낌이 들었다. 도로에 짧은 머리 여자아이들이 많아진 것 같았다. 평소에는 왜 알아차리지 못했는지 의아했다.

버스 회사에 도착하니 팀장이 말했다.

"라오훙, 오늘은 직접 세차해야 됩니다."

라오훙이 물었다.

"무슨 일이 있나요?"

"왕(王) 씨 아줌마가 일을 그만둔대요."

"왜요? 월급이 너무 적어서 그런대요?"

"그건 아니에요. 돈이 부족해서가 아니라 그냥 일을 하고 싶지

* 중국에서 보편적으로 사용되는 SNS 앱으로 한자로는 '微信'이다.

않대요. 인생을 즐기고 싶대요. 광장무를 추러 가겠다고 하네요."

라오훙이 웃으며 말했다.

"대단하네요. 광장무를 추면서 어떻게 인생을 즐긴다는 건지 모르겠네요."

"라오훙이 뭘 안다고 그래요? 왕 씨 아줌마가 추는 춤은 사교춤이래요. 여자들 여럿이 추는 춤이 아니라 남녀가 짝을 맞춰 추는 춤이라고요."

라오훙은 하는 수 없이 직접 물을 한 통 떠다가 걸레를 헹궈 차 앞뒤를 한 번씩 닦았다. 그는 아주 진지하게 세차를 했다. 예전에 왕 씨 아줌마가 세차를 대충하면 라오훙은 마음에 들지 않아 다시 닦으라고 채근하곤 했다. 그럴 때면 왕 씨 아줌마는 못마땅한 표정으로 말했다.

"야간버스를 그렇게 깨끗하게 닦아서 뭐 해요? 누가 본다고."

라오훙이 말을 받았다.

"야간버스가 어때서요? 야간버스야말로 정말 중요하다고요. 낮에는 버스 놓치면 택시나 지하철을 탈 수 있지만 이 야간버스가 없으면 많은 사람들이 집에 가질 못한단 말이에요."

발차하기도 전에 라오훙의 물병에는 차가 절반이나 줄었다. 급수실로 물을 채우러 가다가 바로 옆 2팀에 가서 한담을 나누다 보니 출발할 시간이 되었다.

모든 것이 절차에 따라 단계적으로 진행되었다. 라오훙은 문화 수준이 높지 않지만 일찌감치 이 '절차'라는 단어를 체감하고 있었다. 20년 전, 심지어 그보다 더 이른 시기에 처음 버스 운전기사로 일하게 되었을 때, 팀장이 말했다.

"버스라는 게 뭡니까? 규정과 절차에 따라 단계적으로 진행되는 게 바로 버스예요. 언제 발차하여 언제 어느 위치에 도착하는지 한 치의 오차도 있어선 안 된단 말입니다."

그때 라오훙은 절차라는 것이 하나하나 순서대로 해나가는 것, 다시 말해서 정해진 규정에 따르는 거라는 것을 알았다. 하지만 경력이 쌓이면서 라오훙의 이런 생각은 조금 변했다. 순서에 따라 하는 것이라기보다는 그저 습관에 가까웠다. 운전하는 사람은 말할 것도 없고, 타는 사람들도 모두 저마다의 습관이 있다. 예컨대 대부분의 사람들이 차에 타면 자신에게 익숙한 좌석을 찾는다. 그 좌석이 비어 있으면 십중팔구 그 좌석에 가서 앉는다. 좌석이 없어 서서 가야 할 때도 마찬가지다. 습관적으로 가서 서는 자리가 있다. 대부분의 사람들이 이렇다. 라오훙은 이 점을 발견하고는 흥분을 금치 못했다. 삶의 중요한 진실을 발견한 것 같았다. 장을 볼 때면 늘 가던 채소가게에서 물건을 사고 아침을 먹어도 늘 같은 집의 유탸오(油條)*와 순두부를

* 길게 성형한 밀가루 반죽을 기름에 튀긴 음식으로 중국인들이 더우장과 함께 아침 식사로 즐겨 먹는다.

산다. 절차에 따라 하는 것은 일종의 습관이다. 애써 기억하지도 않고 강제하지도 않는 습관이다. 사람들이 마시는 공기와 마찬가지다.

이날 밤, 라오훙은 정류장에서 밤 12시가 넘어서까지 그 아가씨를 기다렸지만 그녀는 끝내 버스를 타지 않았다. 라오훙은 다소 실망했다. 핸드폰을 통해 뉴스를 대충 훑어보니 이 근처에서 살인이나 자살사건은 발생하지 않은 것 같았다. 그렇다면 그 아가씨에게 아무 일도 없을 것이었다. 하지만 별일이 없다면 버스를 타야 하는 것 아닌가? 라오훙이 다음 정류장에 도착하자 승객 하나가 서둘러 차에 오르면서 퉁명스럽게 불평을 해댔다.

"기사님, 오늘은 왜 이렇게 늦게 오는 거예요? 30분도 넘게 기다렸잖아요."

"죄송합니다. 오늘 차에 문제가 좀 있어서 빨리 몰 수가 없었어요."

라오훙이 말했다. 매번 길이 막혔다고 할 수도 없는 노릇이라 이렇게 둘러댔다. 한밤중에 길이 막힐 리가 없었다.

다음 날, 그 아가씨가 버스에 탔다. 그녀는 평소와 똑같이 껌을 씹고 있었다. 라오훙이 그녀에게 말했다.

"아가씨를 기다리고 있었어요."

아가씨가 버스에 오르자 라오훙이 곧장 출발했다. 아가씨가 갑자기 말했다.

"고마웠어요, 기사님!"

라오훙이 깜짝 놀라 되물었다.

"네? 뭐가 고마웠다는 건가요?"

"그날 밤길을 비춰주셨잖아요."

라오훙이 말했다.

"에이, 뭘요. 별것도 아닌 걸 가지고."

아가씨가 물었다.

"기사님 위챗 있으세요?"

"위챗이요?"

라오훙은 약간 당황했다. 이 아가씨가 뭘 하려는 건지 알 수 없었다.

아가씨가 껌으로 풍선을 불며 말했다.

"네. 위챗에 친구 추가 해도 돼요? 저도 야간근무 하는데 퇴근이 늦으면 매번 버스를 못 탈까 봐 걱정이거든요. 위챗에 추가해서 제가 좀 늦으면 기다려달라고 부탁하려고요."

라오훙이 전방을 살펴보니 아주 넓은 길에 아무것도 없었다. 불빛은 여전히 희미했다.

"내 아이디는 laohong1957.1957이에요."

"아저씨, 곧 퇴직하시겠네요."

아가씨가 잠시 핸드폰을 만지작거리더니 말을 이었다.

"추가했어요. 저는 더우더우(豆豆)라고 해요."

"알았어요."

두 사람은 이렇게 이야기를 나누게 되었다.

라오홍은 아가씨의 입을 통해 그녀가 미용실에서 일하고 있고 밤 12시쯤 퇴근한다는 사실을 알게 되었다. 한 달 수입은 6천 위안이고 그 가운데 월세 천 위안, 생활비 천 위안, 기타 지출로 천 위안을 쓰고 매달 3천 위안을 모은다고 했다. 아가씨는 8만 위안을 모아 한국에 가서 성형수술을 할 예정이라고 말했다.

"성형이요? 이렇게 예쁜데 왜 성형을 해요? 아가씨, 내가 뭐라고 할 입장은 아니지만 그냥 생긴 대로 사는 게 좋아요. 왜 멀쩡한 얼굴에 칼을 대려는 거예요? 얼마나 위험한데요. 게다가 아가씨는 얼굴이 예쁘기 때문에 성형할 필요가 없어요. 정말이에요!"

라오홍이 펄쩍 뛰며 말리자 아가씨가 한숨을 내쉬며 말했다.

"괜찮게 생겼기 때문에 성형하려는 거예요. 못생겼으면 애당초 성형할 생각도 안 하죠. 그런데 괜찮게 생긴 게 문제예요. 제가 누굴 닮았는지 모르시겠어요?"

라오홍이 고개를 가로저었다.

"나는 텔레비전을 많이 안 보거든요."

"사람들이 제가 류옌(柳岩)을 닮았대요. 지금 아주 잘나가는 스타예요. 예능 프로의 사회도 보고 드라마나 영화에도 출연하고 있어요. 정말 잘나가는 연예인이에요."

라오홍은 말을 받을 수 없었다. 류옌이 누군지 모르기 때문이었다.

아가씨가 대뜸 핸드폰을 그의 눈앞으로 내밀었다. 핸드폰 화면 속에는 얼굴이 작고 가슴이 큰 아가씨가 있었다.

"여기, 이 사람이 류옌이에요. 저랑 닮았나요?"

"닮았네요."

라오훙이 말했다. 더우더우는 류옌과 확실히 좀 닮긴 했다.

"가슴은 보지 마세요. 제 가슴은 류옌만큼 크지 않거든요. 가슴도 성형할 수 있지만 굳이 가슴까지 키우고 싶진 않아요. 저는 광대뼈가 류옌에 비해 조금 위쪽에 있으니까 뼈만 깎으면 돼요. 잘 모르시겠지만 요즘은 유명해지는 게 너무 어려워요. 저는 다 생각해둔 바가 있어요. 먼저 닮은꼴을 찾는 예능 프로그램에 나가 류옌을 그대로 따라 하다가 조금 유명해지면 각종 오디션에 참가할 거예요. 노래도 괜찮게 하는 편이에요. '보이스 오브 차이나'에 지원해서 오디션에 통과했어요."

라오훙은 뭐라고 말해야 좋을지 몰랐다.

한 정류장 더 가서 누군가가 버스에 오르자 아가씨는 다시 맨 뒷줄로 가서 앉았다. 라오훙은 백미러를 통해 그녀가 풍선을 불고 또 부는 모습을 볼 수 있었다.

목적지에 도착하자 아가씨가 내렸다.

그 뒤로 두 사람의 교류는 잦아졌다. 라오훙은 정말로 아가씨로부터 10분 늦을 것 같으니 좀 기다려달라는 위챗 메시지를 몇 번 받았다. 물론 라오훙은 그녀를 기다려주었다. 황급히 버스에 올라탄 그녀는 커피나 밀크티 같은 따뜻한 음료를 그에게 건넸다. 소녀들이 즐겨 마시는 음료들이었다. 라오훙은 처음에는 기다려준 것이 별것 아니라며 사양했지만 아가씨는 반드시 감사의 마음을 표하고 싶다며 우겼다. 라오훙은 어쩔 수 없이 따뜻한 음료를 받아 마셨다. 낯선 사람으로부터의 온기가 느껴졌다.

어느 날 라오훙은 아가씨로부터 기다리지 말고 먼저 가라는 위챗 메시지를 받았다. 그는 의아해하며 무슨 일인지 걱정되어 답장을 보냈다.

"별일 없는 거죠?"

하지만 그녀에게서는 답장이 오지 않았다. 라오훙은 하는 수 없이 시동을 걸고 출발했다. 왠지 우울한 운행이었다.

낮에 자야 했지만 그는 또 잠을 이루지 못했다. 몇 번이나 그녀에게 무슨 일이 있는 거냐고 위챗을 보내 물어보고 싶었지만 애써 자신을 억제했다. '왜 그러는 거야? 그 아가씨와 무슨 친구라도 돼? 그냥 남일 뿐이잖아.' 물론 라오훙이 그녀에게 뭔가 헛된 생각을 갖고 있는 것은 아니었다. '그냥 어린 친구라고 생각해두자. 어린애를 걱정하는 게 뭐가 어때서?' 마침내 라오훙은 그럴듯한 이유를 찾아냈다. 그가 머뭇거리고 있는 차에 아가씨한테서 위챗 메시지가 날아왔다. '그는 같은 노선의 버스를 17년 동안이나 운전했다. 어느 날 마침내 그는 짜증이 극에 달해……'라는 제목의 긴 글이었다. 제목에 있는 '버스'라는 단어가 없었다면 라오훙은 굳이 확인해보지 않았을 것이다. 하지만 그는 메시지를 열어 읽었다. 육칠십 년 전 뉴욕에서 17년간 버스를 운전하던 윌리엄 시밀로라는 버스 운전기사가 어느 날 갑자기 차를 몰고 뉴욕을 떠나 아주 멀리 갔다는 이야기였다. 나중에 그는 뜻밖에도 사람들 마음속에 영웅으로 자리 잡았다. 회사는 그에게 처벌을 내리지 않았을 뿐만 아니라 그에게 계속 버스를 몰게 했다.

이 글을 열심히 읽는 동안 라오훙의 마음속에 갖가지 의문이 생겼다. 이 아가씨가 왜 이런 글을 보내온 걸까? 내가 이 윌리엄 시밀로라는 놈과 마찬가지로 매일 일상에서 벗어나고 싶다는 생각을 하고 있다고 추측하는 걸까? 나 원 참……. 아주 가식적인 아이네. 라오훙은 심지어 매일 아내가 보는 〈견현전(甄嬛傳)〉이라는 드라마에 나오는 '가식적'이라는 단어까지 사용했다. 도피, 일상 같은 단어들도 그 드라마에서 배운 것들이었다.

사실 라오훙은 이런 단어들의 정확한 뜻은 잘 이해하지 못했다. 그저 대충 뭔가에 싫증이 날 때 기분 전환을 하고 싶은 마음이라고 알고 있었다. 그런데 그게 뭐 그리 중요한 일이라는 건가. 그 운전기사는 외국인이다. 외국인이 무슨 일을 못 하겠어. 만일 내가 차를 몰고 멀리 도망가버린다면 아내는 죽도록 초조해할 것이고 우리 팀장은 화가 나서 미쳐버릴 거야. 버스 회사는 또 어떻고. 틀림없이 나를 해고해버리겠지. 하지만 가장 중요한 것은 내가 어디로 가야 할지 모르고 어디로도 가고 싶지 않다는 거야.

이때 라오훙은 그 아가씨에 대해 약간 짜증이 났다. 그녀를 도무지 이해할 수가 없었다. 그 아가씨와 몇 세대나 벌어져 있는 것 같았다. 그녀는 마치 다른 별에 사는 사람처럼 스타가 되기 위해 한국에 가서 성형수술을 하고 일상을 도피할 생각만 하고 있었다. '아, 맞다!' 라오훙은 젊은 사람들이 이런 걸 '즉흥적인 여행'이라고 한다는 것이 생각났다. 그러지 않으면 젊은이라고 할 수 없겠지. 간다고 하면 가는 것이다. 하지만 그렇게 쉬울 리가 있을까.

라오훙은 그녀의 글이 자신에게 아무런 영향도 주지 않았다고 생각하면서도 자신도 모르게 잡다한 생각에 사로잡혀 있었다. 라오훙은 마음이 초조했다. 낮에 잠을 잘 못 자면 저녁에 차를 몰 때 졸리지만, 운행 중에 졸 수 없으니 억지로 정신을 차려야 했다. 라오훙은 느릅나무로 만든 빗을 가지고 다니면서 운전대 앞에 놓고 졸음이 밀려올 때마다 이 빗을 집어 머리를 빗음으로써 뇌신경을 활발하게 했다. 사실 그는 이런 상황이 너무 싫었다. 몇 년 전부터 머리숱이 줄어들어 가장자리 머리를 모아 정수리 부분을 덮어도 반들반들한 두피를 감출 수 없었기 때문이다. 그는 빗으로 머리를 빗는 자신의 모습이 우스꽝스럽다는 것을 잘 알고 있었다. 그도 이렇게 하고 싶지 않지만 너무 졸릴 때면 이것 외에 다른 방법이 없었다.

이날 이후 그 아가씨는 라오훙의 버스를 타지 않았다. 위챗 메시지를 보내지도 않았다. 라오훙이 또다시 그녀에게 혹시 이사를 갔느냐고 묻는 메시지를 보내봤지만 답장이 없었다. 그녀는 이렇게 갑자기 사라져버렸다. 그러다가 라오훙은 운수팀의 젊은 기사들의 조언으로 아가씨의 모멘트에 들어가 그녀가 올린 사진과 글을 보게 되었다. 사진은 대부분 그녀가 어디에 가서 무엇을 사고 무엇을 먹었는지 말해주고 있었다. 글은 대부분 다른 곳에서 옮겨 온 글이었다. 라오훙에게 보낸 글과 비슷했다. 자기 전에 읽는 시 한 수, 건강, 미용, 인생을 더욱 행복하게 하는 법 등에 관한 글들이었다. 라오훙은 갑자기 가슴이 철렁했다. 그 아가씨가 자신에게 보낸 글이 사실은 잘못 보낸 것일 수도 있다는 생각이 들었다. 이런 생각에 라오훙은 가슴이 쓰렸다. 사실 그는 아가씨의 모멘트에서 아무것도 아닌 존재, 그저 야간버스 기사에 불과했다.

라오훙은 낮에 깊은 잠을 잤다. 어제저녁에는 폭우로 차를 운행하지 않았기 때문이다. 오전에 그는 사우나에 가서 땀을 흠뻑 내고 점심에는 자장면 두 그릇을 먹고 오후에는 푹 잤다. 모든 것이 절차대로 진행되었다. 밤 10시에 버스 회사를 출발하여 운행하고 새벽 2시에 돌아왔다.

웬일인지 이번 운행에는 아무도 버스에 타지 않았다. 정류장마다 몇 분씩 더 기다렸지만 역시 승객이 없었다. 이제 그 아가씨가 타고 내리던 정류장을 지나갈 때 라오훙은 아무런 생각도 들지 않았다. 새벽 4시쯤 라오훙은 전등을 껐다. 날이 이미 밝기 시작했기 때문이다. 모처럼 베이징은 날씨가 아주 좋았다. 아직 해는 뜨지 않았지만 하늘이 밝았다.

라오훙이 어느 도로 입구로 차를 몰았을 때 갑자기 오른쪽에서 차가 돌진해오는 바람에 이를 피하기 위해 좌회전을 했다. 좌회전을 하자 차가 동쪽을 향하면서 전방이 확 트여 은은한 아침노을이 눈에 들어왔다. 잠시 동안 유턴할 수 없었던 라오훙은 계속 앞으로 나아가는 수밖에 없었다. 동쪽의 햇빛은 갈수록 매력적이었다. 라오훙은 문득 도로표지판에 친황다오까지 156킬로미터가 남았다고 쓰인 것을 보았다. 갑자기 손자의 작은 얼굴이 떠오르면서 할아버지를 부르는 소리가 귓가에 맴돌았다. 라오훙은 손자를 보러 가야겠다고 마음먹었다. 오전 안으로 돌아올 수 있을 것 같았다. 라오훙은 이런 유혹을 통제할 수 없었다. 유턴할 수 있는 지점을 만나자 정신이 번쩍 들었지만 이미 지나친 뒤였다. 이어서 그는 고속도로로 버스를 몰았다. 길을 되돌릴 여지는 없었다.

고속도로를 몇십 분 달리는 동안 라오훙은 문득 그 글이 생각났다. 정신이 아득했다. 설마 내가 그 글의 영향을 받은 건가?

라오훙은 자신도 모르게 스스로를 비웃었다. 결국 그렇게 되고 말았다. 하지만 그는 이내 반박할 근거를 찾았다. 나는 손자를 보러 가는 거야. 늙은이가 손자를 보고 싶어 하는 것은 너무나 당연한 일이지. 나는 굳이 도피할 필요가 없는 사람이야. 내 삶에 만족하고 있다고.

라오훙의 차는 빠른 속도로 내달렸다. 시내에서는 불가능한 일이었다. 제한속도와 교통신호와 도로 위의 사람들 때문에 몇 킬로미터마다 한 번씩 차를 세워야 했다. 사람이 없어도 버스는 서야 했다. 하지만 지금은 그럴 필요가 없었다. 라오훙이 과감하게 150킬로미터까지 속도를 올렸다. 그가 모는 차는 버스였다. 작은 모퉁이를 돌 때마다 라오훙 자신도 버스의 후미 부분이 차체를 끌어당기는 것을 느낄 수 있었다. 드리프트였다. 그는 이 단어의 의미를 잘 알고 있었다.

이때 해가 떠올랐다.

라오훙은 이미 몇 년째 아침 해를 제대로 보지 못한 터였다. 게다가 지금 그가 있는 곳은 텅 비고 드넓은 고속도로였다. 처음에는 쉽게 적응하기 어려웠다. 눈앞의 시야가 확 트이고 막 떠오르기 시작한 붉고 큰 해가 대지를 환하게 비추고 있었다. 햇빛이 눈을 자극하지는 않았다. 희미하고 누런빛이었다. 하지만 전조등의 누런빛과는 완전히 달랐다. 이는 바닷물에 씻긴 흐릿한 노란색이라 깨끗하고 밝았다. 라오훙은 자신도 모르게 아!

하고 감탄사를 내뱉었다. 그는 늘 머릿속에 눈앞의 경치와 어울리는 어떤 시구나 노래 가사가 있다고 생각했지만 얼른 떠오르지 않았다. 아! 라오훙은 참지 못하고 또 한 번 입을 열었다. 감흥을 구체적으로 표현하진 못하고 아! 하는 감탄만 연발했다. 라오훙은 갑자기 정신을 차리면서 본능적으로 백미러를 바라보았다. 버스 안에는 아무도 없었다. 와! 우와! 우와! 라오훙은 마음 놓고 큰 소리로 외치기 시작했다. 새벽의 맑은 공기가 그의 고함 소리를 따라 입 안을 통해 배 속까지 들어갔다.

라오훙은 약간 흥분했다. 심지어 핸들을 심하게 꺾어 작은 승용차를 추월하기도 했다.

한 시간쯤 지나자 라오훙의 눈에 멀리 고속도로 출구가 들어왔다. 도로표지판의 방향은 베이다이허(北戴河)였다. 곧장 가면 친황다오 시내로 향하는 길이었다. 라오훙은 머릿속으로 친황다오를 생각했지만 자신도 모르게 오른쪽으로 핸들을 틀어 베이다이허로 가는 길로 들어섰다. 이 지명은 너무나 익숙했다. 회사의 고위간부들도 자주 찾고 텔레비전에서도 국가 지도자들이 피서를 위해 자주 찾는 곳이었다. 사실은 라오훙도 이곳에 올 기회가 있었다. 아들이 막 결혼했을 무렵, 그가 아내와 함께 아들 사는 곳에 갔을 때 아들이 일을 마치면 베이다이허를 구경시켜주겠다고 했었다. 하지만 아들이 일을 마치자 그의 회사에서 출근을 재촉했다. 곧 올림픽이 개최된다면서 모든 노선이 초과 운행을 해야 한다는 것이었다. 그는 하는 수 없이 아내와 함께 곧장 베이징으로 돌아왔다.

라오훙은 수영을 못하지만 줄곧 바닷물에 몸을 담가보고 싶은 바람이 있었다. 큰 목욕탕보다는 훨씬 자유로울 것 같았다. 그는 약간의 액취가 있기 때문에 목욕탕에 몸을 담글 때마다 늘 사람들과의 거리를 유지해야 했다. 그러지 않으면 누군가가 코를 막는 것을 목도해야 했다. 그럴 때면 라오훙은 아무 말도 하지 않았지만 몹시 무안했다. 바다에서는 그럴 필요가 없었다. 그깟 액취 따위는 바다 앞에서는 아무것도 아니었다.

바닷물에 몸 좀 담가야겠어. 다 놀고 나면 차를 몰고 친황다오로 가는 거야. 멀지도 않은 데다 지금은 손자가 유치원에 있을 시각이니 일찍 가도 만날 수 없을 거야.

라오훙은 이런 생각을 하면서 해변의 주차장으로 차를 몰았다. 주차관리인은 어느 여행사에서 빌린 차로 오해했지만 라오훙은 개의치 않았다.

해변에 도착해서야 라오훙은 수영복이 없다는 사실을 깨달았다. 알록달록한 옷차림으로 해변을 메우고 있는 사람들을 바라보면서 라오훙은 약간 위축되었다. 그는 한꺼번에 그렇게 많은 하얀 다리를 본 적이 없었다. 특히 여자들의 다리는 더더욱 그랬다. 젊은 아가씨들은 몸에 아무것도 걸치기 싫은 것처럼 비키니로 자신들의 풍만한 육체를 꽉 조이고 있었다. 라오훙은 야릇한 생각이 들지는 않았지만 적응하기가 쉽지 않았다. 이미 예쁜 여자들을 보고 흥분할 나이는 지난 터였다. 사실 그는 최근 몇 년 동안 성(性)을 갈망한 적이 없었다. 그렇다고 냉담하다고 할 수도 없었다. 기회가 있으면 좋고 없어도 그만이었다.

노점을 하나 발견한 라오훙은 쑥스러운 듯 천천히 걸어가 수영복이 있느냐고 물었다. 가게 주인이 가리킨 곳에 수영복이 잔뜩 걸려 있었다. 라오훙은 검정색 수영복과 수영모 그리고 파란 물안경을 샀다. 물안경은 반드시 파란색이어야 했다. 바닷물이 텔레비전에서 본 것처럼 파란색이 아니라는 것을 발견했기 때문이다. 바닷물은 멀리서 보면 그런대로 약간의 푸른색을 띠지만 가까이서 보면 강물과 다를 바 없었다. 심지어 더 혼탁했다.

화장실에 가서 옷을 갈아입은 라오훙은 핸드폰이 보이자 전원을 꺼버렸다.

그는 조심스럽게 물에 들어갔다. 물은 약간 차갑고 발밑의 모래는 매우 고와 살짝 밟으면 발이 푹 들어갔다. 발을 들어 앞으로 나아가면 물의 저항력이 느껴졌다. 라오훙은 이내 허벅지 깊이까지 걸어 들어갔다. 쪼그리고 앉으려고 시도하자 몸이 물 위로 떠올랐다. 균형을 잡지 못하고 머리가 물속으로 곤두박질치면서 벌컥 바닷물을 들이키고 말았다. 당황한 라오훙은 몸부림치다가 간신히 모래를 밟았다. 그렇게 몇 번을 퍼덕이다가 겨우 중심을 잡았다. 사실 물은 그리 깊지 않았지만 놀란 가슴은 쉽게 가라앉지 않았다. 라오훙은 즐거웠다. 이제는 경계심을 늦추지 않고 더 이상 먼 곳으로 가지 않았다. 이 정도의 깊이는 얼마든지 통제할 수 있을 것 같았다. 모든 것이 안전했다. 라오훙은 각가지 방법으로 물장난을 쳤다. 손으로 물장구를 치기도 하고 물거품을 만들거나 수영하는 척 포즈를 잡기도 했다. 그가 할 수 있는 장난은 전부 다 해보았다.

멀지 않은 곳에서 하얀 물체가 떠내려왔다. 물안경을 써서 잘 보이진 않았지만 손을 뻗어 잡아보니 수건인 것 같았다. 라오훙이 물안경을 벗고 자세히 살펴보니 뜻밖에도 여성용 생리대였고 위에는 황갈색 자국이 남아 있었다. 라오훙은 멍하게 내려다보다가 다시 물속으로 던져버렸다. 이때 라오훙은 소변이 마려웠다. 자연스럽게 몸에 힘을 빼고 방광에서 소변을 배출시켰다.

라오훙이 약간 장난스럽게 웃고는 다른 곳으로 자리를 옮겨 자신의 배설물로부터 멀어졌다.

여긴 정말 괜찮군. 아무도 나를 알지 못하고 상관하는 사람도 없이 이렇게 물속에 숨어 있는 것도 아주 즐거운 일이야.

이런 생각을 하던 라오훙은 바다를 떠나는 것이 조금 아쉬웠다. 이제 막 친구가 된 바다와 아직 충분히 놀지 못한 터였다. 하지만 떠나야 했다. 해변에는 이미 사람들이 줄어들기 시작했다. 그는 저녁이 되기 전에 아들 집에 도착해야 했다.

라오훙은 차를 몰고 도로로 나와서야 비로소 아들의 집이 어느 동네에 있으며 번지수는 어떻게 되는지 전혀 기억하지 못한다는 것을 깨달았다. 이전에는 항상 아들이 직접 그를 데리러 왔었기 때문이다. 서글픔이 몰려왔다. 아들에게 전화해 주소를 물어보면 아주 간단히 해결될 일이라는 걸 알았지만 전화하고 싶지 않았다. 애당초 그가 계획한 것은 깜짝 방문이었다. 그가 평생 경험해보지 못했던 놀라움처럼 그렇게 손자 앞에 서 있는 것이었다. 아내에게 전화해 물어볼 수도 있지만 그가 회사로 돌아가지 않고 이곳에 온 것을 알면 아내는 울고불고 난리를 피울 것이 분명했다. 방금 바다에서 느꼈던 편안함이 한순간에 사라져버렸다.

라오훙은 돌아가기로 결심했다. 돌아가는 수밖에 없었다.

차는 도로 위를 질주했다. 해가 곧 서산으로 지려 했다. 라오훙은 조금 겁이 났다. 그는 아주 오랫동안 외지에서의 밤을 경험해보지 못했다. 밤은 빨리 찾아왔고 도시에서 멀리 떨어진 도로에는 어둠이 찾아왔기 때문에 라오훙은 당연히 전조등을 켜야 했다. 영원히 10여 미터의 불빛에 의지하여 차를 몰아야 했다. 전조등 빛줄기 밖은 순수한 어둠이었다. 예전에는 모든 야간버스가 어둠 속을 운행했지만 그것은 베이징에서였다. 베이징 교외도 베이징이었다. 베이징의 밤은 순수한 어둠이 아니라 혼돈의 어둠이었다. 지금 경험하고 있는 것이 진정한 어둠이었다. 라오훙은 눈앞의 빛이 어둠에 잠기는 것을 느꼈다.

라오훙은 자신의 행동을 조금 후회했다. 그는 방향을 튼 뒤에 빨리 길을 찾아 돌아갔어야 했다. 설사 돌아가지 않더라도 아들 집으로 바로 갔어야 했다. 그때 아내에게 전화했으면 아무 일도 없었을 것이다. 이제는 무슨 말을 해도 때가 늦었다. 마음이 초조했다. 회사에서 그의 차가 반납되지 않은 것을 발견하고 전화해도 받지 않자 이미 경찰에 신고했을 수도 있겠다는 생각이 들었다. 하지만 당장 핸드폰을 켜고 싶지는 않았다. 지금 핸드폰을 켜면 마구 전화가 걸려 올 것이 분명했다. 그들에게 뭐라고 말해야 할까. 글 한 편을 읽고 잠시 일상에서 도피했다고 할까. 갑자기 손자가 보고 싶어서 달려왔다고 할까. 어떤 말도 통하지 않을 것이다. 자신을 설득할 수 있고 남도 설득할 수 있는 변명거리는 좀처럼 찾기 어려웠다.

혹시 납치됐었다고 하면 말이 되지 않을까. 이런 생각을 하는 순간 라오훙의 심장이 빠르게 뛰기 시작했다. 하지만 돈도 없는 그를 누가 왜 납치했느냐 하는 것이 문제였다. 라오훙은 아무 정류장에나 차를 세워 야간버스를 타는 승객을 만나고 싶었다. 그 승객이 단발의 아가씨라면 가장 좋을 것이었다. 하지만 고속도로 위에는 전부 차들뿐이었다.

라오훙은 몇 시간 뒤에 베이징에 도착했지만 회사로 돌아가지 않고 곧장 야간버스 노선의 출발점으로 가서 차를 몰기 시작했다. 누군가 버스를 기다리다가 차에 오르자 라오훙은 정해진 노선에 따라 계속 차를 몰았다. 또 다른 정류장에서 긴 머리의 아가씨 하나가 차에 올라타 그를 향해 빙긋이 웃었다. 라오훙은 낯이 익다는 생각이 들었지만 아가씨가 맨 뒷줄에 앉아 머리를 차창에 기대기 전까지 누군지 알아차리지 못했다. 아, 그 아가씨였네! 라오훙이 마침내 생각해냈다. 바로 그 아가씨야. 저 친구 성형을 했군그래! 라오훙이 이상하게 여긴 것은 그녀의 얼굴이었다. 실제로 예전보다 더 예뻐진 것 같았다. 광대 일부를 깎아내니 얼굴형이 더 예뻐졌고 짧은 머리는 긴 머리로 바뀌었다. 그 류옌이라는 스타와 더 비슷해진 것이다.

라오훙은 갑자기 재채기를 했고 콧물도 나왔다. 얼른 손으로 훔쳤지만 뜻밖에도 한번 시작된 재채기는 멈추지 않고 계속되었다. 애써 참으려 했지만 참기 어려웠다. 마침내 커다란 재채기가 코 속에서 솟아 올라왔다. 한번 크게 재채기를 하려고 준비했지만 갑자기 코 속 간지러움이 사라졌다. 라오훙은 자신의 몸이 거대한 관성에 의해 크게 기울면서 운전대가 크게 꺾였다는 것을 알아차렸지만 이미 소용없었다. 버스는 곧장 길가 교각에 부딪친 다음 노반(路盤)으로 떨어졌다. 순간 라오훙의 귀에 비명 소리가 들렸다. 차가 크게 회전하고 멀지 않은 곳의 등불이 몇 번 번쩍이더니 그는 곧 의식을 잃고 말았다.

이튿날 새벽 3시쯤 누군가 심하게 훼손된 버스를 발견하고는 경찰에 신고했다. 라오훙과 아가씨, 또 다른 승객 두 명은 급히 병원으로 이송되었다. 라오훙은 흉강이 핸들에 눌려 늑골이 여러 개 부러졌지만 다행히 부러진 뼈가 내장을 찌르진 않아 생명에는 지장이 없었다.

며칠 후 라오훙은 수술로 인한 혼수상태에서 깨어났다. 상처의 통증과 함께 눈이 너무 부셨다. 병실에 커튼이 쳐져 있지 않아 밝은 햇빛이 곧장 쏟아져 들어왔다. 아내와 아들 내외 모두 병실에 있다가 그가 깨어난 것을 보고 화들짝 놀라 다가왔다. 손자는 뒤에서 손에 바람개비를 들고 붕대를 칭칭 감은 라오훙을 쳐다보고 있었다.

아들이 손자의 손을 잡아끌면서 말했다.

"할아버지, 불러봐."

손자가 약간 겁에 질린 듯한 표정으로 할아버지를 불렀다. 순간 라오훙은 가슴이 뜨거워지는 것을 느꼈다. 이어서 통증으로 인한 눈물이 쏟아졌다.

그가 아들에게 물었다.

"버스에 타고 있던 사람들은 모두 괜찮더냐?"

아들이 잠시 침묵하다가 말했다.

"모두 생명에는 지장이 없어요. 다만 맨 뒷줄에 타고 있던 여자 승객 하나가 창가에 얼굴을 대고 있다가 사고가 나는 바람에 유리가 얼굴에 박혀 크게 망가졌어요."

"아!"

라오훙이 기겁하며 소리를 질렀다. 그는 그녀가 성형한 지 얼마 되지 않은 바로 그 아가씨라는 것을 잘 알고 있었다. 라오훙은 눈을 감았다. 그 아가씨의 얼굴이 어떻게 변했을지 상상이 되지 않았다.

책임 번역 : 이채은

영혼의 무게

라오훙(老洪)이 세 번째 꿈에서 깨어난 이야기다. 악몽이 아니라 미몽이었다.

라오훙은 어떤 방해로 미몽에서 깨어난 것이 아니라 항상 가장 아름답고 중요한 순간에 꿈을 깨곤 했다. 예컨대 커다란 족발 한 덩이를 입 안에 넣는 순간이나 어느 아름다운 아가씨가 다가와 그에게 입을 맞추려는 순간, 또는 복권의 마지막 숫자만 맞으면 몇백만 위안에 당첨되는 그런 순간이었다. 이런 순간에 라오훙은 자신도 모르게 가벼운 웃음을 지으며 꿈에서 깨어났다. 대학 시절에 라오훙은 심리학 수업을 청강한 적이 있었다. 교수님은 꿈을 꾸는 것이 무의식의 활동으로서 의식의 통제를 받지 않는다고 설명했다. 라오훙은 이 점에 대해 의구심을 가졌다. 그는 몇 번이고 미몽에서 깨어났기 때문에 스스로 그렇게 좋은 일이 생길 것이라고 믿지 않았고, 가볍게 무의식을 깨뜨릴 수 있다고 생각했다. 그는 좋은 일은 꿈일 뿐, 현실에서는 절대로 일어날 수 없다는 것을 잘 알고 있었다. 대체로 라오훙은 미몽에서 깨어나면 깊은 슬픔에 빠졌다. 하지만 금세 다시 잠들어 꿈을 꾸다가 다시 깨곤 했다.

세 번째 꿈에서 깨어난 라오훙이 벽에 걸린 시계를 보니 새벽 4시였다. 옆에 누워 있는 아내 샤오루(小路)는 깊이 잠이 든 터였다. 입도 크게 벌리고 있었다. 입에서 나오는 기체에 어제저녁에 먹은 마늘 냄새가 아직 남아 있었다. 왠지 모르지만 샤오루는 마늘을 먹고 나면 양치질을 하거나 껌을 씹거나 구강세정제로 입을 헹구거나 차를 마시는데도 그녀의 호흡에는 여전히 진한 마늘 냄새가 남아 있다가 다음 날 점심이 되어서야 옅어졌다. 라오훙은 샤오루의 식도와 위가 일자로 이어져 있기 때문에 냄새가 막힘없이 올라오는 것이라고 생각했다. 그는 샤오루와 얼굴을 마주할 때마다 그녀가 입을 열면 구렁이가 양을 삼키듯이 자신을 삼킬 수도 있을 것이라고 생각했다. 라오훙은 몇 번이나 샤오루가 자신을 삼키는 꿈을 꾸기도 했다. 그녀의 위 속에서 자신이 마늘 조각들과 끈적끈적하게 한데 달라붙어 있는 꿈이었다. 라오훙은 너무 고통스러워서 얼른 깨어나고 싶었지만 아무리 해도 깨어날 수가 없었다. 거의 숨을 쉬지 못할 지경이 되어서야 격하게 발버둥 치면서 정신을 차릴 수 있었다.

라오훙은 샤오루를 힐끗 쳐다보고서 그녀가 곤히 잠들어 있는 것을 확인했다. 또 옆방에 있는 딸 샤오훙(小紅)에게서도 별다른 기척이 없자 슬그머니 일어났다. 그는 침대 매트리스 밑을 더듬어 담배를 꺼낸 후 살금살금 부엌으로 가서 가스레인지를 켜고 담배에 불을 붙여 한 모금 들이켰다. 그는 라이터조차 없었다. 딸이 가지고 놀 수도 있고 폭발 등의 화재 위험도 있어 샤오루가 아예 라이터 소지를 금지시켰다.

라오훙은 담배를 한 모금 맛있게 들이켜고는 빙긋이 웃었다. 이때가 그에게는 하루 중에 가장 짜릿한 순간이었다.

이 순간의 앞뒤로 그가 직면해야 할 사람들과 일들은 전부 거대한 먹구름 같았다. 직장에서 라오훙은 이미 노인 취급을 받고 있었다. 실제 나이는 마흔도 채 되지 않았지만 모든 사람이 그를 '라오훙'*이라고 불렀다. 이제 막 졸업한 대학생들은 그를 수발실에서 문서 발송과 접수를 담당하는 아저씨랑 같은 연배로 보면서 항상 "훙 선생님, 나이에 비해 노숙해 보이시네요?"라고 말하곤 했다. 이럴 때면 라오훙은 아주 자연스럽게 말을 받았다.

"너희 같은 어린애들이 뭘 안다고 그래!"

* 19쪽 각주 참고.

라오홍은 며칠 전 상사를 모시고 온천에 갔던 일이 생각났다. 그 일로 인해 그는 많은 동료들의 부러움을 샀다. 상사가 그에 대한 신뢰를 표시한 증거인 동시에 또 한편으로는 며칠 동안 집안일에서 탈출할 수 있는 절호의 기회였기 때문이다. 라오홍과 상사는 수영복으로 갈아입고 다양한 유형의 탕을 들락거리면서 머리부터 발끝까지 온몸을 물에 담갔다. 상사는 올해 나이 쉰이지만 라오홍보다도 젊어 보였다. 게다가 운동을 좋아해서 그런지 몸 상태를 줄곧 훌륭하게 유지했다. 그에 반해 라오홍은 배가 불룩 튀어나온 터였다. 얼굴에도 군살이 많아 한번 웃으면 온몸의 살이 순식간에 뒤엉켜 글자를 만들었다. 글자는 때에 따라 '호(好)'가 되기도 하고 '행(行)'이나 '인(忍)'으로 나타나기도 했다. 요컨대 '부(不)' 같은 글자는 아니었다. 분노와 폭발을 나타내는 부정적 글자는 더더욱 아니었다. 삶이 자신을 괴롭힐지라도 마음을 넓게 먹고 너그러이 받아들이면 괴로움이 금방 지나가겠지만 벗어나려고 발버둥 치면 오히려 더 힘들어질 것이다. 이러한 진리를 그는 이미 몇 년 전에 깨달았다.

일정한 간격을 두고 주기적으로 온천을 찾는 상사가 가장 좋아하는 것은 닥터피시가 있는 탕이었다. 하지만 그날 라오홍과 상사가 온천에 도착해보니 닥터피시 탕은 줄곧 사람들로 가득했다. 인내심 없는 상사는 라오홍에게 자신이 다른 탕에 몸을 담그고 있는 동안 자리가 날 때까지 기다리라고 했다. 누군가 탕에서 나오는 것을 보았지만 계속 탕 옆에 서 있느라 추위에 시달린 라오훙은 소변을 참지 못하고 화장실에 다녀왔다. 다시 제자리로 돌아와보니 탕 안은 이미 사람들로 가득했다. 상사는 몹시 못마땅한 얼굴로 라오훙이 제멋대로 자리를 떴다며 별로 도움이 되지 않는다고 나무랐다. 라오훙의 얼굴 근육이 움찔거리면서 문구를 하나 만들어냈다. '상사의 질책이 옳다'는 것이었다. 그 자신도 '좀 일찍 오줌이 마렵든가, 아니면 좀 더 늦게 가든가, 하필 딱 그때 오줌이 마려울 건 뭐람, 망했어. 다리에 소변을 보는 한이 있어도 떠나지 말아야 했는데'라고 생각했다. 라오훙은 탕에 들어가 있는 사람들과 합의해서 상사의 비위를 맞춰볼 요량으로 한참을 어슬렁거렸다. 하지만 어떻게 말을 꺼내야 할지조차 알지 못했다. 흥이 가신 상사는 굳은 표정으로 라오훙을 데리고 와인 탕으로 갔다.

와인 탕에 몸을 담근 채 상사는 라오훙에게 '왜 닥터피시 탕에 몸을 담가야 하는지'에 관해 과학적인 지식을 동원하여 설명하기 시작했다.

"이 닥터피시들은 전문적으로 사육된 거야. 탕에서 몸 위를 이리저리 헤엄쳐 다니면서 몸의 죽은 각질을 전부 먹어치워 피부의 신진대사를 촉진시켜주고 활력을 유지할 수 있게 해주지."

라오훙의 얼굴은 상사에 대한 경외의 표정으로 가득했다.

'그의 말이 맞아. 정말 많은 걸 알고 있군.'

상사는 자신의 허벅지를 두드리며 아쉬움을 토로했다.

"지난번에 왔을 때도 닥터피시 탕에 들어가지 못했는데 이번에도 못 들어갔네. 게다가 무좀은 내 고질병이라 이 물고기들이 한 번씩 먹어줘야 괜찮아지는데 말이야."

이렇게 말하면서 상사는 발이 가렵기라도 한 듯이 탕 안에서 발가락을 비벼댔다. 하지만 비벼댈수록 점점 더 가려워지자 무좀과의 싸움에 전력을 다했다. 라오훙은 자신도 모르게 몸을 숙이고 숨을 죽였다. 상사가 그를 힐끗 쳐다보았다. 상사의 뜻은 분명했다. 라오훙도 그 눈빛의 의미를 이해했다. 머릿속이 망설임으로 가득했지만 그의 손은 이미 상사의 발을 부드럽게 움켜쥐고 있었다. 발마사지를 해주는 아가씨 같았다. 상사는 조금 놀란 듯한 표정이었지만 이내 편안하게 웃더니 더욱 느긋한 태도로 탕 벽면에 몸을 기대고 두 발을 라오훙의 다리에 걸쳤다. 라오훙은 상사의 인정을 받기라도 한 것처럼 정중하게 두 손을 모아 합장한 다음, 상사의 엄지발가락부터 새끼발가락까지 세밀하게 주물렀다.

상사는 이번 여행이 무척 만족스러웠는지 돌아가는 길에 특별히 조수석 뒷자리에 앉아 라오훙과 사적인 대화를 나누었다. 아내는 어디에서 일하는지, 아이는 몇 살인지, 업무에 어려운 점은 없는지 등 다양한 질문을 던졌다. 라오훙은 조금 놀랐지만 모든 질문에 일일이 대답했다. 라오훙은 속으로 생각했다. '진정성을 가지고 사람을 대하면 상대방도 반드시 진심으로 나를 대하게 될 거야. 설사 그 상대가 상사라 해도 다를 게 없지.' 라오훙은 자신도 모르게 갓 입사했을 때가 생각났다. 그때는 이 사람이 아니라 오십대 여성 상사였다. 한번은 회사에서 단체로 바샹(垻上) 초원*으로 놀러 가게 되었다. 일정에는 승마도 포함되어 있었다. 그것도 단순한 말이 아니었다. 유원지에서는 자신들의 말이 어마(御馬)이기 때문에 손님들에게 황제나 황후의 대우를 제공한다고 했다. 동료들 모두 말을 한 필씩 끌고 와 각자 올라타고서 상사 쪽으로 다가갔다. 상사가 말했다.

"황후가 어떻게 혼자 말에 오를 수 있겠어요."

라오훙과 다른 동료 하나가 재빨리 상사를 부축했다. 하지만 그녀는 그들을 뿌리치면서 말했다.

"이게 아니에요. 내가 텔레비전에서 본 건 이런 식이 아니라고요. 한 사람이 땅에 무릎을 꿇으면 황후가 그 사람 등을 밟고 올라타야 한단 말이에요."

라오훙과 동료는 서로 눈빛을 주고받았다. 라오훙보다 한 해 먼저 입사한 그 동료는 상사의 말에 재빨리 동의했다. 그러면서 라오훙에게 어서 무릎을 꿇으라고 했다. 라오훙은 내키지 않는 표정을 보이며 가서 발 받침대를 찾아오겠다고 했다. 그가 받침

* 몽골(蒙古)고원 남단 장자커우(张家口) 일대의 초원 지역을 가리킨다.

대를 가지고 와보니 상사는 이미 말 등에 올라타 있고 동료의 무릎에는 풀과 흙이 묻어 있었다.

상사가 말했다.

"우리는 말을 타러 갈 테니 라오훙은 움직이지 말고 여기서 물건이나 잘 지키도록 해요."

그러겠다고 대답하는 수밖에 없었던 라오훙은 오후 내내 버스 타이어 앞에 쭈그리고 앉아 운전기사와 함께 담배만 피워댔다.

나중에 라오훙은 그 일을 반성했다. '그건 분명히 내 잘못이었어. 상사는 그저 내 등을 한 번 밟으려고 했을 뿐이잖아. 상사가 나를 밟으면, 그건 곧 나에 대한 신임을 의미하는 거지. 상사가 대놓고 나를 짓밟는 건 수용하지 못하겠지만 그저 등을 한 번 밟는 거였잖아. 아주 간단한 일이라고.' 정말로 라오훙은 그 해에 정규직 전환을 위해 많은 노력을 기울였음에도 간발의 차이로 정규직이 되지 못했다. 그 뒤로 라오훙은 다시 바상초원에 갈 기회를 기다렸다. 줄곧 상사가 말을 탈 때 등을 밟힐 기회를 기다린 것이다. 하지만 오래지 않아 이 상사는 병으로 퇴직했다. 그에게 다시는 기회가 주어지지 않았다.

담배를 끈 라오훙은 팬티 사이를 매만졌다. 그곳에는 라오훙이 특별히 제작한 속주머니가 달려 있고, 그 안에는 어제 택배로 받은 상성(相聲)* 공연 입장권이 한 장 들어 있었다. 빳빳한 입장권을 매만지면서 마음속으로 흥분을 감추지 못했다. 이 표가 하루 종일 어두운 주머니 속에 있어야 하고, 또 조심하지 않으면 고환을 베이는 불상사가 생길 수도 있었지만 만질 때마다 웃음이 나왔다. 아내가 제아무리 꼼꼼하다 해도 뭔가를 놓치는 때가 있는 법이었다. 라오훙의 옷은 전부 샤오루가 산 것이고, 매주 수요일과 토요일에 두 번 갈아입었다. 옷은 대개 샤오루가 세탁기로 깨끗이 세탁하여 다린 다음 잘 개켜서 옷장 안에 넣어두었다. 오로지 라오훙의 속옷만 관여하지 않는다. 샤오루는 이런 규칙에 대해 두 가지 이유를 달았다. 첫째, 속옷은 더럽기 때문에 세탁기에 다른 옷들과 함께 넣어 세탁할 수 없기 때문이다. 둘째, 속옷은 개인의 사생활이므로 간섭하지 않는다는 것이었다. 결국 라오훙은 속옷을 자신이 직접 손으로 빨아야 했다. 라오훙은 원래 이 점에 대해 불만이 적지 않았지만 지금은 오히려 다행이라 여겼다. 어떤 속옷을 입을지 결정하는 일만큼은 아내의 엄격한 관리에서 유일한 예외였다. 라오훙이 속옷에 덧대어 만든 속주머니에는 그가 목숨 걸고 숨긴 약간의 비상금도 들어 있었다. 이 점에 대해 라오훙은 몇 번이나 어머니에게 감사했다. 15년 전에 그가 산시성(陝西省)에서 기차를 타고 상경하여

* 베이징에서 기원하여 중국 전역에서 유행하고 있는 설창(說唱) 기예의 하나로 풍자와 유머로 웃음을 자아내는 것이 특징이다. 기본적인 표현 수단은 설(說)과 학(學), 두(逗), 창(唱)이다.

베이징에 있는 대학에 들어갔을 때, 어머니가 5천 위안의 학비와 생활비를 속옷 주머니에 넣어주었던 것이 훗날 큰 도움이 되었기 때문이다.

라오훙은 다시 가스레인지를 켠 다음 꽁초를 불 속에 집어넣어 완전히 재가 되게 했다. 그런 다음 바닥으로 털어버렸다. 이미 아내 샤오루에게 몇 번 들킨 적이 있던 터라 라오훙은 감히 꽁초를 부엌 쓰레기통에 버릴 자신이 없었다. 속옷 안의 상성 입장권이 또 한 번 왼쪽 고환을 긁었다. 흠칫 놀란 라오훙의 귀에 상성 연기자 궈더강(郭德纲)*의 목소리가 환청처럼 들려오기 시작했다.

사실 라오훙은 자신이 언제부터 궈더강의 팬이 되었는지 정확히 기억하지 못했다. 대략 직장 생활 3년 차로 결혼한 지 1년쯤 되었을 때부터 그는 궈더강의 상성을 듣기 시작했고, 그 후로 팬이 된 것이었다. 라오훙 스스로 분석해보니 생활과 업무의 스트레스가 너무 크다 보니 여가 생활을 찾다가 궈더강의 팬이 된 것 같았다. 상성은 재미있고 입장료 가격도 싼 데다 인터넷만 연결되어 있으면 어디서든지 즐길 수 있었다. 라오훙은 줄곧 한 가지 소망을 갖고 있었다. 다름 아니라 궈더강의 상성을 공연 현장에 가서 듣는 것이었다. 가장 싼 입장권은 180위안이

* 중국의 유명한 상성(相聲) 연기자.

었다. 라오홍은 몇 번 돈을 모았었지만 이 돈은 매번 한순간 사라져버렸다. 한번은 그가 150위안을 모아 30위안만 더 모으면 되는 때였다. 이때 딸 샤오홍이 학교에서 친구의 얼굴을 할퀴는 바람에 병원에 데리고 가 찢어진 데를 꿰매고 약을 사주느라 149위안을 써버렸다. 또 한번은 170위안을 모아 10위안만 더 구하면 되는 때였다. 실수로 팬티를 빨면서 돈도 같이 빨아버리고 말았다. 젖은 돈을 냉장고 위에 널어 말렸지만 5분 늦게 가지러 가는 바람에 샤오루에게 들켜 몰수당하고 말았다. 그는 약간 절망했다. 영원히 180위안을 모으지 못할 것 같았다. 갑자기 길바닥에서 지갑을 줍거나 복권에 당첨되지 않는 한, 궈더강이 은퇴할 때까지 공연장에서 그의 상성을 들을 기회는 없을 것 같았다.

그러나 세상사는 예측이 어려웠다. 어제 오후 라오홍은 협력관계인 한 대학에 서류를 제출하고 돌아오는 길에 우연히 여대생 몇 명을 만나게 되었다. 학생들은 라오홍을 붙잡고 설문조사 양식을 좀 작성해달라고 부탁했다. 라오홍은 귀찮아서 그냥 지나치려고 했으나 그중 한 학생이 말했다.

"선생님, 조사에 참여해주시면 사례가 있어요."

라오홍은 곧장 정신을 차리고 자세한 설명을 들어보았다. 알고 보니 여학생들은 오늘날 도시 화이트칼라 직장인들의 심리상태를 조사하고 있었다. 설문조사에 응한 사람에게는 50위안씩 사례금을 지급했다.

라오훙은 열심히 설문조사에 응하고 나서 학생들이 주는 50위안을 받았다. 지폐를 받아 만져보고 튕겨보고 햇빛에 비추어 진짜인지 확인해보았다. 학생들이 라오훙의 그런 모습을 보고는 빙긋이 웃으면서 말했다.

"선생님, 저희는 학생인데 선생님을 속일 리 있겠어요?"

라오훙은 머쓱해하면서 돈을 받았다.

"아, 네. 그럼요, 그렇겠지요."

하늘에서 50위안이 뚝 떨어지자 라오훙은 약간 흥분했다. 추석이 다가오고 있고 회사에서 매년 명절 보너스로 200위안씩 지급한다는 것을 분명히 알고 있기 때문이다. 그와 비교적 친한 재무 담당 샤오쑹(小宋)의 말에 따르면, 올해는 상부 임원이 한 명 새로 왔기 때문에 300위안을 지급할 수도 있었다. 라오훙은 먼저 100위안을 빼돌릴 수 있었다. 게다가 수중에 50위안이 있으니 이전에 회사에서 폐품을 팔고 받은 30위안을 합치면 상성 공연 입장권 한 장 정도는 충분히 살 수 있었다. 게다가 지난달에는 회사의 의무 헌혈에 참여했기 때문에 별도의 보너스 100위안도 받게 된다는 것이 생각났다.

라오훙은 신바람이 나서 직장으로 돌아왔지만 상사에게 청천벽력 같은 핀잔을 한차례 들어야 했다. 라오훙은 직장에서 주로 데이터를 표로 작성하는 일을 했다. 매일 회사의 수천수만 건 데이터를 정리하고 분류하여 사장에게 보고했다. 그는 지난

10년 동안 매일 아침 8시부터 저녁 5시까지 이 아라비아 숫자와 각종 계산법들과 씨름하면서 일해왔다. 어떻게 된 일인지는 알 수 없지만, 어제 라오훙이 정리한 데이터에 실수가 발생하여 오늘 아침 브리핑에서 지적을 받고 돌아온 상사가 그에게 한바탕 호되게 분풀이를 했다. 의기소침해진 라오훙은 상사의 발을 주물러준 것이 헛수고였다는 생각이 들었다. 하지만 속주머니에 들어 있는 50위안을 매만지자 다시 기분이 좋아졌다. 아주 오래 기다린 기회가 곧 찾아올 것이었다.

라오훙이 인터넷 검색을 해보니 이번 특별 공연의 매표 기간은 오늘까지였다. 급히 샤오쑹을 찾아가 인터넷 뱅킹으로 표 한 장만 대신 사달라고 부탁했다. 샤오쑹은 회사에서 라오훙과 가장 친한 동료였다. 게다가 그는 돈도 있고 의리도 있었다. 하지만 샤오쑹이 라오훙을 돕는 것은 돈과 의리 때문이 아니었다. 라오훙이 우연히 샤오쑹이 회사 여직원인 샤오류(小劉)와 함께 호텔에서 나오는 것을 목격했기 때문이다. 샤오쑹은 라오훙보다 조금 어리지만 이미 결혼한 지 몇 년이 된 터였다. 라오훙은 샤오쑹에게 자신이 아무것도 보지 못했다는 것을 넌지시 암시했다. 눈치 빠른 샤오쑹은 그때부터 라오훙에게 담배를 선물하거나 식사를 대접하곤 했다. 심지어 라오훙은 샤오쑹과 샤오류가 만날 때 공범이 되어주기까지 했다. 예컨대 라오훙과 샤오쑹이 함께 외근할 때면 라오훙 혼자 가서 일을 처리하고 샤오쑹은 몰래 샤오류와 데이트하러 갔다. 라오훙이 이렇게 하는 것은 첫째 그렇게 할 수밖에 없었고, 둘째 확실히 샤오쑹이 사주는 담배와 술이 탐났기 때문이다. 나중에 라오훙은 한밤중에 잠이 깨서 아내가 입을 벌리고 마늘 냄새를 풍기며 자고 있는 모습을 볼 때면 여직원 샤오류에 대한 환상이 생기는 것을 피할 수 없었다. 그녀는 확실히 젊었고 피부도 곱고 부드러웠으며 얼굴도 예뻤다. 아내 샤오루처럼 듬직한 모습이 아니었다. 라오훙은 상상 속에서 샤오류와 무슨 일이든지 할 수 있을 것 같았다. 하지만 그의 몸에는 아무런 반응도 일어나지 않았다. 라오훙은 자신의 전립선이 20년 정도 앞당겨 쇠퇴했다는 사실을 깨닫고는 슬픈 생각에 잠겼다. 하지만 그는 또 그것이 다행이라는 생각이 들었다. 샤오쑹이 샤오류와 잘 만나는 것이 샤오쑹 본인을 위한 것이기도 하지만 라오훙 자신을 위한 것이기도 하다는 판단에서였다.

라오훙은 상성 표를 받고서 표 위에 찍힌 '더윈서(德雲社)'*라는 세 글자를 보고는 설레는 마음을 주체하지 못하면서 화장실로 달려가 속옷 주머니 안에 표를 넣어두었다.

이미 날이 밝았다. 라오훙은 세수도 하지 못한 채 냄비를 꺼내고 쌀을 씻어 죽을 끓였다. 오늘만큼은 빠릿빠릿하게 움직여

* 베이징에서 상성을 공연하는 극장.

샤오루의 트집을 피해야 했다. 오전과 저녁에는 딸이 학원에 가기 때문에 저녁 시간은 상성을 들으러 가기에 딱 맞았다. 처음에는 라오훙이 딸을 학원에 데려다주었다. 하지만 라오훙이 항상 다른 아이들의 엄마들에게 유난히 친절하다는 것을 샤오루가 알아챈 뒤로는 그녀가 직접 데려다주기로 했다.

아침 식사를 하는 자리에서 라오훙은 머리를 그릇에 처박고 죽을 먹었다. 열 살배기 딸 샤오훙이 갑자기 아빠를 불렀다. 그가 고개를 들고 무슨 일인지 물었다. 딸은 다시 엄마를 불렀다.

"응, 그래, 우리 딸. 빨리 밥 먹자. 밥 먹고 엄마랑 나가야지."

샤오루가 대답했다. 딸은 두 사람을 쳐다보더니 이내 고개를 숙이고 젓가락으로 달걀프라이에 구멍을 내기 시작했다. 라오훙이 세심하게 신경을 썼는데도 오늘 달걀프라이는 조금 타고 말았다. 원래 입이 짧은 딸은 지금은 더더욱 입맛이 없어 보였다. 아내가 탄 달걀프라이를 보고는 한숨을 내쉬었다. 그 소리에 라오훙의 가슴이 쿵 하고 내려앉았다. 다행히 샤오루는 아무 말도 하지 않았다. 단지 딸에게 어서 죽을 먹으라고 재촉할 뿐이었다.

딸이 갑자기 물었다.

"아빠, 손은 어떻게 된 거야?"

라오훙은 영문도 모른 채 자기 손을 내려다보았다. 언제부터인지 모르지만 오른손에 동전 크기의 물집이 잡혀 있었다. 샤오루가 미간을 찌푸리며 물었다.

"달걀프라이 할 때 데인 거야?"

라오훙은 대답하지 않았다. 이렇게 큰 물집이 잡힐 정도로 데였는데도 자신은 아무런 통증도 느끼지 못했다는 것이 놀라울 뿐이었다.

샤오루가 자리에서 일어나며 말했다.

"오늘 하루 종일 대체 무슨 생각을 하는 거야? 걸어다니는 시체라는 말이 지금의 당신을 표현하기에 가장 적절한 것 같네."

라오훙은 습관적으로 다리를 오므렸다. 빳빳한 상성 입장권이 그의 몸을 긁어댔다. 아내가 다그칠 때마다 그는 다리를 오므리는 습관이 있었다. 언젠가 한번은 임신 4개월이었던 샤오루와 함께 수영하러 간 적이 있었다. 수영장에서 어떤 아가씨의 대단히 육감적인 몸매를 보고서 라오훙의 그것이 때를 가리지 않고 서버렸다. 그 모습을 본 샤오루가 그를 한 대 세게 후려쳤다. 아파서 이를 악물면서도 라오훙은 아무 소리도 내지 못했다. 라오훙은 저항하고 싶었지만 불러오는 아내의 배를 보자 그런 생각이 싹 사라졌다. 그저 자신을 탓하는 수밖에 없었다.

'미녀를 몰래 쳐다보면 쳐다보는 거지, 쓸데없이 서긴 왜 서는 거야? 현장에서 들켰으니 혼나도 싸지. 원망할 자격도 없어.'

슬그머니 벽에 걸린 시계를 보니 6시 반이었다. 10분 뒤면 아내가 샤오훙을 데리고 7시 버스를 타러 나갈 것이 분명했다. 라오훙은 왠지 모르게 갑자기 터져 나오는 웃음을 주체할 수 없었다. 웃을 때가 아니라는 걸 분명히 알았지만 웃고 싶은 건 어쩔 수 없었다. 그의 머릿속에서 톡톡 물방울이 터지듯 궈더강의 멋진 대사들이 떠올라 그를 흥분시켰다.

"아빠, 왜 그래?"

샤오훙이 물었다. 라오훙은 아무 일도 아니라고 대답했다.

"아빠, 어디 불편한 거 아니야? 얼굴빛이 좀 이상해."

이 말을 들은 샤오루가 라오훙을 힐끗 쳐다보고는 약간 긴장한 어투로 물었다.

"당신, 어디 아픈 거 아니지?"

라오훙이 배를 움켜쥐며 말했다.

"배가 좀 아픈 것 같아. 나 화장실 갔다 올 테니 어서들 가봐. 버스가 곧 올 거잖아."

라오훙은 부리나케 화장실로 달려갔다. 화장실 문이 닫히자 아내의 목소리도 뚝 끊어졌다. 하지만 라오훙은 그녀가 무슨 말을 하는지 다 알 수 있었다.

'당신 절대 아프면 안 돼.'

샤오루는 라오훙이 아플까 봐 걱정하는 것이 아니라 그가 아프면 돈이 나가게 될 것을 걱정하는 것이었다. 샤오루가 가입한 의료보험은 1800위안이 넘어야만 치료비를 보상해주도록 약관이 규정되어 있었다. 이에 대해 그녀는 커다란 반감을 가지고 있었다.

"1800위안이라니, 도대체 얼마나 큰병에 걸려야 1800이나 지불하게 되는 거야? 1800위안이나 써야 할 병이면 굳이 치료할 것 없이 그냥 죽어버리는 게 낫겠네."

물론 이는 라오훙이 들으라고 하는 말이었다. 샤오훙이 병이 나거나 두통이나 발열 같은 간단한 증상을 보이기만 해도 샤오루는 내로라하는 전문의를 찾아가 진료 예약을 잡았다. 라오훙은 처음에 이에 대해 약간 서운한 마음이 들었지만 샤오루의 세뇌를 거쳐 그냥 받아들이게 되었다. 예컨대 샤오루는 이렇게 말했다.

"당신이 한 달에 4790위안을 벌지만 나는 11000위안을 벌어. 그러니 당신이 앓아눕는 거랑 내가 아픈 거랑 어떻게 같을 수 있겠어? 당신이 하루 휴가를 내면 30위안을 덜 받게 되지만 내가 하루를 쉬면 80위안이 날아간다고. 샤오훙의 경우는 더더욱 다르지. 샤오훙이 아프면 내가 휴가를 내고 돌봐야 하잖아. 계산 좀 잘 해보라고."

라오훙이 속으로 셈을 해보니 마누라의 말도 일리가 있었다. 그는 자신이 열심히 노력하면 연봉을 샤오루를 뛰어넘는 수준으로 올릴 수 있을 것이라고 믿었다. 하지만 지금까지 차이만 점점 더 벌어져 따라잡을 가망이 보이지 않았다.

라오훙은 변기에 앉아 마누라가 거실에서 샤오훙의 옷매무새를 가다듬어주고 책가방을 챙기는 소리를 들었다. 그는 끙끙거리면서 배 속의 불편함을 내보내려 애썼다. 곧이어 문이 닫히는 소리가 들렸다. 라오훙은 손을 뒤로 뻗어 변기 물을 내렸다. 아침에 있었던 일들이 전부 변기 배수구로 우르르 쓸려 내려갔다.

라오훙은 화장실 문을 열고 나왔다. 이제 집 안에는 라오훙 한 사람밖에 없었다. 아, 하고 소리를 한번 지르자 등골이 서늘해졌다. 이어서 2분 정도 조용히 기다리다가 집 안에 정말로 자기 혼자뿐이라는 것을 확신하고는 소파 위에 편하게 누워 바짓가랑이에 손을 넣고 더듬어 상성 입장권을 꺼냈다. 손으로 튕겨보니 여전히 빳빳했다. 라오훙은 코를 대고 킁킁 냄새를 맡아보았다. 축축한 땀 냄새와 지린내가 섞여 있었다.

라오훙이 큰 소리로 외쳤다.

"더강 형, 내가 갑니다."

오후 4시가 조금 넘어 라오훙은 육교 근처의 더윈서에 도착했다.

속이 약간 출출했던 그는 옛 베이징 음식들을 파는 간이식당에 들어갔다. 상성을 들으러 오면 반드시 이 집에 들러야 한다는 충고를 일찍이 인터넷에서 들은 바 있었다. 그는 자장면을 한 그릇 주문했다. 계산대 옆에는 커다란 항아리에 더우즈(豆汁)* 반

* 중국의 전통 음료로 두유와 비슷하지만 제조 방식과 맛이 조금 다르다. 더우장(豆醬)이라 불리기도 한다.

값이라고 쓰인 것을 보고는 더우즈도 한 그릇 주문했다. 더우즈를 마셔본 적은 없었지만 맛이 없다는 이야기는 많이 들은 터였다. 라오훙은 꼭 한 번 마셔봐야겠다고 생각했다. 게다가 반값이라니 마시지 않으면 손해를 보는 것만 같았다. 더우즈가 나오자마자 그 이상한 냄새에 속이 뒤집혔다. 라오훙은 코를 틀어막고 탕약을 마시듯 한 입 크게 들이켰지만 아무래도 그 이상은 무리였다. 약간 후회스럽긴 했지만 한편으로는 전통 상성과 더우즈야말로 궁합이 딱 맞는 것 같다는 생각도 들었다.

공연장 안으로 들어간 라오훙은 무대에서 가장 멀리 떨어진 구석에서 자기 자리를 찾았다. 목을 오른쪽으로 15도 정도 틀어야만 무대 전체를 볼 수 있었다. 공연이 시작되고 나서야 오늘 궈더강은 오지 않고 그의 제자가 공연한다는 소식을 들었다. 라오훙은 화가 났다.

'나는 궈더강의 상성을 들으러 온 거란 말이야. 돈 180위안을 구하기가 쉬운 줄 알아?'

하지만 오지 않는다고 했으니 오지 않을 것이다. 라오훙이 화를 내봤자 아무 소용이 없었다. 이날의 상성은 재미가 없을 뿐만 아니라 궈더강 제자의 제자가 주인공이었다. 라오훙은 몹시 흥분하여 자리에서 벌떡 일어나 큰 소리로 몇 마디 하려고 했으나 주위 사람들은 모두 즐거워하며 박수를 치고 있었다. 라오훙이 옆에 있던 한 젊은이에게 물었다.

"이게 웃기다고 생각합니까?"

젊은이는 숨이 넘어갈 듯이 웃으면서 대답했다.

"진짜 너무 웃겨요. 아, 염병할, 웃겨죽겠네!"

라오훙은 씩씩거리며 생각했다.

'너희는 감상의 수준이 너무 낮고 웃는 지점도 너무 수준이 낮아 나와는 맞지 않아.'

곧이어 궈더강 제자의 제자들은 궈더강의 오래된 레퍼토리인 〈나의 한평생〉을 공연하기 시작했다. 라오훙은 이미 수백 번 들은 작품이었다. 무대 위의 두 청년이 이야기를 시작하자 라오훙은 두 눈을 지그시 감고 머릿속으로 궈더강이 직접 공연하는 모습을 상상했다. 한창 신나게 듣고 있는데 옆에서 누군가 쿡쿡 찌르는 바람에 얼른 눈을 크게 뜨고 물었다.

"무슨 일이에요?"

바로 옆자리의 그 청년이었다. 그는 영문을 모르겠다는 표정으로 라오훙을 쳐다보면서 말했다.

"선생님, 왜 그러세요? 주위 사람들 모두 즐거워하고 있는데 형님은 왜 울고 계세요?"

내가 울었다고? 라오훙은 놀라움을 금할 수 없었다. 하지만 그가 얼른 눈가를 닦아보니 손이 잔뜩 젖었다. 내가 상성을 들으면서 왜 울었지? 라오훙은 황급히 해명했다.

"이틀 동안 화를 많이 냈더니 눈이 건조해져서 그래요. 이건 즐거워서 나오는 눈물이라고."

라오훙은 더 듣고 싶지 않았다. 너무 재미가 없었다. 자리에서 일어나 밖으로 나와보니 하늘은 이미 어두워져 있었다. 시계를 보니 8시였다. 집으로 돌아가야 했다.

집으로 돌아오면서 라오훙은 마음이 몹시 불안했다. 그는 아내와 딸이 이미 집에 와 있다는 걸 잘 알고 있었다. 그가 밥하지 않은 걸 알면 샤오루가 몹시 언짢아할 것이 뻔했다. 물론 라오훙은 며칠 전부터 적당한 변명을 생각해놓고 있었다. 급한 회사 일로 단골 고객을 배웅하러 기차역에 나가야 했다고 핑계를 댈 생각이었다. 집에 들어가보니 샤오훙이 노란 머리 청년과 상자를 뒤적거리고 있고 부엌에서는 뭔가를 볶는 소리가 들렸다. 노란 머리 청년이 고개를 돌리는 순간 라오훙은 그를 알아보았다. 막 대학에 들어간 처남 샤오수이(小水)였다.

"어, 처남 왔구나."

라오훙이 말했다. 샤오수이는 상자에서 책 몇 권을 꺼내며 말했다.

"와, 매형, 사람은 얼굴만 알 뿐, 마음은 알 수 없다더니 정말 생각지도 못했어요."

라오훙은 머리털이 쭈뼛 서는 듯한 기분이었다. 그는 샤오쑹이 남성 패션 잡지를 몇 권 주었던 것이 생각났다. 다 보고 나서 상자 맨 밑에 넣어두었다. 그걸 다 들춰 봤으면 어떻게 하지…….
이런 걱정을 하고 있는 차에 샤오수이가 큰 소리로 말했다.

"매형이 뜻밖에도 샤오쓰(小四)를 좋아할 줄은 정말 생각지도 못했네요."

라오훙이 멍한 표정으로 물었다.

"샤오쓰가 누구지?"

"궈징밍(郭敬明)*이잖아요"

샤오수이가 대답했다.

"발뺌하지 마세요. 보세요, 궈징밍의 책이잖아요. 첫 책 『환성(幻城)』부터 그의 잡지까지 다 있잖아요. 위에 뭐라고 적혀 있네요. 보자, '샤오쓰, 나는 너를 존경해'라고 쓰여 있네요. 하하하!"

라오훙은 아! 하고 탄식하면서 또 화장실로 들어갔다. 변기에 앉아 자세히 기억을 더듬어보았다. 생각해보니 고등학교 때 궈징밍에게 반해 그의 모든 책을 몇 번씩이나 읽었던 기억이 있었다. 대학에 다닐 때도 한동안 보았지만 졸업 후에는 더 이상 보지 않았었다.

'지나간 일은 다시 생각하지 말자. 누구에게 젊은 시절이 없겠는가?'

* 중국의 유명 인터넷 소설 작가로 우리나라에는 『환성』(김택규 옮김, 파불라, 2017)이 번역되어 출간되었다.

라오훙은 속으로 이렇게 생각했다.

그날 저녁, 모든 것이 평소와 다르지 않았다. 하지만 라오훙의 마음은 깊은 실망으로 가득했다. 아주 긴 시간을 그는 궈더강의 상성을 들을 수 있다는 소중한 꿈으로 버텨왔다. 이제 그 소망이 변질된 형태로 실현되었으니 앞으로 어떻게 해야 할지 갈피를 잡을 수 없었다. 저녁에 잠자리에 들 시간이 되자 딸아이가 반창고를 가져다주었다. 이유를 묻자 딸이 대답했다.

"아빠, 오늘 아침에 덴 곳에 이걸 붙이면 금방 나을 거야."

"엄마가 가져다주라고 시켰니?"

샤오훙은 고개를 가로저었다.

"아니, 내가 그냥 가지고 온 거야."

마음속에 잔잔한 감동의 물결이 일었다. 누가 뭐래도 자신에게는 착한 딸이 있다는 생각이 들었다. 샤오훙은 라오훙의 손에 직접 반창고를 붙여주었다. 그가 말했다.

"오늘 밤에 아빠랑 같이 자자. 어때?"

샤오훙이 싫다고 하자 라오훙은 싫은 이유가 뭐냐고 물었다.

"내겐 아기 곰 비니가 있거든."

아기 곰 비니는 샤오훙이 제일 좋아하는 인형이었다. 라오훙이 웃으며 말했다.

"그럼 아빠한테 반창고 하나 더 붙여줘."

샤오훙이 다시 반창고를 붙이면서 물었다.

"데인 데가 또 있어?"

"있지. 있고말고."

라오훙이 대답했다. 그러면서 셔츠를 걷어 올리고 명치에 반창고를 붙이며 말했다.

"아빠는 여기가 아파서 반창고를 붙여야 해."

"에구, 우리 아빠 늙었구나."

샤오훙이 말했다.

"늙었다고?"

"응. 엄마가 그러는데 외할아버지 심장이 아픈 건 늙어서 그런 거래. 사람이 늙으면 심장이 안 좋아진다고 그랬어."

라오훙이 딸의 머리를 쓰다듬으며 말했다.

"어서 그만 가서 자라. 아기 곰 비니가 기다리겠다."

딸은 그의 얼굴에 입을 맞추고는 총총이 가버렸다. 라오훙은 가슴에 붙은 반창고를 떼려 했다. 이건 그저 아이를 상대로 한 간단한 장난일 뿐이었다. 라오훙은 힘을 주어 당기다가 너무 아파서 자신도 모르게 소리를 질렀다. 심장 안에서 무언가가 함께 뜯겨져 나오는 것 같았다. 가슴이 찢어지는 것 같더니 이내 깨끗이 비워지고 가벼워졌다. 이날부터 라오훙은 다시는 미몽을 꾸지 않았다. 심지어 아예 어떤 꿈도 꾸지 않게 되었다.

일주일 후, 라오훙은 집에서 무릎을 꿇고 있었다. 분명히 샤오쑹이 올해 명절 상여금이 100위안 오른 300위안이 지급될 거라고 했는데 실제로 지급된 건 200위안이었다. 게다가 샤오쑹은 라오훙이 이전에 빌린 100위안을 제하고 100위안만 그에게 건넸다. 라오훙은 마누라에게 100위안밖에 줄 수 없었다. 샤오루는 당연히 기분이 좋지 않았다. 게다가 속옷에 달린 비상금 주머니도 들키고 말았다.

샤오루가 마구 욕을 퍼부으며 물었다.

"당신 밖에 작은 마누라 키우고 있지?"

라오훙이 차갑게 웃으면서 말을 받았다.

"내가 쓸 돈도 없는데 어떻게 작은 마누라를 키워?"

"돈 많은 여자한테 붙었나 보지."

"제발 그랬으면 좋겠다."

라오훙은 반나절 동안 무릎을 꿇고 있었다. 마음속으로 너무 지루하다는 생각이 들어 컴퓨터 앞에 앉았다. 회사 직원들 모두에게 샤오쑹과 샤오류의 일을 알렸다. 라오훙은 샤오쑹이 정말 의리가 없다고 생각했다. 그에게 복수하고 싶었다.

이튿날 회사에 출근한 라오훙은 샤오류가 울면서 사장실에서 나오는 것을 보았다. 그는 샤오쑹도 찾아보았지만 그는 아예 출근조차 하지 않았고, 그 이후로도 얼굴을 볼 수 없었다.

라오훙은 속으로 생각했다. '남이 알면 안 되는 일은 아예 저지르지 말았어야지.' 또 생각했다. '종이 한 장으로는 하늘을 가

릴 수 없지. 꼬리가 길면 잡히기 마련이라고.'

한 달 후, 라오훙은 야근하고 집으로 돌아가는 길에 칼침을 맞았다. 칼은 심장을 관통했다. 병원에 갔지만 오래지 않아 숨이 멎었다. 범인은 잡히지 않았지만 회사에서는 용의자가 샤오쑹 아니면 샤오류, 혹은 샤오류의 남편일 거라는 소문이 돌았다. 라오훙이 살해된 것을 알고도 샤오루는 한 번도 울지 않았다. 그녀의 머릿속에는 경찰의 상황 설명만 맴돌았다.

"저항한 흔적이 전혀 없어요."

경찰이 말했다. 현장 상황으로 볼 때, 라오훙은 아무런 저항도 하지 않았다. 심지어 기꺼이 공격에 응한 것 같았다. 샤오루는 그에게 욕을 퍼부었다.

"그렇게나 덩치가 큰 사람이 저항할 힘도 없었던 말이야! 쓸모없는 인간이군."

병원을 찾아간 샤오훙은 아빠의 상처에 반창고를 붙여주었다.

"반창고 붙이면 나을 거야."

소용없는 일이라고 말했지만 딸이 엄마의 말을 무시하고 반창고를 붙이자 샤오루는 화가 나서 딸에게 버럭 소리를 질렀다. 샤오루와 유족이 라오훙을 화장장으로 보내려 할 때, 샤오수이가 말했다.

"누나, 매형이 왜 궈징밍의 팬이었다가 궈더강의 팬으로 바뀐 거지? 몇 년 안 됐잖아. 그사이에 늙은 거야."

샤오루는 아무 말도 하지 않았지만 두 눈은 물고기 부레처럼 잔뜩 부어올라 있었다. 눈물을 흘리지 않고도 눈이 부어오르는 사람들이 있었다.

화장장에 도착해 그들은 돈을 지불하고 서류를 작성했다. 직원은 모니터를 통해 화장하는 상황을 지켜볼 수 있다고 말했다. 샤오루가 놀란 표정으로 말했다.

"저희는 보고 싶지 않아요."

직원이 말했다.

"보세요. 나중에 저희가 남은 재를 가지고 속인다고 하지 마시고요."

직원이 컴퓨터를 켜자 불이 모니터 밖으로 뻗어 나올 듯이 거센 기세로 타올랐다. 샤오루는 보고 싶지 않았지만 시선을 뗄 수가 없었다. 그녀는 라오훙이 화장 가마 안으로 들어가는 것을 지켜보았다. 샤오루는 문득 얼마 전 아침에 라오훙의 손에 있던 화상 상처가 떠올랐다. 직원은 갑자기 앗, 하고 소리를 지르면서 버튼을 하나 눌렀다. 불이 크게 붙었지만 라오훙은 타고 싶지 않은 것 같았다. 비에 흠뻑 젖은 나무토막 같은 모습이었다. 직원이 다른 사람과 몇 마디 이야기를 나누고는 다시 돌아왔다. 그는 라오훙을 가마에서 꺼내 분무기로 라오훙의 몸에 어떤 액체를 뿌린 다음, 다시 가마 안으로 밀어 넣었다.

이번에는 라오훙의 몸이 기분 좋게 타기 시작했다. 불꽃도 붉은빛으로 타올랐다. 타닥타닥 타는 소리가 마치 리듬 없는 음악 같았다. 직원은 컴퓨터 모니터를 끄더니 고개를 돌려 샤오루에게 기름 추가 비용으로 50위안을 더 내야 한다고 말했다. 샤오루가 이유를 묻자 직원이 대답했다.

"왜긴요! 제가 여기서 꽤나 오래 일했는데 이런 시신은 처음 봐요. 이렇게 안 타는 시신은 처음이라고요. 시신에 기름을 더 부어 간신히 화장할 수 있었어요. 이런 경우는 정말 드물어요."

"그의 시신 위에 기름을 뿌렸다고요?"

"네. 만약의 경우를 대비해서 기름 반 근을 추가했으니 돈을 더 내셔야 해요."

샤오루가 갑자기 눈물을 흘리며 말했다.

"그는 기름을 제일 싫어해요. 냄새만 맡아도 토한단 말이에요."

샤오루는 목 놓아 통곡했다. 숨도 제대로 쉬지 못할 것 같았다.

샤오수이가 한참을 위로한 끝에 샤오루는 간신히 울음을 그쳤다. 하지만 이번에는 딸꾹질이 멈추지 않았다. 맞은편에 있던 직원이 본능적으로 코를 틀어막으며 말했다.

"돈을 완납하셔야 남편분을 돌려드릴 수 있습니다."

샤오수이가 50위안을 꺼내 직원에게 건넸다. 오래지 않아 직원이 화장한 재를 봉투에 담아 샤오루에게 건넸다. 샤오루가 손으로 크기를 재어보며 물었다.

"애개…… 딸꾹…… 겨우 이것밖에 안 되나요?"

직원이 말했다.

"얼마 되지 않아요. 나이가 많으면 뼈가 가볍거든요."

샤오루가 말했다.

"나이가 많다니요…… 딸꾹…… 우리 남편은 삼십대인 데다 몸무게도…… 딸꾹…… 거의 100킬로그램이나 나가는 사람이라고요……."

직원이 멍한 표정으로 대답했다.

"삼십대라고요? 영혼이 늙으면 마찬가지예요. 다 태우고 보니 팔십대 노인처럼 바싹 마르고 기름기가 없어 꼭 철사 같았거든요."

샤오루는 라오훙을 준비해 간 유골함에 넣어 품에 안고는 밖으로 걸어 나오며 말했다.

"여보…… 딸꾹…… 차라리 잘 갔어요. 여든까지 살았어도…… 딸꾹…… 똑같았을 테니까. 사람들이 그래요. 지금 당신이 꼭 팔십대 노인 같다고요."

샤오루는 가는 길 내내 딸꾹질을 했다.

책임 번역 : 김보예

제복

월요일부터 일요일까지 매일 아침 그는 로봇처럼 순서대로 셔츠와 바지, 외투를 입고, 모자를 쓰고, 신발을 신는다. 이 옷과 모자와 신발은 7년째 한결같이 고정된 자리에 놓여 있다. 7년 동안 그는 세 번 이사하면서 집이 점점 넓어졌지만 옷가지는 항상 현관 복도 벽에 있는 나무 재질의 전용 옷걸이에 걸려 있었다. 그것은 이미 무의식적인 습관으로 자리 잡았다. 외출할 때면 반드시 옷차림을 단정하고 완벽하게 하고서야 비로소 문밖에 나가 빛나는 연기를 진행하는 것이다.

그랬다. 연기였다. 그는 정신분열을 원치 않기 때문이다. 예컨대 보름 전에는 동료와 함께 음란물 암거래 집단을 체포하고 수천 장의 불법 DVD를 전부 압수하여 경찰서 창고에 밀봉했다. 그러나 며칠 후, 수십 장의 DVD가 동료들의 집으로 발송되었다. 그 역시 아내와 그 일을 할 때면 미국에서 제작된 음란물을 보며 흥취를 더할 뿐만 아니라 기교를 배우며 즐기곤 했다. 이때 그의 근사하고 고급스러운 옷들은 여전히 깔끔하게 그 자리에 걸려 있었다. 부부는 집으로 배달되어 온 DVD를 보았다. 제목은 〈제복의 유혹〉으로 일본 AV 배우 몇 명이 간호사복과 경찰복 등 여러 가지 제복 차림으로 매혹적인 자태를 뽐내고 있었다. 그들은 DVD를 플레이어에 넣고 얼굴이 붉게 달아오르고 귀가 화끈거리는 상태로 영상에 몰입했다. 그러다 갑자기 두 사람은 동시에 입구에 걸려 있는 경찰 제복을 보았다.

"여보, 한번 입어봐."

"싫어. 집에서는 절대 입고 싶지 않아."

"입어보라니까. 입으면 당신이 해달라는 것 다 들어줄게."

"……."

그는 제복을 입었다. 속옷부터 외투까지, 가죽 벨트와 모자까지 하나도 빠짐없이 입고 침대 옆에 서 있었다. 그러고는 속옷만 입고 있는 아내를 본 순간, 거칠게 달려들어 그녀를 차지하고 싶은 충동이 생겼다. 하지만 그 전까지 관계를 가질 때마다 그는 항상 을이었다. 그녀가 하고 싶지 않으면 그는 아무것도 할 수가 없었다. 지금 제복을 입고 있는 그는 자신이 강해진 것 같은 느낌에 입가에 차가운 미소를 지었다. 그녀의 눈빛에는 약간의 두려움이 어리는 것 같았지만 이내 욕망의 광기로 바뀌었다. 그가 아내를 덮쳤다. 아내의 속옷을 찢어버리고 그녀의 다리를 벌렸다. 그런 다음 자신의 바지 지퍼만 열고 옷도 벗지 않은 채 그녀를 차지했다. 그는 지금까지 이렇게 야만스러운 적이 없었고, 이렇게 오랜 시간 버틴 적도 없었다. 게다가 이렇게 만족스럽게 사정한 적은 더더욱 없었다.

일을 다 치르고 나서 그녀는 엉엉 울며 그의 목을 끌어안았다.

"여보, 당신 오늘 정말 대단했어."

그는 제복 휘장에 뭔가 허연 게 묻어 있는 것을 보았다. 자신이 사정한 정액이라는 것을 의식하긴 했지만 그것이 어떻게 그 자리에 묻은 것인지는 알 수가 없었다. 정액이 휘장의 반을 가린 것을 보고 그는 약간 겁이 나서 얼른 닦아내고 싶었으나 마음속에서는 다른 목소리가 울렸다.

'건드리지 마. 그 자리에 그대로 남아 있게 놔둬. 그대로 두라고!'

그렇게 생각하자 그는 한 번 더 충동적으로 변했다. 그 옷이 뭔가 신비로운 힘을 주는 것 같았고, 다른 한편으로는 그 옷을 찢어버리고 싶은 충동을 어렴풋이 느꼈다. 이 두 가지 느낌이 섹스를 매개로 얽히면서 그에게 전에 경험한 적이 없는 자극을 주었다.

그는 항상 밖에서 하는 일과 집에서 하는 일 사이에 특별한 관계가 없다고 생각해왔다. 어쩌면 그에게는 제복을 입은 것과 벗은 것이 서로 관련도 없고 서로 방해하지도 않는 별개의 동작일 뿐이었는지 모른다. 이 부분에서 그의 유일한 고민거리는 그가 깊이 사랑하는 여인, 즉 아내로부터 왔다. 그는 그녀의 생각을 대부분 이해하지 못했다. 하지만 자신이 그녀를 사랑하고 그녀도 자신을 사랑한다고 믿었다. 사랑한다고 생각하는 것이 바로 사랑이라고 생각했다. 이런 생활 속에서 지구 위에 서서 먼 곳을 바라보는 것처럼 그는 자기 인생의 미래 궤적을 뚜렷하게 볼 수 있었다. 일과 사랑, 생활 등 모든 것이 이렇게 발생되고 발전되어가는 것이다. 그는 아이가 없는 것 말고는 현재의 생활이 어느 것도 부족하지 않다고 생각했다. 요컨대 생활을 부족함 없고 일그러지지도 않은 동그라미로 이어나갔다. 굳이 아쉬운 점을 찾는다면 제복으로 인한 부부간의 사소한 다툼이 있을 뿐이었다.

명절이나 휴일에 그녀는 그가 제복을 입고 밖에 나가는 것을 좋아했다. 그럴 때면 팔짱을 끼고 주위 사람들의 시선을 즐겼다. 이는 자랑이면서 동시에 안정감에서 비롯된 것이기도 했다. 하지만 그는 전혀 적응을 못 하고 몇 차례 저항하기도 했지만 결국 그녀의 밤낮 없는 한숨과 울음 때문에 패배로 끝나고 말았다. 그는 제복 차림으로 아내의 손을 잡고 원자(院子)* 안을 산책

하거나 거리를 돌아다니기도 했다. 노래방이나 시장, 회식 자리에도 여러 번 제복 차림으로 갔다.

오랜 시간이 지나면서 그는 매일 제복과 함께하는 친밀한 관계에 적응하게 되었다. 원자 안에서 만나는 이들은 대부분 동료들이기 때문에 제복을 입든 입지 않든 상관없었다. 하지만 일단 대문을 나서면 아무런 이유 없이 어떤 힘이 몸 안으로 들어온 것처럼 허리가 꼿꼿하게 세워지고 눈빛이 날카로워졌다. 부부는 함께 거리를 돌아다니고 옷가게에서 옷을 골랐다. 아내는 제복을 입은 남자가 옆에 있으면 가게 주인이 절대로 속이는 일이 없을 거라고 믿었다. 옷에 대해 아내는 자신만의 생각을 가지고 있었다. 그녀는 옷가게에서 종종 남편에게 제복을 벗고 자신이 골라주는 반팔이나 정장을 입어보라고 권했다. 그러면서 직원에게 말했다.

"괜찮네요. 그래도 제복 입은 모습이 훨씬 멋있어요."

부부는 십중팔구 그 옷을 사지만 자주 입지는 않았다.

한번은 옷을 사러 갔다가 탈의실에서 그가 옷을 갈아입고 나와보니 자신의 제복도 없고 아내도 보이지 않았다. 아내가 기다리는 시간이 길어지자 옆 가게로 갔던 것이다. 아내가 제복을

* 중국 대도시의 주거는 대부분 공동주택으로 커다란 마당을 공유하고 있다. 건물을 포함한 마당 전체 또는 마당을 원자라고 부른다.

들고 간 줄 알았는데 그게 아니었다. 그녀가 제일 좋아하는 제복 상하의가 영문도 모르게 사라진 것을 알고 그는 놀라움을 금치 못했다. 탈의실 안에 너무 오래 있다 보니 밖에 놓아둔 제복에 대해서는 전혀 신경을 쓰지 못했다. 하지만 아내에게는 알리지 않았다. 그녀가 "그래도 제복 입은 모습이 훨씬 멋있어"라고 말하는 것이 듣기 싫어서였다.

제복을 한 벌 분실한 것은 그다지 대단한 일이 아니었다. 제복이 한 벌밖에 없는 것도 아니었다. 하지만 그 뒤로 그는 아내가 원망스러워서 꼭 필요한 경우가 아니면 더 이상 주말에 제복을 입고 외출하지 않았다. 잃어버린 제복은 하늘 어딘가에 걸려 있다가 전혀 예기치 못한 순간에 갑자기 떨어져 그를 놀라게 할지도 몰랐다. 그 무렵 상사는 줄곧 그를 주시하고 있었다. 들리는 바에 의하면 그는 이번에 과장급으로 승진할 가능성이 아주 높았다. 이런 시기에 제복을 잃어버리는 것은 좋은 일이 아니었다. 제복은 총이 아니라서 큰 위험을 초래하지는 않지만 약점을 잡힐 수는 있었다. 그는 이번 일을 숨기고 싶어 했다. 그가 매일 같은 옷을 입어도 주위의 누구 하나 신경을 쓰지 않았다.

평상복은 보통 복도가 아닌 침실 옷장에 보관했다. 평상복을 입는 데 제복보다 더 많은 시간이 소요됐다. 옷을 입을 때마다 그의 마음속에 약간의 아쉬움이 없지 않았지만 동시에 약간의 여유도 생겼다. 주말에 평상복을 입고 나가기 시작하면서 허리가 꼿꼿이 세워지는 느낌은 없어졌다. 문밖을 나설 때 제복을 입은 것과 평상복을 입은 것이 이렇게 미묘한 차이를 보일 줄은 전에는 미처 감지하지 못했다. 그래도 원자를 나서면 뭔가 홀가분함을 느낄 수 있었다. 자신이 경찰인 것을 아무도 알지 못할 거라는 생각이 들었다. 이게 얼마나 재미있는 일인가. 그는 100만 달러를 가진 거지가 누군가 자신의 가난과 지저분함을 깔보면 100만 달러짜리 수표를 치켜들며 경멸의 웃음을 보일 수 있는 그런 기분이었다. '나는 경찰이야. 하지만 너희는 그런 나를 못 알아보지. 지금은 너희와 똑같지만 나를 건드리는 순간 난 즉시 경찰로 돌아간다고. 그러면 너희는 간담이 서늘해져 내 앞에서 공손하고 얌전해지겠지.' 그는 밖으로 나올 때 꼿꼿하게 세워지지 않던 허리가 다시 곧고 단단해지는 것을 느꼈다. 이런 힘은 심지어 제복을 입을 때보다 더한 것 같았다.

그는 만원 버스에 올라타 시민들과 몸을 부딪치며 이리저리 흔들렸다. 그는 마음속으로 생각했다. '내 눈빛이 너무 날카로우면 어떻게 하지?' '사람들이 내가 경찰인 걸 알아보면 어떻게 하지? 신중해야겠어. 다른 사람과 똑같은 척해야 해.' 그는 번뜩이는 눈빛을 감추려고 애쓰다가 갑자기 옆 사람이 다른 사람의 가방 안으로 손을 넣은 것을 발견했다. 소매치기였다. 그의 심장이 즉시 격렬하게 뛰기 시작했다. 그리고 본능적으로 소매치기의 손을 잡으려 했다. 하지만 제복을 입지 않은 터라 불편하지 않을까 하는 생각이 들었다. 소매치기의 손은 이미 가방 속 돈을 조심스럽게 빼내고 있었다. 도저히 참을 수 없었던 그는 제복을 입고 있는 것처럼 보이지 않는 주문에 따라 소매치기의 손을 잡아 제압했다.

"움직이지 마!"

그는 소매치기를 잡음으로써 도난사건을 사전에 방지했다. 돈을 잃어버릴 뻔한 사람은 그에게 여러 번 감사 인사를 건넸고 버스 안의 사람들은 그를 영웅이자 모범 시민이라고 칭송했다. 심지어 그를 위해 의용(義勇) 표창장을 신청하려는 사람도 있었다. 그는 조금 놀랐지만 마음속으로는 최대한 그 기분을 누렸다. 그는 제복 착용 여부는 중요하지 않다고 생각했다. 중요한 것은 시민들의 피해를 없애는 것이었다. 그런데 바로 그때, 뒷줄에 앉은 대머리 남자의 한마디로 인해 모든 상황이 달라졌다. 대머리 남자가 차갑게 웃으면서 말했다.

"저 사람은 시민이 아니라 경찰이에요. 사복경찰이라고요."

사람들은 아주 오래 어리둥절한 상태에 빠졌다. 그도 마찬가지였다. 일부러 신분을 숨긴 것이 아니라고 변명하고 싶었지만 어디서부터 말해야 할지 몰랐다. 승객들의 마음이 한순간에 바뀌었다. 소매치기들이 날뛰고 있어 자신이 모년 모월 모일에 무엇을 잃어버렸다는 둥 도시 치안이 엉망이라는 둥 불만을 늘어놓기 시작했다.

"경찰관님, 당신들이 좀 더 노력해야 해요."

사람들이 말했다. 당황한 그는 이 대머리 남자를 언젠가 본 적이 있는 것 같았다. 그 남자는 소매치기로 그에게 잡힌 적이 있었다. 그는 대머리 남자와 방금 그 도둑이 한패라는 것을 그제야 깨달았다.

화가 치밀어 올랐지만 잠시 생각을 가다듬으면서 마음을 가라앉힌 그는 가까운 정류장에서 내렸다. 가슴속이 답답했다. 다 제복 때문이었다. 이럴 줄 알았으면 다른 제복을 입고 나올 걸 그랬다는 생각이 들었다. 막히는 곳 없이 어디든 갈 수 있고 얼마나 좋은가!

머릿속이 복잡한 상태로 한참을 걷고 나서야 그는 자신이 아침도 먹지 않았다는 것이 생각났다. 습관대로 거의 매일 아침을 먹으러 가는 작은 노점으로 향했다. 노점의 주인은 우한(武漢)에서 온 부부였다. 거리 전체를 통틀어 머리에 하얀 요리사 모자를 쓴 사람은 그들 부부뿐이었다. 이 집의 따뜻한 비빔국수와 두부피볶음을 제일 좋아하는 그는 매일 아침 제복 차림으로 두부피를 몇 점 먹고 이 집에서 직접 담근 감주 한 그릇을 마셨다. 근무 중에 내려와 비빔국수를 먹기도 했다. 주인장은 그에게 돈을 받으려 하지 않았지만 그는 항상 내야 할 돈을 냈다. 매일 제복을 입고 이곳에 앉아 있으면 자신이 그들의 수호신이 되어 동네 불량배들이나 보호비 명목으로 돈을 뜯는 깡패들, 경쟁 상대가게들이 이 노점을 어떻게 하지 못 한다는 것을 그는 분명하게 알고 있었다. 또한 그는 노점 주인장의 친근하고 겸손한 태도를 즐겼다. 주인장은 그와 아주 잘 아는 친구처럼 이야기를 나누다가 마치 자신이 하인이라도 된 듯이 그에게 존경과 감사의 뜻을 표하기도 했다. 이럴 때마다 그는 역시 제복이 좋다는 생각을 했다. 한 지역의 평안은 지키지 못해도 가게 하나는 확실하게 지킬 수 있기 때문이었다.

그가 작은 노점에 가까이 갔을 때는 이미 사람이 많지 않았다. 주인은 그를 보고서 선량한 미소를 보였지만 이내 약간 당황하는 기색이었다. 그는 주인이 왜 당황하는지 몰라 어리둥절했다.

주인장이 물었다.

"왕(王) 경관님, 매일 드시는 걸로 드릴까요?"

그는 고개를 끄덕이고는 자리에 앉으면서 습관적으로 손을 머리 위로 뻗어 모자를 벗으려고 했다가 허공을 짚고 말았다. 그제야 자신이 모자를 쓰지 않았다는 것을 알게 되었다. 모자뿐만 아니라 경찰임을 표시하는 어떤 것도 몸에 걸치고 있지 않았다.

주인장은 테이블 위에 음식을 내려놓고는 작은 목소리로 물었다.

"오늘은 작전이 있나 보군요?"

그가 놀란 표정으로 왜 그렇게 생각하느냐고 묻자 주인은 작전 없이 그런 복장을 해도 되느냐고 되물었다. 그러더니 제복을 입지 않은 모습은 처음 본다면서 주위에 퍼뜨리지 않을 테니 걱정하지 말라고 덧붙였다.

감주를 마시면서 아무래도 맛이 이상하다는 느낌이 들었다. 마음속으로 그는 아주 오래 제복을 입다가 갑자기 벗어버렸더니 자신도 적응하지 못하고 다른 사람들도 적응하지 못하는 것이라고 생각했다.

갑자기 주위가 소란스러워졌다. 고개를 돌려 보니 제복을 입은 성관(城管)* 대원 넷이 씩씩거리며 빠른 속도로 다가오고 있었다. 뒤에는 공무집행 차량이 멈춰 서 있었다. 그 가운데 가장 덩치가 크고 머리를 짧게 깎은 남자가 큰 소리로 호통을 쳤다.

"다들 어떻게 된 거야? 봐주니까 아예 눈에 뵈는 게 없어? 이것 봐, 도로까지 침범했잖아. 이 쓰레기 다 당신들이 버린 거지?"

그가 호통을 치는 동안 다른 세 명은 이미 바로 옆 노점의 테이블을 발로 차 넘어뜨리고 있었다. 유탸오와 전병이 땅바닥에 마구 나뒹굴고 더우장과 녹두죽이 플라스틱 컵 밖으로 흘러나왔다. 노점 주인은 어찌할 바를 몰라 허둥대며 "아이고, 아이고!"를 연발할 뿐이었다. 이런 광경을 보고 있던 그는 성관 대원들이 기술적인 지식도 갖추지 못해 개선은 못 하고 파괴만 일삼

* 중국에서 도시 관리를 담당하는 부서로 도시 미관과 질서, 불법 시설 등을 관리하며 경찰에 버금가는 권리를 행사한다. 하지만 원칙 없는 조치와 지나친 폭력 행사로 서민들의 기피 대상이 되고 있다.

는다고 생각했다. 노점상들을 닭 쫓고 개 잡듯이 함부로 대하는 것이 너무나 슬펐다. 그들에 대해 그는 항상 주력부대가 예비부대의 부족함을 대하는 듯한 노파심을 갖고 있던 터라 이번 기회에 참교육을 시켜주고 싶었다.

"형씨, 일을 이런 식으로 하면 안 되지."

긴장한 노점 주인이 그에게서 한시도 눈을 떼지 않았다. 하지만 그가 여전히 느긋하게 감주를 마시고 있는 것을 보고는 마음을 놓았다. 그가 있는 한 큰 소란도 금세 멈출 것 같았다. 성관대원들은 유탸오 노점의 작은 수레를 압수했다. 노점 주인은 땅바닥에 무릎을 꿇고서 짧은 머리 남자의 허벅지를 붙잡고 놓지 않았다. 그러다가 한 대 걷어차이고 말았다. 짧은 머리 남자가 그를 보고는 가까이 다가오자 다른 손님들은 모두 놀라서 음식값을 내려놓고는 자리에서 일어섰다.

"사장님, 잘 먹었어요. 돈 여기 있습니다."

손님들은 멀지 않은 곳으로 몸을 피한 채 고개를 쭉 빼고 조심스럽게 사태의 추이를 살폈다. 짧은 머리 남자가 그의 테이블 옆으로 다가가 그를 노려보았다. 그도 이미 마음의 준비를 마친 터라 조금도 흔들리지 않는 모습이었다. 짧은 머리의 남자가 결국 참지 못하고 행동에 나설 참이었다. 노점 주인이 얼굴 가득 미소를 보이며 날랜 걸음으로 다가와 담배를 한 갑 건네며 말했다.

"아이고, 대장님. 모두 오해예요, 오해라고요. 담배나 한 대 피우시지요."

남자는 담배를 뿌리치며 비키라고 말했다. 노점 주인은 담배를 줍고는 다시 다가와 낮은 목소리로 말했다.

"대장님, 이분은 왕 경관님이세요. 제가 아주 잘 아는 분입니다. 체면 좀 세워주세요."

분노에 차 씩씩거리던 남자의 얼굴이 갑자기 얼어붙은 돌멩이가 망치에 맞은 것처럼 쩍 하고 갈라졌다.

"왕 경관님이라고? 누굴 속이려고 이래? 이자에게서는 멍청한 경찰 냄새가 전혀 나지 않잖아!"

그는 감주도 다 마시고 콩 껍질도 다 먹은 터였다. 맛이 약간 이상했지만 그런대로 만족스러웠다. 사실 그는 속으로 득의양양해 있었다. 자신이 오늘 화를 가라앉히고 흥분하지 않은 것이 무척 성숙해진 것으로 느껴졌기 때문이다. 그가 일어서서 짧은 머리 남자를 향해 말했다.

"이봐요, 형씨. 좀 봐줄 건 봐주면서 삽시다. 이런 소규모 장사가 그렇게 문제 될 건 없잖아요. 이들이 없으면 어디 가서 이렇게 좋은 아침을 먹을 수 있나요?"

짧은 머리 남자가 껄껄 호탕하게 웃으며 고개를 돌려 동료들을 불렀다.

"어이, 이리들 와봐. 오늘 대단한 위인을 만난 것 같아."

세 사람은 유탸오 노점을 마구 뒤집어놓고서 말했다.

"대장님, 그렇게 허풍 떠는 자가 누굽니까?"

짧은 머리 남자가 말했다.

"자기가 경찰이래. 자네들은 그 말을 믿을 수 있겠나?"

성관 대원들은 시큰둥한 표정으로 입을 모았다.

"경찰이면 경찰 제복을 입어야 하고 적어도 경찰 휘장이나 증명서 같은 것이 있어야 하지 않나요?"

짧은 머리 남자가 그를 손가락으로 가리키며 물었다.

"당신, 경찰 휘장이나 신분증 갖고 있어?"

그는 자신이 참을 만큼 참았다고 생각했다. 이 성관 대원들은 정말 마음에 들지 않았다.

"제복을 입든 안 입든 나는 경찰이니까 당신들 조심하는 게 좋을 거야."

그가 말을 마치자마자 커다란 주먹이 머리 위로 날아오는 것이 보였다. 쾅 하는 굉음이 들린 뒤 그의 머릿속에서 웅웅 소리가 멈추지 않았다. 영화 속의 느린 동작처럼 그는 땅바닥에 쓰러지고 말았다. 몹시 고통스러웠지만 마음속으로 자신을 달랬다. '괜찮아, 잠시만 가만히 있으면 돼. 여기 이렇게 조용히 누워 있으면 돼.' 하지만 이내 또 다른 곳에서 통증이 느껴지면서 입과 코에서 피 냄새가 났다. 문득 고등학교 교과서에 나오는 「노제할(魯提轄)이 주먹으로 진관서(鎭關西)를 쳐 죽이다」*라는 이야기가 떠올랐다. 처음에 느꼈던 막막함과 고통이 분노로 바뀌었다. 무엇보다 자신이 심한 모욕을 당했다는 생각에 그는 반격을 시작했다.

어쨌든 그는 경찰학교에서 격투기 훈련을 받은 터였다. 손 몇 번 쓰지 않고도 성관 대원 세 명이 그에게 얻어맞고 쓰러졌다. 하지만 짧은 머리 남자는 몸집이 우람하고 제법 싸움을 할 줄 알았다. 짧은 머리 남자가 갑자기 그를 껴안으며 말했다.

"그래, 때려봐. 죽도록 때려보라고. 덤벼, 덤비란 말이야."

나머지 세 명도 함께 달려들어 주먹질과 발길질을 멈추지 않았다. 그들 중 누군가가 그의 눈을 한 대 후려치자 시선이 흐릿해졌다. 몇 차례 허우적거려봤지만 결국 눈을 뜰 수 없었다. 갑자기 두려움에 휩싸인 그는 텔레비전이나 인터넷에서 성관 대원들에게 맞아 죽거나 장애인이 된 사람들의 모습을 보았던 것이 떠올랐다. 그는 마음속으로 생각했다. '맙소사! 난 경찰이야. 내가 어떻게 이렇게 맞을 수 있지? 어떻게 사람에게 맞아 죽을 수 있어?'

그가 소리쳤다.

"그만해. 그만 때리라고! 난 진짜 경찰이란 말이야!"

성관 대원들은 아랑곳하지 않고 그를 계속 때렸다. 결국 그는 울음을 터뜨리고 말았다.

* 『수호전(水滸傳)』 제3회에 나오는 이야기다.

"난 진짜 경찰이에요. 진짜 경찰이란 말이에요!"

그가 울면서 말하자 짧은 머리 남자가 차갑게 웃으며 말했다.

"이런 멍청이! 이러고도 경찰 노릇을 할 수 있겠어?"

그는 계속 같은 말을 반복했다.

"난 진짜 경찰이란 말입니다!"

"내 말 잘 들어. 제복이나 신분증으로 경찰 신분을 증명하기 전에는 너는 개나 마찬가지야."

말을 마친 남자가 그의 얼굴을 향해 피가 섞인 진한 가래를 뱉었다.

성관 대원들이 성큼성큼 큰 걸음으로 자리를 뜨자 노점 주인이 달려와 그를 부축했지만 그는 손사래를 쳤다.

"됐으니까 꺼져! 꺼지라고!"

그는 성관 대원들뿐만 아니라 자신과 구경꾼 모두에게 모욕당했다고 생각했다. 평소에는 엄숙하기만 하던 경찰이 빌면서 사정하고 아이처럼 엉엉 우는 모습을 모두가 눈앞에서 보았던 것이다.

노점 주인은 그를 다시 부축하며 말했다.

"왕 경관님, 저희가 병원에 모셔다 드릴게요. 보세요. 아직 여기저기서 피가 나고 있잖아요."

그는 몸 여기저기에 흩어진 핏자국을 보면서도 통증을 느끼지 못했다. 그가 말했다.

"됐어요! 안 가요!"

사실 오늘은 대문을 나설 때부터 지금까지 줄곧 몽롱했지만 지금은 온 세상이 전부 몽롱했다. 누군가 벌써 신고했는지 경찰관 둘이 차를 몰고 나타났다. 전부 그의 동료들이었다.

두 경찰관 모두 그의 참상에 격분했다. 경찰이 누군가에게 이렇게 맞을 줄은 생각지도 못했기 때문이다. 곧이어 구급차도 도착했다. 경찰관 하나가 그와 함께 구급차를 타고 병원으로 향했고 다른 경찰관은 그 자리에 남아 주변 사람들에게 상황을 물었다. 몇 가지 질문을 한 그 역시 경찰차를 몰고 돌아갔다. 그와 동행한 경찰관이 병원으로 가면서 어떻게 된 일인지, 누가 저지른 짓인지를 계속 물어댔지만 그는 아무 대답도 하지 않았다. 단지 마음속으로 '오늘 내가 제복만 입었어도 그들이 감히 나를 때렸을까?' 하고 생각했을 뿐이다.

그 사고 이후 그는 집에서 석 달 동안 요양을 했다. 그동안 그가 속한 경찰국에서는 사기 집단을 검거했다. 그가 잃어버린 경찰복은 사기범들의 은신처에서 발견되었다. 며칠 동안 경찰국에서는 그가 사기에 가담했다는 의혹까지 제기됐지만 결국 혐의가 없는 것으로 밝혀졌다. 그럼에도 그는 비난을 피할 수 없었다. 경찰복을 잃어버렸으면 보고해야 했지만 그가 그러지 않는 바람에 사기범들에게 도용의 기회를 제공했기 때문이다. 그는 할 말이 없었다. 이는 규정이기 때문에 누구에게나 똑같이 적용될 수밖에 없었다. 그가 잃어버린 그 옷은 범죄의 증거물로 제출되어 그에게 반환되지 않았다. 또 다른 비난은 오히려 그를 분노하고 속상하게 했다. 몸이 회복되어 경찰국으로 돌아간 그는 사람들에게서 휴일에 외출할 때도 제복을 입지 않을 경우 반드시 경찰 휘장이나 신분증을 소지해야 한다는 이야기를 들었다. 무심코 하는 이야기였지만 어쨌든 자신이 경찰이라는 것을 증명할 수 있는 물건 하나는 꼭 가지고 있어야 한다는 것이었다. 그는 사람들의 말이 자신을 겨냥한 것이라고 생각했다.

그 일이 있은 후로 그가 경찰서에서 가장 용맹한 사람이 되리라고는 아무도 예상하지 못했다. 예전에는 온화하기로 유명했지만 지금은 임무를 수행하러 나갈 때마다 목숨을 내놓기라도 한 것처럼 어디서나 용감하게 앞에 나섰고 누구든지 가리지 않고 공격했다. 그는 언제나 눈에 확 띄는 제복을 입고 있었다. 동료들은 그가 성관 대원들에게 맞은 뒤로 피의 근성을 갖게 되었다고 말했다.

어느 날, 그의 아내가 갑자기 경찰국을 찾아와 흐느끼면서 국장에게 문제를 해결해달라고 애원했다. 국장이 무슨 일이냐고 묻자 그녀는 어느 날 자다 깨보니 뜻밖에도 그가 제복을 입고 자고 있었다고 말했다. 그러면서 침대에 오르기 전에는 완전히 알몸이었던 것을 분명히 기억한다고 했다. 그녀가 두려움에 떨면서 그에게 왜 그러냐고 묻자 그는 자주 악몽을 꾼다고 대답했다. 벌벌 떨면서 꿈속에서 누군가 자신을 호되게 때리고 괴롭힌다고 말했다는 것이다. 그러면서 제복을 입어야 꿈속에서도 두렵지 않다고 했다.

그의 아내는 그가 경찰 제복을 입고 자기 옆에 누워 있는 것을 도저히 참을 수 없었다. 그녀가 말했다.

"국장님, 그 사람들에게 맞은 뒤로 남편이 좀 이상해진 것 같아요. 머리에 문제가 생겼으니 치료해주셔야 할 것 같습니다."

국장은 그럴 리가 없다면서 다시 출근하기 전에 심리검사를 포함한 종합검진을 받았으며 건강 상태가 입원 전보다 훨씬 더 좋아졌다고 말했다.

그녀가 말을 받았다.

"그이에게 문제가 있는 게 분명해요. 그 사람은…… 가정폭력 징후도 보이고 있어요. 그 제복을 잃어버린 것이 전부 제 탓이라며 저를 때렸어요."

그러면서 그녀는 옷을 걷어 올려 국장에게 등과 팔에 난 상처를 보여주었다.

국장이 말했다.

"업무 스트레스가 좀 심해서 그럴 겁니다. 요 몇 달 동안 그는 업무 성과가 월등해서 2등 공로상을 두 번이나 받았어요. 탈옥수 한 명을 생포하기도 했고요."

그녀는 울면서 말했다.

"다른 건 다 상관없어요. 저를 때려도 좋으니 제발 잘 때 제복을 입지 않게만 해주세요."

"정 그러시다면 제가 그와 얘기를 나눠보겠습니다. 하지만 집안일이라 제가 해결해드린다고 장담할 수는 없습니다."

국장은 전문가를 그에게 보내 모든 것이 자기암시 때문이니 마음이 안정되면 곧 좋아질 것이라고 차근차근 설득했다. 상담하는 동안 그의 태도는 상당히 양호했다. 하지만 실제로는 그 역시 자신의 정신에 문제가 있다는 것을 점차 감지하고 있었다. 심리 치료사를 찾아가보고 싶었지만 용기가 없었다. 결국 그는 제복을 눈만 뜨면 보이는 자리에 걸어두기로 아내와 타협했고 그제야 편안한 잠을 잘 수 있었다.

그는 모든 것이 좋은 방향으로 변화한 것 같았다. 주변 사람들도 그가 거의 원래의 모습으로 돌아왔다고 생각해 말을 예전만큼 조심스럽게 하지 않았다. 사무실에서는 제복과 관련된 갖가지 이야기가 다시 떠돌기 시작했다. 일부러 그런 것은 아니지만 매일 한두 가지 제복 관련 이야기가 돌았다. 예컨대 올해 제복은 재질이 바뀌었다는 이야기도 있고 새 제복의 사이즈를 재야 한다는 이야기도 있었다. 아무개가 제복을 드라이클리닝 하다가 망가뜨렸다는 이야기도 있고 신입 경찰의 제복 입은 모습이 정말 멋있다는 이야기도 있었다. 사람들은 작은 불씨가 바람을 맞으면 금세 대형 불길로 번진다는 사실을 알지 못했다. 게다가 최근에는 양회(兩會)* 때문에 하루 종일 거리에서 근무하다 보면 성관 대원들이 노점상을 단속하는 광경을 쉽게 볼 수 있었다. 남들은 모르겠지만 성관 대원들이 입고 있는 회색도 아니고 파란색도 아닌, 그렇다고 흰색 같지도 않은 제복이 그의 기억에는 아주 깊게 각인되어 있었다. 그날 폭행당하면서 겪었던 패배감은 늘 마음속 깊은 곳에 자리하고 있었다. 그때와 다른 점은 그가 경찰복을 단정하게 차려입고 새 모자를 쓰고 있으며 임무의 특성상 무장까지 하고 있다는 점이었다. 그러니 그의 기세가 얼마나 대단했겠는가! 그는 여러 차례 성관 대원들에게 다가가 그만하라고 하면서 그들의 행패를 저지하고 싶은 충동을 느꼈다. 자신의 말에 순순히 복종하지 않으면 총을 꺼내 본때를 보여줄 수도 있었다.

그는 이런 기회를 기다려온 터였다. 임무가 끝나기 전날, 경찰들은 그다지 긴장하지 않았고 여유 있게 잡담을 주고받고 있었다. 그는 또다시 그 짧은 머리 남자가 성관 대원 셋을 거느리고 불법 복제 디스크를 파는 사람을 쫓는 광경을 목격했다. 유탸오 노점 주인장은 그 사건 이후로 음식 장사를 하지 않았다.

* 매년 봄에 베이징에서 열리는 중국공산당의 전국인민대표대회(全国人民代表大会)와 정치협상회의(政治协商会议)를 말한다.

그가 다가가 쫓기는 사람과 쫓는 사람 사이를 가로막았다. 제복에 달린 그의 경찰 휘장이 햇빛에 반짝였다. 그의 갑작스러운 등장에 성관 대원들은 놀라움을 금치 못했다. 행동을 멈춘 그들은 약간 멍한 표정으로 그를 바라보았다. 그가 입고 있는 제복을 바라보았다. 짧은 머리 남자가 그를 알아보지 못하고 조심스럽게 말했다.

"무슨 일이십니까? 저희는 지금 공무집행 중입니다."

"당신이 이 사람을 때렸잖아. 내가 당신이 때리는 모습을 분명히 봤다고."

"아니에요. 안 때렸어요. 저희는 그들을 따라잡지도 못했다고요."

짧은 머리 남자는 인정하지 않았다. 그러더니 갑자기 그를 알아보고는 경악하고 말았다.

"아니, 당신은……!"

그는 아무 말도 하지 않고 짧은 머리 남자를 차가운 눈길로 바라보았다. 남자가 활짝 웃는 얼굴로 담배를 건네며 뒤에 있던 부하 세 명한테 말했다.

"왕 경관님이야. 우리 사람인 셈이지."

결국 울분을 삭이지 못한 그가 주먹을 한 방 날렸다.

"염병할 새끼, 누가 우리 사람이야?"

몸집이 우람한 남자가 반격을 시도하려 하자 그가 허리춤에서 총을 빼 들고 호통을 쳤다.

"네놈이 감히 경찰을 습격하고 총을 빼앗아? 간이 배 밖으로 나왔구나."

짧은 머리 남자가 어리둥절했다. 나머지 성관 대원 세 명도 놀라서 바르르 몸을 떨며 뒷걸음질 쳤다. 그는 곧장 짧은 머리 남자를 발로 걷어차며 말했다.

"내가 오늘 뭘 입었는지 제대로 봐라. 똑바로 보라고. 내 옷을 보란 말이야."

그의 신발은 새 구두라 아주 크고 단단했다. 돌처럼 단단한 구두에 차인 짧은 머리 남자가 땅바닥에 주저앉으며 말했다.

"잘못했습니다. 제가 눈이 멀었어요. 정말 잘못했습니다."

결국 그는 짧은 머리 남자를 쓰러질 만큼 때렸다. 남자는 땅바닥에 드러누워 여기저기 피를 흘리고 있었다. 그는 남자가 죽을 리 없다는 것을 잘 알았다. 여러 해 동안 타격 훈련을 했고 꽤 오래 경찰 생활을 했기 때문에 사람을 고통스럽게 하면서 생명에는 아무런 지장이 없게 만드는 방법을 잘 알고 있었다. 부하 셋이 짧은 머리 남자를 부축해 자리를 떴다. 그의 제복도 어느새 흙과 피로 얼룩져 있었다.

성관의 고위 간부 하나가 경찰국으로 찾아와 한차례 밀담을 나눈 결과 쌍방이 서로의 시비를 따지지 않기로 합의했다. 하지만 그는 큰 과실이 인정되어 곧바로 호적과에 전속되었고 사무

직으로 근무하게 되었다. 이에 대해 그는 아무런 불만도 없었다. 상대를 실컷 패주고 나니 큰일을 치른 것처럼 마음이 한결 가벼워졌다.

물론 그는 여전히 제복을 갖고 있었다. 한번은 또다시 제복을 입고 아내와 섹스를 하고 싶었지만 아내에게 호되게 욕만 얻어먹었다.

"하루 종일 껍데기만 입고 뭐 하는 거야? 아무짝에도 쓸데없는 인간 같으니! 이 옷이 없으면 당신은 아무것도 아니라고."

그는 맥없이 그 자리에 주저앉아 엉엉 울기 시작했다. 그들의 결혼 생활은 막바지로 치닫고 있었다. 그는 이미 절망이라는 가장자리의 날카로움을 느끼고 있었다. 밤이 깊어지면 그는 혼자 창가에 앉아 어쩌다 이 지경까지 왔는지 생각하곤 했지만 도무지 그 원인을 찾을 수 없었다.

그 후에 경찰국에 도둑이 들었다. 이 도둑은 배짱이 하늘을 찔렀다. 잃어버린 물건은 제복이었다. 각 부서마다 전부 제복을 잃어버렸다. 운동실에 있는 제복도 잃어버리고 사무실에 걸어놓은 제복도 잃어버렸다. 사건은 아주 빨리 해결되었다. 그가 바로 범인이었다. 사람들은 그의 사물함에서 서른 벌에 가까운 다양한 유형의 제복을 발견했다. 직장에서 일괄적으로 배급한 것이면 남녀 가리지 않고 속옷이건 겉옷이건 따지지 않고 전부 훔쳤다. 사람들은 분노하지 않았다. 멀쩡한 경찰이 심리적인 문제가 생겨 벌인 짓이라 여기며 오히려 동정심 가득한 눈빛으로 그를 바라보았다.

국장은 이번 사건을 크게 확대하지 않았다. 내부 처리로 사흘간 그를 구속한 후 사직서에 지장을 찍게 하는 것으로 마무리했다.

강제로 경찰국을 떠나게 된 그는 제복을 완전히 벗어버렸다. 몇 달 동안 빈둥빈둥 놀다가 아내가 이혼을 요구하자 그는 생각도 하지 않고 순순히 이혼 서류에 서명해주었다.

이혼한 뒤로 그는 혼자 살았다. 가끔 술집이나 나이트클럽에 가서 여자를 데려오기도 했지만 대부분의 시간은 혼자였다. 집안의 모든 것이 예전과 달라졌지만 그는 아주 빨리 독신의 생활에 익숙해졌다. 다만 한 가지 특이한 점은 외출할 때마다 여전히 현관문 옷걸이 앞에 본능적으로 멈춰 서게 된다는 것이었다. 그는 약간 놀란 표정으로 옷걸이에 걸린 재킷과 양복, 셔츠, 트레이닝복을 바라보다가 그 속에서 뭔가를 찾는 것 같더니 이내 옷 한 벌을 집어 들고 밖으로 나갔다.

그리고 전혀 생각지 못한 일이 일어났다. 그의 학교 동창생 하나가 서성(西城) 성관대에서 동성(東城) 성관대 대장으로 이동하면서 그를 영입한 것이다.

친구가 그에게 말했다.

"자네는 신경 쓸 것 하나도 없어. 그냥 저들을 따라다니면서

거리 순찰이나 하다가 문제가 생기면 저들이 해결하도록 놔두면 돼."

그는 결국 또다시 제복을 입게 되었다. 성관대에서 그에게 제복을 지급했다. 3세대 제복인 것 같지만 여전히 이것도 아니고 저것도 아닌 애매한 복장이라 보통 경비원 복장과 혼동되기 일쑤였다. 성관대에서는 그에게 디지털 비디오도 한 대 주면서 나중에 증거로 사용할 수 있도록 사건이 발생하면 즉시 녹화해두라고 지시했다. 이 디지털 비디오가 그의 인생관을 180도 바꿔놓게 될 줄은 아무도 상상하지 못했다. 예전에 그는 작은 렌즈 하나가 이렇게 많은 것을 감추고 또 이렇게 많은 것을 파생시킬 수 있으리라고는 상상도 하지 못했다. 예컨대 한번은 그들이 마라탕 노점을 압수 수색하는 과정에서 노점상과 분쟁이 벌어져 싸운 적이 있었다. 그의 카메라에는 노점상이 성관 대원의 목을 심하게 조르는 등 분명한 범행 증거가 담겨 있었지만, 그의 카메라가 조금만 이동하면 노점상 뒤에서 여러 요원들이 그를 누르고 때리는 모습이 드러났다. 그는 신대륙을 발견한 것 같은 기분이었다.

그는 이 제복을 입고 나가는 것이 점점 더 좋아졌다. 그의 그림자가 보이면 길거리에 전병 장수나 죽 장수, 불법 복제 도서 상인, 불법 택시, 곱창구이 장수 등 다양한 유형의 노점상들이 일제히 우왕좌왕하면서 "성관 대원이 온다!"라고 소리쳤다. 그는 그들을 조사하는 일도 없었고 그들을 상대로 싸우지도 않았다. 그저 느린 걸음으로 노점상 앞을 지나가면서 노점상들이 화들짝 놀라서 당황하고 두려워하기를 기다릴 뿐이었다. 노점상들이 장사에 전념하느라 자신을 발견하지 못할 때면 그는 기침소리로 그들을 일깨워주었다. 이런 느낌은 대단히 짜릿했다. 그는 자신이 입고 있는 제복이 주는 위력을 잘 알고 있었다. 오랜 시간이 지나 그는 자신의 순찰을 '호가호위(狐假虎威)'라는 사자성어로 요약했다.

그는 자신이 성관 대원의 신분으로 경찰복을 입은 경찰관들과의 조우를 기대하고 있다는 점을 의식했다. 확실히 그들은 근무 중인 경찰관들과 마주친 적이 몇 번 있었다. 그는 당당하게 경찰관들 앞을 지나가려 했지만 고개를 들면 그들의 제복 앞에서 시야가 흐려지고 발걸음이 굳어지곤 했다. 고개를 숙여 자신의 제복을 보면 서자가 적자를 쳐다보는 것 같은 열등감을 떨칠 수 없었다. 그가 마주친 경찰은 아주 젊었다. 경찰이 그를 보고 눈살을 찌푸리며 말했다.

"뭐 하는 사람이야? 우린 임무 수행 중이니 멀리 떨어져요."

"어, 제복이 또 바뀌었네요? 완장이 바뀌었어요."

"멀리 떨어지라고 했습니다. 유치장에 들어가고 싶어요?"

젊은 경찰이 한 글자씩 또박또박 말했다.

"아닙니다. 아니에요. 갈게요!"

그는 황급히 말하면서 한 걸음 뒤로 물러섰다.

"더럽게 잘난 척하네, 그 자식! 나도 그런 제복 입어봤다고!"

몸을 돌리면서 그가 작은 소리로 중얼거렸다.

성관 대원들에게로 돌아가자 동료들이 그를 둘러싸고 말했다.

"형님, 경찰과 이렇게 친할 줄 몰랐습니다."

"아휴, 나도 경찰 해봤잖아. 내가 경찰 제복 입었을 때 저놈은 어느 아가씨 바짓가랑이나 붙잡고 치근댔을 거라고!"

그가 어깨에 힘을 주며 말을 받았다. 동료들은 그가 무척이나 유머러스하다고 말했다.

동료들이 물었다.

"형님, 경찰 제복이랑 우리가 입고 있는 제복이랑 느낌이 어떻게 달라요?"

"그게 말이야, 내가 경찰일 때는 제복을 즐겨 입었고 마누라도 내 제복을 좋아했어. 제복 입은 모습이 정말 멋있다나! 한데 솔직히 말하자면 경찰 제복은 입기가 힘들어. 거의 모든 순간을 긴장하고 있어야 하거든. 그에 비해 우리 제복은 아주 자유롭고 편하지. 얼마든지 주머니에 손을 넣을 수도 있고 다리를 꼴 수도 있으며 단추 몇 개쯤 풀고 다닐 수도 있으니까 말이야, 안 그래?"

"그렇고말고요."

그들은 이런 장점들을 실감한 듯 몇몇은 주머니에 손을 넣었고 또 몇몇은 상의 단추를 풀었다.

"그렇지?"

그는 보온병을 들고 한 모금 크게 차를 들이켰다.

그와 함께 움직이는 대원들은 전부 독신이었다. 저녁에 집에 돌아가도 밤새 할 일이 없었다. 그들은 평상복 차림으로 야시장에 가서 불고기를 먹었다. 그렇게 새벽까지 먹고 마셨다. 주인장이 돈을 받으러 오면 가방에서 성관 대원 제복을 꺼내 갈아입었다. 주인장도 머쓱한 표정으로 뒤로 물러섰다. 심지어 그들한테 잘 보이기 위해 담배를 몇 갑 건네기도 했다. 어쩌다 처음 그들을 대하는 가게 주인은 세상 물정 모르고 그들에게 술값을 요구하다가 몇 대 얻어맞고는 그다음부터 상냥하게 굴었다. 그는 야시장에서 전처와 몇 번 마주쳤다. 뚱보 하나와 함께 온 그녀가 뚱보에게 애교를 떨면서 양고기 꼬치를 입에 넣어주었다. 그는 몰라보게 변한 그녀의 모습에 놀라움을 금치 못했다. 이럴 때 그가 성관 대원들을 거느리고 요란하게 활개치며 지나갔다면 두 사람은 다른 사람들과 마찬가지로 당황한 표정으로 얼른 일어나 자리를 피했을 것이다. 이런 이유로 그는 자신이 한때 이 여자를 사랑했고 섹스했다는 사실을 인정하고 싶지 않았다. 그는 자신과 전처 사이에 필연적인 연관성이 없다고 생각한다. XXL 사이즈의 제복이 키가 180인 사람만을 위한 것은 아닌 것과 마찬가지였다. 그는 그녀를 입었다가 벗었을 뿐이다. 그는 일부러 그녀가 자신을 보지 못하도록 몸을 피했다.

그는 자신의 세월이 이렇게 종점에 이르게 될 줄은 몰랐다. 아쉬운 점이 있긴 했지만 그런대로 괜찮다고 생각했다. 이듬해 5월에 그들은 사람을 하나 때려 죽였다. 모두의 예상을 뒤집는 우발적인 충돌이었다. 그들은 평소와 다름없이 단골 야시장에서 닭발과 강낭콩을 안주로 한 병에 2위안 하는 옌징 맥주를 몇 박스 마셨다. 땀에 찌든 제복 몇 벌은 그들의 커다란 가방에 둘둘 말린 채 담겨 결정적인 순간이 도래하기를 기다리고 있었다. 가게 주인은 그들의 정체를 알고 있었지만, 그들은 평소의 절차에 따라 식사를 마칠 때쯤 제복을 꺼내 입었다. 술이 거나해질 무렵 새로 온 대원 하나가 갑자기 울기 시작하더니 어느 날 골목을 걷다가 몇몇 사람에게 머리에 옷을 뒤집어쓴 채 흠씬 두들겨 맞았다고 말했다.

"그 사람들이 자넬 왜 때린 거야?"

"제가 성관 대원이라 나쁜 짓을 많이 했다는 거예요. 제가 온 지 얼마 되지도 않았고 아직 당직도 서보지 못했다고 말했더니 어차피 곧 나쁜 사람이 될 거라고 하더군요. 조만간 나쁜 짓을 일삼게 될 것이고, 그때가 되면 더 심하게 때릴 거라고 하더라고요. 매는 늦게 맞는 것보다 일찍 맞는 것이 나은 법이니 너무 억울해하지 말라고 하더군요. 하마터면 그들에게 맞아 갈비뼈가 부러질 뻔했어요."

술에 취한 성관 대원들이 이구동성으로 울분을 토하며 말했다.

"그 개새끼들 만나면 다 죽여버릴 거야!"

대원들 가운데 하나가 말했다.

"그러면 안 되지. 우리는 그저 일을 하는 거야. 이 제복을 입고 있으면 마음대로 안 되는 일이 많아."

대원들은 새로 온 동료에게 충고했다.

"이봐, 앞으로는 좀 세게 나가야 해. 겁을 먹어선 안 된다고. 자네가 사람들을 두려워하면 사람들은 자네를 두려워하지 않아."

이게 다였다. 그들은 그렇게 계속 먹고 마시다가 제복으로 갈아입고 떠날 준비를 했다. 그들이 막 떠나려 할 때 일이 벌어졌다. 옆 테이블의 학생들도 술을 많이 마셔서 가려고 했고, 주인이 돈을 받으러 오자 학생들은 항의하기 시작했다.

"사장님, 이러시면 안 되죠. 저 사람들은 돈을 내지 않는데 왜 우리만 돈을 내야 하는 겁니까?"

주인이 그들도 돈을 냈다고 말했지만 학생들은 믿지 않았다.

"그럴 리 없어요. 저 사람들은 계속 술을 마시고 있었고 돈 내는 걸 보지 못했다고요. 저 사람들이 돈을 내면 우리도 내겠지만 저 사람들이 돈을 내지 않으면 우리도 내지 않을 겁니다."

이 말이 성관 대원들을 화나게 했다. 그들이 학생들을 둘러싸고 말했다.

"일을 만들고 싶다 이거지?"

학생들이 말했다.

"그런 건 아니지만 그렇다고 우리가 겁먹을 일도 없습니다."

가게 주인은 분위기가 심상치 않다고 판단하고 얼른 나서서 양쪽 다 돈을 내지 않아도 된다고 말했다. 이 말이 도화선이 되어 폭탄을 터뜨리고 말았다.

성관 대원들이 물었다.

"돈을 내지 않아도 된다니요? 우리가 음식을 먹고 돈을 안 내는 사람들입니까?"

학생들이 말했다.

"거봐요. 저 사람들이 돈을 내지 않은 게 맞잖아요?"

결국 그들은 한데 뒤엉켜 싸움을 벌였다. 술을 많이 마신 신입 성관 대원이 깨진 맥주병으로 학생의 목을 그어 그 자리에서 즉사하게 만들었다. 경찰이 곧바로 달려와 그들을 모두 경찰서로 끌고 가 유치장에 가뒀다.

이튿날, 다른 사람들은 모두 풀려나고 그만 계속 갇혀 있었다. 그가 사람을 죽인 것으로 지목되었다. 증거도 충분했다. 그에게 전과가 있기 때문이었다. 그는 자신이 누명을 썼지만 억울함을 풀어줄 사람도 없고 의지할 사람도 없다는 사실을 모르지 않았다. 성관 대대장인 그 동창생은 이미 몸을 피했는지 보이지 않았다. 전처만 구치소로 한번 찾아와 먹을 것을 건네며 혼자 잘 먹고 잘 살라는 한마디를 던지고 사라졌다.

그는 자신이 눈에 보이지 않는 큰 그물을 마주하고 있음을 실감하면서 마지막 몸부림을 치고 싶었다. 자신을 변호해줄 변호사를 신청했지만 변호사는 그에게서 4, 5만 위안이나 되는 돈을 받아가고는 끊임없이 온갖 핑계를 대면서 더 많은 돈을 요구했다. 그는 더 이상 희망을 갖지 않기로 하고 혐의를 전부 인정해버렸다. 사건은 아주 빨리 종결되어 그에게 15년 형이 선고되었다. 집행유예는 없었다. 그는 구치소에서 교도소로 직행했다. 수감된 그는 다른 죄수들과 함께 먼저 교육을 받은 다음, 줄을 서서 수형 물품을 받았다.

교도관이 말했다.

"얌전하게 굴어. 줄 똑바로 잘 서고. 한 명씩 와서 죄수복 받아 가."

교도관으로부터 회색 죄수복을 건네받은 그는 갑자기 큰 소리로 울부짖기 시작했다.

"어떻게 이럴 수가 있어? 어떻게!"

그는 그 회갈색 옷을 적어도 15년은 입어야 했다. 뒷배가 되어줄 사람이 아무도 없는 그는 이 제복을 벗을 방법이 없었다.

책임 번역 : 김태연

죽음의 매니저

맨 처음에 든 생각은 빛을 찾는 것이었다. 창밖은 칠흑 같은 어둠이었다. 방 안에는 책상 위 전등의 미약한 불빛뿐이었고 밖은 틀림없이 밤이었다.

하지만 곧 내가 검은 그림자에 의해 목이 졸린 상태라는 것이 떠올랐다. 그림자가 내게 말했다.

"나와 함께 가지. 이제 때가 됐어."

목을 조이고 있는 손가락이 나를 두려움에 떨게 했다. 나는 남자인지 여자인지 판단하기 힘든 목소리의 지시에 순순히 따르는 수밖에 없었다. 커다란 다리를 내려간 다음 골목으로 들어섰다.

왜 날 위협하는 걸까?

무슨 때가 왔다는 거지?

검은 그림자가 나를 어느 집에 가두고 말했다.

"그 일을 기록하도록 해. 그러면 이곳을 떠날 수 있어."

"왜 하필 나인가요?"

"네가 벌인 짓이기 때문이지. 일단 한숨 자두는 게 좋을 거야."

그렇게 나는 잠들었다가 다시 깨어나서야 방금 여러분이 읽은 그 상황을 알게 되었다.

나는 문 쪽으로 걸어가 전화기를 들고 친구의 번호로 전화를 걸었다. 아무도 받지 않았다. 다시 걸어봤지만 여전히 받지 않았다.

결국 자리에 앉아 노트를 펴고 글을 쓰기 시작했다. 나는 최대한 단어를 아껴야 했다. 볼펜의 잉크가 곧 떨어질 것 같았기 때문이다.

젠즈

"건의하건데, 연탄가스 중독을 선택하는 게 좋을 거예요."

내 제안을 듣고 젠즈가 말했다.

"연탄가스는 두통과 메스꺼움, 고통을 유발하잖아요."

"아가씨랑 아주 잘 어울려요. 아가씨가 말한 그것들을 전부 피할 수 있어요. 연탄가스로 자살하기 전에 일단 소량의 수면제를 먹도록 해요. 그러면 더 깊은 잠에 빠지게 될 거예요. 두통이나 메스꺼움, 어떤 고통도 느끼지 못하게 되지요."

젠즈가 물었다.

"확실해요? 그치만 난 자살하고 싶지 않아요. 몇 번이나 말했잖아요. 자살하고 싶지 않다고요."

"아가씨는 자신이 죽어야 한다고 생각하지 않아요? 설마 다른 사람이 아가씨를 죽여주길 바라는 거예요? 아가씨를 죽여줄 사람을 찾는다면 더 좋겠지요. 그 사람은 나의 다음 손님이 될 테니까요."

젠즈는 아무 말도 하지 않았다.

"생각해봐요. 아가씨가 겪은 모욕과 오해, 아가씨가 밤마다 꾸는 악몽과 울부짖음이 누군가의 입을 통해 새어 나갔다고 말이에요. 그런데도 아가씨는 여전히 살아 있어요. 이런 상황을 더 버틸 수 있겠어요?"

"난 죽어야 해요. 하지만 죽고 싶지 않아요."

그녀는 내 말에 약간 흔들리는 것 같았다.

"그럼 좋아요. 내 직업에도 원칙이란 것이 있지요. 절대 고객에게 강요하지는 않아요. 생각이 정해지면 전화하도록 해요. 아가씨를 위한 자살 방법을 하나 맞춤 제작하도록 하지요. 편안하고 확실할 뿐만 아니라 아가씨의 고통에 완전히 어울리는 것으로 말이에요."

어쩌면 여러분은 이미 내 직업을 유추했을지도 모른다. 나는 죽음의 매니저다. 속칭 '권사자(勸死者)'라 불린다.

죽음의 매니저는 죽고 싶은 마음이 있는 사람들에게 죽음을 파는 직업이다. 죽고자 하는 그들의 결심을 더 확실하게 해주고 그들을 위해 세세한 부분까지 살피는 죽음의 서비스를 제공한다. 단, 시신은 처리하지 않는다. 그저 죽음을 책임질 뿐이다.

내 서비스에는 '애처롭고 가련한 패키지'부터 '히스테리 패키지' '완전히 변신하는 패키지' '시신도 유골도 없는 패키지' '낭만적인 죽음의 신과의 약속 패키지' '죽음이 오래 지속되는 패키지' 등 수십 가지 상품이 있다. 게다가 손님 개개인의 기호에 맞게 특별 디자인을 할 수 있다. 사망 자금 외에 다른 어떠한 비용도 받지 않는다.

왜 이런 일을 하는지 묻고 싶을 것이다. 좋다. 알려주겠다. 이 세상에는 너무 많은 고통이 있고, 나는 이것이 너무 안타까웠다. 나는 점점 더 많은 사람들이 억압과 우울, 질투와 탐욕, 나약함 같은 감정 속에서 사는 걸 보고만 있을 수 없었다. 내게 타인의 생명을 앗아 갈 권한은 없지만 그들 스스로의 선택은 가능하다.

나는 변태가 아니다. 그저 '죽음의 매니저'일 뿐이다. 이 도시에는 나 같은 사람이 수십 명이나 된다. 하지만 걱정하지 말라.

우리는 사람들에게 우리 마음대로 죽음을 권하진 않는다. 우리는 생명을 중시한다. 단지 불완전한 생명이 살아 있는 것을 보고 싶지 않을 뿐이다.

갑자기 전화벨이 울리기 시작했다. 나는 재빨리 수화기를 들고 말했다.

"날 풀어줘요!"

전화기 저쪽에서 말했다.

"얼른 쓰라고. 너에겐 다른 선택지가 없어. 다 쓰기만 하면 수월하게 나올 수 있을 거야."

"쓰지 않을래요. 볼펜으로 내 목구멍을 막아버릴 수도 있어요. 그러면 당신은 아무것도 얻지 못하겠죠."

"이봐, 이미 쓰고 있다는 것 다 알아. 그냥 써, 그러면 내가 자유를 준다고. 네가 원하는 것을 얻게 되는 거지. 아주 간단해."

전화가 끊겼다. 내가 원하는 것이라! 이 말을 떠올리니 괴롭기 그지없었다.

나는 책상 앞으로 돌아왔다. 스탠드 전등은 이미 뜨거울 정도로 빛을 내고 있었다. 눈앞에 이 작은 한 줄기 빛을 제외하면 방 전체가 암흑이었다.

젠즈는 나의 최근 고객 가운데 하나로 대학에 다니는 컴퓨터

공학과 학생이었다. 하지만 그녀는 간호사가 되고 싶어 했다. 나는 그녀의 학교에서 처음 그녀를 마주쳤고 한눈에 알아보았다. 그녀가 24시간 전에 자살을 기도했다는 것을.

우리 직종은 아주 전도유망한 산업이다. 다른 것은 말할 필요도 없이 이 대학의 구내식당을 이용하는 학생들만 봐도 사업의 발전 가능성을 알 수 있을 것이다. 왼쪽 셋째 줄의 키 큰 남학생을 보라. 그는 가난으로 인해 열등감을 갖고 있고 몹시 고통스러워하고 있다. 그가 매만지고 있는 것은 동급생의 식권 카드다. 그가 다른 학생의 카드를 빌려서 식사하는 것도 벌써 마흔일곱 번째다. 배식을 받으면서 그는 종종 이 카드로 자신의 목을 그어버리고 싶은 충동을 느끼곤 한다. 키 큰 남학생의 오른쪽 네 번째 줄에 빨간색 옷차림의 여학생도 아름다운 얼굴에 죽음의 기운이 역력하다. 나이키 신발을 신은 사람도 그렇고 크로스백을 메고 있는 사람도 그렇다. 이런 사람들이 너무나 많다. 나는 그 사람들 속에서 젠즈를 선택했다. 그녀가 길게 늘어선 도미노의 첫 번째 패였기 때문이다. 나는 그녀에게서 한 가닥 죽음의 가능성을 보았다.

확실히 지난 일주일 동안 젠즈는 자살을 생각한 적이 있었다. 그녀는 14층 건물에 올라가 뛰어내릴 작정도 했지만, 자신이 한 덩이의 다진 고기로 변하는 걸 생각하니 너무나 역겨웠다. 손목을 그을까 하는 생각도 해봤지만 도처에 피가 흐르면 기숙사 청소 아주머니가 너무 힘들 것 같았다. 젠즈는 타인에게 짐을 지우는 일을 싫어하는 사람이었다.

나와 젠즈는 여러 번 만났다. 전부 작은 찻집에서였다. 나는 그녀에게 차를 대접하면서 차근차근 타일렀다. 하지만 일은 위험하게 흘러갔다. 내가 죽음에 관해 설명할수록 그녀의 죽음 지수는 점점 옅어졌다. 성격도 점차 밝아지고 심지어 내게 장난을 치기도 했다. 나는 나의 고객이 갑자기 죽고 싶지 않은 마음으로 바뀌어 내가 정신과 의사 역할만 하게 되는 것이 싫다. 이는 직업적 실패이기 때문이다. 딱 한 번, 원래 자살해야 할 사람을 스스로를 희생하여 사람을 구한 영웅으로 만든 적이 있었다. 하지만 그가 구한 사람은 나의 또 다른 고객이었다. 하마터면 나는 직업을 잃을 뻔했다.

자살에 대한 소개는 점차 그녀에게 이야기를 들려주는 것으로 변해갔다. 내가 죽음의 방법을 한 가지 이야기하면 그녀는 곧바로 자질구레한 질문을 던졌고 이에 대해 상세히 묘사하다 보면 맨 마지막에는 항상 "당신은 참 아는 것이 많군요!"라는 말로 끝났다.

더 걱정스러운 것은 내가 젠즈를 사랑하게 되는 것이었다. 나는 두 번의 연애 경험이 있는 서른한 살의 독신으로 가정의 따뜻함을 갈망하고 있었다. 하지만 젠즈는 아직 소녀의 천진함을 지니고 있었다. 게다가 내면 깊은 곳에 숨겨진 고통은 물고기 비늘처럼 보일 듯 말 듯 했다. 우리가 먹지는 않지만 비늘이 없으면 물고기도 사람의 이목을 끌 수 없는 것과 같았다. 나는 그녀에게 고통이 있다는 것은 알지만 그 고통의 근원이 무엇인지는 알지 못했다. 죽음의 매니저는 사생활을 탐문하지 않는 것이 원칙이었다.

내가 젠즈에게 물었다.

“내가 아가씨 아버지를 좀 만나봐도 될까요?”

“왜요?”

그녀가 놀란 표정으로 일어섰다.

“그냥 만나보고 싶은 거예요. 어쩌면……”

“아버지에겐 제 일에 대해 얘기하지 말아주세요.”

“난 애당초 아가씨에게 무슨 일이 있는지 몰라요. 그냥 만나보고 싶을 뿐이에요. 어쩌면 내가 아버지에게 자살을 권할 수도 있지요.”

말이 떨어지기 무섭게 나는 매섭게 따귀 한 대를 맞았다.

“당신은 성공하지 못할 거예요. 경고하는데 당신 같은 죽음의 매니저는 나를 시작으로 단 한 명에게서도 성공하지 못할 거예요. 누구도 당신의 감언이설에 넘어가 자살하지 않을 거라고요.”

젠즈는 다소 히스테릭한 반응을 보이며 큰소리로 호통치고는 몸을 돌려 나갔다.

나는 실패했다. 내 직업의 바닥을 보인 셈이었다. 찻집에서 나온 나는 육교 위에 올라가 스스로 어디서부터 잘못되었는지 되짚어보았다. 아, 나는 줄곧 왜 젠즈가 죽고 싶어 하는지 알고 싶었다. 죽음의 매니저에서 비밀을 캐는 사람이 되고자 했던 것이다. 이야기를 하는 사람이 간절히 이야기를 듣는 사람으로 변해버린 것이다.

바로 이때, 라오타오(老桃)가 육교 위로 올라왔다. 나는 그녀가 내 직업의 구세주가 될 것이라는 걸 한눈에 알아보았다. 나는 빠른 걸음으로 성큼성큼 다가가 그녀 앞을 막아섰다.

"안녕하세요? 이건 제 명함입니다. 제 도움이 꼭 필요할 거라는 생각이 드네요."

명함 뒤에는 "삶은 먼 길 같고, 죽음은 가까이 있다"라는 문구가 쓰여 있었다.

나흘 뒤에 라오타오가 다급하게 전화를 걸어 왔다.

"혹시 새로운 패키지 서비스가 있을까요? 아름답게 죽고 싶어요."

"충분히 만족시켜드릴 수 있습니다, 부인!"

라오타오

라오타오는 가진 게 돈밖에 없는 사람이었다. 그녀의 남편은 탄광 주인으로 자산이 10억 위안이 넘었다.

몇 년 전, 베이징의 집값이 급속도로 상승하고 있었지만 지금처럼 사람들을 벌벌 떨게 만드는 수준은 아니었을 때, 라오타오의 남편 장츠산(江次山)은 베이징에 집을 사기 시작했다.

"나는 어렸을 때부터 톈안먼(天安門)을 좋아했어. 나는 톈안먼 맞은편에 살고 싶어."

장츠산은 줄곧 이를 이상으로 삼았지만 돈이 모든 것을 해결해주지는 않았다. 장츠산은 톈안먼 맞은편에 집을 살 수 없었다. 차선책을 택하게 된 그는 자신의 비서를 사무실로 불러 벽에 걸린 거대한 베이징 지도를 가리키며 말했다.

"더 이상의 타협은 없어. 지금 바로 톈안문을 중심으로 반경 4킬로미터 안에 있는 집을 다섯 채 구매하도록 해."

비서가 의아해하며 물었다.

"사장님, 그런데 왜 다섯 채나 구매해야 하나요?"

장츠산이 비서를 비웃으며 말했다.

"멍청하군. 나는 친척들을 전부 이곳으로 불러들일 거야. 한 가족이 한 집에만 살면 마작할 때 사람이 부족하잖아. 나 혼자 고독하게 베이징에 살면 뭐 하고 놀겠어?"

이리하여 라오타오는 톈안먼에서 멀지 않은 고층 아파트로 이사했고, 뒤이어 친척도 모두 따라왔다. 장츠산의 행동에 자극받은 여러 탄광의 사장들이 일제히 이곳에 집과 땅을 사게 되었다. 덕분에 근처의 집값은 다른 곳에 비해 빠르게 올랐다.

라오타오는 원래 샤오타오(小桃)라고 불렸다. 사실 지금도 그렇게 나이가 많은 편은 아니었다. 내년에 마흔이 된다.

라오타오는 내가 그녀를 위해 맞춤 디자인한 죽음 패키지 상품에 관한 설명을 들었으나 서둘러 실행에 옮기지는 않았다. 그녀는 나를 데리고 여러 곳을 돌아다녔다. 우선은 헬스장에 갔다. 몹시 뚱뚱한 편인 라오타오는 마른 몸매를 꿈꿔왔다. 그녀는 원래 다이어트를 포기했었지만 〈수신남여: 러브 온 다이어트〉라는 영화를 보고 나서 감동받아 몸에 있는 지방을 전부 빼버리겠다고 마음먹었다. 심지어 살을 깎을 생각까지 했다.

라오타오는 헬스장 러닝머신 위를 달리며 비처럼 땀을 쏟아냈다. 온몸의 살이 춤을 추었다. 나는 바로 그 옆에서 그녀에게 죽음 상품을 소개했다.

"라오타오, 제가 보기에 당신은 이렇게 죽는 것이 어울려요. 당신은 아주 빨리 죽을 수 있어요. 게다가 제가 당신을 위해 이 장면을 녹화하여 당신의 배신자 장츠산에게 보내 영상을 보고 후회하게 만들어줄게요."

"그는 뇌에 물이 들어간 게 분명해요. 요 몇 달 동안 미친 듯이 돈을 날리고 있더군요. 오늘도 몇백만 위안을 내다 버리고 내일도 몇백만 위안을 내다 버릴 거예요. 당신은 아실지 모르겠지만 그가 예전에는 얼마나 인색했는지 몰라요. 그런데 지금은 이렇게 펑펑 돈을 날리다니, 뇌에 물이 들어간 게 분명해요. 내가 살을 빼도 그가 후회하는 일은 없을 거예요. 내가 당신을 찾은 것은 정말 눈 뜨고 볼 수 없을 정도이기 때문이에요. 매일 아침 일어나 거울을 보고 세수를 하다 보면 온 집 안에 내 살밖에 없는 것처럼 보여서 자주 놀라곤 하죠. 나는 매일 밥알을 세어가며 먹고 몇 시간이나 운동을 하는데도 몸에 붙은 살은 계속 불어나기만 해요."

말은 이렇게 하면서도 내가 그녀에게 죽음의 패키지를 실행할 것을 제안하면 그녀는 항상 이렇게 말하곤 했다.

"뭐가 그렇게 급해요? 나는 아직 일을 다 끝내지 못했단 말이에요."

나는 그녀와 함께 일할 수밖에 없었다. 마작을 한 판 하고 장츠산의 열세 번째 비서를 욕하고 쇼핑했다. 쇼핑하는 라오타오의 기세는 엄청났다. 씩씩하게 옷가게 한가운데로 들어가 눈에 들어온 옷은 손짓 한 번으로 전부 사들였다. 그 옷들은 라오타오의 몸을 절반밖에 담지 못했다. 이날, 그녀는 도박과 쇼핑으로 70만, 80만 위안을 허비했다.

식사 시간에 라오타오가 고른 곳은 칼국숫집이었다.

"에라 모르겠다. 오늘은 최대한 배불리 먹을 거예요. 어차피 당신의 아름다운 죽음 패키지가 있고, 죽을 때는 마르고 예쁠 테니까요. 마음 놓고 실컷 먹을래요. 아저씨, 내가 칼국수를 못 먹은 지 몇 년이나 되는지 알아요? 10년, 10년이라고요! 사장님, 여기 칼국수 세 그릇 주세요."

칼국수 세 그릇을 다 비우고 라오타오가 배를 문지르며 말했다.

"아주 좋군요!"

여기까지 쓰고 나니 배가 고파졌다. 하지만 방 안에는 먹을 것이 아무것도 없었다. 칼국수 한 그릇이 먹고 싶어졌다. 아니, 라오타오처럼 세 그릇쯤 먹고 싶었다. 배고픔을 잊으려면 잠을 자는 수밖에 없었다. 스탠드 등을 끄고 침대에 누웠다. 위가 텅 빈 탓인지 정신은 더더욱 맑았다. 계속 그렇게 누워 있는 사이에 창문을 통해 빛이 새어 들어왔다. 해가 뜬 것 같았다. 그 빛 속에서 젠즈의 그림자가 점점 뚜렷해졌다.

"죽음의 매니저님, 거기 있어요?"

젠즈는 같은 말을 또 한 번 반복했다.

깨어나보니 나는 여전히 방 안에 누워 있었다.

테이블 위에 음식이 있었다. 보아하니 내가 잠든 사이에 누군가 왔다 간 것 같았다. 나는 음식을 먹고 다시 책상 앞에 앉아 펜을 들고 계속 글을 쓰기 시작했다. 아주 오랫동안 이 자리에 앉아 있으면서 한 번도 화장실에 가지 않았다. 화장실이 급해졌다.

마침내 아주 사적인 문제를 해결했다. 여러분에게 구체적인 방법은 알려주고 싶지 않다. 어쨌든 해결했다. 아무래도 죽음의 매니저가 나를 이끌어줘야 할 것 같았다. 자살하고 싶은 생각이 들기 시작했다.

라오타오는 나의 인도하에 한 시간 동안 빠른 걸음으로 걷더니 갑자기 낯빛이 누렇게 변했다.

"소변을 좀 봐야겠어요."

말을 마치자마자 그녀는 관목 숲을 뚫고 들어갔다. 그녀가 잠시 부시럭거리고 악취를 풍기더니 이내 홀가분한 듯한 표정으로 걸어 나왔다.

"아주 시원하네요!"

솔직히 말해서 나는 그때 그녀를 자살로 인도할 것이 아니라 직접 죽이고 싶었다.

사실 나는 라오타오의 몸속에 있는 물을 전부 빼내고 싶었다. 모두 알다시피 인체에서 가장 많은 성분을 차지하는 것이 물이다. 나는 라오타오를 미라처럼 바싹 말리고 싶었다. 일정한 수준의 규칙만 잘 지키면 그녀는 얼마든지 마를 수 있었다. 게다가 아주 깡마른 상태에 도달할 수도 있었다. 이 패키지는 너무 잔인하지만 어쩔 수 없었다.

라오타오가 물었다.

"내 남편이 왜 갑자기 자선사업가가 되었는지 알아요?"

"모르겠어요."

"그이가 나쁜 짓을 너무 많이 했기 때문이에요. 마음이 불안하니까 속죄하고 싶어서 그러는 거예요."

내가 물었다.

"정말 잘됐네요. 그런데 남편분이 어떤 나쁜 짓을 했나요?"

"어떤 학생을 욕보였어요."

젠즈, 내 머릿속에 갑자기 그 이름이 떠올랐다. 설마 내가 이 거대한 도시에서 한 가지 이야기 속의 모든 배역들을 하나로 이어주고 있는 것일까? 그럴 리가 없었다.

"살을 빼기 위해 기생충을 먹은 적이 있어요. 한꺼번에 여러 마리를 삼켰지요. 그 기생충들을 위장에서 키웠던 거예요. 이 징그러운 녀석들이 나를 도와 음식을 소화시켜주기를 바랐죠. 텔레비전에 나오는 여러 가지 다이어트 약품을 사용해봤지만, 그런 약들은 결국 감자튀김처럼 고열량 음식으로 변하더라고요. 먹을수록 살만 쪘어요."

라오타오는 커다란 그릇에 든 흑설탕물을 들이켜고 나서 말했다.

"나는 어릴 때 흑설탕물을 정말 좋아했어요. 새해가 되면 엄마가 흑설탕물을 한 주전자 끓여주곤 했어요. 남편이 집안을 일으키기 전에도 그랬어요."

내가 말했다.

"라오타오, 우리 그만 빨리 죽으러 갑시다. 더 미룰 수 없어요."

라오타오가 후루룩 흑설탕물을 한 모금 더 마시고 나서 말했다.

"그 여학생 이름은 젠즈예요."

여러분, 보시라! 이런 것이 바로 이야기다. 이야기는 신기하게 낯선 사람을 연결하여 완전체로 만든다. 이 여학생은 젠즈 말고 다른 어떤 존재도 될 수 없는 것일까. 만일 그녀가 다른 사람이었다면 더 이상 이야기를 이어나가기 어려웠을 것이다. 옛날 유명한 이야기꾼의 말처럼 "똥을 줍는 사람은 집게를 버릴 수 없고, 이야기를 이어가기 위해서는 한 가족에서 벗어날 수 없다". 아주 먼 옛날에 한 가족이 있었는데…… 이러한 서두 자체가 이미 이 사람들 사이에 모종의 연결고리가 생길 것이라는 걸 상정하는 것이다.

라오타오에게 서비스를 제공하는 동안 나는 젠즈와 세 번 마주쳤다. 첫 번째는 그녀의 학교에서였다. 그녀를 만나러 갔다가 그녀가 안경 낀 남학생 하나와 싸우는 장면을 목격했다. 싸움의 원인은 젠즈가 남학생에게 자신의 비밀을 알려주려는 것이었다. 러우다용(婁大勇)은 죽어도 듣기 싫다고 했다. 그 대신 그는 젠즈에게 최신형 고급 핸드폰을 사주고 싶어 했다.

젠즈가 물었다.

"너 어디서 그렇게 많은 돈이 생겼어?"

러우다융이 대답했다.

"피를 팔았어."

"그럼, 네 피는 깨끗하지 않겠네."

러우다융은 아무 말도 하지 않았다.

사실 러우다융은 나와 한판 붙길 원하고 있었다. 자기가 좋아하는 사람에게 자살을 권하고 있으니 나를 죽이려고 들어도 할 말이 없었다. 하지만 젠즈는 결국 핸드폰을 받는 조건으로 러우다융을 떠나게 만들었다.

두 번째로 그녀를 만난 것은 길거리에서였다. 젠즈는 자신이 쓴 논문이 아주 우수하다는 평가를 받았다고 말했다.

세 번째 마주친 것은 그녀의 기숙사에서였다. 그녀는 어떤 옷을 가리키며 자신의 비밀을 알려주겠다고 했다. 나는 러우다융과 마찬가지로 그다지 알고 싶지 않아서 재빨리 문밖으로 빠져나왔다.

"우리 남편이 젠즈를 욕보였어요. 그래서 난 그녀의 남자친구에게 돈을 줬지요. 그 일로 인해 젠즈를 버리지 말라고 하면서 말이에요."

라오타오는 이야기를 계속 이어갔다.

"그러니까 우리가 육교에서 만난 것이 우연이 아니라 당신이 직접 나를 찾아온 거란 말이에요?"

"맞아요."

그녀가 또 말했다.

"어쩐지 요 며칠 아무런 스트레스도 없었어요. 먹고 싶으면 먹고, 마시고 싶으면 마시고, 아주 좋았죠."

"또 죽고 싶은 생각이 없어진 거로군요?"

라오타오가 손으로 내 입을 막으면서 말했다.

"당신한테 알려주지 않을 수가 없겠네요. 지난 이틀 동안 난 살이 많이 빠졌어요."

나는 무중력상태에 있는 것처럼 현기증이 났다. 어쩌면 러우다용을 찾아 나서야 할지 모른다는 생각이 들었다. 그가 바로 핵심 인물이었다.

러우다용

하늘은 음산해졌지만 창밖의 빛은 아직 충분했다. 나는 볼펜을 살펴보았다. 잉크가 얼마 남지 않아 손톱으로 작대기 하나를 그려 표시로 남겼다. 그제야 나는 일기의 앞 페이지가 찢겨져 나간 것을 발견했다. 이상했다. 내가 쓴 모든 것이 남의 이야기가 되어버린 것 같았다. 이 볼펜처럼 이야기를 다 쓰고 나면 내 생명도 끝을 바라보게 되지 않을까 걱정됐다.

전화도 안 되고 소리를 질러도 답해주는 사람이 없었다. 방 안에는 나와 내가 쓰고 있는 이 글뿐이다.

러우다용은 진흙 포대 두 개를 짊어지고 13층까지 올라가 사오빙(燒餠)* 두 개를 먹고 생수 반병을 마셨다. 그러고는 건물 바깥쪽으로 설치되어 있는 비계에 걸터앉아 아래를 내려다보았다. 건물 아래에는 벽돌과 진흙, 모래 그리고 각종 기계가 펼쳐져 있었다. 모래를 걸러내는 철망 위에는 노란 안전모를 쓴 노동자가 하나 누워 쉴 새 없이 자신의 배를 때리면서 노래 부르고 있었다.

"어린 비구니 아직 이팔청춘이라, 한 송이의 꽃과도 같네. 돈이 없어 혼수를 마련 못 하자 스승을 따라 집을 나서네."

나는 손에 콜라 한 캔을 들고 물었다.

"저, 아저씨, 러우다용이라는 사람이 여기서 일하죠?"

노란 안전모를 쓴 사람이 나를 한번 쳐다보더니 없다고 간단하게 대답했다.

"이름이 러우다용이에요. 여기서 일하는 젊은 친구인데요."

"그런 사람 없다니까요."

노란 안전모를 쓴 기사가 말했다. 내가 콜라를 따서 그에게

* 밀가루로 반죽하여 평평한 모양으로 만들어 구운 중국 빵. 아침으로 더우장과 함께 먹기도 한다.

건네자 그의 말이 바뀌었다.

"13층에 있어요. 올라가보시든가요. 그놈은 매일 13층 비계에서 있어요. 언젠가 그곳에서 떨어질 게 분명해요."

나는 속으로 쾌재를 부르며 헉헉거리며 위로 올라갔다. 러우다융이 비계 위에 앉아 있는 것이 보였다. 두 다리는 난간 밖으로 나가 있었다. 아무것도 걸치지 않은 상반신에는 근육이 거의 없었다.

나는 그를 향해 다짜고짜 말했다.

"여자친구가 봉변을 당했는데 당신은 라오타오에게서 돈을 받다니, 부끄럽지 않나요?"

"나는 그 돈을 쓰지 않았어요. 당신도 지금 보고 있지 않나요? 난 스스로 돈을 벌고 있잖아요."

"자신이 죽어야 한다고 생각하지 않나요? 남자로서 이런 모욕을 당하고도 여기서 방귀 한번 시원하게 못 뀌다니. 진흙을 나를 힘은 있으면서 어째서 스스로 죽을 힘은 없는 건가요? 그냥 여기서 떨어져요. 떨어지면 모든 게 깨끗하게 정리될 테니까요."

러우다융이 입을 삐죽이며 말했다.

"나는 죽더라도 건물에서 떨어져 죽지는 않을 거예요."

"내게 또 다른 방법이 있어요. 요구사항 있으면 다 말해보세요. 내가 책임지고 만족시켜드릴 테니까요."

"난 두 달 전에 죽고 싶어요. 가능할까요? 내가 두 달 전에 죽게 할 수 있냐는 말이에요. 내 마음속에 아무런 짐도 없던 때로 되돌려줄 수 있냐고요."

솔직히 말하자면 러우다용은 나를 몹시 당황하게 했다. 누군가 내게 과거에 죽게 해달라고 요청할 줄은 생각지도 못했기 때문이다. 죽음의 매니저는 지나가버린 시간에 대해서는 손쓸 방법이 없다. 앞에서도 말한 적이 있지만, 죽음의 매니저는 상당히 전망 있는 직종이다. 그런데 요 며칠은 그렇지 않다. 보시라. 나는 젠즈에게 죽음을 권했다가 그녀를 사랑하게 됐고, 라오타오에게 죽음을 권했더니 그녀는 갑자기 살이 빠졌다. 러우다용은 한 술 더 떠서 내게 어려운 과제를 던지고 있다.

"나는 라오타오의 남편이 젠즈를 모욕한 걸 알아요. 그리고 그녀가 당신에게 적지 않은 돈을 쥐여주며 당신에게 이 일에 대해 추적하지 말라고 했죠. 아닌가요?"

"틀렸어요."

러우다용이 분개하여 일어섰다. 그 충격으로 그의 몸과 발아래 있는 나무 선반도 흔들렸다. 그리고 죽음의 매니저인 나는 그 나무 선반이 흔들리는 것을 보면서 그가 떨어질까 봐 걱정하고 있었다.

그가 말했다.

"당신이 틀렸어요. 젠즈의 고통은 완전히 장츠산 때문만이라고 할 수는 없어요. 그건 오히려…… 에이, 이건 말하지 않겠어요. 내가 라오타오의 돈을 받은 것은 그녀가 내게 빚진 것이 있어서예요."

"그럼, 당신은 왜 계속 13층에 서 있는 건가요?"

"그건, 여기서 그리 멀지 않은 곳에 있는 젠즈의 숙소가 보이기 때문이에요. 오후 햇빛의 각도가 잘 맞기만 하면 그녀 방의 창문과 그 안에 진 그림자를 볼 수 있거든요."

그의 말에 나는 기분이 상했다. 반듯하던 옥수수 하나가 옥수수 알갱이를 전부 잃어버리고 속대밖에 남지 않은 것 같았다. 아주 거친 기분이었다.

"그래서 당신은 죽을 생각이 없었다는 말인가요?"

러우다용은 몹시 화를 내며 거세게 난간을 흔들었다.

"당신 미친 거 아니에요? 내가 왜 죽어야 합니까? 당신은 하루 종일 다른 사람들에게 죽음을 권하죠. 그렇게 죽는 게 좋으면 본인은 왜 안 죽는 겁니까? 경고하건대 젠즈에게서 멀리 떨어지세요. 안 그러면 어떻게 죽는지도 모르게 당신을 죽여줄 테니까."

나는 황급히 도망쳤다. 그가 나를 욕보였기 때문이 아니라 그가 비계 난간을 흔들고 있는 것을 도저히 눈 뜨고 보고 있을 수 없기 때문이었다. 나는 정말 그가 떨어질까 봐 두려웠다. 비계 저 아래에는 벽돌과 진흙, 갖가지 기계가 있었다. 안전모를 쓰고 콜라를 마시는 기사도 있었다. 러우다용이 거기서 떨어지면

이 모든 평화와 질서를 망치게 될 것이 분명했다.

공사장에서 나온 나는 라오타오를 찾아 그녀에게 무슨 일인지 물었다.

라오타오는 푸하하— 웃음을 터뜨렸다. 입에서 뿜어져 나온 흑설탕물이 테이블을 뒤덮었다.

그녀가 말했다.

"그냥 사람 하나 잘 살게 놔둘 수 없나요? 걸핏하면 아무에게나 죽으라고 권하지 말고요. 러우다융은 젠즈의 일을 알고 있지만 아무것도 모르는 척했어요. 젠즈는 러우다융이 알고 있다는 걸 눈치챘지만 모르는 척했고요. 이제 알겠어요? 둘 다 좋은 사람들이에요. 서로를 미친 듯이 생각해주죠. 난 말이에요, 그 둘을 이어주고 싶을 뿐이라고요."

내가 물었다.

"당신은 러우다융에게 빚진 돈이 있지요?"

"정확히 말하자면, 러우다융 아버지인 러우지린(婁吉林)의 돈이죠. 사실은 러우지린에게 빚진 것은 돈이 아니에요. 그에게 빚진 것은 목숨이죠. 러우지린은 우리 남편의 탄광에서 일하던 광부였어요. 탄광이 무너지면서 깔려 죽었죠. 그의 가족은 보상금으로 10만 위안을 요구했는데 내 남편은 8만 위안만 주더군요."

"집에 돈도 그렇게 많으면서 왜 주지 않았나요?"

"남편의 말로는 원칙의 문제라고 하더군요. 당시 사람 하나의 목숨값이 8만 위안이라는 거예요. 한 푼도 많아서는 안 된다고 하더군요. 그 사람에게 10만 위안을 주고 나중에 다른 사람이 깔려 죽었을 때도 또 10만 위안을 준다면, 예전에 8만 위안을 받았던 사람들이 다시 정산하자고 덤빈다는 거예요. 그럴 경우 대처할 방법이 없다더군요. 게다가 한 사람에 8만 위안이라는 목숨값은 이미 상부와 다 얘기가 된 거래요. 자기 맘대로 액수를 올리면 다른 광산주들은 물론이고, 상부에서도 가만히 있지 않을 거라더군요."

"사람 목숨 하나가 8만 위안밖에 안 되다니, 당신들은 참 사악하네요."

이 말이 끝나기도 전에 나는 후회하고 있었다. 라오타오의 뜨거운 설탕물이 내 얼굴에 뿜어졌다.

"좋아요, 그럼 당신은 당신이 죽음을 권해 죽은 그 많은 사람들에게 한 푼이라도 보상금을 준 적이 있었나요? 당신의 칼끝에 죽어간 원혼이 수천이면서 오히려 우리의 목숨값을 탓하고 있군요."

"그럼, 당신은 왜 나중에 러우다융에게 돈을 줬나요?"

"젠즈가 러우다융의 여자친구인가요?"

"네."

"젠즈가 내 남편에게서 능욕당했나요?"

"네."

"그럼, 결국 러우다융을 간접적으로 해한 거네요?"

"그렇죠."

"그러면 러우다융에게 보상을 해줘야 하겠죠?"

"……."

"젠즈를 위해 주는 것이라면 러우다융은 무슨 일이 있어도 받으려 하지 않을 거예요. 그래서 내가 러우지린의 남은 목숨값 2만 위안을 보상해준다고 했죠. 그랬더니 그는 주저하지 않고 받더군요."

내가 말했다.

"당신은 돼지가 될 거예요. 제대로 일어서지도 못하는 살찐 돼지가 될 거라고요."

라오타오는 별로 신경 쓰지 않는다는 듯이 말했다.

"아저씨, 난 살이 많이 빠졌어요. 당신 덕분이죠. 내 위장도 소화 능력을 회복했어요. 요 며칠 동안 8킬로그램이나 빠졌다고요."

설탕물을 뒤집어써 끈적이는 얼굴로 나는 젠즈와 러우다융의 학교로 갔다. 한 바퀴 돌고 또 한 바퀴를 돌았지만 결국 방금 들은 그 이야기를 그들 중 누구에게도 전할 수 없었다. 학교 안의 작은 약국에 전자저울이 하나 있었다. 나는 저울 위에 올라가 바늘이 돌아가는 것을 보고 기뻐하는 라오타오의 모습을 상상했다. 그런 상상 속의 기쁨이 나를 더욱 분노하게 만들었다.

나는 젠즈를 불러냈다. 그녀는 파란 치마를 입고 입에 건매실을 하나 물고 있었다. 모든 것이 편안해 보였다. 처음 식당에서 보았을 때의 죽음의 기운은 어디에서도 찾아볼 수 없었다.

젠즈가 말했다.

"다시는 저를 찾아오지 마세요."

"왜요? 나는 더 이상 당신에게 죽음을 권하지 않을 거예요. 난 그저 당신을 만나 이야기를 나누고 싶었을 뿐이에요."

"저는 곧 고향으로 돌아가요. 졸업하면 곧장 돌아갈 거예요."

"그럼 러우다융은?"

젠즈가 말했다.

"저랑 같이 갈 거예요. 고향으로 돌아가면 저는 간호사로 일하고 그는 그곳에 PC방을 차릴 생각이에요."

나는 가로수 길을 돌아 학교로 향하는 큰길로 들어섰다. 고개를 들자 거대한 홰나무 두 그루에 걸린 커다란 현수막이 보였다.

장츠산 선생님께서 설립하신 '츠산장학금'에 대해 뜨거운 감사를 표합니다.

죽음의 매니저인 나는 앞으로 다시는 다른 사람에게 죽음을 권하지 않기로 결심했다. 하지만 한 사람은 반드시 죽이고 말 것이다. 그 사람의 이름은 장츠산이다.

장츠산

사흘 연속 나는 매일 장츠산을 미행하기 위해 그의 회사 건물 앞에 숨어 있었다. 하지만 그는 행방이 묘연했다. 라오타오에게 물어보니 그녀도 장츠산을 찾고 있다고 했다. 자신의 날씬해진 몸을 보고도 남편이 여전히 살이 쪘다고 말하는지 알고 싶다는 것이다.

"나는 그가 정말 맘에 안 들어요. 한때는 창녀 같다가 또 한때는 열녀 같기도 하죠. 오늘은 돈으로 사람의 목숨을 사고 내일은 돈으로 명성을 사고요. 왜 '츠산라오타오장학금'이라 하지 않고 자기 이름만 따서 '츠산장학금'이라 명명했는지 모르겠어요. 심지어 '라오타오츠산장학금'도 아니고 말이에요."

라오타오는 화를 내기 시작했다. 그녀는 온몸의 살이 아래로 처졌고, 살이 처질수록 야위기 시작했다. 그녀가 화낼 때의 소모되는 열량은 85마력의 트랙터에 맞먹었다. 때문에 라오타오는 점점 더 자주 화를 냈다.

"며칠 뒤에 나도 몇백만 위안을 기부하고 '라오타오장학금'을 만들 거예요. 정 곤란하면 희망초등학교라도 몇 개 만들죠, 뭐. '라오타오 희망초등학교'도 만들고 '타오라오 희망초등학교'도 만드는 거예요. 몇 년 지나지 않아 나는 부녀회에 가입하고 정치협상회의에도 들어갈 거예요. 그 뒤에는 인민대표대회에도 들어갈 수 있겠죠. 그런 다음 어느 도시의 중요한 고위간부가 될 거예요. 회의를 열 때마다 자기 앞에 이름표가 놓이는 그런 간부 말이에요."

나는 장츠산을 찾아 그를 호되게 혼내줄 작정이었다. 미안하지만 아까 내가 그를 죽이겠다고 한 것은 그냥 화가 나서 한 말이었다. 죽음의 매니저는 살인하지 않는다. 하지만 어쩌면 그로 하여금 자살하게 할 수는 있을 것이다. 나는 장츠산을 찾아 헤맸지만 뜻대로 되지 않았다. 그러다가 내가 거의 포기하려던 차에 오히려 그가 자신의 새 비서인 미스 장야야오(江雅遙)에게 나를 찾아오라고 시켰다.

장야야오는 보통 사람이 아니었다. 그녀는 가정 형편도 상당히 좋은 편이고 부족함이 없는 부류였다. 단지 고등학교 때부터 도벽이 있었다. 장야야오는 돈이나 귀금속보다는 다른 사람들의 속옷과 신발, 장신구 같은 것들을 즐겨 훔쳤다. 이런 취미는 간헐적으로 나타났다. 대학교 4학년 때는 남방의 명문 대학에 연구원으로 추천받기도 했다. 하지만 졸업 하루 전날 도벽이 재발하여 여학생 기숙사 전체를 돌면서 훔친 속옷을 전부 커다란 가방에 넣어 빠져나가려고 했으나 교문을 나서다가 붙잡히고 말았다. 이로 인해 남방의 그 명문 대학도 그녀를 거부했다. 하지만 그로부터 2년 뒤, 장야야오는 최고 성적으로 이 대학 정치법학과 연구생으로 들어갔고, 졸업 후에는 검찰원에서 일하며 그녀를 아는 사람들의 코를 납작하게 해주었다. 얼마 후 장츠산이 어느 시위원회 서기에게 뇌물을 준 사건을 조사하게 된 그녀는 조사가 절반도 채 진행되기도 전에 장츠산의 N번째 비서가 되었다.

CBD지구에 위치한 장츠산의 고급 오피스텔에는 거대한 유리 장식장에 칸마다 수많은 석탄 덩어리가 진열되어 있었다. 석탄의 무게를 이기지 못하고 곧 유리가 깨질 것만 같았다. 장야야오가 생수 두 잔을 따르면서 말했다.

"장 사장님은 항상 끓인 물만 마시기 때문에 그의 손님들도 끓인 물을 마시게 되죠."

그러고는 엉덩이를 흔들며 옆방으로 갔다. 곧이어 옆방에서 경을 외는 소리가 들려왔다.

"어때요?"

장츠산의 작은 눈은 한없이 빛났다. 그가 끓인 물을 마시면서 내게 물었다.

"뭐가 어떠냐는 건가요?"

"내 비서 장야야오 말이에요. 예쁘죠?"

"아, 네. 이름이 꼭 압력강하제(降壓藥)*로 들리네요."

* 비서 이름인 江雅遙와 중국어 발음이 같다.

"유치하네요. 정말 유치해요!"

장츠산은 거칠게 고개를 가로저으며 작은 몸을 일으켜 32층 창문을 통해 바깥 풍경을 내려다보았다.

"저를 찾으셨다면서요?"

"제 고객으로 발전시키고 싶어서요. 당신은 저의 고객으로 아주 적합하거든요. 돈은 있지만 죄도 많고, 수면 부족과 정신적 압박에 시달리고 있죠. 항상 벌벌 떨잖아요."

"난 이미 그 단계를 넘어섰어요. 젊은 친구, 난 항상 일종의 신성한 사명감과 책임감을 가지고 일하고 있어요. 오늘 내가 당신을 찾은 것은 나 대신 사람을 하나 죽여달라고 부탁하기 위해서예요."

나는 그의 부탁을 딱 잘라 거절했다.

"저는 사람을 죽이지 않습니다. 그 사람이 당신이라고 해도 마찬가집니다."

"그렇다면 그 사람에게 죽음을 권해줘요. 다름 아니라 내 아내 라오타오예요. 난 그녀가 무슨 일이든지 나와 반대 방향으로 진행하려는 것을 참을 수가 없어요. 탄광 인부 한 사람의 목숨값이 8만 위안인데 그 사람은 무슨 일이 있어도 그 인부에게 2만 위안을 더 쥐여 주려고 해요. 내가 이쪽에서 돈을 기부하면 그 여자는 저쪽에 가서 내 의도를 다 까발리죠. 그러니 당신이 나 대신 그녀에게 자살을 좀 권해줘요."

나는 참지 못하고 늑골이 아플 때까지 크게 웃어댔다. 이 세상은 정말 너무나 터무니없는 곳이었다.

나는 보름 전부터 이미 라오타오를 알고 있었다는 사실을 그에게 알려주지 않을 수 없었다. 라오타오뿐만 아니라 젠즈와 러우다용도 알고 있으며, 그들 모두 내가 장츠산에게 자살을 권해주기를 바란다는 사실도 알려주었다. 나는 젠즈와 러우다용의 아버지에게 그가 한 나쁜 짓도 알고 있었다. 가장 죽어야 마땅한 사람은 그였다.

장츠산은 담배에 불을 붙인 다음, 깊게 한 모금 들이마시고는 미소를 지으며 말했다.

"내 광산에 가본 적 있어요? 그곳에 가보면 다 이해하게 될 겁니다."

말을 마친 그는 장야야오를 불러 차를 준비하게 하여 광산으로 향했다. 나는 그와 함께 서북으로 향하는 수밖에 없었다. 가는 길에 장츠산은 내게 장야야오의 성이 장이 아니라 야오(姚)이며 이름이 야오야장(姚雅江)이라고 알려주었다. 그의 비서가 된 이후 이름의 발음을 거꾸로 하여 성을 장으로 바꿨다는 것이다.

장츠산이 말했다.

"나쁠 게 뭐가 있겠어요? 이름을 거꾸로 한 덕에 집도 생기고 차도 생기고 사회적 지위도 얻게 되었는데 말이에요."

나는 일어서서 기지개를 켰다. 마음이 개운해지는 것 같았다. 기억을 되돌려보고 그 내용을 적어 내려가는 과정에서 희미하고 잘 기억나지 않던 부분을 거꾸로 유추하여 조각을 맞추고, 사건의 전후 관계 사이의 틈을 메우면서 나는 일종의 쾌감을 느꼈다.

하지만 나는 휴식이 필요했다. 이런 쾌감은 오래 지속되지 않았다. 영화에서 주인공의 30년을 30초로 압축하는 것처럼 내 기억에 불을 붙이면 순식간에 다 타버릴 것 같았다.

그래서 나는 내 글들을 단정하게 다듬기 시작했다. 글들이 낯설었다. 자신이 썼다고 해도 그 글의 운명에 대해서는 아무것도 알 수가 없었다.

나는 장츠산과 함께 광산 골짜기에 섰다. 그가 앞을 가리키며 말했다.

"저기 좀 봐요. 저게 뭘까요?"

나는 그의 가는 손가락이 가리키는 곳을 바라보았다. 시커먼 석탄산 위에 각양각색의 꽃들이 수십 송이 피어 있었다. 아름답지도 않고 신선하지도 않지만 여기저기 무리 지어 피어 있었다.

장츠산이 물었다.

"내가 자선사업을 한 번 할 때마다 산에 저렇게 꽃이 피고 나쁜 짓을 한 번 할 때마다 탄광에 석탄산이 하나 늘지요. 한번 말해보세요. 내가 좋은 일을 많이 해야 할까요, 아니면 나쁜 짓을 많이 해야 할까요?"

"하지만 선생은 젠즈를 짓밟아놓고 그녀의 학교로 달려가 장학금을 주었죠. 정말 파렴치하기 짝이 없는 일이에요."

장츠산이 쓴웃음을 지으며 말을 받았다.

"당신은 좋은 일을 해서 돈을 기부한다면 마음대로 할 수 있다고 생각하나요? 그렇게 쉽지 않아요. 상부에서 허락하지 않거든요. 이 나이에는 착한 일을 해도 조심해야 해요. 천만 위안으로 좋은 일을 하면 가난한 사람들에게 돌아가는 것은 100만 위안밖에 안 되거든요."

"왜 또 상부 얘기가 나오는 겁니까? 도대체 상부가 누구인가요? 상부라는 사람은 자기가 뭔데 사람의 목숨값을 8만 위안으로 책정한 건가요? 자기가 뭔데 남들이 좋은 일을 하는 것까지 관여하는 건가요?"

나는 그와 앞서거니 뒤서거니 하며 석탄산 위로 올라갔다. 사방을 둘러보니 검지 않은 곳이 없었다. 공기에도 검은 먼지가 가득했다. 장츠산은 내 앞에 서 있었다. 앞으로 반걸음만 더 내디디면 그는 석탄처럼 절벽 아래로 굴러떨어질 수 있었다. 머리가 깨져 피가 흐르거나 심지어 황천길을 건널 수도 있을 것 같았다. 하지만 나는 그 반걸음을 내디딜 수 없었다. 나는 끊임없이 그가 스스로 넘어지기를 기대했으나 아무 일도 일어나지 않았다.

차에 돌아와보니 장야야오가 일본 노래를 들으며 울고 있었다.

차가 10분쯤 달렸을 때 장야야오가 갑자기 입을 열었다.

"사장님, 석탄 조각 챙겨 오는 것 잊으셨어요?"

장츠산은 "젠장!" 하면서 자신의 머리를 세게 후려쳤다.

장야야오가 물었다.

"다시 돌아갈까요?"

장츠산은 손사래 치며 거절했다.

"됐어. 돌아가봐도 소용없어. 30년 된 내 오랜 습관이 이렇게 깨지는군!"

한참 뒤에 그가 또 말했다.

"라오타오가 일을 한 번 망칠 때마다 꽃 한 송이가 시들어버리곤 했지요."

나는 조금 전에 본 광경이 진실이라고는 믿지 않았다. 장츠산이 일부러 꽃을 심어놓고 그걸로 사람들에게 겁주려는 것이 틀림없다고 생각했다. 나는 단지 그가 젠즈의 일로 벌을 받으면 좋겠다고 생각했을 뿐이다. 그런데 장츠산의 한마디가 나로 하여금 더 이상 따지고 들 수 없게 했다.

"젠즈에게 한번 물어봐요. 내가 그녀를 겁박했는지 말이에요. 그녀가 내가 분명히 자신을 겁박했다고 말한다면 나는 곧장 탄광 속으로 뛰어들겠어요."

그의 이 한마디에 나는 러우다용을 만나던 날 그가 뭔가를 이야기하려다가 그만두었던 것이 생각났다.

"젠즈의 고통은 완전히 장츠산 때문만이라고 할 수는 없어요. 그건 오히려……."

오히려 무엇 때문이란 말인가. 설마 내가 당나귀가 맷돌을 돌리듯이 모든 걸 처음부터 다시 조사해야 한다는 말인가? 젠즈와 라오타오와 러우다용과 장츠산을 찾아갔는데, 이런 과정을 다시 반복해야 한단 말인가.

이런 문제들을 안고 혼자 작은 술집에 들어가 술을 마시면서 젠즈를 만난 날부터 이때까지의 과정을 여러 번 정리해보았지만 매번 결과가 달랐다. 대체 이들에게 무슨 일이 일어났던 것인지 알 수가 없었다. 하지만 한 가지 분명한 것은, 내가 처음 젠즈를 선택한 이유가 그녀에게서 발산되는 죽음의 기운 때문이 아니라 그녀를 보고 첫눈에 반했기 때문이라는 것이다. 나도 연애를 안 해본 것은 아니지만 첫눈에 반하는 것이 죽음의 느낌과 비슷할 줄은 미처 몰랐었다. 나는 그녀에게 자살을 권하고 싶었던 것이 아니라 그녀의 비밀을 알고 싶었다. 그녀의 내면 깊숙이 파고들어가 그녀의 일부가 되고 싶었다.

바로 그때, 누군가 문을 쾅 걷어차고 들어와 내 술병을 집어 바닥에 내던졌다.

"젠즈에게 일이 생겼는데 염병할, 당신은 술이 입에 들어갑니까?"

러우다융이었다.

샤오더우

그럼, 이제 샤오더우에 관해 이야기해보자. 그런데 샤오더우는 대체 누구인가?

이 순간에야 나타나긴 했지만 그는 이 사건에서 대단히 중요한 인물이었다. 심지어 이 단계에서도 그는 갑자기 사라져버려 실제로 모습을 드러내지 않았다. 나는 먼저 식사를 하고 배에 신호가 와서 화장실에 가서 볼일을 보았다. 그런 다음 바깥세상을 상상했다. 내가 이 방에서 모든 것을 이야기하고 있는 동안 현실 속의 젠즈와 러우다융, 장츠산, 라오타오는 무얼 하고 있었을까.

나는 그들이 나를 찾아올 뿐만 아니라 내가 기록한 것들 가운데 미진한 부분들을 바로잡아주기를 기대했다. 러우다융, 미성년자들이 당신의 PC방을 출입하게 하지 말아요. 라오타오, 몸의 균형을 잘 잡아요. 젠즈, 나는 여전히 당신을 좋아하고 있어요.

러우다융은 오래된 오토바이를 한 대 빌렸다. 시동을 걸자 엔

진에서 천둥처럼 요란한 소리가 울렸다. 너무 오래돼서 그런지 건장한 나와 러우다용 둘이 함께 올라타자 바퀴가 절반이나 내려앉았다. 가속페달을 끝까지 밟아도 속도는 자전거와 별반 다르지 않았다.

"젠즈에게 무슨 일이 생겼나요?"

내가 매연이 심한 오토바이 뒷자리에 앉아 물었다.

"학교에서 그녀를 제적시키려고 해요. 제적 명령은 이미 떨어졌어요."

"제적이라고요? 무슨 근거로 젠즈를 제적시킨단 말이에요?"

라오타오는 학교로 교장을 찾아가 젠즈가 자신과 남편 사이에 끼어들어 자신들의 행복한 가정을 깨뜨렸다고 말했다. 그리고 교장에게 젠즈를 엄정하게 처벌하지 않으면 장츠산의 장학금과 장츠산이 약속한 성금은 한 푼도 받을 생각 하지 말라고 교장을 위협했다.

"그래서 젠즈를 제적시킨다고? 그녀는 곧 졸업하게 되는데?"

"이 개새끼들을 전부 기름에 튀겨버리고 싶네."

러우다용이 분개하며 말했다. 몹시 화가 난 그가 오토바이를 힘껏 흔들자 결국 전조등이 우당탕 떨어져 길가로 굴러가고 말았다. 며칠 전까지만 해도 좋은 사람이라고 생각했고 장츠산보다 나은 줄 알았는데, 알고 보니 라오타오가 가장 못된 여자였다. 온몸에 살이 아니라 못된 심보가 가득 차 있었다.

오토바이가 요란한 소리를 내며 나와 러우다용을 학교에 데려다주었다. 어두운 밤이었지만 교정은 여전히 오가는 사람들의 그림자로 분주했다. 우리는 어느 건물 모퉁이의 방화벽 앞에서 젠즈를 찾아냈다. 그녀는 차분해 보였다. 셋이 마주 앉아 한동안 말이 없었다.

어색한 침묵을 더 참지 못하고 결국 내가 먼저 물었다.

"젠즈, 어떻게 된 일인지 말해봐요. 도대체 당신이랑 장츠산은 어떤 관계예요? 그가 당신에게 원하지 않는 일을 강요하기라도 했나요?"

젠즈가 말했다.

"우리 아빠는 어떻게 해야 하죠? 아빠는 곧 학교로부터 제적 관련 서류를 받고 학교에 와서 나를 데려가려 할 거예요."

내가 다급하게 소리쳤다.

"내 말에 먼저 대답해봐요."

"당연히 압박을 받았죠! 이 세상에 강간당하면서 좋아할 사람이 있겠어요?"

내가 화를 내는 것을 보고는 러우다용도 분개했다.

"젠즈가 어쨌든 당신을 찾아온 거잖아요. 내게 도움을 받아서라도 그들의 이해관계를 말끔히 처리했어야죠. 그게 아니라면 굳이 당신을 찾아올 이유가 있겠어요?"

확실히 아무런 소용이 없었다. 나는 우연히 일에 말려든 죽음의 매니저에 불과했다. 내가 볼펜으로 노트에 이때의 일을 써 내려가고 있는 지금도 이렇게밖에는 말할 수가 없었다. 하지만 내가 얼마나 이 일이 해결되기를 바랐던가. 내가 좋아하는 아가씨와 그녀가 좋아하는 사람이 함께 작은 소도시로 돌아가 한 사람은 PC방을 운영하고 한 사람은 간호사로 일하면서 아이를 낳고 행복하게 살아가기를 얼마나 바랐던가!

이 밤이 어떻게 찾아온 것일까? 나는 이 문제를 해석할 수 있는 충분한 세부 사정을 듣지 못했다. 상상의 나래를 펼치는 것도 한계가 있었다.

다음 날, 러우다용은 막중한 임무를 지고 남방으로 가는 기차에 올라탔다. 젠즈의 고향으로 가서 그 제적 서류를 없애버리는 것이었다. 나는 아침 일찍 라오타오를 찾아갔지만 개가 자신의 꼬리를 무는 것처럼 라오타오가 항상 나보다 한 걸음 빨랐다. 내가 헬스장으로 가면 그녀는 쇼핑몰로 갔고, 내가 쇼핑몰로 가면 그녀는 또 음식점으로 갔다. 내가 음식점에 가면 그녀는 또 미용실에 가 있었다. 그리고 결국 나는 병원 화장실에서 일을 보고 나오는 라오타오를 막아설 수 있었다. 라오타오는 몸이 정말 비쩍 말라 있었다. 배만 조금 나오고 얼굴에는 광대뼈가 드러나 있었다. 살이 빠진 라오타오는 무서운 얼굴이었다. 통통한 얼굴일 때는 입이 그다지 크다고 느껴지지 않았지만 지금은 주객이 전도되어 그녀가 입술을 뒤집으면 머리 전체를 덮을 수 있을 것 같았다.

나는 그녀가 도망가지 못하도록 화장실 입구에 서서 말했다.

"라오타오, 당신은 선을 넘었어요."

라오타오는 무표정한 얼굴로 말을 받았다.

"나는 내가 옳다고 생각한 일을 했을 뿐이에요."

어쩌면 라오타오가 어떤 표정을 짓고 싶었지만 얼굴 근육이 말을 듣지 않았을지도 모른다.

"당장 학교로 가서 교장에게 제적 명령을 취소하라고 해요."

라오타오는 또다시 킥킥 소리를 내며 웃었다. 다행히 이때는 흑설탕물을 마시지 않았다.

"당신은 죽음의 매니저일 뿐이에요. 남의 일에 관여할 자격이 없다고요. 이 일에 끼어들지 말아요."

내가 대꾸하려고 하는 순간, 라오타오가 자기 윗도리 한구석을 잡아당겨 찢으면서 큰 소리로 외쳤다.

"도둑 잡아요!"

왠지 모르지만 병원에 있는 사람들은 모두 정의감이 넘쳤다. 병을 앓고 있는 환자나 팔다리가 없는 장애인, 입과 눈이 삐뚤어진 사람들 할 것 없이 전부 라오타오의 목소리를 듣고 황급히 달려왔다. 나는 도망치는 수밖에 없었다.

나는 하는 수 없이 장츠산을 찾아갔다. 오전 내내 석탄 덩어리로 가득 찬 그의 사무실에서 그를 기다렸지만 장야야오의 수척한 뒷모습만 볼 수 있었다. 그녀는 장츠산이 중요한 손님을 만나고 있다고 말했다. 그녀는 특히 '중요한'이라는 이 세 글자를 강조했다.

"당신은 자살을 생각해본 적이 있나요?"

그녀가 갑자기 물었다. 이 물음에 나는 놀라움을 금치 못했다. 울지도 웃지도 못할 기분이었다. 죽음의 매니저가 다른 사람에게서 자살을 생각해본 적 있느냐는 질문을 받다니, 이 얼마나 우스운 일인가!

"아직 생각해본 적 없어요. 남에게 권하기만 해봐서요."

"당신은 한번 생각해볼 필요가 있을 것 같네요."

그녀가 흘리듯 말했다. 무서운 것은 이 말이 아니라 그녀가 튼 음악이었다. 내 비밀을 알고 있는 듯한 음악이 나를 점점 슬프게 만들었다. 죽음을 떠올리는 것은 누구나 반드시 겪어야 하는 일이라는 사실이 슬펐다. 나는 그녀가 이 도시의 또 다른 죽음의 매니저라는 사실을 알았다. 그녀는 나의 관심을 끌려고 시도했던 것이다.

나를 구해준 것은 장츠산이었다. 그가 때마침 회의실에서 나왔고, 그의 뒤로 몇몇 사람들이 따라 나왔다. 무척 나이가 많은 그들은 목을 꼿꼿하게 세운 채 걸음을 옮겼다. 장츠산은 얼굴이 어두웠다. 억지로 분노를 참고 있는 것 같았다.

나이 든 남자 몇몇이 나온 다음, 나는 라오타오가 벌인 일을 다시 한번 이야기하면서 장츠산이 이 일을 막아주길 바란다고 말했다. 이야기를 들은 장츠산이 웃으며 말했다.

"라오타오는 역시 라오타오예요. 하나도 변하지 않았어요."

"당신이 젠즈의 일이 잘 처리되도록 도와줘야 할 것 같아요. 장츠산 당신의 마지막 양심으로 젠즈를 도와주지 않을래요?"

장츠산은 차가운 어투로 말했다.

"교장과 얘기해볼 수는 있지만 우선 라오타오를 만나봐야겠어요."

아래층으로 내려가면서 세 사람이 엘리베이터 안에 서 있었다. 나는 맞은편의 반짝이는 칸막이 위에서 장야야오의 눈빛을 보았다. 그녀의 눈은 나를 주시하고 있었다. 나를 향해 이렇게 말하고 있는 것 같았다.

"어서 죽어버려! 왜 아직도 안 죽고 있는 거야? 죽음의 매니저면서 자신의 고객을 좋아하다니, 넌 더 이상 이 분야에서 일할 자격이 없어. 당신이 갈 수 있는 유일한 길은 당장 삶을 끝내는 거야. 이것이 죽음의 매니저들의 관용적인 방법이라고."

장츠산이 커다란 시가에 불을 붙여 연기를 한 모금 크게 내뿜었다. 공기 중에 매혹적인 향기가 가득 찼다.

"나는 수십 년 시가를 피워왔지만 그게 왜 좋은지 잘 모르겠어요. 상부에 있는 늙은이들이 이걸 아주 좋아하지요."

"상부에 있는 늙은이들이 도대체 어떤 사람들이기에 그들을 그렇게 무서워하나요?"

내가 참지 못하고 물었다.

"상부는 그저 상부일 뿐이에요. 오늘과 내일의 상부가 다르고 또 모레의 상부가 달라져요. 상부는 어떤 사람들이 아니라 그저 일종의 견해일 뿐이에요. 이 시가 연기처럼 향기를 맡을 수는 있지만 잡을 수는 없지요."

처음으로 장츠산의 말 속에서 무력감과 슬픔을 읽을 수 있었다. 석탄 한 덩어리가 다 타고 남은 재가 바람에 날려 휙 하고 흩어지는 것 같았다.

마침내 라오타오와 장츠산이 만났다.

장츠산이 말했다.

"당신, 많이 말랐네."

라오타오가 말했다.

"당신은 많이 늙었네요."

"너무 말라서 보기 안 좋아."

"늙어서 주름이 더 생겼네요."

"그 일은 이렇게 해결합시다. 백성들이랑 힘겨루기 할 필요가 뭐가 있겠어?"

"나는 그 말을 받아들일 수 없어요. 게다가 내가 그렇게까지 하지 않으면 당신은 날 찾아오지도 않잖아요!"

"그래 좋아, 이 일은 이쯤에서 멈추자고. 돈이 필요하면 내가 얼마든지 줄 수 있어."

"돈은 필요 없어요. 당신이 샤오더우를 버리지 않기만을 바랄 뿐이에요."

"샤오더우?"

"네, 샤오더우요!"

"진짜 샤오더우야?"

"그래요."

여러분, 여기까지 쓰고 나니 남몰래 기뻐하지 않을 수 없을 것 같다. 물론 이 순간 나는 샤오더우가 누군지 알고 있고 모든 일의 자초지종도 알고 있다. 하지만 여기서는 여러분에게 다 말할 수 없다. 방식을 바꿔서 이야기해도 여러분이 알 수 있지 않을까. 이미 몇 년 전부터 내게는 더 이상 신선한 이야기가 없었다. 신선한 것은 오로지 이 입뿐이었다.

내가 지금 걱정하는 것은 볼펜의 잉크가 거의 닳아버린 것이다. 완전히 닳아버리면 더 이상 이야기를 쓰지 못하기 때문이다.

나는 지금 한 글자 한 글자 써 내려가면서 한 가지 갈망을 품고 있다. 다 쓰고 나면 밖으로 나가고 싶다. 나가서 이 감옥 같은 곳을 탈출하는 것이다.

그들의 두서없는 이야기에 나는 대화를 끊을 수밖에 없었다.

"당장 학교에 가서 제적 명령을 취소할 수 없나요?"

장츠산이 말했다.

"야오 비서, 이 일은 자네가 가서 처리하도록 해. 교장에게 내 뜻인 동시에 상부의 뜻이라고 전하고 말이야. 하늘에게도 훌륭한 덕이 있지 않을까?"

"장 사장님, 그냥 장 비서라고 부르세요."

"아니야, 야오 비서지. 자네 이름이 야오야장이라는 게 생각났네."

장야야오는 불만이 가득한 심정으로 나와 함께 학교로 갔다. 교장은 제적을 철회하겠다고 약속하면서 장츠산이 기부하기로 한 액수의 수표를 즉시 보내주기를 희망했다.

나는 기쁜 마음으로 젠즈에게 이 소식을 알렸다. 내 이야기를 들은 젠즈가 한참이나 침묵하다가 입을 열었다.

"결국 장츠산이 도운 거로군요."

"그가 저지른 죄는 당연히 그가 책임져야 해요."

젠즈가 말했다.

"러우다용이 어떻게 됐는지도 모르잖아요."

그 말을 들은 나는 뜻밖에도 속이 쓰렸다. 장야야오의 눈빛이 팍, 하고 내 뇌리로 파고들었다. 그 눈길을 피하기 위해 내가 말을 꺼냈다.

"젠즈, 샤오더우가 누군지 알아요?"

"샤오더우요?"

갑자기 젠즈의 표정이 변했다.

"샤오더우가 누구예요? 다시는 내게 허튼소리 하지 마세요. 내일 러우다융이 돌아올 수 있는지 없는지나 알려줘요."

내가 말했다.

"올 수 있어요. 내가 샤오더우가 누군지 알아내기만 하면 말이에요."

상부

러우다융은 쭈글쭈글한 가방을 등에 메고 돌아왔다. 제적 명령서와 함께 쉰 살쯤 되어 보이는 남자가 따라 왔다. 자오청우(趙成武), 젠즈의 아버지였다. 러우다융은 먼 길을 달려가 사방팔방으로 수소문하여 그 남방의 작은 도시의 우체국을 전부 뒤졌지만 제적 명령서가 순조롭게 자오청우의 손에 들어가는 것을 막지 못했다.

사실, 러우다융은 집배원 샤오자오(小趙)가 제적 명령서를 자오청우에게 건네는 것을 눈앞에서 직접 지켜보았다.

"아저씨, 젠즈 학교에서 온 건데 뭔지는 모르겠어요. 이 사람이 이 우편물을 자기한테 달라고 하는군요."

나는 설마 젠즈가 큰돈을 번 것은 아니겠지, 하고 의심했다. 샤오자오는 자오청우와 같은 성씨를 가진 먼 친척이었다. 그렇지 않았다면 그는 일찍이 러우다용이 내미는 100위안의 유혹에 굴복했을 것이다.

자오청우는 편지봉투를 받아 들고는 뜯지 않고 먼저 샤오자오를 돌려보냈다. 그런 다음 러우다용의 이름이 뭔지, 집이 어디인지, 젠즈와는 어떤 관계인지, 왜 이렇게 먼 곳으로 편지를 보냈는지 자세히 따져 물었다. 러우다용은 겁이 났지만 대답하지 않을 수 없었다.

"저는 러우다용이라고 합니다. 젠즈와는 같은 반 친구고요. 고향은 허난(河南)입니다. 제가 이 편지를 따라온 것은……."

"아, 참! 그 편지!"

자오청우는 갑자기 뭔가 생각났는지 자리에서 일어나 편지봉투를 햇빛에 비춰 보았다.

"종이 한 장이네. 돈이 들어 있는 것 같진 않은데. 다용, 이리 와서 좀 봐줘요."

러우다용은 반신반의하며 편지봉투를 뜯었다. 자오청우는 그를 몇 번 힐끗 쳐다보면서 어떤 표정을 짓거나 자기 의견을 표하지 않았다. 러우다용은 문득 자오청우가 글을 모른다는 사실을 깨달았다. 러우다용은 마음을 놓고 대담하게 자신이 오랫동안 생각했던 거짓말을 늘어놓았다.

"자오 아저씨, 학교 근처에 깡패들이 있어요. 그놈들이 젠즈를 괴롭혔지요. 제가 화가 나서 한 놈을 패줬는데 학교에서 그 사실을 알고는 제가 학교에 다닐 자격이 있는지 보겠다며 관찰처분을 내렸어요. 그 처분명령을 발송하면서 담당자가 제 이름을 젠즈의 이름으로 잘못 쓰고 말았죠. 아저씨가 편지를 받고서 젠즈가 면목 없는 짓을 했다고 오해하실까 봐 이렇게 서둘러 쫓아온 겁니다."

자오청우는 다 이해했다는 듯이 고개를 끄덕이고 나서 말했다.

"음, 젊은 친구가 일을 잘 처리하는군."

하지만 사실 자오청우는 모든 것을 확신하지 않았다. 그는 러우다융과 함께 베이징으로 가서 젠즈에게 직접 물어보기를 원했다. 러우다융은 그를 데리고 가는 수밖에 없었다.

베이징에 도착한 러우다융은 자오청우가 젠즈를 만나러 가는 것을 감히 막을 수 없었다. 그를 학교 옆 작은 게스트하우스에 묵게 하고는 최대한 빨리 젠즈와 만나 말을 맞추었다. 그런 다음, 나를 찾아와 이름을 잘못 쓴 학교 직원인 척 가장하게 했다.

보라, 이 얼마나 잔인한 죽음의 매니저인가! 나는 황당한 연극을 해야 했다. 내일이면 모든 일들을 다 쓸 수 있을 것 같다는 생각이 들었다. 그러면 그들이 나를 밖으로 나갈 수 있게 해주겠지. 그런데 그들이 상부인 것일까? 그들이 바로 눈에 보이지도 않고 손으로 만질 수도 없는, 어디에나 있을 수도 있고 없을 수도 있는 그런 자들인가?

작은 술집을 찾은 자오청우는 뜨거운 음식이 나오기 전에 백주 세 병을 해치웠다. 러우다용은 계속해서 그에게 술을 권했다. 나는 그가 네 병째 술을 비우고 있을 때 술집에 들어가 대사를 외우듯이 말했다.

"젠즈 학생 부모님 되십니까? 안녕하세요. 저는 학교 직원입니다. 지난번에 러우다용의 이름을 젠즈로 잘 못 쓴 것은 정말 죄송합니다. 이 일이 젠즈와 관련되어 있는 데다 그때 마침 제 아내와 이혼 문제를 얘기하느라 제정신이 아니었습니다."

"그래서 이혼을 하셨소?"

자오청우가 가장 흥미를 느끼는 화제는 예상 밖이었다.

"이혼했습니다."

"이혼했다니 좋겠네요. 나는 내 마음과 달리 평생 이혼하지 못하고, 결국 아이를 넷이나 낳았지요. 다행히 젠즈는 성적이 좋아 대학에 합격했지만 두 오빠와 여동생은 아직도 내 등골을 빼먹으며 살고 있어요. 늑대보다도 독하지요. 내 딸, 젠즈 아시지요? 고집이 세서 4년제 대학에 들어갔는데, 아비 돈은 한 푼도 축내지 않고 매년 집에 올 때마다 얼궈터우 같은 좋은 술을 사다 주기도 한답니다."

자오청우의 말에 나뿐만 아니라 러우다용도 놀라움을 금치 못했다. 지금껏 젠즈에게 이런 이야기를 들어보지 못했기 때문이다. 그녀에게 그처럼 많은 돈이 어디 있었단 말인가. 그의 기억으로는 젠즈와 함께 밖에 나가 밥을 먹을 때마다 각자 계산하곤 했고 그녀가 밥을 사준 적은 한 번도 없었다.

옆에 앉아 있던 젠즈가 아이를 바라보는 엄마의 눈빛으로 자오청우를 바라보며 말했다.

"아빠, 그런 얘긴 그만하세요. 전부 집안 얘기잖아요. 남들 앞에서 그런 얘기 하지 마세요."

"여기 남이 누가 있니? 다용은 내 편이야. 우리 자오씨 집안 사람이라고."

나는 이제 당시의 내 마음을 회상할 수 있게 되었다. 그때 나는 속으로 이렇게 생각했다. '젠즈, 당신은 도대체 내가 아는 것보다 얼마나 복잡한 건가요? 샤오더우는 도대체 누구인가요? 왜 내게 말해주지 않는 건가요? 당신과 장츠산은 또 어떤 관계인가요? 당신도 상부의 일을 알고 있나요?' 답을 알고 싶었지만 이런 문제들은 작은 술집의 자욱한 수증기 속을 떠다니고 있어 도무지 잡을 수가 없었다.

다음 날 새벽, 자오청우를 태운 기차가 덜커덩거리며 떠나자 승강장은 한산했다. 나와 젠즈, 러우다용은 그 자리에 서서 어찌할 바를 모르고 있었다. 간간이 기적이 울리고 불빛도 보였지만 다시 빠르게 어두워졌다. 기차가 마력을 다하는데도 끝내 앞으로 나아가지 못하고 있는 것 같았다.

내가 물었다.

"샤오더우가 누구예요? 상부는 또 누구고요?"

"샤오더우? 상부?"

아직 샤오더우 사건을 알지 못했던 러우다융은 무척이나 당황한 표정이었다.

"우리 승강장 쪽으로 건너가요. 샤오더우가 누군지는 건너가서 얘기할게요."

젠즈는 말을 끝내기 무섭게 반대편의 승강장으로 건너갔다. 나와 러우다융이 깜짝 놀라 그녀를 쫓아가려고 하는 차에 철도 직원이 소리쳤다.

"기차 들어옵니다. 기차 들어와요."

기차가 순식간에 오른쪽에서 다가오자 젠즈의 그림자는 어둠 속에 묻혀 보이지 않았다.

나는 젠즈가 샤오더우와 상부가 누구인지 이야기하지 않으리라는 것을 잘 알고 있었다.

자오청우가 도착했을 때 병원 광장 벤치에는 라오타오와 라오냐오(老鳥)가 비쩍 마른 장츠산에게 몸을 기대앉아 있었다. 멀리서 보면 발라지지 않은 살점을 받치고 있는 갈비뼈 같았다. 점심때쯤 사람들 몇몇이 찾아와 장츠산을 부축하여 끌고 갔다.

라오타오는 소리를 질렀지만 허리춤에 차고 있는 칼이 흔들리는 것을 보고는 곧바로 입을 다물고 그들이 장츠산을 끌고 가는 모습을 말없이 지켜보았다.

장츠산이 버둥거리며 소리쳤다.

"당신들 누구요? 왜 나를 잡아가는 거요?"

그 가운데 키가 큰 사람이 말했다.

"상부에서 당신을 찾아요. 당신에게 일이 생겼어요."

"상부라고요?"

구멍 난 풍선처럼 훌쩍 쪼그라든 장츠산이 뒤를 돌아다보며 말했다.

"여보, 샤오더우 좀 잘 챙겨줘. 내가 못 돌아올 수도 있으니까."

라오타오는 울부짖듯이 말을 받았다.

"내가 상부를 찾아가볼게요. 이렇게 제멋대로일 수가 있나! 상부에게 토사구팽을 당하는 게 분명해요!"

저녁 무렵에 라오타오가 나를 찾아왔다. 이미 한차례 울고 난 눈이었다.

"상부에서 장츠산을 잡아갔어요. 그는 이제 끝났어요. 상부는 우리 위에 있는 그 사람들이에요. 머리를 뒤로 그럴듯하게 넘긴 사람도 있고 완전히 대머리인 사람도 있지요. 눈이 누렇게 썩은 사람도 있고 이가 검게 변한 사람도 있어요. 여색을 좋아하는 사람도 있고 도박을 좋아하는 사람도 있고요. 겉과 속이 다른 사람도 있고 목소리와 얼굴 표정이 아주 으스스한 사람도 있지요. 장츠산은 이제 완전히 끝난 것 같아요. 상부에 일이 생겼으니 상부의 상부가 상부에게 지시를 내린 것이겠지요."

"좀 더 구체적으로 얘기해봐요. 날 애태워 죽게 하고 싶은 건가요?"

"당신, 우리 탄광에 가본 적 있지요? 석탄산에 신선한 꽃이 많이 피어 있는 것을 봤죠? 그게 뭔지 알아요?"

"장츠산의 말로는 자신이 선행을 할 때마다 꽃이 한 송이씩 핀다고 하더군요."

"아니에요. 그건 양귀비예요. 예쁘게 생겼죠. 우리 탄광에는 도처에 양귀비가 있어요. 상부의 어떤 사람이 그 꽃을 좋아한다고 하더라고요. 그 양귀비 씨를 시가에 말아 빨아들였다가 내뿜는 거죠. 며칠 전 상부의 몇 사람이 어느 클럽에서 놀면서 시가를 피우다가 경찰에게 딱 걸렸어요."

"하, 벌을 받아 마땅하네요."

"누가 경찰에 전화했는지 알아요? 상부 사람 중 하나였어요."

"왜 그런 건가요?"

"경찰도 왜 알려줬냐고 묻자 자기 기분이 안 좋아서 그랬다고 대답했대요."

이게 바로 내가 애써 찾던 상부였다.

"그럼, 샤오더우는 어떻게 됐나요?"

내가 마침내 또다시 이 문제를 꺼낸 것이다. 여러분도 틀림없이 이미 인내의 한계에 이르렀을 것이다. 왜 여러 번 이 문제를 꺼내놓고 답을 주지 않았는지 궁금할 것이다. 미안하지만 이 이야기의 줄거리는 하나의 고리로 연결되어 있었다. 게다가 나는 여러분 스스로 유추하는 것을 기대했다. 유추의 내용이 맞든 틀리든 상관없다.

"샤오더우는 내 죽은 아들이에요. 지금 품고 있는 아들이기도 하죠."

샤오더우에 대해 이야기하기 시작한 라오타오는 평소 모습과는 달랐다. 너무나 자상하고 따뜻했다. 그녀의 튀어나온 입은 어린 새의 부리 같았다.

"나랑 장츠산에게는 열 살 난 아들이 하나 있었어요. 샤오더우라고 불렀지요. 한번은 장츠산과 함께 광산으로 놀러 갔다가 머리 위로 석탄 덩어리 하나가 떨어졌어요. 그다지 크지 않은 석탄 덩어리가 샤오더우의 머리에 적중하면서 아이는 사흘 만에 죽고 말았어요. 죽기 직전에 샤오더우가 말했어요. '아빠, 저 금방 돌아올게요.' 하지만 그 뒤로 나는 다시는 임신하지 않았어요. 최근까지 자살을 준비하고 있었는데 다시 내 몸 안에 샤오더우가 생겼다는 걸 알게 됐어요. 내 아이는 무조건 이름이 샤오더우예요."

"그런데 이 모든 게 젠즈와 무슨 관련이 있지요?"

나

노트를 이미 수십 페이지 썼고 볼펜은 곧 수명을 다할 것이다. 그리고 나의 기술도 종점에 이르렀다. 사실 사건에 결말이 없다는 말은, 결말이 인위적으로 얽힌 수많은 사건들에 지나지 않는다는 것이다. 그러나 이 이야기의 기술자로서 나는 이 이야기를 끝내야 할지 말아야 할지 알 수 없다.

미안한 느낌이 든다. 이야기를 좀 더 흥미롭게 만들기 위해 나는 고의로 서스펜스와 수수께끼를 만들었다. 인물과 독자 여러분을 빙빙 돌리는 것은 사실 꼭 필요한 일이 아니다. 나는 다른 사람들에게 붙잡혀 이야기하는 사람에 불과하다. 공문서처럼 시간과 논리 등의 순서에 따라 전체 사건을 진술한다면 또 어떻게 해야 하는 것일까.

"이 모든 것은 젠즈와 관련이 있어요."

"장츠산은 다시 돌아올 수 없을 거예요. 그가 깨어났을 때, 전등과 펜만 있고 전화도 안 되는 방에 갇혔다는 걸 알아차릴 수 있을지 궁금하네요. 그는 노트에 더 많은 것들을 쓸 수 있겠죠. 사람들의 생명과 탄광, 양귀비, 상부, 상부의 상부, 젠즈, 라오타오, 샤오더우 그리고 이렇게 갑자기 나타난 죽음의 매니저인 나까지 말이에요."

며칠 후 마침내 마음이 좀 안정된 라오타오는 러우다용과 젠즈를 찾아갔다.

"우리 이 일을 정리하도록 해요. 장츠산은 잡혀 들어갔으니 죗값을 치르게 될 거예요. 그가 당신한테 미안하다고 전해달라고 하더군요."

라오타오가 말했다.

"제가 자원한 거예요. 그가 저에게 미안해할 일은 없어요. 탓해야 한다면 저 안경 쓴 교수님을 탓하는 수밖에 없겠지요."

젠즈가 말했다.

"바로 그였어요. 당신 학교 교수님 말이에요. 그가 없었으면 당신이랑 장츠산이 서로 알게 되는 일도 없었을 거예요."

라오타오가 큰 소리로 말했다.

이 말을 듣고도 러우다용은 무슨 뜻인지 알지 못해 엉뚱한 소리를 했다.

"젠즈, 설마 장츠산이 너를 능욕한 건 아니지? 나한테 전부 다 얘기해봐."

젠즈는 라오타오를 바라보았다. 라오타오는 자신의 배를 내려다보았다. 배 속의 샤오더우가 서서히 혼돈 속에서 깨어났다. 녀석은 심지어 밖에서 나는 소리를 들을 수 있었다. 샤오더우가 깨어났다. 녀석은 작은 몸을 꿈틀거려 편한 자세를 취했다. 이어서 젠즈가 하는 말이 살과 물을 통해 녀석의 귀에 들어왔다.

"대학교 3학년 12주 차 되던 시기에 저는 의과대학에 간호 수업을 보조하러 갔었어요. 그때 강의했던 사람이 바로 그 교수예요. 나중에 저는 종종 그에게 조언을 구했죠. 그는 따스하고 성실하게 알고 있는 걸 전부 알려줬어요. 저도 모든 것을 이야기했죠. 저의 모든 비밀을 그에게 다 털어놓았어요. 한번은 그가 저에게 돈을 벌고 싶지 않느냐고 묻더군요. 저는 그렇다고 대답했어요. 그러다가 누군가를 알게 됐죠."

샤오더우는 러우다융의 숨소리가 무거워지고 심장이 더 빨리 뛰는 것을 들을 수 있었다. 이어서 라오타오의 음성도 들려왔다.

"우리 집 장츠산인가요? 맞죠? 저는 알고 있었어요. 바로 그 교수가 남편에게 탄광에서 양귀비를 재배하라고 권했던 거예요. 상부의 그 많은 사람들도 모두 그가 소개한 것이죠. 젠즈, 그래서 당신이 장츠산의 연인이 되었군요! 맞죠?"

"아니에요. 저는 누구의 연인도 아니에요."

"그럼, 당신과 장츠산은 도대체 어떻게 된 건가요?"

러우다융은 더 이상 참을 수가 없었다. 그는 정신을 차리지 못하는 것 같았다.

젠즈가 몇 초 동안 침묵했다가 말했다.

“장츠산은 제게 아들을 낳아달라고 부탁했어요. 정확히 말하자면 샤오더우를 낳아주길 원했죠.”

“아니, 샤오더우라고!”

나와 라오타오, 러우다용이 이구동성으로 소리쳤다.

“네. 샤오더우예요. 그는 아내에게 샤오더우를 빚졌다고 하더군요. 그가 부주의해서 샤오더우를 죽게 했으니 그녀에게 그 아이를 돌려줘야 한다고 했어요. 저는…… 알겠다고 대답했고요. 다 합쳐서 세 번이었어요. 그와 세 번 관계를 했지만 임신은 하지 않았어요.”

샤오더우는 어리둥절했다. 녀석은 또 하나의 자신, 죽은 샤오더우가 있는 줄은 모르고 있었다.

러우다용은 더 이상 분노하지 않았다. 그저 굳은 얼굴로 옆에서서 젠즈를 바라보며 그녀의 이야기를 계속 듣고 있었다.

“그와 잘 때마다 제게 돈을 줬어요. 저는 이런 일을 아무렇지도 않게 생각했지요. 부모님을 잘 살게 해드리고 싶었을 뿐이에요. 저를 그렇게 가난하게 만든 게 누군가요? 다용, 힘들어하지 말아요. 이제 내가 그때 왜 당신의 요구를 들어주지 않았는지 알 거예요. 나에 대한 당신의 감정을 알고 있지만 난 당신과 어울리지 않아요.”

이때 샤오더우는 자궁 안이 몹시 답답하다고 느꼈다. 알듯 말듯 한 소리에 마음이 다급해진 녀석은 손을 뻗고 다리를 허우적거리며 밖으로 빠져나오고 싶어 했다. 라오타오가 소리쳤다.

"아, 배, 내 배가……."

라오타오는 무의식적으로 다리를 오므렸지만 샤오더우의 조산은 불가피한 것 같았다.

우리는 라오타오를 곧장 병원으로 이송했다. 의사는 그녀에게 제왕절개 수술을 해주었다. 분만실로 들어가기 전에 라오타오가 갑자기 내 손을 잡고 말했다.

"이번에는 당신을 정말 죽음의 매니저라고 할 수 있겠네요."

나는 그녀가 자신에 대해 말하는 거라고 생각했다. 출산의 고통이 두려워 마음이 혼란스러워진 것 같았다.

젠즈와 러우다용은 서로 거들떠보지도 않았다. 나도 뭐라고 해야 좋을지 몰랐다. 이 세상에 난처한 사람 셋만 남은 것 같았다.

젠즈가 말했다.

"그만 돌아가세요."

"러우다용, 돌아가요. 우린 이제 끝났어요. 저는 더 이상 당신 마음속에 있는 그 젠즈가 아니에요."

러우다용이 일어서서 그녀를 몇 초 동안 쳐다보면서 말했다.

"뻔뻔하군. 난 이만 갑니다."

복도 끝에 이르러 그가 고개를 돌리고는 큰 소리로 말했다.

"염치가 없어! 당신들 모두 염치가 없다고!"

"이 모든 상황에 대해 그에게 전부 사실대로 말하지 않았지요?"

내가 물었다.

"저한테 죽음 패키지 상품 하나만 보내줄 수 있어요? 지금은 죽을 수 있을 것 같은데 말이에요."

젠즈가 말했다.

"당신을 죽게 하고 싶지 않아요. 러우다용은 당신을 원하지 않아요. 나랑 같이 가요. 내가 당신을 보살펴줄게요. 우리 아주 멀리 상부의 사람들이 없는 곳으로 가요."

젠즈가 웃었다. 유머 감각이 뛰어난 척하는 사내를 비웃는 것 같았다.

"당신이랑 상부 사람이 없는 곳으로 가자고요?"

하이힐 소리와 함께 무척이나 야윈 그림자 하나가 러우다용이 사라진 곳에서 걸어 나왔다. 자세히 볼 필요도 없이 장야야오 혹은 야오야장이라는 것을 알 수 있었다.

"당신은 이제 도태됐어요. 당신이 해내지 못한 일을 내가 했거든요."

장야야오가 내 곁으로 다가와서 말했다. 나는 그녀의 말을 이해할 수 없었다.

"방금 장츠산을 만나고 왔어요. 지금쯤 그는 볼펜으로 자신의 목을 찔렀을 거예요. 내가 그를 죽게 만든 거예요. 나야말로 이 도시에서 가장 뛰어난 죽음의 매니저인 셈이죠."

젠즈가 얼굴을 가리고 훌쩍이며 말했다.

"그가 죽었다고요? 그가 죽었는데 내가 왜 죽어야 하죠?"

"나는 당신을 기다리고 있었어요. 당신은 내 손바닥을 벗어날 수 없어요."

장야야오가 말했다.

또 한 차례 하이힐 소리가 선명하게 들리더니 장야야오가 말했다.

"우리는 다시 만나게 될 거예요."

이어서 샤오더우의 우렁찬 울음소리가 들렸다. 녀석이 마침내 세상에 나왔다. 하지만 태어나는 순간, 샤오더우는 머릿속의 책 한 권이 바람에 날려 한 페이지씩 넘겨지는 것을 느꼈다. 그가 들은 모든 것이 사라졌다. 샤오더우는 일종의 두려움을 느꼈다. 기록된 것은 말하고 듣고 보는 것보다 더 믿을 수 없었다. 모든 사건은 항상 덧없고 견고하지 못하기 때문이다.

나와 젠즈는 유리 너머로 간호사가 샤오더우를 자고 있는 라오타오 옆에 놓아주는 것을 지켜보았다.

내가 젠즈에게 물었다.

"당신은 자신을 위해 아이를 낳을 생각은 안 해봤어요?"

"안 해봤어요. 적어도 지금은 그런 생각하고 싶지 않아요. 저는 간호사가 되고 싶어요."

"내게 마지막 비밀을 알려줄 수 있어요?"

나는 그녀의 눈동자를 보았다. 그 눈동자 속의 사람도 나를 보고 있었다.

그녀가 말했다.

"좋아요. 하지만 먼저 바람이 불어 제가 내뱉은 말을 날려버릴 수 있는 장소를 찾아요."

지하철역 안에서 젠즈는 처음부터 나를 무너지게 만든 비밀을 말해주었다. 그녀에게 이 비밀이 없었다면 나는 그녀를 사랑할 수 없었을 것이고, 또 죽음의 매니저라는 정체성을 잃지 않았을 것이다. 심지어 그 뒤의 모든 일 또한 일어나지 않았을 것이다.

"장츠산에게 몸을 팔고 그에 상응하는 돈을 받을 때, 저는 조금도 부끄럽지 않았어요. 그가 제 몸에 돈을 쓸 때, 그러니까 그 짓을 할 때, 저는 제 몸이 하나의 아름다운 고깃덩어리일 뿐이라고 생각했어요. 그때의 제 몸은 제 것이 아니었어요. 사실 제가 동의한 것은 두 번뿐이었어요. 세 번째는 완전히 강제로 당한 것이었어요."

"그래서 고통스러웠나요?"

"아니요. 제가 고통을 느꼈던 것은 그가 제 의지와 달리 제 몸에 들어왔을 때였어요. 아주 깊이 새겨진…… 쾌감을……."

"쾌감이라고요?"

"네, 쾌감이었어요! 이제 이해하셨나요? 제 무의식과 본성은 완전히 제 통제를 벗어나 있었어요. 분명히 장츠산의 강요로 그 짓을 했지만 저는, 어떤 저인지 모르지만, 오히려 쾌감을 느꼈어요. 그가 강간한 건 제 몸이 아니라 무의식이었어요. 제 영혼의 가장 깊은 곳이었지요. 저 자신도 선명하게 볼 수 없는 곳이었죠."

하늘이 어지러워지기 시작했다. 젠즈의 말은 갑자기 찾아온 검은 밤처럼 나를 감쌌다.

그녀는 새처럼 날아갔다. 여러분, 뛰어내린 것이 아니라 날아간 것이다. 그녀는 파스텔 톤의 파란색 옷을 입고 어두운 지하철 터널로 날아갔다. 누군가 지하철 출구에서 하얀 새 한 마리가 날아갔다고 말했다.

지하철이 빠르게 들어오면서 바람이 역사를 가득 메웠다.

손가락 몇 개가 내 목을 꽉 잡더니 "나와 함께 가지"라고 말하는 소리가 들려왔다.

검은 그림자가 내게 쓰라고 했던 것이 다 끝났다. 사실 볼펜의 잉크는 예상보다 오래갔다. 남은 잉크로 몇 단락 더 쓸 수 있을 것 같았다.

이른 아침이 되었다. 해가 뜨진 않았지만 빛이 퍼지기 시작했다. 창밖으로 아주 큰 바람 소리가 들렸다.

나는 글을 마쳤지만 누구도 나를 내보내주지 않았다.

문 앞으로 다가가 온 힘을 다해 밀었지만 문은 꿈쩍도 하지 않았다. 그러다가 살살 잡아당기자 그제야 열렸다. 아, 애당초 이 문은 잠긴 적이 없었다. 당기면 열 수 있는 문이었다.

나는 밖으로 걸어 나와 문을 돌아보았다. 문 옆에 '열람실'이라는 팻말이 걸려 있었다.

눈앞은 끝없는 복도로 이어지다가 점차 넓어졌고 문 하나가 길로 연결되었다.

나는 또 다른 문을 거쳐 사람들로 붐비는 광장으로 나왔다. 광장의 커다란 건물 지붕에 '기차역'이라는 쇠로 된 커다란 간판이 세워져 있었다.

이어서 또 다른 문이 나타났다. 도시의 가장자리에 있는 문이었다. 나는 그 문을 걸어 나와 도시를 빠져나왔다. 앞에는 끝이 보이지 않는 어둡고 구불구불한 길이 펼쳐져 있었다. 길은 똑같은데 어떤 사람들은 빨리 걷고 어떤 사람들은 느리게 걸었다. 성문 양쪽에는 수천 년의 비바람을 겪은 듯한 오래된 팻말이 하나 걸려 있었다. 빨간 페인트가 얼룩져 있었다. 한참을 바라보다가 해가 완전히 바다 밖으로 벗어나자 팻말의 글씨가 눈에 들어왔다. 왼쪽에는 '정신재활센터', 오른쪽에는 '도서관'이라고 쓰여 있었다.

책임 번역 : 박세희/오민제

허구의 사랑

나의 이름은 잉슈(英屬), 『도시와 사랑 그리고 죽음』이라는 소설의 주인공이다. 나이는 스물여덟이다.

나는 베이징에 산다. 수천만 인구의 이 국제 대도시에서 나는 정신없이 바쁜 개미족*이다. 이 도시에 녹아들기 위해 매일 발버둥 친다.

소설을 쓰는 사람의 이름은 리런(隸仁)으로 올해 스물아홉 살

* 중국에서 1980년대에 출생한 젊은이들 가운데 학력은 높지만 취업난으로 인해 빈곤한 삶을 사는 사람들을 말한다. 개미족이란 단어는 중국 베이징대학 법학과 박사과정에 다니던 한 학생이 『개미족(螞蟻族)』이라는 제목의 책을 출간하면서 일반적인 사회학 용어로 자리 잡게 되었다.

이다. 그는 신문사 기자라서 나보다 돈을 많이 벌었지만 그 역시 베이퍄오(北漂)*로서 베이징 호적이 없다. 그의 호적은 고향 마을에 있다. 그의 꿈은 도시 사람이 되는 것이다. 이는 그의 윗세대 사람들의 꿈이기도 했다.

리런은 나의 몸에 그의 그림자가 드리워 있다며 소설을 끝까지 쓸 것이고, 소설을 통해 내게 해피엔드를 선물할 것이라고 말했다.

그의 첫 번째 구상에서 나는 올해 10월에 오랫동안 사랑했던 샤오셔우(小獸)와 결혼하기로 되어 있었다. 그 뒤로 나의 삶은 원하는 방향으로 진행될 예정이었다. 우리는 곧 대출을 받아 교외 지역에 40평방미터 크기의 집을 살 것이고, 이때부터 안정적이고 행복한 도시 생활을 할 것이다. 나는 그의 글에 따라 평탄하고 넓은 길을 걷게 될 것이라고 생각했다. 그는 또 그 길에 뜻밖의 아름다움이 나를 기다리고 있을 것이라고 약속했다.

하지만 이 모든 것이 리런의 모략이었다. 그는 나를 속이고 여러분도 속였다. 사실 나는 의지를 잃은 사람이다.

내가 소설 속에서 아직 샤오셔우를 쫓아다니고 있을 때, 리런은 이미 성공적으로 샤오셔우와 살림을 차리고 있었다. 그의 약

* 직업과 사업, 출세 등을 위해 베이징에 거주하고 있지만 호적이 지방에 있어 안정적인 생활에 지장 있는 사람들로 '베이징 떠돌이'란 의미로 이렇게 불린다.

혼녀(내가 이런 호칭을 얼마나 싫어했는지 모른다), 즉 나의 구혼 상대이기도 했던 샤오셔우는 병원의 수습 간호사였다. 두 사람은 반지하 방에서 살았다. 부엌이나 화장실도 따로 없었고 창문은 바닥에 조그맣게 붙어 있어 해가 고층빌딩 아래로 지는 30분 동안만 집 안에 햇빛이 들었다. 하지만 그 시간대에 그들은 여기저기 바삐 뛰어다녀야 했기 때문에 그들이 주운 길고양이 한 마리만 유일하게 자연광을 누릴 수 있었다.

어떻게 따져봐도 내가 샤오셔우와 먼저 알고 지낸 것이 분명하지만, 나는 가공의 인물일 뿐이고 리런은 나의 창조자였다. 뒤이어 그는 우리의 운명을 강경하게 바꿔놓았다. 사건은 이랬다. 지난해 봄에 지하철에서 그에게 『도시와 사랑 그리고 죽음』이라는 소설을 쓰겠다는 생각이 싹트기 시작했다. 그의 맞은편에 앉아 있던 여자 샤오셔우가 영감을 주었다. 겨우 두 정류장 지났을 때 그는 이미 이야기 속 주인공 잉슈(나)와 여주인공(샤오셔우)이 가슴 뭉클한 사랑을 거쳐 마침내 부부가 될 것이라는 구상을 하고 있었다. 하지만 몇천 자 분량의 글을 쓰고 그녀와 두 번째 만남을 가진 뒤로 리런 역시 샤오셔우를 사랑하게 되었다. 그에게는 지하철에서 마주친 샤오셔우와 소설 속의 샤오셔우가 같은 인물이었다. 그는 그녀를 찾아가기로 마음먹었다. 때문에 그는 스토리 라인을 수정했다. 샤오셔우와 다른 남자 사이에 사랑이 싹트는 것을 참을 수 없어 비밀번호가 달린 워드 파일 안에 나를 가둬버린 것이다.

나는 극도로 분노했지만 아무 힘도 쓸 수 없었다. 나는 단지 허구의 인물일 뿐이라 소설 속에서만 살아갈 수 있었기 때문이다.

다행인 것은 내가 윤곽이 잡힌 몇천 자 분량의 글 안에 있었고 샤오셔우와 이미 키스했다는 점이었다. 이는 리런이 마음대로 바꿀 수 없는 사실이었기 때문에 그의 마음속에 하나의 고통으로 남게 되었다. 또한 이는 그가 소설을 잠근 주요 원인 가운데 하나였다. 그는 소설의 결말은 바꿀 수 있지만 이미 쓴 부분은 바꿀 수 없었다. 그가 『도시와 사랑 그리고 죽음』 파일을 닫아놓았지만 나는 이 부분의 디테일한 것까지 잘 알고 있었다. 이를 한 글자도 빼놓지 않고 여러분에게 들려주고자 한다.

그날 잉슈는 동물원에서 차를 몰고 중관춘(中關村)을 지나 샤오셔우가 있는 병원으로 갔다. 그녀는 야근 중이었고 새벽에 교대할 예정이었다. 잉슈는 샤오셔우를 데리고 편안하게 아침식사를 한 뒤, 자신의 집에 있는 너비 2미터가 넘는 커다란 침대에서 그녀를 재우기로 마음먹었다. 잠에서 깬 뒤 잠시 멍하니 앉아 있다가 공원으로 햇빛을 즐기러 갈 수도 있었다.

병원 입구를 나선 샤오셔우는 매우 피곤했다. 눈이 충혈된 데다 기분도 그다지 좋지 않았다. 그녀가 목멘 소리로 말했다.

"환자 한 명이 죽었어. 병원에서는 늘 이런 일이 발생해. 그 환자를 돌본 지 이미 석 달이나 됐어. 어제저녁 8시에 내가 병실에 찾아갔을 때도 그 환자는 나한테 장난을 걸어왔어."

"사람들은 항상 세상을 떠나. 어떤 사람들은 때가 되면 조용히 기다리고 있는 것 같아."

"그가 말했어. '샤오셔우, 결혼했어? 내가 한 사람 소개해줄게.'"

"그래서 넌 뭐라고 했어?"

"'좋아요, 리(李) 씨 아저씨가 소개 좀 해주세요'라고 했지."

"그가 또 무슨 얘길 했어?"

"'샤오셔우 이 아가씨야, 나는 정말 소개해주고 싶지만 아쉽게도 그럴 수가 없어. 우리 아들놈은 패기도 없고 공부도 못해. 애당초 너와 어울리지 않아. 네가 내 며느리가 되면 얼마나 좋을까!' 그러더라고."

"……."

"내가 그랬지. '아저씨가 스무 살만 젊었어도 아저씨한테 시집가는 건데 아깝네요.'"

"하하, 샤오셔우, 너 참 말주변이 좋구나."

샤오셔우가 말했다.

"그러고 나서 그는 정말 죽었어. 그가 얼마나 고통스럽게 살아왔는지를 난 나중에야 알았어. 그는 원래 사업이 잘됐고 아내와 아들도 있었대. 하지만 부인은 바람피웠고 사업도 망하고 말았지. 아들은 차로 사람을 치는 바람에 감옥에 들어갔어. 그는 온종일 한탄하면서 술로 시름을 달래더니 몸이 갈수록 나빠져 결국 병으로 쓰러지게 된 거야. 그래서 그의 죽음이 너무 슬퍼."

잉슈가 다가가 그녀의 약간 차가운 손을 잡으며 말했다.

"같이 아침 먹으러 가자."

잉슈는 샤오셔우를 데리고 융허더우장(永和豆漿)*에 가서 그녀를 위해 메이저우(梅州)식 바오쯔(包子),** 짠지, 따뜻한 더우장을 주문했다.

식사를 마친 샤오셔우는 기분이 좋아졌는지 드라이브하러 가자고 말했다.

"너 이제 그만 가서 자야 해."

잉슈가 말했다. 그는 그녀를 다시 차에 태워 고층빌딩 17층으로 돌아갔다. 밝은 통유리 창문 밖으로 멀리 중앙텔레비전 방송국의 송신탑이 보였다. 바닥으로 난 창문에서 멀지 않은 곳에 커다란 침대가 있었다. 그녀는 그 침대를 좋아했다. 침대에서 팔다리를 자유롭게 움직일 수 있어 푸른 연못에서 배영으로 수영하는 것 같은 기분이 들었기 때문이다.

* 타이완 타이베이(臺北) 근교인 융허의 유명한 대중 음식점으로 더우장과 뉴러우몐(牛肉麵) 등 중국 음식을 판매한다.
** 우리나라에서 흔히 '왕만두'라 불리는 둥근 모양의 커다란 교자를 말한다.

몹시 피곤하고 졸렸던 샤오셔우는 머리를 대자마자 잠이 들었다. 그리고 잠결에 낮은 소리로 흐느껴 울었다.

잉슈는 이를 가만히 보고 있을 수 없어 그녀의 손을 꼭 잡았다. 잠에서 깬 샤오셔우가 그를 가까이 불러 앉혀놓고 물었다.

"우리는 모두 죽어, 그렇지?"

잉슈가 말했다.

"그렇지. 하지만 지금은 살아 있어."

"키스해줘. 나는 우리가 키스도 못 해보고 내일 갑자기 죽게 될까 봐 두려워."

잉슈는 샤오셔우에게 입을 맞췄다. 입술에서 짠맛이 났다. 마치 소금물 같았다.

리런이 이 대목을 쓸 때 어떤 감정이었는지 나는 모른다. 그는 글을 잘 썼다. 이 대목은 내 내면의 초조함과 애틋함을 나타내기에 충분했다. 사실 그는 아직 쓸 말이 많았고 나의 내면을 더 풍부하게 표현할 수도 있었다. 그렇게 된다면 샤오셔우 또한 글 속에서 더 사랑받게 될 것이 틀림없었다.

그는 갑자기 키보드 치던 손을 멈추고는 나와 샤오셔우를 감정의 절정에 내버려두었다. 바람에 매달린 등불이 희미한 빛을 유지하면서도 왜 꺼지는지 모르고 꺼진 것 같았다.

리런은 옷을 챙겨 입고 나가 지하철을 탔다. 열 번 넘게 왔다

갔다 한 끝에 그는 마침내 귀에 이어폰을 끼고 있는 샤오셔우를 발견했다. 그 조용한 여자아이는 사실 노래를 듣지는 않았지만 항상 이어폰을 끼고 있었다. 세상으로부터 자신을 격리하려는 것이었다. 리런이 그녀에게 다가가 말했다.

"안녕하세요. 제가 이야기를 하나 썼는데 아가씨가 주인공이에요."

그녀가 깜짝 놀라 그를 쳐다보더니 이내 웃으면서 귀에서 이어폰을 뺐다. 리런은 그녀에게 전화번호와 MSN, QQ* 아이디, 블로그 주소 등을 요구했다. 나를 슬프게 한 것은 뜻밖에도 그녀가 아무런 경계심 없이 그에게 전부 알려주었다는 것이다. 샤오셔우, 당신은 쓴맛을 좀 경험해야 해.

"아가씨를 위해 좋은 이야기를 써줄게요."

리런이 말했다. 그 뒤로 리런은 끊임없이 그녀를 불러냈다. 그녀는 항상 귀에 큰 이어폰을 꽂고 있었다. 두 사람은 거리를 구경하면서 여기저기 걸어다니거나 전동 자전거를 타고 돌아다니며 갖가지 길거리 음식을 먹었다. 한번은 마침내 그가 샤오셔우를 자신의 자취방으로 데려가 키스했다. 글과 똑같은 상황이 재연되는 것을 피하기 위해 그는 시간과 정경, 분위기 등을 나를 묘사한 부분과 완전히 다르게 설정했다. 하지만 그와 샤오

* MSN, QQ 둘 다 중국 핸드폰에서 상용되는 SNS 앱이다.

셔우가 키스한 순간은 나와 너무나 비슷했다. 이 때문에 그는 이야기를 바꾸기로 마음먹었다. 이어서 그는 이렇게 썼다.

샤오셔우가 눈앞의 잉슈를 바라보며 말했다.

"나는 병원에서 일하고 싶지 않아. 매번 누군가가 떠날 때마다 너무 고통스러워."

잉슈가 갑자기 진지한 표정으로 말했다.

"샤오셔우, 너에게 한 가지 말해주고 싶은 게 있어."

"무슨 말인데?"

"한번은 네가 이런 말을 했어. 어릴 때부터 큰 침대에서 자본 적이 없다고. 어릴 때는 식구가 많아 한구석에 끼어서 잤고, 중고등학교 시절에는 학교 기숙사 침대가 항상 작고 좁았다고 했지. 나중에 일을 시작하면서 사람들과 합숙할 때는 잠자리가 더 좁았다고 했잖아. 넌 항상 큰 침대를 꿈꿔왔어. 누우면 몸이 푹 들어가 허공에 둥둥 떠 있는 느낌이 드는 침대 말이야."

샤오셔우가 침대에 쓰러져 누우며 말했다.

"나는 정말 큰 침대가 하나 있었으면 했어. 지금 이 침대처럼."

"아주 오래 힘들게 찾아다닌 끝에 이 방과 침대 하나를 구할 수 있었어. 하루에 500위안 주기로 하고 빌린 다음, 또 친구에게 부탁해 중고차 한 대를 빌렸지. 오로지 너를 이곳에 데려와 재우기 위해서였어."

그녀는 다시 일어나 앉아 부드러운 매트리스를 어루만졌다.

"우리는 이제 여기서 나가야 해, 샤오셔우. 미안해. 나는 너에게 꿈꾸는 시간밖에 줄 수 없었어."

"아니야, 괜찮아. 고마워."

잠시 후, 잉슈가 또 말했다.

"너를 데려가고 싶은 곳이 있어."

그들에게는 전동 자전거밖에 없었다. 그녀는 자전거 뒤에 앉아 그의 허리를 껴안았다.

두 사람은 리런이 사는 곳에서 멀지 않은 철거 중인 은행으로 갔다. 은행 지점은 이전하고 현금인출기 한 대만 남아 있었다.

잉슈가 샤오셔우에게 말했다.

"돈을 빼낼 수 있어. 나 믿지?"

샤오셔우가 말했다.

"그건 불법이야. 인터넷에서 봤어. 어떤 사람이 현금인출기에서 몇만 위안을 빼냈다가 총살될 뻔했어."

"그거랑 달라. 이건 폐품이야."

"설마 그들이 안에 있는 돈을 안 가져갔겠어?"

잉슈가 말했다.

"두고 봐."

그러고는 아주 태연하게 은행 카드를 하나 꺼냈다. 이어서 카드를 투입구에 넣고 편안하게 버튼을 몇 개 눌렀다.

맙소사! 기계가 정말로 움직이기 시작했다. 직, 지직— 소리가 보통 현금인출기에서 돈이 나올 때 나는 것과 다르지 않았다.

샤오셔우는 깜짝 놀랐다. 잉슈를 바라보는 그녀의 눈에 장난기 어린 기쁨이 가득했다.

이내 지직— 소리가 멈췄다.

잉슈가 샤오셔우에게 말했다.

"손 넣어봐. 뭐가 있나 보라고."

"정말로 넣어? 개구리가 튀어나오는 건 아니지? 나 놀라게 하려는 거 아니냐고? 난 겁이 아주 많단 말이야."

"좋은 게 나올 거야. 꺼내 보면 알 수 있어."

샤오셔우는 망설임과 기대가 섞인 마음으로 손을 넣었다. 정말로 돈다발이 만져졌다. 그리고 장미 한 송이가 만져졌다. 샤오셔우가 꺼내 보니 빨간 장미꽃이었다. 장미 가시 부분을 얇게 묶은 지폐 다발이 나왔다. 정말 돈이었다.

샤오셔우는 어쩔 줄 몰라 했다. 너무 기뻐하면서 지폐 다발을 들고 냄새를 맡아보았다. 무척이나 향기로웠다.

그녀가 말했다.

"돈에서 장미꽃 냄새가 나네."

잉슈가 돈을 펼쳐 샤오셔우 앞에 내밀며 말했다.

"샤오셔우, 나와 함께 있어줘. 나는 이미 6천 위안을 모았어. 방과 차를 빌리는 데 천 위안을 사용했고 아직 5천 위안이 남아 있어. 우리 이 돈으로 여행 떠나자. 가고 싶은 곳 어디든지 갈 수 있어."

"이게 정말 네 돈이야, 아니면…… 훔친 거야?"

"내 돈이야. 내가 여러 해 동안 모은 거라고. 100위안짜리도 있고 50위안, 10위안, 1위안짜리도 모았어. 그렇게 모은 게 다 합쳐서 5천 위안이라고. 같이 여행 갈 수 있어."

"그럼 우리 어디로 가는 게 좋을까?"

샤오셔우는 이미 잉슈 어깨에 머리를 기대고 있었다. 그가 그녀에게 키스하려 하자 그녀는 고개를 돌리며 피했다.

"우리 어디로 가는 게 좋을 것 같아?"

잉슈가 다가가 그녀의 손을 잡았다.

"네가 가고 싶은 곳이면 어디든지."

그녀가 말했다.

"우리 먼저 산에 오르고 큰 산을 넘어서 바다 보러 가자. 그다음에는 초원으로 가는 거야."

그가 말했다.

"좋아. 먼저 산에 오르고 큰 산을 넘어 바닷가에 가서 바다 보고 나서 초원에 가는 거야."

소설은 이 대목에 이르러 이야기가 바뀌었다. 전적으로 리런 때문에 일어난 전환이었다. 그는 나의 바람을 저버리고 이야기의 흐름을 좌우했다. 하지만 누가 알았겠는가. 나는 자발적으로 샤오셔우와의 다음 생활을 구상했고, 소설의 전개에 따라 우리의 인생도 바뀌었다.

잉슈는 전동 자전거를 팔고 개조한 중고 오토바이를 한 대 샀다. 오토바이를 타고 도로를 따라 동쪽으로 달렸다. 샤오셔우를 데리고 베이징을 떠난 것이다. 도중에 그들은 농가에 머물면서 우연히 만난 사람들과 함께 밥을 먹고 잠을 잤다. 때로는 시골 사람들을 도와 병아리 몇 마리를 잡아주기도 했고 편지 몇 통을 건네받아 이웃 마을 사람에게 전달해주기도 했다. 두 사람을 쳐다보며 손뼉 치고 웃는 아이들도 있었다.

보름 뒤에 두 사람은 옌타이(烟台)에 도착했다. 잉슈는 옌타이를 잘 몰랐지만 다른 사람들 말에 따르면 옌타이는 바다는 가깝고 산은 멀다고 했다. 그는 계속 길을 물으면서 샤오셔우를 데리고 이곳에 도착했다. 두 사람이 바닷가에 도달할 때쯤, 샤오셔우가 병이 났다. 진짜 병에 걸린 것이었다. 몸이 허약해졌고 항상 기침을 했다. 하지만 그녀의 얼굴은 여전히 발그스름했다.

바다가 눈앞에 보이자 샤오셔우는 크게 실망하고 말았다.

그녀가 누르스름한 바닷물을 보며 말했다.

"바다는 파란색 아니었어? 내게는 그렇게 파래 보이지 않아."

잉슈가 말했다.

"먼 곳을 바라봐. 가장 먼 곳을 보라고."

그녀는 손으로 햇빛을 가리면서 해수면의 가장 먼 곳을 바라보았다.

"거기는 하얗기만 하고 전혀 파랗진 않아."

"오늘 하늘이 충분히 파랗지 않아서 그럴 거야. 원래 바다와 하늘은 같은 색이거든."

바다를 보고 나서 두 사람은 초원으로 향했다. 바다가 상상했던 것만큼 그렇게 아름답지는 않았지만 그들은 여전히 다음 장소에 대한 희망을 품고 다시 초원으로 향하게 되었다.

이것이 바로 나의 이야기가 나아가야 할 방향이었다. 나는 이야기를 그렇게 완벽하게 구상하지는 않았다. 누렇게 변한 바닷물처럼 나는 그저 도로를 따라 자전거를 타고 목적지에 도달할 뿐이다. 하지만 작가인 리런은 전혀 그렇게 생각하지 않았다. 그는 허구의 인물이 샤오셔우와 사랑에 빠지는 것을 원치 않았다. 그는 샤오셔우와 가까워질 무렵, 이 소설을 비극적 사랑으로 전개해나갈 생각을 하고 있었다. 또한 그는 내가 편안한 생활을 하는 것에는 전혀 신경 쓰지 않았고, 오로지 자신이 『도시와 사랑 그리고 죽음』에 관해 잘 쓸 수 있는지만을 생각했고 이

외에는 어떤 것도 중요하지 않았다. 보라. 그의 이야기는 이렇게 계속된다.

잉슈는 샤오셔우를 속였다. 그는 가난한 건 확실했지만 그 집과 차는 그의 돈으로 빌린 것이 아니라 어느 사장이 그에게 빌려준 것이었다. 그가 샤오셔우를 데리러 가기 바로 전날, 친구 하나가 그에게 그 사장을 소개해주면서 일을 좀 도와달라고 했다. 사장은 그에게 많은 돈을 줄 수 있었다. 그보다 중요한 것은 사장이 그에게 호적을 하나 만들어주었다는 것이다. 덕분에 그는 진정한 도시인이 될 수 있었다.

잉슈는 그의 제안에 응하지 않을 이유가 없었다. 그는 무엇을 하든 상관하지 않았다. 도시인만 될 수 있다면 그의 눈에는 무엇이든 가치 있는 것처럼 보였다. 그는 어떤 일이라도 할 수 있었다.

그러던 어느 날, 샤오셔우가 그에게 물었다.

"우리 여행 언제 가?"

잉슈가 말했다.

"우리는 지금 5천 위안밖에 없어. 기다렸다가 5만 위안이 모이면 가자."

샤오셔우가 말했다.

"알았어. 알았다고."

몇 달 후, 그는 5만 위안이 생기자 전부 샤오셔우에게 저축하게 했다.

샤오셔우가 물었다.

"우리 여행 언제 가?"

잉슈가 말했다.

"어, 돈이 좀 더 필요할 것 같아. 우리한테는 지금 5만 위안밖에 없어. 돈이 좀 더 많아질 때를 기다리자. 돈이 더 많아지면 외국의 바다와 초원, 그리고 사막 보러 가자."

다시 1년 남짓 지나 잉슈는 정말 큰돈이 생겼다. 몇천 위안도 아니고 몇만 위안도 아닌, 몇십만 위안이었다. 그는 그 돈으로 큰 집을 장만하여 커다란 침대를 하나 들여놓았다. 침대 앞은 투명한 통유리 창문이었다. 그는 매일 차를 몰고 다녔다. 품속에는 칼을 숨기고 있었다. 그는 사람들에게 돈을 요구했다. 때로는 돈을 빌리기도 하고 때로는 돈을 주기도 했다. 그는 이런 복잡한 관계를 이해하지는 못했다. 한 가지 일을 끝낼 때마다 사장에게서 그 돈의 일부를 받을 수 있다는 것만 알았다.

샤오셔우가 참지 못하고 또 물었다.

"우리 여행 언제 가?"

"나 지금 엄청 바빠. 정말 바빠. 호적 문제 해결하느라 바쁘단 말이야. 내가 호적 문제 해결할 때까지, 대로를 걸을 때 경찰이 신분증 검사할까 봐 두려워하지 않아도 될 때까지, 그래서 진정한 베이징 사람이 될 때까지만 기다려줘. 여행은 그때 가도록 하자."

샤오셔우는 아무 말도 하지 않았지만 눈에 비치는 실망이 그 어느 때보다 깊어 보였다. 맨 처음에 받았던 5천 위안은 줄곧 그녀의 가방 속에 숨겨져 있었다. 그녀는 그 돈을 매주 한 번씩 꺼내서 셌다.

그녀가 말했다.

"5천 위안은 많지도 적지도 않은 돈이야."

하루는 샤오셔우가 잉슈가 일하는 곳을 찾아갔다가 그가 젊은 여자와 어깨동무를 하고 아주 뜨겁게 입 맞추는 장면을 목격했다. 그녀는 그를 부르지 않았다. 그저 그들이 함께 차를 타고 매연을 내뿜으며 떠나는 것을 눈으로 배웅했다.

그날 저녁, 샤오셔우가 잉슈에게 어떻게 된 일인지 물었다.

잉슈가 말했다.

"나도 어쩔 수 없었어. 이건 업무상 필요한 일이야. 내 업무는 매우 복잡하거든. 나는 각양각색의 사람들과 교류해야 한단 말이야."

샤오셔우가 말했다.

"그 여자를 상대하지 않아도 됐잖아!"

잉슈가 말했다.

"아니야. 난 그녀를 무시할 수 없어."

샤오셔우가 물었다.

"그럼, 그 여자 지금도 사랑해?"

잉슈가 말했다.

"내가 사랑하는 건 너야. 내가 하는 이 모든 일들이 다 너를 위한 거라고, 모르겠어?"

다음 날 밤, 잉슈는 술에 취해서 돌아왔다. 문을 열자 방 안 가득 지폐가 널려 있었다. 그가 급히 다가가 살펴보니 100위안짜리도 있고 50위안짜리도 있었지만 10위안과 1위안짜리가 가장 많았다. 그는 소리 내서 울기 시작했다. 샤오셔우가 그를 떠나버린 것 같았다.

하지만 그는 샤오셔우 없이는 살 수 없었다. 그는 확실히 샤오셔우를 사랑했다. 그리고 자신이 지금 가진 모든 것이 샤오셔우가 가져다준 것이라고 믿었다. 그의 인생은 샤오셔우를 알게 된 뒤에야 변하기 시작했다. 그는 반드시 샤오셔우를 찾아야 했다.

나는 잠시 멈춰야 했다. 도저히 참을 수 없을 정도로 마음이 극도로 괴로웠다. 리런이 쓴 이야기를 더 이상 이어서 말할 힘이 없었다. 그는 나를 나쁜 사람이라고 서술했지만 나는 결코 그런 사람이 아니다.

리런이 쓴 것을 누가 믿을 수 있단 말인가. 누구도 나 잉슈가 이런 사람이라고 생각하지 않을 것이다. 절대로 그렇게 생각하지 않을 것이다. 사실 나는 여전히 막노동으로 살아가는 개미족이었다. 사무직 노동자가 되지 못하고 베이징 교외의 반지하 방에서 살고 있었다. 오히려 그는 샤오셔우를 데리고 여행을 떠났고, 두 사람은 많은 곳을 돌아다녔다. 그들은 바다를 보았고, 말을 탔고, 사막을 걸었다. 현실 속의 샤오셔우는 이미 철저히 그만을 사랑했고, 그가 청혼하자 조금도 주저하지 않고 받아들였다. 그는 현실에서 이미 샤오셔우를 차지했으면서도 소설 속에서 억지로 나와 그녀를 갈라놓으려 했다.

현실 속에 사는 사람들은 허구적 인물의 무력감과 절망을 이해하기 어려울 것이다. 좋다. 어쨌든 그가 쓴 것을 다시 한번 기술한다.

그 폐기된 현금인출기 부스 안에서 잉슈는 기절한 샤오셔우를 발견했다. 그는 얼른 그녀를 안아 들었다. 7월의 마른 민들레처럼 가벼웠다. 그녀는 큰 침대에 누워 이틀간 잠만 자다 깨어났다. 샤오셔우가 깨어나자 잉슈는 울음을 터뜨리며 그녀에게 사과했다.

"네가 체력을 회복하기만 하면 곧바로 너를 데리고 여행을 떠날게."

샤오셔우가 반신반의하면서 대답했다.

"알았어."

"대신 다시는 도망가지 마. 사라지는 건 절대 안 돼. 절대로 용납할 수 없다고."

하지만 잉슈는 샤오셔우를 데리고 떠나지 않았다. 그에게 골치 아픈 일이 생긴 것이다. 큰 문제였다. 그가 하던 일을 그르쳤고 사장은 몹시 화가 났다. 그가 곧 받을 수 있었던 베이징 호적은 사장에 의해 저지됐다. 이러한 타격이 잉슈에게는 대단히 무겁고 거대하게 다가왔다. 그는 매일 이 문제를 해결하느라 여행과 관련된 일에 신경 쓸 겨를이 없었다.

샤오셔우가 다시 도망치는 것을 막기 위해 그는 매일 집을 나설 때마다 문을 단단히 걸어 잠갔다. 샤오셔우는 잉슈에 의해 집 안에 갇혀 판다처럼 보살핌을 받았다. 그녀에게는 먹을 것도 있고 옷도 있고 고양이도 함께였지만 전혀 즐겁지 않았다.

샤오셔우는 점점 야위어 큰 병이 났다. 금방이라도 죽을 것만 같았다.

이제 잉슈가 그녀를 내보내준다 해도 그녀에게는 나갈 힘조차 없었다.

아, 이놈은 소설 속에서 샤오셔우가 죽기를 바랐다. 악랄한 놈! 나는 글에서 튀어나와 큰 거리로 가서 그와 정면 대결을 하지 못하는 것이 한스러웠다. 그는 이 대목을 쓰고 나서 자신이 방금 대출받아 산 차를 몰고 현실의 샤오셔우를 데리러 갔다. 두 사람은 웨딩드레스를 보러 갈 생각이었다.

리런과 샤오셔우는 웨딩숍에서 여러 가지 웨딩드레스를 입어보았다. 그녀의 손가락에는 빛나는 다이아몬드 반지가 끼워져 있었고 얼굴에는 행복이 가득했다. 두 사람이 매일 토론하는 것은 전부 결혼식에 관한 것이었다. 현실 생활의 행복이 허구에 대한 그의 마음을 더욱더 단단하게 만들었다. 허구의 존재인 나에 대해 그는 일말의 연민의 감정도 느끼지 않았다. 하지만 나와 리런 둘 다 미처 생각하지 못한 일이 일어났다. 현실의 샤오셔우가 정말로 병에 걸린 것이었다.

아마도 리런은 상상하지 못했을 것이다. 그가 내 인생을 바꿀 때, 그의 인생 또한 누군가에 의해 바뀔 수 있다는 것을.

심각한 전염병이 유행하기 시작했다. 샤오셔우는 간호사라 매일 병원에서 환자들을 돌보다가 이 병에 전염되었다. 그녀는 병실에 격리되었다. 리런은 그녀를 만날 수 없었고 전화도 어쩌다 한 번씩 거는 수밖에 없었다.

샤오셔우는 매일 주사를 세 대씩 맞았다. 한 대에 400위안의 비용이 들었다. 일주일에 한 번씩 전신을 검사했다. 샤오셔우와 리런은 저축한 돈을 모두 병원비로 쏟아부었지만 병세는 조금도 나아질 기미가 보이지 않았다. 리런은 자신의 집을 판 돈 전부를 샤오셔우 치료에 썼다. 그는 자신의 사랑, 자신의 모든 것을 샤오셔우에게 주었다. 자신의 생명으로 그녀의 건강을 맞바꿔야 해도 그는 기꺼이 그러길 원했다. 그러나 어느 날 아침, 샤오셔우는 고통 속에서 세상을 떠났다.

그날 아침, 리런은 두 가지 물건을 동시에 받았다. 샤오셔우의 사망통지서와 웨딩드레스였다. 그는 얇은 종이 한 장을 움켜쥐고 하얗고 부드러운 웨딩드레스에 쓰러져 눈물을 흘리며 말을 잇지 못했다.

샤오셔우의 화장을 끝내고 나서 리런은 오랫동안 기운을 차리지 못했다. 그러던 어느 날 밤, 그는 컴퓨터를 켜고 『도시와 사랑 그리고 죽음』 파일을 열어 마침내 이 소설을 완성했다.

잉슈는 마침내 모든 문제를 해결하고 호적을 취득했다. 그러나 샤오셔우는 이미 생명이 위독한 상태였다. 그는 이번에는 샤오셔우가 정말로 자신을 떠날지도 모른다는 것을 예감했다. 그녀의 영혼이 떠날 것을 알았지만 가둘 수도, 막을 수도 없었다.

약속한 날로부터 2년이 지나 두 사람은 마침내 여행을 위해 비행기에 오를 수 있었다. 비행 도중 샤오셔우는 폐출혈이 갑자기 심해졌다. 기침을 한 번 할 때마다 피를 토하더니 비행기에서 내리기도 전에 의식을 잃고 말았다. 샤오셔우를 데리고 공항을 빠져나온 잉슈는 택시를 타고 가장 가까운 병원으로 가려고 했다. 택시가 흔들리는 바람에 샤오셔우는 정신을 차렸다.

그녀가 물었다.

"우리 어디 가는 거야?"

"병원에 가는 중이야. 샤오셔우, 꼭 살아야 해."

"아니야, 안 갈래. 우리 바다 보러 가자."

잉슈는 병원으로 가려 했지만 샤오셔우는 바닷가에 먼저 가자고 우겼다. 그는 그녀의 말을 따르는 수밖에 없었다.

두 사람은 이미 저 멀리 바다를 발견했다. 갑자기 택시가 멈춰 서더니 기사가 말했다.

"이 여자는 곧 죽을 거예요. 내 차는 죽은 사람을 태우지 않습니다. 그만 내리세요."

잉슈가 간청했다.

"바닷가까지만 데려다주세요. 겨우 500미터밖에 남지 않았잖아요."

"안 가요, 안 가! 정말 재수 없네."

잉슈가 소리쳤다.

"돈을 더 드릴게요. 제가 가진 돈 전부 다 드리겠습니다!"

"어서 내리세요, 돈 안 받아요."

기사가 필사적으로 경적을 울리자 한 무리의 사람들이 택시를 둘러싸고 소리를 질렀다.

두 사람은 차에서 내리는 수밖에 없었다. 다시 택시를 잡으려 했지만 그곳을 지나는 차는 한 대도 없었다.

잉슈는 샤오셔우를 등에 업고 천천히 바다를 향해 걸어갔다.

잉슈가 말했다.

"샤오셔우, 무슨 일이 있어도 버텨야 해. 우리 이미 바닷가에 도착했다고."

그랬다. 두 사람은 바닷가에 도착해 있었다.

잉슈는 샤오셔우를 바닷가에 내려놓고 자리를 잡고 앉게 했다. 하지만 그녀는 이미 숨을 거두었고 입가에는 아직도 피가 맺혀 있었다.

샤오셔우는 바다를 바라보는 것 같았지만 끝내 차가운 바닷물을 만지지는 못했다. 잉슈는 샤오셔우가 병실에서 죽는 것보다는 이렇게 가는 것이 더 나을 거라고 생각했다. 이제 샤오셔우의 영혼은 그녀의 다음 여행지로 발걸음을 옮겼을 것이다.

리런은 샤오셔우를 잃은 동시에 내게서 샤오셔우를 앗아 갔다. 우리는 사랑하는 사람을 동시에 떠나보냈다. 지금 나는 그를 미워할 수가 없다. 그 역시 고통에 빠져 있기 때문이다. 그의 삶은 계속될 것이다. 장차 또 다른 여자를 만나게 될 것이고, 그 가운데 하나는 또 다른 샤오셔우가 되어 그와 결혼하여 아이를 낳고 일생을 마칠 것이다. 그는 아마 또 다른 소설을 쓸 수도 있을 것이다. 희극도 있고 비극도 있을 것이다. 또 다른 허구의 인물들과 그들의 사랑도 있을 것이다.

하지만 샤오셔우의 죽음은 내게서 사랑을 가져갔을 뿐만 아니라 내 생명에도 종지부를 찍은 것이나 다름없었다. 소설이 끝나면 나도 죽으므로. 나는 리런이 주는 슬픔과 절망 뒤에 죽게 될 것이다. 그가 아니었다면 나는 여러 차례 한 입으로 두말하는 일이 없었을 것이고, 샤오셔우를 데리고 그녀가 가고 싶어 한 곳으로 긴 여행을 했을 것이다. 그가 아니었다면 나는 소설 속에서 샤오셔우와 함께 살았을 것이다. 우리는 결혼을 하고, 아이를 낳고, 노인이 되어 자연스럽게 죽었을 것이다. 그런데 소설에서 나는 가증스러운 사람이 되었고, 나의 샤오셔우는 죽고 말았다. 내가 그녀를 죽인 것이다.

"샤오셔우는 바다를 바라보는 것 같았지만 끝내 차가운 바닷물을 만지지는 못했다. 잉슈는 샤오셔우가 병실에서 죽는 것보다는 이렇게 가는 것이 더 나을 거라고 생각했다. 이제 샤오셔우의 영혼은 그녀의 다음 여행지로 발걸음을 옮겼을 것이다."

이 마지막 대목은 그가 자신의 비극적인 인생에 건넨 위로일 뿐이었다. 나는 그렇게 생각하지 않을 수 없었다. 나의 모든 생각은 다 그로부터 기원한 것이다. 설마 그가 여태껏 나에게도 다른 사람들과 마찬가지로 생명이 있고, 아름다운 삶과 사랑을 추구할 권리가 있다고 생각해본 적이 없을까? 허구의 인물이 겪는 고통 역시 진정한 고통이리라고는 누구도 생각해보지 못했을 것이다.

나는 잉슈라고 하는 허구의 인물이다. 리런은 자신 역시 또 다른 허구의 인물이라는 사실을 알지 못했다. 그 작가의 이름은 류팅(劉汀)이었다.

한 허구적 인물의 절망적인 사랑에는 아무도 신경 쓰지 않을 것이다. 이해해주는 사람도 없을 것이다.

책임 번역 : 송서현

아버지의 감옥

1998년 8월, 나는 만 열세 살이 되었다.

그 당시 나와 아버지는 교외로 이사를 했다. 마침내 나는 도시 사람이 된 것이다. 사는 곳이 교외이고 시내와는 거의 40킬로미터 가까이 떨어져 있긴 하지만 교외도 도시는 도시였다. 매번 시내에 나갈 때마다 두 시간 정도 기차를 타야 했던 나는 항상 기차에서 책 50쪽 정도를 읽을 수 있었다. 도시 외곽에 사는 4년 동안 나는 20여 편의 소설을 읽었다. 중국소설도 있고 외국소설도 있었다. 전부 기차에서 읽은 것이었다. 나의 독서는 영원히 길 위에 있는 것 같았다. 덜컹거리면서 종점에도 가지 못하고 시내 중심지로도 가지 못하는 독서였다.

아버지는 교도관이었다. 나는 이 사실을 남들에게 거의 말하지 않았다. 가끔 열등감이 들었기 때문이다. 아버지는 시내로 가기 위해 파출소장 자리를 버리고 교도소에서 일했다. 아버지의 희생이 나를 도시와 한없이 가까워지게 했다. 나는 도시를 바라보며 도시와 도시에서 일어나는 일들에 대해 이야기할 수 있었다. 이것은 열세 살 먹은 소년에게 대단히 중요한 일이었다. 나는 도시의 한 스타를 열광적으로 숭배했다. 그는 내 마음을 지배했다. 그가 무엇을 말하고 무엇을 하는지가 내가 웃을지 울지를 결정했다. 나는 항상 몰래 기차를 타고 시내에 가서 새로 나온 그의 포스터를 보곤 했다. 그때는 오가며 책을 20쪽 정도도 읽을 수가 없었다. 귀에는 온통 그의 노랫소리가 가득했고 눈에는 온통 그의 모습이 아른거렸다.

아버지는 내가 귀신이 들렸다며 화를 냈다. 가끔 마음이 평안해질 때면 그런 상황이 두렵기도 했다. 나는 내가 정신 나간 사람이 되어간다는 것을 깨달았다. 대단히 무서운 일이었다. 아버지가 나를 호되게 때린 적이 있지만 그런 아픔은 오히려 나를 그 스타에게 더욱 가까이 다가가게 했다. 그의 노래가 내 마음을 위로했기 때문이다. 나는 그에게 점점 더 깊이 빠져들어 헤어 나올 수가 없었다. 물론 그는 이런 사실에 대해 전혀 알지 못했다. 나는 그를 직접 본 적도 없었으므로. 단지 나는 더 이상 자신을 제어할 수 없게 되었다. 어쩌면 내게 내재된 편집증적인 유전자가 그 스타로 인해 폭발해버린 것일 수도 있었다. 아버지는 나를 낳은 것을 후회했다. 가족 중에 세대마다 미친 사람 몇 명이 나오는 건 일반적인 일이었다. 세대가 바뀔수록 이런 경향은 더욱 심해졌다. 우리 할아버지는 미친 사람이었고 작은할아버지는 우울증에 시달렸으며 또 친척 고모할머니도 정신병을 앓았다. 엄마를 만나 결혼한 아버지는 엄마의 고집으로 나를 낳았다. 천만다행으로 내가 열세 살이 되었을 때까지 정신병 징조는 보이지 않았지만 아버지와 엄마는 이혼하고 말았다. 이혼한 아버지는 나를 데리고 교외로 갔다. 내가 어느 스타 하나 때문에 정신병자가 될 잠재력을 지니고 있다는 것을 아버지는 상상도 하지 못했다.

절망한 아버지는 결국 한 가지 방법을 생각해냈다. 자신의 권력을 이용하여 나를 감옥 안의 작은 감방에 가두고 문을 잠근 것이다. 이렇게 며칠이 지나면 내 마음속의 귀신이 죽고 내가 정상으로 돌아올 수 있을 거라는 생각에서였다. 나는 감방에서 울며불며 죽기 살기로 소란을 피웠다. 아버지를 공적인 시스템을 이용하여 사적인 문제를 해결하려는, 어린아이를 멋대로 감옥에 가두는 비인간적인 사람이라고 큰 소리로 욕해대기도 했다. 아버지는 완고한 태도를 보였다. 매일 내게 밥도 주지 않고 한마디도 하지 않았다. 나는 아버지를 미워하기 시작했다. 아버지는 나를 도시에서 이렇게 가까운 곳으로 데려와놓고는 나를 감방에 가두었다. 다시는 도시에 갈 수 없게 만들었고 그 스타의 포스터조차 볼 수 없게 했다.

나는 반년 동안 감방에 갇혀 있었고, 마침내 희미한 광기에서 깨어나 자유, 특히 정신적 자유의 소중함을 깨닫기 시작했다. 나는 다시는 아버지를 욕하지 않았고 아버지도 점점 나와 말을 섞기 시작했다. 하지만 나는 내 입으로 패배를 인정하고 싶지 않았다. 나는 그동안 두 명의 친구를 알게 되었다. 다름 아니라 무기징역을 선고받은 죄수들로 둘 다 내 옆방에 있었다. 1960년대에 지어진 이 감옥은 여러 해에 걸쳐 적지 않은 범인들을 수용하다 보니 조금 낡은 상태였다. 죄수들은 남들과 달리 가끔 광적인 소란을 부리고는 했다. 물건을 집어 던지고 머리를 시멘트 벽에 들이받는 등의 행위가 수반되었다. 나는 놀랍게도 내 방 한쪽 벽에 지름 20센티미터 정도의 구멍이 나 있는 것을 발견했다. 시멘트는 오래전에 벗겨졌고 안에 있는 철근도 몇 가닥 부러져 있었다. 구멍 안팎으로 희미한 핏자국이 남아 있었다. 나는 이곳에 수감됐던 죄수들이 모두 같은 곳을 들이받아 그렇게 큰 구멍이 난 것이고, 철근은 아마도 이빨로 조금씩 깨물어 부러뜨린 것일지도 모른다고 추측했다.

열세 살인 내 머리를 구멍에 맞춰 귀를 대고 있으면 옆방 말소리를 들을 수 있었지만 목소리가 들려올 때쯤에는 이미 지쳐서 더는 견딜 수가 없었다. 어디나 감옥의 벽은 두꺼운 법이었다. 구멍 난 벽 역시 상당히 두꺼웠다. 나는 옆방 사람들이 주고받는 이야기의 구체적인 내용은 알아들을 수 없었다. 그 점이 나를 무척 조급하게 했다. 나는 옆방 사람들의 사정을 알고 싶었다. 이렇게 밀폐된 감방에서 옆방 일도 모르면 어떻게 어둡고 긴 하루를 보낼 수 있겠는가.

나는 옆방과 소통하는 상상을 하면서 끊임없이 발로 그 구멍을 걷어찼다. 쾅쾅쾅, 쾅쾅쾅.

"거기 누구세요?"

"내 말 들리세요?"

"제기랄!"

나는 상대가 알아들을 수 있게 이런 신호들을 보냈다. 하지만 저쪽은 방 안에 물이 가득 차기라도 한 것처럼 공허하기만 했다. 메아리조차 없었다. 나는 큰 소리로 그 스타의 노래를 부르기 시작했다. 노래를 부르면서 밥숟가락으로 그 구멍을 계속 팠다. 그의 모든 노래를 백 번 넘게 불렀을 때, 나는 마침내 얼굴을 그 구멍 안으로 집어넣을 수 있었다. 구멍은 마치 시멘트로 만든 가면 같았다. 내 얼굴에 딱 맞는 크기였다. 벽 깊숙한 곳의 시멘트 부스러기에서 피비린내가 배어 나오자 나는 거칠게 숨을 쉬었다. 그 냄새를 맡으면 왠지 모르게 흥분되었기 때문이다. 피비린내를 통해 이곳에 수감되어 있는 모든 사람들과 연결되는 듯한 느낌이 들었다. 머릿속으로 자신이 살인이나 강간, 방화 같은 하늘도 용서할 수 없는 죄를 지은 죄수라고 상상했다. 이런 상상 속에서 심지어 나는 잔혹하게 시신을 훼손했고 아버지의 머리통을 수박 깨듯이 부숴버렸으며 경찰에게 붙잡혀서도 여유롭게 웃으면서 큰 소리로 외쳤다.

"14년 뒤에도 난 잔인한 살인자다!"

감옥 안의 형제들이 내게 어떻게 들어오게 되었냐고 물으면 사람을 죽였다고 대답하면서 입꼬리를 치켜올리며 야릇한 웃음을 지었다.

나는 갑자기 오한이 들면서 젖은 옷에서 물을 짜낼 정도로 온몸에 땀이 났다. 벽의 시멘트 부스러기처럼 몸이 땅바닥으로 가라앉으며 몹시 허탈했다. 고열이 나기 시작했고 이런 증상은 보름 동안 지속되었다. 나는 아버지가 가져다준 약을 전부 던져버렸다. 고열로 인해 머리가 방금 다 타버린 숯 같았고 뼈마디가 전부 부러져서 아무 데나 흩뿌려지는 듯한 느낌이었다. 고열이 물러가자 나는 거의 눈이 먼 상태였다. 감방은 원래 어두웠지만 낮에는 뭔가 희미하게나마 보였고 해 질 무렵부터는 모든 것이 검은색으로 변했다. 하지만 내 귀는 대단히 민감해져서 100미터 밖의 발걸음 소리도 분명하게 들을 수 있었다. 어떨 때는 아버지가 숨 쉬는 소리도 들을 수 있었다. 나의 세계는 온통 칠흑 같았지만 눈에 생생하게 다 보였다. 나는 하루 종일 벽에 기대

앉아 극한의 청력으로 감옥 구석구석에서 나는 소리를 들으며 초음파처럼 훑고 다녔다. 욕설과 잠꼬대, 싸움, 자살, 비역, 자학 등의 소리가 들리면 머릿속에 생생한 장면이 펼쳐졌다. 내가 가장 듣고 싶은 것은 역시 매일 감방이 어두울 때 옆방 사람들이 나누는 대화였다. 나는 정확한 시간을 알지 못했다. 단지 어둠의 정도에 따라 시간을 짐작할 수 있을 뿐이었다. 가장 어두운 때가 바로 나의 자정이었다.

나의 자정이 돌아오면 나는 옆방 방송을 들으면서 그들의 대화에 심취했다. 가끔씩 그들이 말을 하지 않으면 몹시 초조해져 머리를 구멍에 부딪치곤 했다. 머리가 깨지고 피가 흐르면 얼굴을 벽에 붙이고 옆방을 향해 고함을 질렀다.

"말 좀 해봐. 말 좀 하라고, 이 개새끼들아! 모두 다 벙어리가 됐냐?"

목이 잠길 정도로 고함을 친 바람에 온몸에 힘이 빠졌지만 옆방에서는 여전히 아무 소리도 들리지 않아 포기하는 수밖에 없었다. 이어서 나는 아버지를 향해 욕하거나 내가 그 스타를 얼마나 사모하는지를 혼잣말로 늘어놓았다. 그럴 때면 자신이 그를 위해 치욕을 견디고 있는 애인인 것처럼 느껴졌다. 나는 옆방의 두 사람에게 장산(張三)과 리쓰(李四)라는 아무 의미도 없는 이름을 붙여 상상을 이어나갔다. 장산과 리쓰는 내 머릿속에서 끊임없이 말을 했다.

장산은 악명 높은 살인범으로 1년에 사람을 무려 열 명이나 죽였다. 얼마나 많은 사람을 죽였는지는 장산이 유명한 이유가 아니었다. 중요한 건 그가 누구를 죽였느냐였다. 장산이 가장 최근에 죽인 사람은 영화계의 세계적인 거물로 오스카상 시상식이나 칸 영화제, 베를린 영화제 시상식에 항상 모습을 드러냈다. 단 한 번도 수상한 적은 없지만 그는 매번 시상식에 참석했다. 그 전에 장산은 어린이집에 다니는 아이를 포함하여 이웃 아홉 명을 죽인 터였다. 사람을 아홉 명이나 죽였을 때 장산은 한동안 대단한 명성을 누렸다. 신문은 매일 그의 기소와 재판, 형 선고에 관한 최신 상황을 보도했다. 그러다 보니 살인마인 그의 암울한 유년 시절과 비참한 청소년 시절, 우울한 성년의 인생 경험들이 사람들의 대화에 화젯거리로 올라오기 일쑤였다. 장산은 하는 수 없이 법관을 상대로 투쟁을 벌이는 동시에 각종 매체 인터뷰에 응하며 자신의 살해 동기와 경험을 반복해서 말했다. 그는 이처럼 남들에게 주목받는다는 우월감을 충분히 누리면서 자신이 아주 중요한 존재라는 것을 알게 되었다. 요컨대 그는 많은 사람들의 태도를 바꾸고, 심리학자들의 조사 보고서를 바꾸고, 사회 이슈를 바꿀 수 있었다. 거짓말하지 않는 카메라와 녹음기 앞에서 장산은 자신에게 충실했다. 아는 것은 모두 말했고 할 말을 조금도 숨기지 않았다. 기자들이 흐뭇한 표정으로 자리를 뜨고 심리학자들이 조심스럽게 자신이 작성한 조사표를 작은 가방에 넣는 것을 보면서 장산은 무척이나 만족스러웠다. 인터뷰에 응한 관객들이 자신을 향해 이를 악무는 모습도 나쁘지 않았다. 그가 경찰에게 흡연을 신청하자 경찰이 그에게 중난하이(中南海) 한 개비를 건넸다. 장산은 여유 있는 모습으로 변기에 앉아 구름을 삼키고 안개를 토해냈다. 한때 변비에 시달렸던 그는 막힘없이 우수수 대소변을 쏟아냈다.

그러나 얼마 지나지 않아 장산은 다시 변비로 고생하기 시작했다. 고급 중국 담배를 피워도 대변이 전혀 나올 생각을 하지 않았다. 변덕스러운 사람들이 그를 냉대하기 시작하고 신문과 텔레비전이 다른 관심사에 초점을 맞추면서 장산의 이야기는 세상에서 사라지고 말았다.

장산이 리쓰에게 말했다.

"그때는 정말 똥이 안 나와서 얼마나 괴로웠는지 몰라! 난 그저 시원하게 한번 싸고 싶을 뿐이야. 제기랄, 사형선고까지 받은 사람인데 똥 싸는 게 왜 이렇게 어려운 거지? 나는 이렇게 끝낼 수 없어. 나가야만 해! 내가 탈옥하기만 하면 다시 파문을 일으킬 수 있을 거야. 모두 나한테 관심을 집중하게 될 거라고. 나는 유명해지고 싶은 게 아니야. 그저 똥 한번 시원하게 싸고 싶을 뿐이라고. 리쓰, 자네는 모를 거야. 변기에서 들리는 퐁당 소리가 얼마나 시원한지 말이야. 물이 엉덩이까지 튀는 바람에 혼이 나갈 뻔했어! (이 대목에서 한마디 덧붙이지 않을 수 없을 것 같다.

장산은 이 마지막 한마디를 경극의 가락으로 노래하듯이 말했다. 올라갔다 내려왔다 하는 음조와 앵앵거리는 소리에 듣는 사람은 정말 혼이 나갈 것 같았다. 아니, 혼이 나가버렸다! 그들의 옆방에서 술에 취한 듯이 어렴풋하게 그 소리를 듣고 있던 나는 그 뒤로 화장실에 갈 때마다 변기에 앉아 혼이 나가는 느낌을 기대해봤지만 물이 튀는 것 외에는 아무런 느낌도 없었다.) 그런데 어떻게 나가지? 흐흐, 나는 변비잖아? 보름이 다 되도록 똥을 전혀 누지 못했으니 이제 곧 죽게 될 거야. 그런데 아직 형 집행 시기가 되지 않았으니 그들은 감히 내가 죽도록 방치하지도 않을 거라고. 나는 감옥에서 죽고 싶지만 인민들은 그들에게 나를 죽이도록 허락하지 않을 거야.

병원 치료를 신청해봤지만 그곳 의사와 간호사들은 전부 독한 놈들이라 주사 놓는 게 마치 표창을 날리는 것 같더라고. 링거는 거의 관장약에 가까웠지. 사람을 치료하는 방법이 가축 치료하는 것보다 더 악랄하더라니까. 하지만 병원의 감시는 비교적 느슨한 편이라 한 달 반 동안 똥을 누지 않은 사형수에 대해 특별한 신경을 쓰지 않았어. 기회를 잡아 탈출에 성공한 나는 어느 공사장 한구석에 숨어 있다가 날이 저문 다음에 차를 타고 시내로 들어갔어.

큰 호텔의 댄스홀 따위는 내게 아무런 흥미도 주지 않았어. 나는 오로지 사람이 많은 곳만 찾아갔지. 광장에서 한 무리의 사람들이 어떤 사람을 둘러싸고 있는 것을 보았어. 그 친구는 선글라스를 꼈고 머리를 여러 가지 색깔로 염색했더군. 나는 사람들 속으로 비집고 들어가 아주 큰 소리로 외쳤어. '나는 살인마 장산이다.' 아무도 내게 관심을 보이지 않더군. 그들은 작은 노트를 건네며 그에게 사인 받으려 했고 카메라를 들고 그와 함께 사진을 찍었어. 나는 화가 났지만 애써 참으면서 더 큰 목소리로 고함을 질렀지. '나는 장산이다. 사람 아홉 명을 죽인 살인마라고. 내가 장산이다!' 사람들은 여전히 그를 에워싸고 있었어. 더 이상 참을 수 없었던 나는 옆에 있던 한 소녀의 펜을 빼앗은 다음, 불붙은 폭죽처럼 선글라스를 향해 돌진했지. 두 다리 위에 올라타서 그의 몸을 누른 채 펜으로 얼굴을 세게 내리찍었어. 처음에는 볼펜이 안경 위에 박힌 것 같았어. 유리가 깨지면서 핏방울과 유리 조각이 사방으로 흩어지는 광경을 똑똑히 보았지. 그 친구는 몸부림치면서 비명을 질러댔어. 그를 에워쌌던 사람들이 한참을 멍하니 서 있다가 일제히 비명을 지르면서 도망치는 꼴을 보니 정말 놀란 토끼 같더군. 그가 내 손에 죽었는지에 대해서는 아무도 신경 쓰지 않았어. 그 친구가 정말 우습더군. 사람들에게 자신이 아주 중요한 인물인 줄 알았을 것 아냐! 나는 그의 목을 또 찔렀어. 물론 피가 점점 많이 났지. 그는 서서히 경련을 일으키기 시작하더니 이내 두 다리를 쭉 뻗고 숨을 쉬지 않더군. 나도 맥이 탁 풀려서 그에게 비스듬히 몸을 기댔어. 그때 내 뒷문의 괄약근이 느슨해지면서 오장육부가 전부 엉덩이를 타고 흘러내리는 바람에 전혀 힘을 쓸 필요가 없었어. 주룩주룩 창자에서 보름 동안 쌓여 있던 똥이 미끌미끌 기어 나왔어. 나는 아주 길게 편안한 숨을 내쉬었지. 몸이 가벼워서 금방이라도 날아오를 것만 같았다니까.

지독한 악취가 진동하기 시작하더군. 솔직히 말하면 나 자신조차도 그 냄새를 견딜 수가 없었어. 정말 역겨웠지. 내 배 속에 이렇게 고약한 것들이 들어 있었다니 정말 무서운 일이야!"

내가 장산이 그다음에 어떻게 되었을까, 하는 생각을 하고 있는 차에 교도관이 다가왔다. 캉캉. 전기봉으로 철창을 세게 두드리는 소리가 들리더니 그가 날카롭고 목이 잠긴 소리로 말했다.

"얘기들 그만해. 누구든지 입을 더 열었다가는 내가 전기봉을 똥구멍에 꽂아버릴 테니까 알아서 하라고. 염병할, 살날도 얼마 남지 않은 것들이! 다들 조용히 해!"

옆방에서 소리가 나지 않았지만 나는 단념하지 않고 계속해서 그 구멍에 귀를 대고 있었다. 무엇보다도 그들이 말하는 것을 듣지 못하게 되는 것이 걱정이었다. 목이 견디기 어려울 정도로 뻣뻣해졌는데도 옆방에서 아무 소리도 나지 않자 나는 고개를 가로저으며 일어서서 발로 벽을 걷어차기 시작했다. 한참을 걷어찼더니 땀이 나기 시작했다. 피곤해진 나는 곧바로 낡은 이불 위에 쓰러져 잠이 들었다. 꿈속에서 나는 장산이 말한 모든 것을 되새겼고 그로 인해 흥분했다. 어디선가 악취가 나는 것 같았다. 장산의 똥 냄새였다. 나는 욕하지 않을 수 없었다.

"염병할 장산, 진짜 역겹네. 너는 사람이 아니야, 너희 엄마가 싸지른 똥이지."

욕하자마자 장산이 볼펜을 들고 내 얼굴을 찔렀다. 장산의 공격에 눈이 찢어지는 듯한 통증이 느껴졌다. 극도의 통증에 그만 잠에서 깼다. 알고 보니 풀 베개에서 삐져나온 풀 한 가닥이 눈을 찌른 것이었다. 눈물이 나기 시작했다. 이때 갑자기 옆방에서 말소리가 들렸다. 이번에는 리쓰의 목소리였다. 그의 목소리는 무척이나 부드러웠다. 봄날의 한 줄기 따뜻한 바람이나 한여름의 아이스크림, 겨울날의 따뜻한 국수 한 사발 같았다. 리쓰의 목소리는 남자 목소리와 여자 목소리가 한데 뒤섞인 것 같았다. 소금이 남김없이 물속에 녹듯 완벽하게 섞인 소리였다.

"이건 좀 이상하네."

리쓰는 장산처럼 그렇게 허세를 부리지는 않았다. 어떤 일이든 그의 입에서 나오면 지극히 평범한 것이 되었다. 이 세상에 리쓰를 흥분하게 하거나 냉담하게 하는 일은 없는 것 같았다. 하지만 리쓰는 뜻밖에도 이건 좀 이상하다고 말했다. 무엇이 이상했던 것일까? 나는 잠들었던 것이 원망스러웠다. 장산이 방금 무슨 말을 했는지 모르는 나는 재빨리 벽에 귀를 갖다 댔다.

"그 편지들 말이야, 내게 좀 보여줄 수 있어?"

장산은 보여줄 수 있는지 없는지 곧바로 대답하지 않았다. 그는 눈을 부릅뜨고 있었다. 리쓰가 다시는 자신에게 편지를 돌려주지 않을까 봐 리쓰에게 편지 건네는 것을 두려워하는 것 같았다. 장산의 오른손은 여전히 '꽉 쥔' 자세를 유지했다. 단지 볼펜이 쥐어져 있지 않았을 뿐이다. 하지만 리쓰의 눈에는 장산의 오른손에 여전히 그 볼펜이 쥐어져 있는 것처럼 보였다. 아무도 빼앗을 수 없을 것 같았다. 장산은 매번 대변을 보기 전에 허공을 향해 맹렬하게 찌르는 동작을 하고 나서야 기분 좋게 변기에 앉았다.

리쓰가 말한 것은 어떤 편지일까? 장산이 쓴 편지일까, 아니면 누군가 장산에게 보낸 편지일까? 아니면 유서일까? 내 마음은 불이 나서 연기에 그을린 것 같았다. 도대체 무슨 편지인지 알고 싶어 안달이 났다.

장산이 말했다.

"내일 바람 쐴 때 보여줄게."

"됐어, 나도 별 관심 없어. 그냥 너 혼자 그 금쪽같은 편지 잘 갖고 있어라."

장산은 리쓰가 볼 생각 없다고 하자 몹시 허탈해했다. 장산은 원래 리쓰의 비위를 맞춰줄 생각이었던 것이다. 리쓰는 한참 동안 자리에 누워 있더니 천천히 코를 골기 시작했다. 장산은 여전히 그 옆에 앉아 리쓰가 편지를 보여달라고 부탁하기를 기다렸다. 하지만 리쓰는 점점 더 깊은 잠에 빠져들었다. 장산은 더 견디지 못하고 리쓰를 덥석 잡아당기며 말했다.

"일어나. 편지 보여줄게, 지금 당장 보여준다고."

"난 잘 거라니까. 누가 그런 걸 보고 싶다고 그랬어?"

"읽어봐. 좀 읽어보라고, 제발."

장산이 갑자기 리쓰 앞에서 무릎을 꿇었다. 리쓰의 입가에 밥을 먹다 실수로 붙은 부추잎 같은 냉소가 걸렸다. 장산은 품속에서 편지를 한 뭉치 꺼냈다. 족히 서른 통은 넘어 보였다. 봉투는 하나같이 빳빳한 최상급 종이로 된 것이었다. 리쓰는 그 가운데 한 통을 골라 읽기 시작했다. 나는 리쓰가 그저 소리 없이 편지를 읽을까 봐 정말 걱정되었다. 그러면 나는 무엇이 쓰여 있는지 알 수 없어 나의 상상만으로 모든 공백을 채울 수밖에 없기 때문이다. 게다가 리쓰의 목소리를 이렇게 오랜 시간 동안 듣는 것도 일종의 즐거움이 아니겠는가. 내 오른쪽 귀가 항의했다. 오른쪽 귀는 내게 왼쪽 귀로만 듣게 하고 자기는 듣지 못하게 해서는 안 된다고 말했다. 나는 하는 수 없이 오른쪽 귀를 벽에 댔다. 리쓰의 목소리가 시멘트 벽으로 전해지고 시멘트 벽이 그 소리를 오른쪽 귀에게 전달했다. 오른쪽 귀는 신바람이 나서 그 소리를 내게 들려주었다.

장산 씨, 안녕하세요!

먼저 나의 가장 숭고한 경의와 미움의 감정을 받아주세요.

당신은 나의 타깃이에요. 당신은 왜 내가 줄곧 하고 싶었던 일을 해버린 건가요? 이로 인해 나는 매일 당신을 저주할 수밖에 없어요. 당신이 나의 우상을 죽였기 때문이죠. 아주 어렸을 때부터 그는 나와 모든 걸 함께했어요. 나는 그의 모든 연극을 다 봤고 그의 포스터를 침대 머리맡에 걸어놓고는 밤낮으로 보면서 그리워했지요. 그런데 당신이 그를 죽였어요. 그가 죽은 것을 알았을 때 나는 죽도록 울었어요. 나의 정신적 지주가 당신에 의해 무너졌으니까요. 그러니 내가 어떻게 당신을 미워하고 저주하지 않을 수 있겠어요? 다 울고 난 다음에 나는 DVD 플레이어에 그의 DVD를 넣고 옷을 다 벗었어요. 그러고는 수백 장이나 되는 그의 포스터 위에 누웠지요. 그래요, 나는 그와 가까워지고 싶었어요. 저는 벌거벗은 채 그의 몸 위에 누웠고, 그는 여전히 웃고 있었어요. 그때 나는 갑자기 당신이 내가 하고 싶은 일을 했다는 것을, 사실은 나도 줄곧 그를 죽이고 싶어 했다는 것을 깨닫게 되었어요. 너무나 무서운 생각이었죠. 나는 자신의 우상을 죽이고 싶었어요. 내가 그를 죽이면 그는 나 혼자만의 것이 될 테니까요. 그렇게 하지 않으면 그는 모든 사람들의 공유물이 되지요. 당신들처럼 그의 예술을 전혀 이해하지 못하는 더러운 사람들도 그를 공유하게 되는 거예요.

그를 위해서 나는 연애도 하지 않았고 가정조차 갖지 않았어요. 오직 그 사람뿐이었죠. 내가 그 사람을 차지하지 않고서 어떻게 살아갈 수 있겠어요? 그는 나의 친구로서 내가 슬퍼할 때 하소연을 들어주었어요. 또한 그는 나의 애인이었어요. 그의 잘생긴 얼굴을 보면서 음란한 마음을 가질 수도 있었죠. 우리는 함께 하곡점과 절정을 경험했는데 왜 안 된다는 말인가요? 그는 그 정도로 매력적이었어요. 나는 그를 위해 사나이로서의 정조를 지켰어요. 그를 죽였다면 나는 해탈을 얻고 구원될 수 있었겠죠. 오직 나만의 기억에 의지해 남은 인생을 아름답게 살 수 있었겠죠. 하지만 그를 죽인 건 내가 아니라 당신이에요.

내가 그를 죽였다면 그는 내 마음속에서 완벽한 시신이 되었을 거예요. 그의 모습은 이미 영원히 내 마음속에 각인되었고 절대 변할 수 없어요. 당신은 나를 열여덟 개의 지옥으로 몰아넣었어요. 그래서 당신에게 복수하기 위해 나는 이제 당신을 숭배하기로 했어요. 당신을 숭배하여 언젠가는 당신을 죽이기 위해서예요. 그러면 나는 그의 원수를 갚을 뿐만 아니라 직접 해탈을 맛볼 수도 있겠죠. (……)

리쓰는 여기까지 읽고 멈췄다. 조금은 격앙되고 조금은 넋이 나간 듯한 슬픈 눈빛으로 장산을 바라보며 말했다.

"변태!"

장산은 이 말에 몹시 불쾌해하면서 다른 편지를 집어 던졌다.

"더 있어. 더 있다고."

리쓰는 눈을 감고 옷에 손을 넣어 배의 가려운 곳을 긁으며 콧노래를 흥얼거렸다.

벽 너머에서 그 소리를 듣고 있자니 마음이 더없이 고독하고 황량했다. 그가 부른 노래는 바로 내가 좋아하는 스타의 노래였다. 리쓰의 노랫소리는 더없이 아름다웠다. 심지어 원곡보다 좋았다. 가사와 음표가 감방 여기저기를 떠돌아다니다가 벽에 부딪쳐 여러 각도로 튕겨 나갔다. 그 가운데 일부는 시멘트가 비교적 얇은 곳을 통과했다. 예컨대 내 귀의 깊은 구멍을 채우고 내 방을 금세 치욕과 추억으로 가득 채웠다. 나는 눈물이 나기 시작했다. 이어서 리쓰 노래를 따라 불렀다. 목구멍에서 간간이 나는 피비린내가 조금 역겨웠다. 피가 섞인 가래를 퉤하고 허공에 뱉어버리자 공기는 금세 끈적해졌다. 내 목소리가 선명하게 들렸다. 삽으로 시멘트를 스치는 것 같아 견딜 수가 없었다.

"노래하지 마. 그만하라고!"

나는 머리를 벽에 부딪치며 큰 소리로 외쳤다. 리쓰의 목이 내 몸에 달리기라도 한 것처럼 노랫소리가 내 심장을 울렸다. 나는 더 이상 듣고 싶지 않았다. 정말 듣기 싫었다. 노랫소리는 차갑게 식은 만터우를 내 숨결마다 쑤셔 넣는 것 같았다. 하지만 리쓰는 노래할수록 더 흥겨워했다. 느리고 애틋한 노래가 어느새 빠른 리듬의 노래로 바뀌어 있었다. 그의 노래는 여음을 길게 늘어뜨리는 민요에서 우렁차고 힘 있는 애국가로, 리듬감

넘치는 랩에서 우렁찬 록으로 계속 바뀌었다. 이런 전환은 치밀하면서도 갑작스러웠고, 조화로우면서도 서로 충돌하기도 했다. 그렇게 서로 엇갈리면서 각각의 기능을 했다. 리쓰 노래에 내 오장육부는 완전히 뒤집혔고 뇌는 곤죽이 되어버렸다. 하지만 그의 어조는 너무나 상쾌했다. 혁명에서 승리했을 때의 개선가 같았고 연인이 사랑을 나눈 뒤에 부르는 연가 같았으며 가을 황금빛 들판의 풍년 같았다.

마침내 리쓰의 노랫소리가 멈췄다. 그는 다시 편지를 읽기 시작했다. 내 머리는 껍질을 벗긴 양파처럼 아프고 화끈거려 견디기 어려웠다. 호흡이 점차 가라앉으면서 가슴이 좀 편해졌지만 정신은 오히려 더 아득하고 꿈을 꾸는 것 같았다. 한편으로는 감옥 전체에 쥐가 몇 마리나 있는지 다 헤아릴 수 있을 정도로 정신이 맑았다. 나는 조용히 리쓰가 장산 편지를 읽는 소리에 귀를 기울였다. 이어지는 몇 통의 편지는 첫 번째 편지와 크게 다르지 않았다. 때로는 그저 장산을 저주하면서 그가 미쳤다고 말하기도 했다. 절반이 넘는 편지에 주소가 남겨져 있었다. 리쓰는 그대로 소리 내어 읽었다. 뜻밖에도 이 편지들은 시 중심가뿐만 아니라 머나먼 해변 도시에서 날아온 것들이었다. 편지를 쓴 사람들의 나이대는 십대부터 몇십 살까지 다양했다. 나이 든 여자도 있고 젊은 남자도 있었다. 어떤 사람은 장산을 '우리의 모세'라고 불렀지만 정작 장산은 모세가 어떤 사람인지 전혀 알지 못했다. 나도 몰랐지만 리쓰는 알고 있을 것이라고 추측했다. 리쓰가 이 대목까지 읽고는 차가운 미소를 지었기 때문이다. 편지를 쓴 사람들은 모두 장산에게 저주나 경배를 할 수 있도록 최근 사진을 한 장 부쳐달라고 부탁했다. 장산은 줄곧 침묵하면서 계속해서 자신의 아래턱에 듬성듬성하게 난 꼬불꼬불한 수염을 뽑고 있었다.

이날 밤 나는 아버지 숨소리에 놀라 잠에서 깼다. 그 소리는 꿈속에서도 들을 수 있을 정도로 익숙했다. 엄마가 있을 때 부모님은 항상 이런 소리를 냈었다. 나중에 엄마가 떠나고 나자 집에서 이런 숨소리가 사라졌다. 그러다가 이곳으로 이사하고 나서 꽤 긴 시간이 흐른 뒤에야 다시 울려 퍼지기 시작했다. 한번은 내가 엄마에게 이 숨소리가 뭔지 물었더니 엄마는 기공을 연마하는 소리라고 말했었다. 엄마가 나를 속였던 것이다. 감옥에서 온갖 이야기와 사건들에 익숙하다 보니 이제 나는 그것이 어떻게 된 일이었는지 잘 알고 있다. 그건 죄수들이 말하는 '해(日)'* 였다. 아버지는 엄마를 '해'했던 것이다. 나는 해가 곧 태양이라는 것을 모르지 않았다. 해가 사람들에게 열기를 내리쬐면 몸이 더워지고, 몸이 더워지면 자연스럽게 헐떡거리게 되는 것이다.

나는 감옥 안에서 종종 한 남자 죄수와 또 다른 남자 죄수가

* 욕이나 속어에서 짐승이 성교하는 것을 뜻한다.

낮은 목소리로 이야기하는 소리를 들을 수 있었다.

"우리 '해' 한번 해볼까?"

"그래, '해' 한번 해보자."

그들은 이내 헐떡거리기 시작했다. 한참을 헐떡거리더니 이내 깊이 잠들었다. 이런 상황에서 나는 온몸에 소름이 돋았다. 목구멍에서는 구토가 올라왔다. 나는 매일 여자 죄수들이 들어오기를 바라고 있었다. 남자 죄수가 여자 죄수를 '해'할 수 있게 되면 두 남자가 서로 '해'하는 일은 없지 않을까? 나는 아버지의 그 숨소리가 그리웠다. 두 남자의 이중주가 아니라 남자와 여자가 토해내는 교향곡을 듣고 싶었다.

아버지는 숨이 찰 때면 더듬거리면서도 말을 했고 나는 아버지의 단편적인 말을 통해 바깥세상에 어떤 변화가 일어나고 있는지 알 수 있었다. 심지어 한번은 엄마를 원망하는 듯한 말을 하기도 했다.

"아, 염병할, 당신 왜 나한테 후회하게 될 거라고 했지? 아, 아흐, 당신도 미쳤고 나도 미쳤어……."

엄마는 왜 이혼하고 도망쳤을까? 나는 여태 이 문제에 관해 생각해본 적이 없었다. 이해가 되지 않으니 자연스럽게 더는 생각하지 않게 된 것이다. 나는 단지 엄마가 후회하는 모습을 보고 싶을 뿐이었다.

네 번째로 아버지 숨소리에 놀라 잠에서 깨자 날이 밝았다.

모든 것이 어두운 밤의 광기에서 벗어났다. 하늘은 여전히 푸르렀고 물은 여전히 맑았다. 도시는 여전히 떠들썩할 것이었다. 단지 이 모든 것들을 나는 직접 볼 수 없을 뿐이었다. 해가 붉은 머리를 내미는 순간, 한 여자의 발걸음 소리를 들었다. 나는 여자가 아버지의 당직실로 가서 문을 두드린 다음, 조용히 기다리는 소리를 들었다. 아버지가 하품하면서 문을 열더니 놀라고 당황하여 머리카락을 매만지는 것을 들었다.

"선생님을 만나러 왔어요."

여자가 부드러운 어투로 말했다. 여자의 붉은 스카프는 아침 햇살 아래서 화려함을 잃었다. 얼어붙은 붉은 비단 같았다. 하지만 여전히 그녀의 얼굴은 화사했다.

"네, 올 줄은 알았지만 이렇게 일찍 오실 줄은 몰랐네요."

아버지의 어투는 평소보다 훨씬 조용했다. 보아하니 그는 낯선 여자가 아닌 것 같았다. 심지어 이 여자가 오기를 기대하고 있었던 것 같았다. 짐작건대 아버지에게는 이 여자와 함께 숨을 헐떡일 힘이 남아 있지 않았다. 아버지의 목소리에서 아쉬움이 느껴졌기 때문이다. 그는 이미 탄약이 다 떨어지고 식량도 고갈된 상태였다. 아버지는 침대 위에 있던 물건들을 한데 모아놓고는 보온병을 가지러 가면서 여자에게 물을 마시겠느냐고 물었다. 그녀는 거절하면서 빨리 아버지를 만나고 싶었고, 한시도 기다릴 수 없었다고 말했다. 아버지는 탕, 하고 보온병을 책상 위에 내려놓고는 화를 내며 말했다.

"여기는 감옥이에요. 어떻게 만나고 싶다고 당장 만날 수가 있겠어요? 아무리 급해도 규칙은 지켜야 한다고요."

나는 아버지의 미간이 찌푸려질 때 피부가 마찰되는 소리를 들을 수 있었다. 바스락거리는 소리와 함께 두 사람의 손이 맞닿았다. 나는 아버지가 그녀를 만지는 줄 알았지만 자세히 들어보니 그런 게 아니었다. 아버지는 그 여자가 자신에게 돈을 건넬 때 그 여자의 손을 잡았을 뿐이었다. 여자는 아무 소리도 내지 않았다. 가을바람이 쓰다듬는 것처럼 자연스러웠다. 그런 그녀의 모습이 아버지를 따분하게 만들었다.

"먼저 화장실부터 다녀와야겠어요."

아버지는 이렇게 한마디 던지고 나가서 거의 한 시간이 지나서야 돌아왔다. 여자는 여전히 그 자리에 맨 처음 자세를 유지하고 있었다. 두 사람이 내가 수감되어 있는 방으로 다가오자 가슴이 두근거리기 시작했다. 나는 곧장 상상을 시작했다. 이 여자는 나를 찾아온 것이고, 그녀가 일편단심 충절을 지키는 나의 연인이라는 상상이었다. 하지만 두 사람이 멈춰 선 것은 옆방 문 앞이었다. 아버지가 자물쇠를 열면서 소리쳤다.

"리쓰, 여자가 자네를 찾아왔네."

리쓰는 대답이 없었다. 대답한 사람은 장산이었다.

"잠깐만요. 아직 자고 있거든요."

여자는 양손으로 철창을 잡았다. 그녀의 눈이 어두운 감방 안을 바라보았다. 아버지는 멀찌감치 떨어져 그녀를 지켜보고 있었다. 장산의 눈이 빛나고 있었다. 이 소리 없는 시간은 무척이나 길었다. 내 귀가 피곤할 정도였다. 그들은 줄곧 조용했고 움직이지 않았다. 나의 상상은 계속되었다. 자신이 리쓰가 된 것이다. 리쓰는 내 몸 안에서 혼수상태에 빠져 있었다. 리쓰와 그녀의 이야기는 무척이나 감동적이었다. 나는 세부적인 내용은 전혀 알지 못했지만 두 사람의 기다림은 너무나 감동적이었다. 나의 내면 속에 있기 때문이었다. 무수한 틈새로 햇빛이 굴절되더니 마침내 희미하게 내 몸 앞에 50센티미터 정도 크기로 바닥을 비추었다. 나는 그때가 정오에 가까운 시각이라는 것을 알았다. 마침내 리쓰가 기지개를 켜며 일어났다. 그는 온 정신을 집중하여 이불을 가지런히 갠 다음, 양치질하기 시작했다. 담벼락을 바라보는 눈빛이 마치 거울을 보는 것 같았다.

갑자기 내 온몸이 떨렸다. 리쓰가 보고 있는 곳이 바로 그 구멍이 아닐까? 나는 그곳의 시멘트가 너무 얇아 리쓰의 눈빛이 힘들이지 않고 그것을 꿰뚫어 볼 수 있다고 생각했다. 리쓰는 자신이 내 몸 안에 있다는 것을 알고 있을까? 놀란 나는 얼른 몸을 구부렸다. 머리를 바짓가랑이 사이에 파묻고 두 다리로 꽉 조이고서야 비로소 안전하다고 느꼈다. 잠시 후 리쓰가 철창 앞으로 다가섰다. 두 사람은 서로 마주 보고 있었다. 나의 호기심은 즉시 두려움을 넘어섰다. 나는 재빨리 귀를 철창 쪽에 갖다 댔다.

여자의 눈이 점점 더 거세게 타오르는 모닥불처럼 뜨겁게 빛나고 있었다. 두 사람은 철창을 사이에 두고 꼭 껴안은 채 눈빛을 주고받았다. 리쓰는 여전히 평온한 모습이었다. 리쓰가 여자의 창백한 얼굴을 부드럽게 쓰다듬으며 물었다.

"왜 또 왔어. 내가 아직은 결혼하고 싶은 마음이 없다고 말했잖아."

"안 돼요!"

여자의 목소리는 날카롭고 낭랑했다. 눈 속의 모닥불이 운석에 부딪쳐 사방으로 튀는 것 같았다.

"내가 그렇게 많은 편지를 써가면서 청혼했는데 왜 내 간청을 받아주지 않는 거예요? 수백 명의 여자들 중에서 나만 좋아하지 않았어요? 곧 사형을 앞두고 있으면서 뭘 더 기다리고 있는 거예요?"

청혼자라고? 그것도 수백 명이나?

도대체 리쓰는 누구인가? 이때 내 정신은 더없이 맑았다. 그동안 들어왔던 모든 이야기들이 생각났다. 그와 장산은 리쓰에 관해 이야기한 적이 없었다. 내가 들은 것은 전부 장산의 이야기로 리쓰와는 아무 관계도 없었다.

"그래 맞아, 나는 곧 죽어. 그래도 결혼은 하고 싶지 않아. 너의 요구를 들어주는 일이라 해도 마찬가지야."

여자의 눈에 비친 모닥불이 반짝거렸다. 거센 바람에 날려 더 맹렬해지더니 금세 꺼져버릴 것 같았다.

"내가 아직 죽이지 못한 사람이 한 명 더 있기 때문이라는 건 너도 알잖아? 그 여자아이를 내가……."

"내가 대신 가서 죽여줄게요. 그 여자아이의 비명 때문에 당신 아내가 놀라서 죽게 되었다는 것 알아요. 당신은 그 여자아이를 잊을 수 없을 거예요. 하지만 당신이 그럴수록 사람들은 당신을 숭배한단 말이에요. 내가 가서 그 여자아이를 죽여줄 테니까 제발 나랑 결혼해줘요."

"너는 그 애를 죽이지 못해. 오히려 그 애의 비명 소리가 너를 죽게 할 거야."

"귀를 막고서라도 반드시 그 애를 죽일 거예요. 당신이랑 결혼해야 하거든요. 나 자신을 위한 것이 아니라 우리를 위한 거예요. 당신을 숭배하는 수백 수천 명의 남녀가 당신을 우러러보고 있어요. 남자들은 당신의 형제가 되고 싶어 하고 여자들은 당신과 결혼하고 싶어 해요. 나는 그들의 소원을 실현할 수 있는 유일한 사람이란 말이에요."

"그래, 하지만 너에게는 사흘밖에 시간이 없어. 나는 이미 사흘 뒤에 총살형을 집행한다는 통지를 받았거든. 네가 W시로 돌아가려면 하루가 걸리고 다시 이곳으로 돌아오려면 또 하루가 걸리잖아. 단 하루 만에 그 애를 찾아 죽이고 경찰에 잡히지도 않아야 한다고."

"어떻게든 해볼게요."

여자의 눈동자에 비친 모닥불이 마침내 다시 세차게 타오르기 시작했다. 단지 파란빛을 띠고 있어 그에게 전해진 것은 뜨거운 열기가 아니라 차가운 냉담함이었다. 그녀는 천천히 무릎을 꿇고 리쓰의 더러운 발가락에 입을 한번 맞추고는 몸을 돌려 가버렸다. 그녀의 걸음은 너무 빨라서 금세 내 귓가에서 사라졌다.

어김없이 밤이 찾아왔다. 나는 흥분된 상태로 리쓰와 장산이 자신들의 과거 이야기를 시작하기를 애타게 기다리고 있었다. 하지만 아무 말도 하지 않았다. 장산마저도 입을 열지 않았다. 쿨쿨 잠만 잤다. 나는 다음 날 저녁까지 끈질기게 기다렸지만 여전히 아무런 이야기도 듣지 못했다. 하지만 사실을 알고 싶은 열망은 더욱더 강렬해졌다.

이날, 아버지가 또 내게 찾아와 말을 걸었다. 내 마음속에는 아버지에게 리쓰에 관해 물어볼 것을 부추기는 무수한 목소리가 있었다. 하지만 항상 그랬듯이 나는 입을 열 첫 글자를 찾지 못했다. 얼굴이 붉어질 정도로 참으면서 아버지를 쳐다볼 뿐이었다. 아버지는 내가 반항하는 것으로 오해하고는 욕 몇 마디를 하고 이내 돌아갔다. 나는 마지막 가능성을 상실했다는 것을 깨달았다. 갑자기 극도의 피로를 느끼며 땅에 털썩 주저앉고 말았다.

셋째 날, 리쓰는 형장으로 끌려가 총살당했다. 총소리는 듣지 못했지만 그가 바닥에 쿵 쓰러지는 소리를 들었다. 대리석 조각상이 넘어지는 소리 같았다. 며칠 뒤 장산은 다른 감방으로 옮겨졌고 얼마 후 그 역시 총살당했다.

나의 두 친구는 각자 다른 방식으로 내 곁을 떠났다. 열세 살이 곧 끝나가는 나는 슬픔과 외로움에 빠져 있었다. 나는 작은 소리로 세 번, 큰 소리로 세 번 울고 나서 이상할 만큼 조용해졌다. 심지어 어느 날 밥을 주러 온 아버지는 내게 "네 놈이 드디어 웃는구나!"라고 욕을 해댔다. 나는 자신의 경계가 스스로 무너지지 않도록 정신을 바짝 차렸다. 나는 아버지에게 '늙은이'라는 말로 받아쳤다. 그 뒤로 우리는 서로에게 점점 더 많은 욕을 하기 시작했다. 8대 조상은 물론이고 아직 태어나지 않은 자손에게까지 욕설을 퍼부었다. 우리는 갈수록 더 환한 얼굴로 시원하게 욕을 해댔다. 그리고 뜻밖에도 서로에 대한 저주 속에서 아버지와 아들의 정체성을 다시 되찾았다.

열네 살이 되는 생일에 아버지는 나를 풀어주었다. 나는 1년 가까이 살았던 감옥에서 나왔다. 하얀 햇빛이 내 귀를 자극했다. 여전히 모든 것을 귀로 감지하는 것이 익숙해진 나의 귀는 절대 닫힐 일이 없었다. 하지만 눈은 그렇지 않았다. 나는 무척 야위었다. 온몸의 살이 양쪽 귀에 집중된 것 같았다. 아버지는 한쪽 팔로 나를 끌어안고는 자신의 주름으로 내 얼굴에 묻은 흙을 문질렀다. 나는 아버지의 거친 피부와 함께 얼굴이 축축해지는 것을 느꼈다. 아버지는 울고 있었다. 그런 아버지에게 나는 욕설을 퍼부었다.

"이 늙은 영감탱이가 내 얼굴까지 더럽히네!"

나는 그 스타를 완전히 잊었다. 아버지는 이번에는 내게 맞서 싸우지 않고 하늘을 우러러 크게 웃으며 그 가수를 향해 "그래도 내가 이겼다" 하고 한마디 외쳤다.

나는 나의 소년 시절이 지나가버렸다는 것을 알았다.

그 뒤로 2년 동안, 나는 이상할 정도로 조용해졌다. 아버지는 나를 중학교에 보내 교육과정을 이수하게 했고, 열여섯 살이 되던 여름에 도시에 있는 명문 고등학교에 입학했다. 나와 아버지는 감옥 옆에 있는 작은 음식점에 들어가 돼지머리 고기와 땅콩, 궁바오지딩(宮保鷄丁)* 같은 음식을 주문했다. 아버지는 추가로 백주 한 병을 주문하여 나와 절반씩 나눠 마셨다. 배 속에서 열이 나는 것 같더니 갑자기 시야가 흐릿하게 느껴졌다. 나는 애써 메스꺼움을 참으며 그때 엄마가 왜 떠났는지 물었다. 아버지는 내 말을 못 들은 척하면서 말없이 담배만 피웠다. 내가 다시 물었다.

* 잘게 썬 닭고기와 땅콩, 파, 고추, 마 등 각종 재료를 한데 볶은 쓰촨(四川) 요리.

"영감탱이, 그때 당신 마누라가 왜 떠났냐고?"

아버지는 꽁초를 엄지손톱으로 눌러 껐다. 내 피부 전체에 가볍게 경련이 일었다. 담뱃불이 꺼졌다. 이는 그의 습관적인 행동이었다. 담배를 다 피우면 불을 손톱으로 눌러 끄다 보니 손톱이 불에 탄 플라스틱처럼 누렇고 쭈글쭈글해졌다. 나는 그런 모습을 10년 넘게 봐왔으면서도 매번 그런 광경을 볼 때마다 여전히 몸에 경련이 일었다. 담뱃불을 내 손톱 위에 끈 것 같았다. 나는 엄마가 왜 떠났는지에 대해서는 관심 없는 척하면서 아버지와 나 모두가 관심을 가질 수 있는 주제를 찾으려 했다. 최대한 욕설이나 침묵은 피하고 싶었다. 내일부터 나는 시내에 있는 고등학교에 다닐 예정이었다. 2년 동안 줄곧 싸워왔기 때문에 더 이상 그와 소란 피우고 싶지 않았다.

아버지는 회상에 잠겼다.

"네 엄마는 도시로 가고 싶어 했어. 그런데 우리는 도시가 아닌 교외에 있는 감옥으로 오게 됐지. 네 엄마는 도시 한가운데 있는 높은 건물을 그리워했지. 네 엄마는 사람들과 자동차가 다니는 한없이 넓은 도로를 걷고 싶어 했고 밤새 꺼지지 않는 창밖의 가로등을 보고 싶어 했어. 하지만 이곳에는 감옥과 죄수들, 묘지만 있었지."

"엄마가 미워요?"

"아니, 부러워."

아버지의 대답에 나는 몹시 서글퍼졌다. 나도 두 사람처럼 이런 갈망으로 괴로워했었다. 이제 엄마는 엄마의 길을 갔고 나는 나의 길을 가야 했다. 아버지만 혼자 이곳에 남아야 했다. 나는 문득 아버지가 나를 감옥에 가둔 이유를 깨달았다.

아버지에게 꼭 물어보고 싶은 것이 있었다. 다름 아니라 리쓰에 관한 일이었다. 묻고 싶었지만 줄곧 묻지 않고 있었다. 감옥에 있었던 시절을 어떻게 회상해야 할지 몰랐기 때문이다. 나는 장산의 사형 현장에 간 적이 있었다. 총알이 장산 머리에 명중하는 순간, 그의 두개골이 깨지면서 어깨 위로 하얀 뇌수가 흘러내렸다. 끓는 참기름이 흘러내리는 것 같았다. 그때 나는 리쓰의 그림자가 얼핏 스쳐 지나가는 것을 보았다.

그날 밤, 나는 아버지의 열쇠를 들고 감방에 들어가 주위를 둘러보다가 슬픔에 잠겼다. 그 구멍에 머리를 박고 옅은 피 냄새를 맡다가 시멘트 벽에 입을 맞췄다. 두 친구를 그리워하며 뜨거운 눈물을 흘렸다.

마침내 부모님이 한없이 가고 싶어 했던 도시에 입성했다. 나는 높은 건물에 살면서 사람들이 지나다니는 한없이 넓은 거리를 걸었고 밤새도록 꺼지지 않는 창밖의 가로등을 바라보면서 '엄마는 지금 어디 있을까? 무얼 하고 있을까?' 하는 생각을 했다. 이 시기에 나는 첫 번째 여자친구를 만났다. 그녀는 빨간 스카프를 두르고 가로등 아래를 걷고 있었다. 대나무 장대에 붉은 비단을 걸어놓은 것 같았다. 그 모습에 나도 모르게 리쓰의 여자가 떠올랐다. 나는 그녀와 연애하기로 마음먹었다.

리쓰의 여자는 날카롭게 소리 지르는 그 여자아이를 죽이러 간 뒤로 아무 소식이 없었다. 나는 때때로 그녀의 매서운 손과 어린 여자아이의 죽음을 걱정했다. 나는 교실에 앉아 종종 그녀와 아버지의 손이 닿던 소리, 내 감방 앞을 지나가던 그녀의 발소리를 떠올렸다. 몇 년이 지나 내가 귀에 의지하여 상상해온 얼굴과 광경은 극도로 흐릿해졌다. 오직 소리만이 오래도록 사라지지 않고 계속 선명하게 남았다.

사흘 뒤, 나와 빨간 스카프의 그녀는 '해'를 했다. 공평함을 위해 나 자신에게도 이런 표현을 쓰기로 했다. 나는 그녀의 빨간 스카프를 그녀의 엉덩이 밑에 깔았다. 그렇게 하면 내가 리쓰의 여자를 '해'하는 장면을 상상할 수 있을 뿐만 아니라 그녀의 그곳에서 피가 나는지 안 나는지 신경 쓸 필요도 없었기 때문이다. 내 머릿속은 숨소리로 가득 찼다. 그녀는 즐기는 것 같았지만 입술을 깨물고 아무 소리도 내지 않았다. 끓는 주전자 뚜껑을 꾹 누르고 있는 것 같았다. 나는 아주 빨리 그녀를 포기했다. 그녀의 친구 샤오왕(小王)이 신음을 내지르는 타입이라는 사실을 알았기 때문이다. 나는 새로운 목표인 샤오왕에게 다가갔다.

나는 그녀들과 함께 쇼핑을 가게 되었다. 스카프의 그녀는 내

왼쪽에서 걸었고 샤오왕은 오른쪽에서 걸었다. 사거리에 이르러 긴 머리에 검정 옷차림을 한 여자가 우리 앞을 지나가자 샤오왕이 멈칫하면서 눈을 크게 떴다. 그러더니 갑자기 비명을 지르기 시작했다. 비명은 날카로운 철사가 이리저리 바람에 날리는 것처럼 얼굴을 때렸다. 그때 옆에 있던 노인이 갑자기 쿵 쓰러지면서 손을 품 안에 넣어 약을 찾았다. 나의 첫 번째 여자친구는 노인을 도와주려 했지만 약이 입에 닿지도 전에 그만 세상을 떠나고 말았다. 노인은 샤오왕의 비명 소리에 자극받아 심장병으로 급사한 것이다. 나는 얼굴이 창백해졌다. 그 소리가 내 귀에는 몇 배나 더 크게 들렸다. 피가 거꾸로 흐르는 것 같았지만 마음은 몹시 들떠 있었다. 소리 지르는 여자아이! 어떻게 내가 그걸 놓치고 있었던 거지? 샤오왕이 바로 그 비명 지르는 여자아이였다. 그녀는 공포에 질렸을 때만 이런 비명을 질렀다. 나는 그날 그녀를 두려워하게 한 것이 무엇이었는지 물었다. 그녀는 긴 머리에 검정 옷차림을 한 여자라고 말했다. 두 눈에 여전히 두려움이 가득한 그녀를 품에 안으며 내가 말했다.

"두려워하지 마. 그녀는 이미 죽었어."

그녀는 내가 그걸 어떻게 아느냐고 물었다. 나는 더 참지 못하고 말했다.

"그녀는 너 때문에 놀라서 죽었어."

샤오왕은 그때 자신의 비명 때문에 리쓰의 아내가 죽었다는 사실을 모르고 있었다. 내가 그 일에 관해 이야기하자 그녀는 그날 밤을 회상하기 시작했다.

그날 밤은 매우 더웠어. 나는 가족과 함께 소파에 앉아 국제 미인대회 방송을 보고 있었지. 갑자기 문 두드리는 소리가 모두를 의아하게 했어. 다급하지 않은 규칙적인 소리는 모종의 암호 같았지. 온 가족이 멍하니 문 쪽을 바라보면서 아무도 문을 열려고 나서지 않았어. 우리는 두려움을 느꼈어. 왜 그랬는지는 모르겠어. 이어서 자물쇠 뜯기는 소리가 나더니 문고리가 돌아갔고 두 사람이 들어왔어. 여자는 머리가 길고 검정 코트를 입고 있더군. 남자는 나약한 모습이었지만 눈빛이 나를 몹시 불편하게 만들었어. 아버지가 나서서 그들이 누구인지, 왜 온 건지 물었지. 남자가 손을 뻗자 아버지는 악수하려는 줄 알고 손을 내밀었어. 하지만 남자 손에 쥐어져 있던 칼이 갑자기 푹— 아버지 가슴에 박혔어. 아버지는 아! 하고 비명을 지르면서 뒤돌아보려 했지만 끝내 그러지 못하고 천천히 쓰러졌지. 너무 놀란 나는 아무 소리도 내지 못했고 엄마는 울부짖으면서 그 남자를 향해 달려들었어. 남자가 칼을 앞으로 뻗었지만 엄마는 멈추지 않고 피가 뚝뚝 떨어지는 칼을 향해 돌진했어. 엄마는 자신의 몸에 들어온 칼을 놀란 눈으로 내려다보고는 망연자실한 표정으로 나를 바라보았지. 엄마 입에서는 피가 콸콸 쏟아졌고 머리가 한쪽으로 비틀어졌어…….

여자가 검정 코트를 벗어 탁탁 턴 다음, 옷깃을 들어 옷걸이에 걸었어. 남자는 소파에 앉아 있는 내 옆에 다리를 꼬고 앉아 리모컨을 들고 채널을 바꾸기 시작했어. 그러면서 아버지의 홍다산(紅搭山) 담배에 불을 붙여 여유 있게 한 모금 빨더군. 여자는 부엌에서 차를 가지고 와 내 반대편에 앉았어.

여자가 차를 식히느라 찻잔 위로 입김을 불며 묻더군.

"너 몇 학년이니?"

남자가 물었어.

"초등학교 다니지?"

"4학년이요."

나는 간신히 대답을 했지만 주변을 둘러볼 용기는 나지 않아 죽은 듯이 텔레비전만 보고 있었어.

"미안해, 꼬마야."

남자가 리모컨을 내려놓고는 몸을 돌려 내게 말했어. 그의 목소리는 매우 듣기 좋았지.

"우리는 원래 사람을 죽이려던 건 아니었어. 너희 부모님을 죽일 생각은 더더욱 없었고. 나와 내 아내는 도둑이지만 지금까지 물건만 훔쳤지, 사람을 죽이지는 않았어. 방금 우리는 건물 아래 있는 카페에서 커피를 마셨어. 아내는 사람이 어떤 일을 하는 데는 반드시 동기가 있기 마련이라고 하더군. 우리가 물건을 훔치는 건 생존을 위한 것이고, 경찰이 우리를 잡는 건 정의를 지키기 위한 것이라고 말이야. 이 모든 것이 동기라는 거야. 나는 그렇지 않다고, 동기가 없는 일들도 있다고 말했어. 아내는 내 말을 믿지 않으면서 내게 그걸 증명해 보이라고 하더군. 내가 곧바로 말했지. 내가 건물 위층으로 올라가 사람을 죽이면 그건 어떤 동기도 없는 것이라고. 그래서 이렇게 올라오게 된 거야."

여자는 여전히 그에게 동기가 있었다고 말했고, 남자는 계속 아니라고 우겼지.

"나에게 증명해 보이려는 것이 바로 너의 동기 아니었어?"

여자가 냉소하며 말했어.

"넌 사람을 죽였어. 내가 방금 경찰에 신고했으니까 곧 경찰이 도착할 거야."

남자가 또다시 마음의 평정을 잃고는 탁자를 내리치며 벌떡 일어나 소리쳤지.

"이 사기꾼 같은 년이 날 모함하고 있어. 훔친 돈을 독차지하고 싶어서 그러지?"

"그게 어때서? 내가 말했잖아. 나에게 넌 그저 도구에 불과하고 난 도구를 이용하는 사람이라고 말이야. 너를 결정하는 사람은 나인데 네가 어떻게 감히 나한테 시비를 걸어?"

남자는 갑자기 소파 위에 앉아 머리를 감싸 쥐고는 아무 말도 하지 못했어.

"내가 이야기 하나 해줄게."

잠시 말이 없던 여자가 내게 말했어.

"내가 고등학교에 다닐 때 정치 선생님 한 분이 우리에게 물질은 일차적이고 의식은 이차적인 것이라서 물질이 의식을 결정한다고 가르쳐주셨어. 내가 꼭 그렇지는 않다고 말했더니 선생님은 어째서 그러냐고 되묻더군. 나는 때로는 의식이 물질을 결정할 수도 있다고 말했어. 선생님은 못 믿겠다면서 나더러 그걸 증명해보라고 하셨지. 나는 잠시만 기다려달라고 말하고는 곧장 밖으로 뛰어나갔어. 식당으로 가서 식칼을 하나 찾아 손에 들고 돌아왔지. 선생님은 내가 자신을 찌를 것이라고 생각했는지 깜짝 놀라며 황급히 때로는 의식이 물질을 결정할 수 있다고 말씀하셨어. 나는 선생님을 찌르지 않을 거니까 두려워할 필요가 없다고 말했지. 그러고는 내 왼손 새끼손가락을 세우고 물었어. '이건 물질이 아닌가요?' 선생님은 맞다고 하셨지. 이어서 또 물었어. '제 생각은 의식인가요, 아닌가요?' 선생님은 의식이 맞다고 하셨지. 나는 선생님께 의식이 어떻게 물질을 결정하는지 증명하겠다고 말한 다음, 칼로 새끼손가락을 찍으며 다시 물었어. '저는 새끼손가락을 잘라버리고 싶어서 지금 그걸 잘랐어요. 이게 의식이 물질을 결정한 것이 아니면 뭔가요?' 선생님은 그 자리에서 혼절하셨어."

이때 죽었던 아버지가 갑자기 일어나 온몸에 핏자국을 묻힌 채 나를 향해 걸어왔어. 나는 마음속에서 어떤 힘이 빠르게 팽창하는 것을 느끼면서 날카롭게 소리 질렀지. 이상한 것은 그 전까지는 내가 그렇게 큰 소리를 낸 적이 없었다는 거야. 나는 배 속의 엄청난 힘이 방출된 것이라고 생각하면서 멈추지 않고 계속 소리쳤어. 아버지는 놀랐는지 넋이 나간 눈빛으로 나를 쳐다보더니 이내 쿵— 하고 다시 쓰러졌지. 그 여자도 자기 가슴을 쓸어내리며 안색이 창백해지더니 역시 쿵— 하고 쓰러지더라고. 내가 비명 지르는 것을 멈췄을 때는 이미 사이렌 소리가 들리고 있었어.

이것이 샤오왕이 내게 들려준 이야기의 전부였다. 나는 믿어야 할지 말아야 할지, 믿는다면 얼마나 믿어야 할지 알지 못했다.

"네가 나 대신 그 여자를 죽여줘. 네가 그 여자를 죽이면 너랑 결혼할게."

샤오왕이 내게 다가와 귀를 깨물며 말했다. 그녀와 결혼하기 위해 목숨 걸고 사람을 죽여야 한다니 너무나 가혹한 조건이었다. 내가 받아들이지 않는다면 샤오왕은 반 정도 벗은 옷을 도로 입고 가슴과 허벅지를 다시 옷으로 가릴 것이다. 하지만 길을 걷거나 말을 할 때, 샤오왕은 항상 이런 부위를 내 몸에 기대곤 했다. 가려진 몸이 가깝지만 닿을 수 없는 곳에서 뜨거운 흥분으로 나를 곤혹스럽게 했다. 나는 곧바로 약속하지 않았다. 나는 황두 볶듯이 그녀를 볶아대고 싶었다. 나는 그녀의 눈에서 그녀가 결코 부모를 위해 원수를 갚고 싶어 하는 것이 아니라는 사실을 알아차렸다. 아마도 그녀는 말만 그렇게 했을 뿐, 나를 현혹시키기 위한 구실을 찾는 것 같았다.

나와 샤오왕이 서로를 유추하는 사이에 아버지가 부러진 다리를 끌고 나를 찾아왔다. 아버지는 유부녀와 내통하다가 사람들에게 들켜 건물에서 뛰어내리는 바람에 다리가 부러졌다. 아버지의 오른쪽 다리는 꺾이지 않는 나무 막대기가 되었다. 아버지가 바지를 걷어 올려 내게 보여주었다. 내가 이 늙은 남자와 그의 다리를 자세히 들여다보는 것은 이번이 처음이었다. 주름진 피부 아래 검푸른 혈관과 빈약한 살이 부자연스럽게 노출되었다. 부러진 부위의 흉터도 드러났다. 아, 아버지는 곧 죽을 것이다. 아버지는 내게 돈과 삶을 요구하러 온 것이 아니었다. 나에게는 그런 것이 없었다. 아버지는 단지 내 동정을 얻기 위해 온 것이다. 아버지처럼 이렇게 늙어가는 사람들은 타인의 동정 없이는 하루도 살기 어려웠다. 그것이 진심인지 위선인지는 문제 되지 않았다. 심지어 눈물과 냉소, 풍자 같은 것들이 그들의 마음속 희망을 일깨울 수 있었다.

우리는 작은 가게에 들어가 국수를 먹었다. 날씨가 추워서인지 사람들은 많지 않았다. 우리는 머리를 맞대고 후루룩후루룩

국수를 먹었다. 이런 장면은 내 인생 전체를 통틀어 꽤 자주 있었던 것 같지만 또렷하게 기억나지는 않았다. 이는 아버지가 내게 주입하려 했던 부자의 정일 리도 없고, 그런 감정에 대한 나의 상상일 리도 없었다. 온 곳은 있지만 갈 곳은 없는 감정이었다. 우리는 국수가 가득 찼던 그릇을 바닥까지 다 비우고 탁자 위에 내려놓았다. "아줌마, 계산이요!" 동시에 이 한마디를 외치고는 서로를 쳐다보며 어리둥절한 표정을 지었다. 문득 뼛속까지 아버지에 대한 냉담한 감정으로 차 있다는 것을 깨달았다. "아줌마, 계산이요!" 이 한마디는 내가 여태껏 해본 적 없는 말이었다. 무의식적으로 내뱉은 말이었다. 아버지는 영원히 아들의 몸에 저승의 혼으로 남는 법이다. 하지만 나는 절대로 아버지를 사랑하지 않았다. 결국 내가 계산했고 아버지는 이쑤시개를 찾아 이를 쑤셨다. 이도 몇 개 남지 않은 아버지는 이미 나사가 풀린 낡은 기계였다.

나는 샤오왕을 아버지에게 소개했다. 그녀를 본 아버지는 그녀가 임신 중인 것을 알아챈 것 같았다. 아버지는 샤오왕이 바로 그 여자가 죽이려 했던 비명을 잘 지르는 아이라는 사실을 믿지 않았다. 게다가 아버지는 안색이 창백해지더니 이튿날 서둘러 가버렸다. 샤오왕은 내게 순종하기 시작했다. 그녀 자신도 이유를 알지 못한 채 그저 "너희 아버지는 정말 좋은 분이야. 내가 너를 잘 보살펴야 슬퍼하시지 않을 거야"라고만 말했다.

내가 물었다.

"그런데 너는 우리 아버지가 좋은 사람이라는 걸 어떻게 알아?"

"아버지 얼굴에 가득한 인자함을 좀 봐. 그리고 눈, 아주 훌륭한 노인의 눈을 가지고 계시잖아!"

나는 왜 지금까지 아버지의 몸에서 이런 것들을 보지 못했던 것일까. 나는 어려서부터 성인이 될 때까지 아버지가 나를 나무에 매달고 때리고 감방에 가두고, 엄마를 때리고 다른 여자를 취했던 것들만 기억했다. 아주 훌륭한 노인이야! 샤오왕은 항상 내 옆에서 이 말을 반복했다. 그럴 때면 나는 이렇게 훌륭한 노인을 슬프게 하지 않기 위해 옷을 벗자고 말했다.

몸에 실오라기 하나 걸치지 않은 샤오왕이 땅바닥에 엎드렸다. 몸의 곡선이 아름답고 피부는 매끈했다. 볼록 솟은 엉덩이가 비할 데 없이 매력적이었다. 나는 그녀와 사랑을 나누었다. 그녀의 열정은 나의 상상을 뛰어넘었다. 신음 소리가 내 고막을 찢을 정도였다. 그 자극 덕분에 나도 전에 없는 절정에 도달했다. 이따금씩 내 몸 아래에서 떨면서 신음하는 사람이 아버지 같아 보였다. 아버지의 쪼글쪼글한 피부가 경련을 일으키고 이를 드러낸 채 입을 벌리고 웃고 있는 것 같았다. 마음속 깊은 곳에서 말로 표현할 수 없는 슬픔이 솟아올라 순식간에 머리에 이르렀다.

꿈에서 깨고 보니 샤오왕은 아직 내 옆에 누워 자고 있었다. 그녀의 눈꺼풀을 쓰다듬자 그녀는 끙끙 가벼운 신음 소리를 냈다. 방금 겪은 모든 것이 그냥 지나가는 악몽이었다는 사실에 나도 모르게 안도의 한숨이 나왔다. 그녀를 내려다보니 무척이나 낯익은 얼굴이었다. 어디서 보았을까? 이어서 얼굴이 쭈글쭈글한 살덩어리에서 꽃과 옥처럼 아름답게 변하는 과정이 느껴지는 것 같았다.

석 달 뒤, 나는 샤오왕과 결혼했다. 그녀가 임신했기 때문이다. 아버지는 결혼식에 오지 않고 천 위안과 스카프만 선물로 보내왔다. 스카프는 엄마가 예전에 자주 두르던 것이었다. 샤오왕은 결혼식에서 그 스카프를 둘렀다. 그 모습을 멀리서 바라보니 엄마를 보는 것 같았다. 엄마가 달콤한 젖을 먹으라고 부르고 있는 것 같았다. 나는 엄마에게 이제는 다 커서 젖을 먹지 않고 대신 밥을 먹는다고 알려주고 싶었다!

아이가 태어나지도 못하고 떠나버렸다. 악몽 같았다. 나는 아이가 이 세상을 경험하지 못한 것을 축하했다. 샤오왕은 울부짖으며 자신의 아이를 보고 싶어 했다. 나는 어떤 저주가 우리의 머리 위를 배회하고 있는 것을 직감했다. 그래도 그녀는 아기를 보여달라고 계속 요구했고, 아이를 보자마자 비명을 지르며 실신했다. 그녀는 목이 터져라 소리 지른 탓에 말을 할 수 없게 되었다. 의사는 내게 이것이 아주 우연한 일이라고 설명했다. 하지만 나는 이 일이 아버지와 관련 있을 거라고 생각했다. 이는 아버지가 집안에 가져온 저주임에 틀림없었다. 나는 그 저주가 와르르 내 머리 한가운데로 떨어져 몸을 통해 발밑으로 관통하는 것을 느꼈다. 감방에서의 생활이 빠르게 머릿속으로 밀려들어왔다. 그 어둠은 바로 빛이었고 차가운 냉기는 따스한 온기였으며 지독한 고독은 오히려 행복이었다. 그러나 이 모든 것이 다시 돌아올 수 없었다.

나는 침착하게 도끼를 감추고 아버지를 찾아갔다. 아버지는 자신의 느릅나무 지팡이를 닦고 있었다.

나는 도끼로 아버지의 지팡이를 내리찍었다. 나는 서늘한 도끼를 응시했고 아버지는 나를 응시했다. 내가 도끼로 자신을 조각내기를 기다리는 것 같았다. 나는 심드렁한 표정으로 아버지에게 왜 그랬느냐고 물었다. 나는 진실을 폭로하는 것이 더 큰 화를 불러오는 판도라의 상자라는 것을 잘 알고 있었지만, 아버지의 대답을 듣고 싶은 유혹을 떨칠 수가 없었다.

"왜 그랬어요?"

"넌 내 친아들이 아니기 때문이었어. 네 엄마가 나랑 결혼했을 때는 이미 임신 8개월째였어. 그녀는 그 남자에게 부담 주고 싶지 않아서 내가 자신과 결혼하길 원했던 거야. 나는 네 엄마와 결혼해서 잘 지낼 수 있기를 바랐어. 하지만 어떻게 그럴 수 있었겠니? 엄마는 오래된 상처가 회복되자마자 너를 남겨두고 곧장 떠났어. 엄마는 도시로 갔고 너도 알다시피 다시 그 남자와 결혼했어. 우습게도 그 남자에게는 그의 또 다른 애인에게서 갓 태어난 딸아이가 있었지. 그의 애인은 그땐 마음이 변해 네가 잘 아는 리쓰를 열광적으로 숭배했어. 이제 내가 왜 너를 그의 옆방에 가뒀는지 이해하겠니? 그의 애인은 방금 낳은 아이를 그에게 남겨두고 리쓰를 쫓아다녔어. 그리고 그는 파렴치하게 또 네 엄마와도 왕래했지. 네 엄마는 의외로 셋이서 지내는 것이 행복하다고 말했어. 그래, 그것도 행복이겠지. 다른 사람의 딸을 키우면서 그녀는 행복해했어. 나를 배신한 여자의 아들, 적의 아들을 키우는 나만 행복하지 못했지."

"아버지는 지금 복수하고 있잖아요."

"아니, 그게 아니야. 나는 복수한 게 아니야. 단지 하느님이 설계한 일에 간섭하지 않았을 뿐이야. 침묵은 때때로 가장 무서운 것이기도 하지. 난 너에게 복수하겠다고 생각해본 적 없어. 결국 넌 내가 키웠으니까. 이게 네가 벗어날 수 없는 운명이야."

나는 이 늙은 남자가 지껄이는 이야기를 더는 듣고 싶지 않았다. 운명이 나를 오늘로 이끌었다면 이미 내일도 다 계획해놓았을 것이다. 그렇다면 내가 뭘 더 걱정하겠는가. 나는 도끼를 휘둘러 아버지의 이마 한가운데를 찍었다. 아버지는 눈을 부릅뜬 채 죽었다.

샤오왕은 정신병원에 입원했다. 그녀는 행복해했다. 나는 그녀를 껴안고 입을 맞춘 다음, 그녀를 떠나 자수하러 갔다. 자살이 사람의 인생을 더 완벽하게 만들 수도 있겠지만 나는 자수를 선택했다. 경찰은 나를 감옥에 가뒀다. 나는 그때 그 감방에 들어가게 해달라고 요청했다. 물론 아무도 이런 요구를 들어주지는 않았다.

오래 지나지 않아 나는 장산과 리쓰의 사형이 집행된 곳에서 총살당했다. 탕, 하는 총성과 함께 허공으로 떠올랐다. 양쪽 겨드랑이에 한 쌍의 하얀 날개가 돋아났다. 영롱하고 투명한 날개였다. 나는 날개를 펄럭이며 정신병원으로 날아가 샤오왕이 돌덩이를 안고 멍하니 앉아 내 이름을 되뇌는 모습을 보았다. 내 눈에서 크고 혼탁한 눈물방울이 그녀의 얼굴 위로 떨어졌다. 나는 또 도시 근교의 감옥으로 날아갔다. 소년 시절에 살았던 감방은 아직 그곳에 남아 있었다. 황혼의 햇빛이 철창 안으로 반쯤 쏟아졌다. 작은 창문은 닫혀 있었다. 그 안에는 아무도 없었다. 텅 빈 방에 대고 울부짖어도 돌아오는 메아리는 없었다.

도시 전체를 둘러본 나는 몸을 돌려 하늘 멀리 날아갔다. 날개가 바람을 흔들면서 계속 위로, 위로 올라갔다. 그 길은 곧장 천국으로 통하는 길이었다.

책임 번역 : 홍은서

양치기

아와이(阿歪)가 양 떼를 산등성이로 몰았다. 옅은 황금빛 햇빛이 양들의 몸 위로 쏟아졌다.

양은 200여 마리가 넘었다. 대부분은 산양으로 구부러진 뿔을 가졌고 양털은 매끈했다. 짧은 꼬리는 뒷다리에 붙어 있었다. 일부는 면양으로 빽빽한 양털 사이에 머리를 드러내고 눈동자를 데굴데굴 굴리며 감초를 씹으면서 하얀 입김을 내뿜고 있었다.

아와이가 매일 양 떼를 산등성이로 몰아갈 때면 약속이라도 한 듯 아침 햇살이 내리비치기 시작했다. 아와이는 마을 입구에서 양들을 모아 큰 소리로 양 떼를 몰면서 마을을 나서 마을 밖황야를 향해 걸었다. 북쪽 산비탈의 꼬불꼬불한 오솔길은 날마다 양 떼가 지나다니면서 생긴 길이었다. 맨 앞에 가는 털이 조밀하고 두툼한 커다란 산양이 장군처럼 양 무리 전체를 이끌면서 나아가는 속도와 리듬을 장악했다. 녀석의 뒤를 따르는 다른 양들의 마음은 안정감과 신뢰감으로 가득 차 있었다.

아와이는 양 떼 맨 뒤에서 산등성이를 향해 올라갔다. 그는 매일 첫 번째 햇빛을 좋아했다. 몸에 햇빛이 닿으면 마음속에 말로 표현할 수 없는 흥분이 일었다. 따스하고 편안한 느낌이었다. 양 떼는 자유롭게 산비탈을 걸으며 각자 마른 가을 풀을 찾아 씹어 삼키며 먼 곳과 주위를 동시에 기웃거렸다. 예전과 조금 달라진 아와이의 기분에 관심 갖는 사람은 아무도 없었다. 아와이의 몸은 따뜻했다. 그는 양가죽 외투를 석판 위에 깔고 그 위에 누워 길이가 일곱 자 정도 되는 채찍을 머리 밑에 베고 있었다. 눈을 감아도 여전히 햇볕의 따사로움을 느낄 수 있었다. 머릿속으로 가볍고 부드러운 흑적색 물체가 끊임없이 밀려오다가 이내 사라졌다. 자신이 강한 바람 속에 우뚝 서 있는 작은 나무가 된 것 같았다.

햇볕이 내리쬐자 아와이는 노곤하고 졸렸다. 고개를 돌려 양 떼를 바라보니 우두머리 양이 양 떼를 거느리고 산등성이 아래로 내려가 평평한 골짜기를 향해 천천히 이동하고 있었다. 멀지 않은 골짜기에서 들려오는 양들의 울음소리는 친근하면서도 아득히 멀게 느껴졌다. 겹겹의 햇빛을 통과하여 마침내 이곳으로 다가와 아와이의 몸속으로 들어오는 것 같았다.

아와이가 일어나 외투를 입고 오른손으로 채찍을 휘둘러 힘껏 채찍 소리를 내자 놀란 양들은 고개를 들어 산등성이를 바라보았다. 우두머리 양만 그 뜻을 이해했다는 듯이 산속 깊은 곳 어딘가로 향하고 있었다. 양 떼는 계속해서 우두머리 양을 따라갔고 아와이도 목청을 높이며 걸음을 재촉했다.

이 양 떼는 자오(趙) 어르신네 것으로 다 합쳐서 256마리나 됐다. 거의 3년 동안 아와이가 방목하여 키웠다. 양 떼가 눈앞에서 우르르 지나가기만 해도 아와이는 어느 녀석이 몇 살이고 몇 마리의 새끼를 낳았는지 다 알 수 있었다. 아와이의 엄마는 결혼하고 몇 년이 지나 양털을 수매하는 허난(河南) 출신 단골손님과 눈이 맞아 집을 나가버렸다. 그의 아버지는 하루 종일 술과 노름으로 인생을 탕진하다가 끝내 어느 겨울에 얼음 구덩이에 빠져 죽고 말았다. 아와이는 아주 어려서부터 연로한 할머니와 함께 생활했다. 할머니는 몸이 아직 튼튼하여 밥하고 집안 정리하는 일을 도맡아 했다.

"난 죽지 않을 거야. 잘 견뎌서 아와이한테 마누라를 찾아줘야지."

할머니는 날마다 이 말을 되풀이했다.

자오 씨네는 친족들이 사방 수십 리에 흩어져 사는 큰 가문으로 수천 무(畝)의 땅과 수백 마리의 소와 양을 소유하고 있었다. 아와이의 할머니는 자오 어르신에게 통사정하여 아와이가 양을 칠 수 있게 했다. 예전에는 양치기가 1년 주기로 바뀌었지만 아와이가 온 뒤로는 바뀐 적이 없었다. 경기가 좋지 않고 전란으로 세상이 어수선한 때라 일자리가 있으면 악착같이 지켜야 했다.

이 많은 양들 가운데 아와이와 가장 친한 녀석은 그 우두머리 양으로 체격이 크고 털의 때깔이 좋아 1년에 두 번 양모를 수확할 수 있었다. 다른 양 너덧 마리에 해당하는 양이었다. 원래 있던 우두머리 양이 병들어 죽자 아와이가 녀석을 우두머리 양으로 세웠다.

양모 수확철이 다가오자 아와이는 기름등잔 아래서 가위를 잘 갈아 찬물에 담가두었다. 자오 어르신의 지시가 떨어지면 털을 깎을 예정이었다. 80, 90마리 면양의 털을 다 깎으려면 아와이는 며칠 동안 정신없이 일해야 했다. 그는 항상 우두머리 양의 털을 가장 먼저 깎았다. 이는 그의 신분을 인정하는 상징적 행위이자 녀석의 좋은 털로 털 깎기 연습을 하려는 것이었다.

아와이는 우두머리 양을 자빠뜨리고 심하게 발버둥 치는 녀석의 네발을 쌍환(雙環) 매듭으로 단단히 묶었다. 가위를 대자마자 누군가의 목소리가 들려왔다.

"와, 이 면양 진짜 튼실하네. 양모가 100근은 넘게 나오겠어!"

목소리의 주인공은 샤오야오(小幺)였다. 그녀는 사부님을 따라 이 골목 저 골목으로 돌아다니면서 양모를 털고 기계로 다듬어 펠트를 만들거나 털실을 뽑았다. 샤오야오의 머리는 무척이나 짧았다. 매일 바쁘게 뛰어다니며 열심히 일하고 날마다 변변치 못한 식사를 했지만 언제나 얼굴이 하얗고 포동포동했다.

밤에 아와이는 자오 씨 댁 서쪽 사랑채로 가서 어르신을 만났다.

"어르신, 우리 집은 양털이 많지만 2년 동안 가격이 안 올랐어요. 오늘 마을에 온 양털 미는 사람을 만나봤는데 차라리 털을 깎아 실을 짜고 펠트로 만들어 파는 것이 예전처럼 양털을 직접 파는 것보다 나을 것 같아요."

자오 어르신이 수연통*으로 보글보글 소리 내더니 고개를 들며 말했다.

"네 말에도 일리가 있는 것 같구나. 그 떠돌이 수공업자를 불러오도록 해라. 집 옆에 있는 외양간에 선반을 설치해서 네가 털을 깎으면 그들이 곧바로 실을 뽑을 수 있도록 해라!"

샤오야오는 사부인 라오야오(老幺)와 함께 자오 씨네 집 외양간에 터를 잡고 지내게 되었다.

아와이가 양을 자빠뜨린 다음 가위로 싹둑싹둑 털을 깎으면

* 중국인이 쓰는 담뱃대 대통의 하나로 담배 연기가 물을 거쳐 나오도록 되어 있다.

두꺼운 양털이 돌돌 말린 채 양의 몸에서 떨어졌다. 옷이 벗겨진 양은 가냘픈 몸이 되었다. 샤오야오는 창문으로 머리를 내밀고 이런 모습을 보면서 까르르 웃었다.

"이봐, 양치기, 양의 옷을 왜 벗기는 거야? 벌거숭이 양이 되었잖아!"

그러고는 또 가볍게 웃었다. 남들이 생각지 못한 것을 자신이 발견한 것 같았다.

아와이는 얼굴이 새빨개져 감히 고개도 들지 못했다.

라오야오는 방 안에서 욕을 해댔다.

"저런 망할 년 같으니! 어딜 가나 저렇게 속이 없어!"

잠시 다른 데 정신을 팔고 있던 아와이가 고개를 들어 주위를 살펴보았다. 그녀의 새까만 머리가 더는 보이지 않았다. 손으로 누르고 있던 양이 울부짖었다. 가위가 양의 살갗을 찌른 것이었다. 아와이는 자신의 뺨을 때리며 중얼거렸다.

"정신을 어디 두고 있는 거야? 싹수가 노랗네!"

하루가 가고 또 하루가 갔다. 외양간에는 아와이가 깎은 양털이 산더미처럼 쌓였다. 샤오야오와 사부는 밤낮으로 쉬지 않고 실을 뽑았다. 밤에 호롱불을 켜놓고 일할 때면 아와이는 양털 더미 위에 앉아 샤오야오를 바라보곤 했다. 점점 대담해진 그는 용기를 내어 그녀에게 말을 걸어보았다. 그녀와 사부가 어디서 왔으며 또 어디로 갈 것인지 물었다. 샤오야오는 항상 제멋대로 대답했고 말의 앞뒤가 맞지 않았다. 때로는 자기가 라오야오의 꿰임에 당한 것이라고 했다가 또 얼마 있다가는 멀리 떨어진 마을로 선보러 가는 길이라고 말했다.

이튿날, 이웃 마을 쑨(孫) 부자 집에서 사람을 하나 보내와 라오야오에게 털실을 뽑아달라고 부탁했다. 라오야오는 그를 따라 쑨 씨네 댁으로 갔다. 자오 씨 댁에는 샤오야오 혼자 남게 되었다. 산에서 돌아온 아와이는 물을 좀 마시고 양들에게 풀을 더 주고서 갓 태어난 어린양을 안고 샤오야오가 있는 곳으로 갔다. 샤오야오의 손가락이 춤추듯 움직이면서 물레가 요란한 소리를 내는 가운데 양털이 한 가닥 한 가닥 털실로 변했다. 샤오야오의 통통한 그림자가 등불에 흔들렸다. 아와이 품에 안긴 새끼 양은 조용히 잠이 들었다.

샤오야오가 진지한 표정으로 물었다. 며칠 전과 너무나 다른 모습이었다.

"동생, 장가갔어?"

아와이는 안 갔다고 대답하면서 얼굴이 빨개졌다.

샤오야오가 말을 받았다.

"그럼 아직 어린애네. 여자랑 같이하는 일도 아직 안 해봤겠네? 하긴 또 모르지. 들리는 말에 의하면 양치기들이 가장 지저분하다고 하니까 말이야."

"우리 양치기들이 어디가 지저분하다는 거예요? 옷을 좀 더럽게 입는 것뿐이라고요."

"내가 말하는 건 그게 아니라, 그러니까…… 호호호."

샤오야오가 다시 웃기 시작했다. 말투와 표정이 어느새 평소의 모습으로 돌아와 있었다. 아와이는 그녀가 자신을 놀리고 있다는 건 알았지만 왜 웃는지는 알 수 없었다.

"그럼 누나는요?"

"나?"

샤오야오는 놀란 표정으로 잠시 머뭇거리다가 대답했다.

"너는 나와 우리 사부님이 무슨 관계라고 생각해?"

"사부와 제자 관계겠죠. 또 무슨 관계가 있겠어요?"

"너 사부가 제자 바지 벗기는 것 본 적 있어? 제자를 양털 위로 넘어뜨리는 것 본 적 있냐고?"

이 말에 아와이는 가슴이 쿵덕쿵덕 거칠게 뛰었다. 더 이상 듣고 싶지 않았다. 샤오야오는 계속해서 큰 소리로 말했다.

"그가 내게 먹을 것과 잠자리를 제공하고 일거리를 마련해주지. 내가 무슨 말을 할 수 있겠어? 게다가 그 일이 어떨 때는 아주 끝내줘. 아, 만약에 너라면…… 나도 너에게……."

아와이는 계속 듣고 있을 용기가 없어서 허둥지둥 자리를 떴지만 마음은 불처럼 타올랐다.

다음 날, 아와이는 숫양 한 마리가 암컷 등에 올라타 이리저리 움직이는 것을 보았다. 그 사이로 암컷의 은밀한 부분이 드러났다. 그는 문득 어젯밤에 샤오야오가 한 말을 이해할 것 같았다. 양치기가 가장 지저분하다고? 이 여자 진짜 못됐네! 아와이는 속으로 이런 생각을 떨칠 수 없었다.

"아야, 양털이 몸에 다 달라붙었어. 따가워죽겠네!"

샤오야오가 얼굴을 찡그리며 또 말했다.

"아와이, 이리 와서 나 좀 긁어줘. 양털 좀 빼내줘."

샤오야오가 넓은 옷깃을 당겨 벌리자 희고 통통한 가슴이 절반 가까이 드러났다. 기름기 섞인 땀방울이 가슴골에 맺혀 있었다. 양털 냄새와 뒤섞인 기이한 냄새 때문에 몸이 달아올랐다. 아와이는 자기도 모르게 손을 뻗어 옷 안으로 집어넣었다. 안은 양털처럼 부드럽고 축축했다. 두 개의 커다란 물체는 한 손에 하나씩 잡아도 다 잡히지 않았다. 아와이는 손을 천천히 움직이면서 계속해서 샤오야오의 가슴을 긁었다. 그녀가 끙끙 신음을 토하며 말했다.

"아와이, 살이 많은 부분을 긁어줘."

아와이는 샤오야오가 자신을 유혹하고 있다는 것을 모르지 않았다. 그는 손톱으로 그녀를 세게 긁어대고 싶었다. 피부가 까지고 피가 나면 더 좋을 것 같았다.

파박 소리가 몇 번 나더니 호롱불의 불꽃이 약간 약해졌다.

아와이는 몸을 떨면서 샤오야오의 이름을 소리 내 부르며 양손에 힘을 주기 시작했다. 샤오야오 풍만한 살집과 젖가슴을 움켜쥐었다. 젖가슴을 떼어내려는 것 같았다. 샤오야오는 아파서 비명을 내지르면서도 더욱 흥분했다. 두 사람은 마른 장작에 불붙은 것처럼 자기들도 모르게 서로 껴안고 서로의 옷을 찢었다. 땡그랑 소리와 함께 호롱불이 바닥에 엎어졌다. 외양간 안은 칠흑 같은 어둠이었다. 헐떡이는 소리만 들렸다.

갑자기 차가운 물 한 대야가 머리 위에서 쏟아졌다. 콸콸 흐르는 물이 벌거벗은 두 사람을 명중했다. 아와이는 어둠을 깨듯 재채기를 해댔다. 몸의 부풀어 오른 부분이 빠르게 쪼그라들었다. 뼛속까지 냉기가 엄습했다. 샤오야오가 마구 욕을 퍼부었다.

"누구야? 죽고 싶어서 환장했어? 이 마님을 얼려 죽이려는 거야?"

칙, 성냥 긋는 소리와 함께 호롱불에 다시 불이 들어왔다. 불빛 속에 분노로 가득 찬 늙은 얼굴이 드러났다. 라오야오였다.

아와이는 옷도 입지 않은 채 알몸으로 옆에 있는 양 우리로 도망쳤다. 양 몇 마리의 몸에다 자신의 몸을 비벼 물을 말린 뒤 우두머리 양 옆에 웅크리고 앉아 몸을 녹였다. 아직도 이가 덜덜 떨렸다.

라오야오는 양털실로 샤오야오를 묶었다. 털실이 살 속으로 깊숙이 파고든 모습이 꼭 거대한 쭝쯔 같았다. 샤오야오는 아와이 밑에 있어서 물을 많이 맞지 않았지만 흥분이 고조되어 후끈후끈한 열기를 내뿜고 있던 터였다. 라오야오의 사나운 두 눈이 샤오야오의 하얗고 부드러운 속살을 응시했다. 그가 음흉한 웃음을 웃었다.

"이 망할 년아, 내가 너를 먹여주고 입혀주고 서북 지역 전체를 데리고 다니면서 일하게 해줬어. 그런데 네년이 감히 다른 사람을 유혹해? 오늘 네가 실컷 소리 지르고 음탕하게 굴게 해주마."

샤오야오가 고개를 들었다. 눈동자에 경멸의 눈빛이 가득했다.

"영감탱이, 제 꼬락서니가 보이지도 않나? 죽을 날이 멀지도 않았으면서. 숫처녀였던 내가 그렇게 오랫동안 자줬으면 만족할 줄 알아야지! 나를 한평생 강제로 차지할 생각이었어? 오늘 네가 사준 옷은 입지 않을 거야. 배짱이 있으면 와보라고. 얼마든지 날 건드려봐!"

라오야오가 음흉한 눈으로 샤오야오를 뚫어져라 쳐다보면서 부드러운 어투로 말했다.

"널 건드리지 않을 생각이다. 내가 널 살지도 못하고 죽지도 못하게 해줄게."

그가 나무를 이용해 샤오야오의 두 다리를 벌렸다. 샤오야오의 은밀한 부분이 활짝 드러났다. 이어서 라오야오는 부드럽지도 않고 딱딱하지도 않은 양털을 몇 가닥 찾았다. 그러고는 샤오야오의 다리 앞에 쪼그리고 앉아 양털로 그녀를 살살 간질이면서 작은 소리로 중얼거렸다.

"이 음탕한 년아, 마음껏 음탕하게 굴어봐!"

샤오야오는 필사적으로 입술을 깨물었다. 얼굴이 빨갛게 상기되었다. 몸이 간지러워 죽을 지경이었다. 샤오야오는 더 이상 참지 못하고 신음을 토했다. 나중에는 아예 큰 소리로 소리를 지르기 시작했다. 그녀는 정말로 죽을 것 같았고 죽음을 직감했다. 누군가가 달려와 이 모든 것을 막아줘야 살 수 있을 것 같았다.

"아와이, 이 겁쟁이 새끼야. 너는 이까짓 영감탱이가 무섭냐? 넌 사내새끼도 아니야!"

아와이는 우두머리 양을 껴안고 있었다. 샤오야오의 신음과 거친 욕설이 흙벽돌담을 뚫고 전해져왔다. 그는 그 소리에 분노하면서도 우두머리 양을 더욱더 세게 안을 뿐이었다. 그에게는 라오야오를 걷어차 넘어뜨리고 샤오야오를 구해낼 용기가 없었다. 차가운 물 한 대야에 모든 열정이 사라져버렸다. 실제로는 아무것도 하지 못하고 사람들 앞에서 간통 현장을 들킨 것과 다르지 않았다. 샤오야오의 목소리는 날카롭게 갈라지더니 점점 희미해져 마침내 어둠 속으로 잦아들었다.

날이 밝고서야 아와이는 샤오야오가 죽었다는 것을 알게 되었다. 라오야오가 끊임없이 그녀를 괴롭히자 그녀는 필사적으로 몸부림치며 울부짖었다. 입 안에 들어간 양털 한 움큼이 곧

바로 목구멍까지 들어갔다. 샤오야오는 온 힘을 다해 헛구역질했지만 양털이 목구멍의 여린 살에 박히면서 몇 분 만에 숨이 막혀 죽은 것이었다.

아와이가 양 우리에 들어섰을 때 라오야오는 샤오야오를 괴롭혔던 양털을 손에 쥔 채 멍한 표정으로 양털 더미 위에 앉아 있었다. 샤오야오는 머리가 축 처진 상태였다. 얼굴은 이미 일그러져 있고 혀를 입 밖으로 길게 내밀고 있었다. 오장육부를 전부 토해내려는 것 같았다. 입도 아주 크게 벌어져 있었다. 아와이는 그 안에 기다란 끈이 있어 끊임없이 밖으로 잡아당겨도 영원히 다 당기지 못할 것 같은 느낌이 들었다. 아와이는 샤오야오를 묶고 있던 양털을 풀고 양손으로 흰 살을 어루만졌다. 얼음을 만지는 것처럼 차가웠다. 샤오야오는 바닥에 내려져서야 마침내 제대로 누울 수 있었다. 하지만 그녀의 숨통을 막아 죽게 한 양털 뭉치는 여전히 목구멍에 박혀 있었다. 아와이는 그 양털 뭉치를 찾아낼 수 없었다.

마음속에 분노가 가득 찬 아와이는 라오야오에게 달려들어 그를 발로 차기 시작했다. 그의 허리와 엉덩이를 차고 머리도 걷어찼다. 라오야오는 본능적으로 손을 뻗어 그의 발길질을 막았지만 몸을 피하진 않았고 신음 소리도 내지 않았다. 아와이가 수십 차례 발길질한 결과 라오야오의 얼굴은 피투성이가 되었다. 얼마 남지 않았던 치아도 몇 개가 더 빠졌고 입에서 연신 아아, 하는 소리가 났다.

하지만 때린 사람과 맞은 사람은 마침내 같은 생각에 도달했다. 두 사람은 샤오야오의 시신을 들고 마을 뒤 도랑으로 가서 황갈색 건초 다발 위에 올려놓고 불을 붙였다. 샤오야오는 이내 타기 시작하여 한참을 타올랐다. 아와이는 불길 속에서 샤오야오가 사라지는 모습이 보이길 기대했다. 그는 몇 마디 사과의 말과 뜨거운 말을 준비해놓고 있었다. 하지만 불은 불일 뿐 그 속에는 아무것도 없었다.

'설마 그녀가 아직 떠나지 않은 것일까?'

아와이는 아쉬운 생각을 떨칠 수 없었다.

라오야오는 샤오야오의 몸이 다 탈 수 있도록 손에 쥔 나뭇가지로 불 속을 헤집었다. 인육 타는 냄새는 몹시 고약했다. 라오야오와 아와이는 속이 메스꺼워 토하고 싶었지만 샤오야오가 입 벌린 채 타는 모습에 감히 구토조차 할 수 없었다. 두 사람은 목구멍 안에 이물질이 있는 듯한 느낌이었다.

두 사람은 마침내 그 자리를 벗어났다. 그 전에 건초와 나뭇가지를 전부 불더미 속에 던져 넣었다. 왔던 길을 따라 되돌아가면서 두 사람은 샤오야오가 연기가 되어 공중으로 솟구쳐 사라지는 모습을 바라보았다.

라오야오는 품삯을 정산하고 짐을 챙겨 떠났다. 그 뒤로는 아무 소식도 없었다. 자오 어르신은 사람이 죽었다는 소식을 듣고 번거로운 상황을 만들지 않기 위해 모든 사람에게 입단속을 시켰다. 열흘 남짓 지나자 아무 일도 일어나지 않은 것 같았다.

아와이는 매일 양 떼를 몰고 산등성이로 올라갔고 햇빛은 여전히 아름답게 쏟아졌다. 그는 바위 위에 멍하니 앉아 있다가 멀리 가는 양 떼를 뒤쫓아갔다.

아와이는 마침내 양 떼를 따라잡았다. 자세히 수를 헤아려보니 낙오된 양은 한 마리도 없었다. 아와이는 주머니에서 잎담배를 꺼내 한 대 피우려 했다. 이때 그의 시선에 샤오바이(小白)라는 이름의 양이 모습을 드러냈다. 그는 샤오바이를 수없이 봐왔지만 오늘은 유난히 그를 그리움에 빠져들게 했다. 샤오바이는 온몸이 새하얗고 네발은 새까만 암양으로 이미 세 살이나 되었지만 새끼를 낳지 않았다. 아와이는 샤오바이의 눈에서 양에게 있어서는 안 될 무언가를 느꼈지만 그것이 무엇인지는 확실하게 정의할 수 없었다. 하지만 그 느낌은 늘 그의 주위를 둘러싸고 맴돌았다. 샤오바이는 이미 멀리 떨어진 쑥 수풀에 가 있었다. 아와이는 담배를 한 대 피우고 나서 머리가 어지러워 따뜻한 산비탈에 누워 잠이 들었다. 꿈에서 라오야오와 샤오야오를 보았다. 물레가 삐걱거리는 소리도 들었고 양털실이 샤오야오의 손에서 아주 길게 당겨지는 것도 보았다. 샤오야오가 갑자기 혀를 내밀어 아와이의 얼굴을 핥았다. 그녀가 죽기 직전에 내밀었던 그 긴 혀였다. 혀에는 양털이 많이 붙어 있어 얼굴이 간지럽고 불편했다.

아와이가 말했다.

"샤오야오, 내가 당신을 해친 게 아니야. 그러니까 날 탓하지 마. 당신이 먼저 날 유혹했잖아."

그러자 샤오야오는 토악질하기 시작했다. 소리가 아주 컸다. 아와이가 깜짝 놀라 잠에서 깨어보니 양 한 마리가 그의 얼굴을 핥고 있었다. 새끼가 방금 죽은 어미 양이었다. 어미 양은 아와이의 얼굴을 세심하고 부드럽게 핥았다. 새끼에게 입 맞추는 것 같았다.

어미 양을 바라보는 아와이의 마음속에 실망감이 가득했다. 어미 양이 샤오바이였으면 얼마나 좋았을까, 하는 생각이 들었다.

그 뒤로 그는 샤오바이를 다른 눈으로 바라보기 시작했다. 물도 가장 먼저 마시게 했고 사료도 먼저 먹게 했다. 종종 손으로 가려운 데를 긁어주기도 했다. 뜻밖에도 샤오바이 역시 아와이를 의지하면서 그가 가는 곳이면 어디든지 따라갔다. 얼마 후 아와이는 또다시 샤오바이의 털을 쓰다듬으면서 녀석에게 친구를 하나 만들어줘야겠다고 생각했다. 그의 첫 번째 선택은 바로 우두머리 양이었다. 아와이는 밤에 우두머리 양과 샤오바이를 한 곳에 가뒀다. 때마침 우두머리 양은 발정기였다. 녀석은 흥분하여 샤오바이를 쫓아다녔고 샤오바이의 몸에 올라타고 싶어 안

달이 났다. 하지만 샤오바이는 녀석을 받아들이지 않았다. 이리저리 도망치면서 처량한 울음소리만 냈다. 이런 모습을 보고도 아와이는 냉정하게 고개를 돌렸다. 그는 이것이 샤오바이의 운명이라고 생각했다. 샤오바이는 결국 새끼를 뱄고 아와이는 더욱 세심하게 샤오바이를 보살폈다. 심지어 그는 양팔에 우두머리 양과 샤오바이를 껴안고 양 우리에서 잠자기도 했다. 아버지가 사랑하는 아들딸을 품에 안고 있는 것 같았다.

샤오바이 덕분에 아와이는 더 이상 외롭지 않았다. 그는 가끔씩 샤오바이를 보면서 미소를 지었다. 샤오바이는 살이 쪘고 젖이 바람을 불어넣은 것처럼 부풀어 올라 두 다리 사이에 매달려 있었다. 아와이가 손으로 부드럽게 살살 어루만지며 젖을 짜자 황갈색 젖이 아주 멀리까지 뿜어져 나갔다.

정월 초이레는 자오 어르신의 칠순 생신이라 양을 한 마리 잡게 되었다. 자오 어르신은 아와이에게 몸집이 크고 살이 많이 오른 녀석으로 골라서 잡으라고 지시했다. 식구가 많기 때문에 작은 양을 잡으면 부족하다는 것이었다. 이날 산등성이에 오른 아와이는 옆을 지나가는 수백 마리 아름다운 양들을 유심히 살펴보았다. 그의 눈빛은 날카로운 칼처럼 1초도 안 되는 찰나에 양을 분해하여 저울에 단 것처럼 살과 뼈를 가늠했다. 수백 번의 예리한 눈빛으로 아와이는 대충 네 마리를 골랐다. 때깔도 좋고 살도 튼실한 녀석들이었다. 아와이는 양털 속으로 손을 집어넣어 살갗을 움켜쥐었다. 한 줄기 햇빛이 내리비치는 순간 눈앞이 온통 새하얘지면서 자신도 모르게 샤오야오를 떠올렸다. 원래 그는 이미 샤오야오를 완전히 잊은 터였다. 그의 삶에서 유일한 이성은 샤오바이였지만 이제는 그의 마음이 샤오야오로 가득 차버렸다. 양 울음소리가 샤오야오의 목소리로 들렸다.

"이리 와! 아와이, 목 안이 너무 간지러워. 어서 나 좀 긁어줘."

아와이는 고개를 들었다. 우두머리 양이 양 떼를 이끌고 이미 다른 산비탈을 오르고 있었다. 바위 위에 서 있는 우두머리 양은 구부러진 두 뿔을 마을 쪽으로 향하고 있었다. 아와이는 갑자기 우두머리 양을 잡기로 마음먹었다.

이런 결정은 아와이에게도 갑작스러운 것이었다. 하지만 그는 종종 우두머리 양이 샤오바이를 쫓아다니던 상황을 떠올렸다. '우두머리 양을 잡아야겠어.' 아와이는 마침내 자신이 우두머리 양에 대해 한없는 분노의 감정을 갖고 있었다는 사실을 깨달았다. 그는 칼을 우두머리 양의 목에 꽂은 뒤 마구 휘저어 솟구친 피가 그의 얼굴에 튀는 광경을 상상했다. 아와이는 자신의 감정이 질투가 섞인 분노라는 것을 모르지 않았다. 우두머리 양이 아와이에게서 뭔가를 빼앗은 것 같았다. 그게 무엇일까? 그 감정의 실체가 무엇인지 아와이는 더 이상 생각을 이어갈 수 없었다. 그는 그 답이 두려웠다. 답은 아름답게 치장하기를 좋아하는 나이 든 여인이 입고 있던 옷을 하나씩 다 벗어버리고 징그럽게 쪼그라든 젖가슴과 엉덩이가 드러나게 되는 것과 다르지 않을 것이었다.

생신 열흘 전에 자오 어르신은 이웃 마을의 쑨 어르신 댁에서 양 100마리를 사 왔다. 쑨씨 집안에는 불효자가 하나 있었다. 자신이 아편에 중독된 것도 모자라 온 식구를 중독에 빠지게 했다. 1년도 채 안 돼 가산을 전부 탕진하고 200마리의 양들이 마지막 남은 재산이었다. 200마리 안에는 쑨 씨네 우두머리 양이 있어 아와이에게 곤란한 문제가 생길 수밖에 없었다. 같은 산에 두 마리의 호랑이가 살 수 없는 법이라 자오 씨네 우두머리 양과 쑨 씨네 우두머리 양이 싸우기 시작했다. 두 녀석은 열흘 내내 산등성이에서 서로를 들이받았다. 직접적인 원인은 뜻밖에도 샤오바이에게 있었다.

그날 쑨 씨네 우두머리 양은 무심코 샤오바이와 같은 자리에서 풀을 뜯었다. 샤오바이의 새하얗고 매끄러운 털은 어느 양이나 다 좋아했다. 푸르스름한 눈빛도 다른 암양들보다 생기가 넘쳤다. 쑨 씨네 우두머리 양은 제멋대로 구는 것에 익숙해서 자신도 모르게 샤오바이를 몇 번 더 쳐다보았다. 당시 샤오바이는 이미 임신 중이라 배가 많이 불러 있었고 두 개의 유방도 젖 때문에 잔뜩 부풀어 있었다. 쑨 씨네 우두머리 양은 야릇한 충동을 이기지 못하고 우렁차게 울음을 울었다.

샤오바이는 고개를 들어 녀석을 바라보았다. 샤오바이의 눈에는 경계하는 빛이 역력했다. 몸집이 건장하고 흑백이 뒤섞인 털빛을 지닌 낯선 양에 대한 약간의 호기심도 갖고 있었다. 이때 양 무리에서 이탈한 양 한 마리가 풀을 빼앗으러 달려와 샤오바이를 들이받았다. 샤오바이는 몇 번 울부짖었다. 멀리 떨어져 있던 자오 씨네 우두머리 양이 이 소리를 듣고 쏜살같이 달려와 샤오바이를 보호하려 하자 쑨 씨네 우두머리 양도 앞에 나섰다. 양 무리에서 이탈한 양은 큰 덩치에도 불구하고 두 우두머리 양의 협공에 밀려 금세 물러났다. 자오 씨네 우두머리 양과 쑨 씨네 우두머리 양은 싸울 때는 호흡이 잘 맞았지만 싸움 상대가 사라지자 서로가 강적임을 알아차렸다. 샤오바이는 둘 모두에게 감동하여 두 번씩 쳐다보며 울어주었지만 평소처럼 자오 씨네 우두머리 양 옆으로 다가가진 않았다. 자오 씨네와 쑨 씨네 우두머리 양들은 눈이 마주치자 서로 싸우지 못해 안달이었다. 때마침 아와이가 채찍을 휘둘렀다. 채찍 소리가 맑은 하늘에 울려 퍼지자 양들이 사방으로 흩어졌다.

해가 서서히 서쪽으로 기울기 시작하자 아와이는 양 떼를 빈터로 모았다. 자오 씨네와 쑨 씨네 우두머리 양은 끝내 참지 못하고 서로를 들이받기 시작했다. 아와이는 녀석들이 싸우는 것을 보고도 가서 뜯어말리지 않았다. 뜻밖에도 그는 느긋하게 담배를 피우며 내심 쑨 씨네 양이 이기기를 갈망했다. 자오 씨네 양이 패하는 모습을 직접 보고 싶었다.

처음 이곳에 온 쑨 씨네 우두머리 양은 나름대로 위세를 떨치려 했고 자오 씨네 우두머리 양은 자신의 자리를 지키려 했다. 게다가 샤오바이를 사이에 두고 벌이는 싸움은 무척이나 격렬했다. 양 두 마리가 우당탕 밀고 당기는 사이에 뿔 네 개가 서로 엉켜 둘 다 상대에게서 벗어나지 못했다. 아와이가 뒤에서 자오 씨네 양을 걷어차자 쑨 씨네 양은 기회를 놓치지 않고 재빨리 상대를 넘어뜨렸다. 자오 씨네 양은 얼른 다시 일어나 머리를 들고 아와이를 쳐다보았다. 아와이는 실망스러운 눈으로 녀석을 바라보았다. 하지만 녀석의 눈빛에는 서글픔이 전혀 없었다. 오히려 멸시로 가득 차 있었다.

싸움이 있은 뒤로 전체 양 떼의 우두머리 자리는 쑨 씨네 양이 차지하게 되었다. 매일 아침 산등성이에 서서 첫 번째 햇빛을 맞이하는 것도 쑨 씨네 양이었다. 자오 씨네 우두머리 양은 항상 양 떼 사이에 숨어 아무 소리도 내지 않았다. 아와이는 종종 멀리서 자신을 바라보는 자오 씨네 우두머리 양의 눈길을 느꼈다. 아와이는 그 눈길이 몹시 불편했다. 빨리 자오 어르신의 생신이 다가오기만을 기다렸다. 우두머리 양을 잡아야겠다는 마음은 조금도 변하지 않았다.

때가 되어 아와이는 자오 씨네 우두머리 양을 자빠뜨려 목뼈를 움켜잡았다. 아와이는 녀석의 눈을 쳐다볼 엄두가 나지 않았다. 오른손에 든 날카로운 칼이 푹 하고 녀석의 목 깊숙이 들어갔다. 자오 씨네 우두머리 양은 한참이나 버둥거리다가 입에서 피거품을 토하며 몇 분 만에 숨을 거뒀다.

밤이 되자 자오 씨네는 불빛으로 환했다. 죽은 우두머리 양은 이미 양골탕(羊骨湯)이 되어 까맣게 칠한 팔선상 위에 놓여 있었다. 관례에 따라 양 머리와 꼬리, 내장은 전부 양치기의 몫이었다. 아와이는 내장을 잘게 썰어 자신의 아궁이를 이용하여 내장탕을 한 솥 끓였다. 그런 다음 말린 홍고추를 몇 개 넣고 아궁이에 장작을 넉넉하게 채우고 나서 밖으로 나갔다.

밖에는 큰 눈이 내리고 있었지만 하늘은 어두웠다. 아와이는 마을 서쪽에 있는 작은 가게에 가서 술 두 근을 사가지고 돌아와 장기 노동을 하는 일꾼들이 거주하는 외양간으로 가서 평소에 사이가 좋았던 다이리(大力)와 샤오멍(小孟), 라오훙(老洪) 등을 불러 함께 술을 마시면서 내장탕을 먹자고 제안했다. 이들은 두꺼운 솜옷을 입고 눈을 밟으면서 아와이의 방으로 왔다. 다이리가 가마솥 앞으로 다가가 냄새를 맡고는 큰 소리로 말했다.

"젠장, 기름기 구경 못 한 지 거의 석 달이 다 되어가네!"

모두 솥 주위에 둘러앉았다. 아와이에게는 그릇도 하나밖에 없고 쇠숟가락도 하나밖에 없었다. 이들은 그릇에 술을 따르고 숟가락으로 내장탕을 돌아가면서 떠먹었다. 그러나 아와이는 술만 마실 뿐 내장탕은 먹지 않았다. 라오훙이 기름에 젖은 입을 문질러 닦으며 말했다.

"아와이, 넌 왜 내장탕을 안 먹는 거야? 내장탕이 고기보다 훨씬 몸에 좋다고!"

아와이가 말을 받았다.

"난 술만 마실래. 내장탕은 노린내가 너무 심해서 먹으면 속이 메스꺼워."

샤오멍은 술 그릇과 쇠숟가락을 건네받으며 말했다.

"염병할, 양치기 주제에 양 내장탕에서 노린내가 난다니! 똥 푸는 사람은 똥도 누지 못하겠네."

아와이는 이들에게 양 두 마리가 격돌한 이야기를 해주었다. 그는 자신이 인간으로서 해서는 안 될 짓을 했다고, 그 우두머리 양은 억울하게 죽은 것이라고 말했다.

"뭐, 어때! 가축일 뿐이잖아. 어차피 언젠가는 죽어야 할 것들이라고."

모두들 그를 설득하며 내장탕을 권했다.

이날 저녁 아와이는 술을 반 근이나 마셨다. 아주 빨리 취한 그는 그대로 밀짚 위에 쓰러져 잠이 들었다. 깨어나보니 일꾼들 셋은 이미 돌아가고 없었다. 내장탕 솥은 깨끗이 비워졌고 술통은 문 앞에 비스듬히 세워져 있었다. 머리가 조금 아프고 눈이 건조해진 것을 느낀 아와이는 일어나 양가죽 외투를 입고 양 우리로 갔다. 아무래도 양 우리에 가서 자는 것이 더 편할 것 같았다. 아와이는 늘 눕던 자리로 가서 왼팔로 샤오바이를 안았다. 오른팔로도 양을 안으려 했으나 그 자리는 비어 있었다. 문득 그 자리에서 자던 자오 씨네 우두머리 양을 자신이 죽였다는 것이 생각났다. 멀지 않은 곳에 있는 쑨 씨네 우두머리 양의 푸른 눈이 보였다. 가슴 깊은 곳에서 솟구치는 슬픔을 억제할 수 없었던 아와이는 끝내 눈물을 참지 못하고 소리 내 울면서 눈물을 쏟아냈다. 양 무리도 한차례 소동을 피우고는 쉴 새 없이 울부짖었다. 아와이는 눈물을 흘리며 노래를 부르기 시작했다. 노랫소리는 양 우리를 넘어 아주 먼 곳까지 울려 퍼져 긴 밤과 하얀 눈 사이로 사라졌다.

아와이는 꿈을 꾸었다. 꿈속에서 그는 한 마리 양으로 변했다. 크고 건장한 몸집에 부드럽고 새하얀 털을 가진 양이었다. 네발은 금빛으로 빛나고 뿔은 단단하면서도 날카로웠다. 얼굴의 잔털마저 원기 왕성하게 춤을 추는 것 같았다. 그의 눈앞에는 샤오바이가 있었다. 아와이는 꿈에서 뒷발을 땅에 단단히 붙이고 앞발에 힘을 준 채 끊임없이 굴렀다. 그는 그렇게 갑자기 날아올라 샤오바이를 향해 돌진했다. 미처 피하지 못하고 아와이와 정면으로 부딪힌 샤오바이의 배가 찢어지더니 새끼 양 한 마리가 나왔다. 고약한 내장 냄새와 피 냄새에 아와이는 심하게 토악질을 했다. 바닥이 온통 토사물로 축축해졌다. 샤오바이는 뼈가 산산이 부서지고 깨지더니 다시 조각조각 합쳐져 죽은 우두머리 양으로 변했다.

아와이는 잠에서 깼다. 꿈속은 현실적이면서도 비현실적이었다. 꿈속 장면들은 전부 현실 같았지만 내용은 터무니없는 것처럼 느껴졌다. 아와이는 여전히 머리가 아팠다. 이 꿈에 대한 자신의 느낌이 갈망인지 두려움인지 분간하기 어려웠다. 팔 밑에 있던 샤오바이가 몸을 움직이자 아와이는 몸 아래가 축축해진 것을 알아차렸다. 샤오바이의 가냘픈 울음소리도 들렸다. 아와이가 샤오바이의 엉덩이를 만져보자 끈적끈적하면서 이상한 냄새가 났다. 샤오바이의 해산이 임박한 것이 분명했다. 아무래도 난산일 것 같았다. 아와이의 머릿속에 문득 샤오야오의 모습이 스쳐 지나갔다.

양이 새끼를 낳을 때 난산은 큰 문제가 아니었다. 아와이는 3년 동안 양을 키우면서 이런 상황을 자주 마주했다. 그런데 유독 샤오바이의 난산은 그를 애타게 만들었다. 샤오바이는 울 힘조차 없는 것 같았다. 위험한 상황임에 틀림없었다. 아와이는 자신의 머리를 두드리면서 술을 그렇게 많이 마시지 말았어야 했다고 자책했다. 아와이는 모든 것이 자신에게 달려 있음을 모르지 않았다. 그는 샤오바이를 자기 거처로 데려다 놓고 방에 불을 지폈다. 샤오바이에게는 소금물을 반 그릇 먹여 체력을 보충하게 했다. 담배 한 대 피우는 동안 샤오바이의 체온이 점차 올라갔고 체력도 조금 회복되는 것 같았다. 아와이는 더 이상 지체할 수 없었다. 그는 손을 깨끗이 씻고 소매를 걷어 올리고는 샤오바이의 뒷다리를 벌려 반응을 살피면서 샤오바이의 몸속으로 손을 집어넣었다. 두 개의 둥그런 물체가 만져지자 그는 놀라움을 금치 못했다.

"이 녀석 어째서 머리가 두 개지?"

그는 녀석의 앞다리를 찾아 붙잡고는 살살 조금씩 바깥쪽으로 당겼다. 마침내 새끼 양의 몸이 샤오바이의 몸을 빠져나왔다. 털빛은 새하얬지만 머리는 하나였다. 아와이가 다시 손을 집어넣자 머리가 하나 더 만져졌다. 이번에도 살살 당겨서 샤오바이의 몸 밖으로 빼냈다. 놀랍게도 털이 새까맸다. 알고 보니 샤오바이는 쌍둥이를 뱄고 흰 놈과 검은 놈이 앞다투어 출구에 몰려 출산을 어렵게 만든 것이었다.

아와이는 새끼 양 두 마리를 안고 불 옆으로 가서 몸을 말려주었다. 동시에 흠뻑 젖은 자신의 몸도 말렸다. 세 생명체가 똑같이 열기를 내뿜었다. 아와이는 새끼 양의 몸에서 피어오르는 열기의 냄새를 맡았다. 그 안에는 생명력이 가득 차 있었다. 예전에 경험하지 못했던 경외와 온기 그리고 약간의 죄책감을 느꼈다. 그는 숨을 크게 들이마시며 고개를 돌려 몸과 마음이 홀가분해진 샤오바이를 쳐다보았다. 꿈은 이미 완전히 잊은 터였다. 새끼 양의 털이 거의 마르자 아와이는 녀석들을 샤오바이 몸 밑에 내려놓고 자신은 다른 한쪽에 누웠다. 샤오바이의 몸 너머로 하나는 하얗고 하나는 까만 두 개의 작은 생명체가 보였다. 갑자기 불씨와 불꽃이 번쩍이더니 아와이는 넋을 잃고 말았다. 그는 지금 이 순간 추운 겨울과는 관련이 없는 아름답고 따뜻한 일들이 머릿속에 떠오르길 기대했다. 그가 나뭇가지로 불더미를 헤집자 불길 속에서 장작이 탁탁 소리를 내며 타올랐다. 유년 시절의 모습일까? 샤오야오일까? 아와이는 지나간 일들을 시간과 종류에 따라 구분하여 떠올릴 수 없었다. 과거는 그저 둥둥 떠다니는 파편들로 수면 위를 왔다 갔다 할 뿐, 한 폭의 온전한 그림을 이루지 못했다.

'내가 아버지 같을까? 그래, 새끼 양들의 아버지일 수 있지. 우리는 가족이나 마찬가지잖아?'

아와이는 문득 이런 생각이 들었다.

'맞아, 나는 샤오바이를 방목하면서 새끼를 받았고 그들과 함께 불더미 옆에 누워 지난 일들을 회상했어. 내 마음이 이렇게 평온했던 적이 없었어. 이런 강한 책임감을 느꼈던 적도 없었지. 녀석들을 바라보는 지금 이 순간, 이 모든 것이 내게 다가온 거야.'

아와이는 멋대로 이런저런 생각을 하다가 너무 피곤해 다시 잠이 들었다.

해가 산등성이에 떴을 때는 양 떼도 산등성이에 올라가 있었다. 아와이는 대열의 맨 끝을 지키며 새끼 양 한 마리가 담긴 광주리를 어깨에 메고 있었다. 다른 새끼 양 한 마리는 품속에서 몸을 녹이고 있었다. 아와이는 잠시 후 둘의 자리를 바꿔주었다. 샤오바이는 새끼들에게 별로 관심이 없는지 우두머리 양과 함께 양 떼의 맨 앞에서 걸음을 옮겼다. 샤오바이가 뒤를 돌아보거나 새끼 양을 부르는 경우는 매우 드물었다. 점심때가 되자 아와이는 새끼 양 두 마리를 샤오바이 몸 아래 놓아주었다. 녀석들은 각자 젖꼭지를 하나씩 차지하고는 있는 힘을 다해 빨기 시작했다. 샤오바이가 하루 동안 몸 안에 모은 젖은 금세 녀석들의 배 속으로 들어갔다. 아와이가 새끼 양들을 하나는 업고 하나는 품에 안자 샤오바이는 다시 우두머리 양 옆으로 갔다. 샤오바이는 그저 젖만 먹이는 어미일 뿐이었다.

겨울이 가고 봄이 왔다. 해가 산등성이에 오르는 시간도 점점 빨라졌다. 아와이의 양 떼는 여전히 해를 따라 걸었다. 새끼 양 두 마리는 많이 자라 새하얀 녀석과 새까만 녀석이 매일 한데 붙어 다녔다. 어느 날 아와이가 다시 검정 새끼 양을 품에 안자 녀석은 필사적으로 벗어나려고 버둥거렸다. 아와이가 다시 하얀 새끼 양을 안자 그 녀석도 필사적으로 빠져나갔다. 두 녀석은 재빨리 멀리 있는 양 떼를 향해 달려갔고 고개를 돌려 아와이를 쳐다보지도 않았다. 아와이는 햇빛이 가득 쏟아지는 산등성이에 서 있었다. 이날 그는 더 무거운 상실감에 빠졌다. 이 순간 자신이 빠른 속도로 후퇴를 거듭하여 예전의 단순한 양치기로 돌아간 것 같은 기분이 들었다. 어쩌면 이 양들이 마음속으로 뭔가를 기억할지 모르지만 결국에는 그런 기억마저 점점 희미해져 아무것도 남지 않을 것이다. 아와이는 자신도 모르게 샤오야오를 생각했다. 샤오야오와 샤오바이가 근본적으로 다르다는 것을 알면서도 이 둘이 왜 자꾸 연결되는지 알 수 없었다.

하얀 새끼 양은 샤오바이를 닮았지만 까만 새끼 양은 친아버지인 자오 씨네 우두머리 양이 아닌 쑨 씨네 우두머리 양을 닮아 아와이를 몹시 놀라게 했다. 새끼 양 두 마리가 제법 크게 자라자 아와이는 그들에게 아바이(阿白)와 아헤이(阿黑)라는 이름을 지어주었다. 자신의 이름이 아와이이기 때문이다. 아와이는 아바이와 아헤이가 언제부터 서로 싸우기 시작했는지 알지 못했다. 두 녀석의 싸움은 이유가 필요하지 않았고 뚜렷한 동기도 없었다. 하지만 싸움은 나날이 격렬해졌다. 아와이는 녀석들이 싸우는 모습을 바라보면서 관중이 되었다. 승패에는 관여하지 않았다. 그는 몇 년 전 두 우두머리 양의 결투를 기억하고 있었다. 아바이와 아헤이가 싸우는 것을 보면서 그는 자신이 쑨 씨네 우두머리 양을 도왔던 이유를 알 것 같았다. 그 꿈에 대한 기억도 더욱 선명해졌다. 그 모든 것이 일종의 주문처럼 한번 생각하기 시작하면 그를 더 깊은 상념으로 끌어들였다.

아와이는 밤에 양 우리에 자주 가지 않았다. 그곳에 가서 누우면 왼팔의 허전함이 뚜렷해지기 때문이었다. 게다가 오른팔에 안았던 샤오바이도 이렇게 편안한 자세가 싫어졌는지 우두머리 양과 문 앞에 서서 밤새도록 자지 않았다. 아와이가 샤오바이를 억지로 담 모퉁이로 끌고 와도 그 결과는 더욱더 실망스럽고 비참했다. 과거의 흔적을 단단히 움켜쥐고 놓지 않고 사소하고 보잘것없는 무언가에 감동하는 것은 나이가 들었다는 징후가 아닐까. 나는 겨우 스물네 살이다. 어째서 벌써 늙기 시작한 것일까. 그는 말이 없어졌다. 수백 마리의 양들이 혹시 자신의 말을 듣기라도 할까 봐 두려웠다. 더구나 무엇을 하소연해야 하는지 그 자신도 알지 못했다. 그는 꾸벅꾸벅 조느라 꿈도 꾸지 않고 아침을 맞곤 했다.

아와이의 정신이 흐릿해지면서 안 좋은 결과를 가져왔다. 그는 더 이상 양 떼의 수를 자세히 확인하지 않았다. 우두머리 양에게 모든 것을 맡겼다. 그는 자신이 늙어가고 있다고 생각했다. 어느 날 밤 그는 갑자기 쑨 씨네 우두머리 양과 샤오바이 그리고 아바이와 아헤이가 모두 돌아오지 않았다는 것을 알아차렸다. 더 끔찍한 것은 녀석들이 언제부터 무리 속으로 돌아오지 않았는지조차 알지 못한다는 것이었다. 마을 구석구석을 샅샅이 뒤져봤지만 녀석들의 흔적은 찾을 수 없었다. 슬픔에 젖은 아와이는 녀석들을 그냥 산에 버릴까 하는 생각도 해보았다.

'이건 어쩌면 음모인지도 몰라. 우두머리 양과 샤오바이가 꾸민 음모일 거야. 녀석들이 도대체 무슨 짓을 하려는 걸까?'

아와이는 양 우리 앞에 서서 붉은 저녁노을과 흰 양 떼를 바라보았다. 그는 자신이 고의로 그들을 잃어버린 것이 아닌가 하는 의심도 들었다. 그렇다면 음모가 아닌 건가? 해가 지고 나서도 한참을 더 기다리다가 아와이는 그제야 산으로 가서 그들을 찾기로 했다.

마을 입구를 나서자 둥근 달이 이미 동쪽 하늘에 걸려 있었다. 아주 둥글지는 않지만 무척이나 밝았다. 마을 뒤쪽의 커다란 논밭은 막 일꾼들이 쟁기로 갈아엎어놓은 터였다. 거무스름한 흙이 달빛 아래에서 몸을 숨기고 있는 한 무리의 작은 동물들처럼 보였다. 서쪽에서 멀지 않은 곳은 낮지만 수십 리나 이어진 산언덕으로 무덤 몇 기가 있었다. 자오 어르신이 언젠가 아와이에게 그의 할아버지도 그곳에 묻혀 있다고 말한 적이 있었다. 몇 년 전에 도둑 떼가 양을 약탈하러 왔을 때 양치기였던 아와이 할아버지가 도둑 떼에게 살해당했다고 했다. 그의 할머니는 미친 듯이 수십 리 되는 산길을 달려가 할아버지의 머리를 주워 왔다. 마을 사람들 모두 아와이 할아버지의 시신이 아직 산속에 있기 때문에 머리와 몸을 분리하면 안 된다고 해서 머리를 다시 서산에 묻었다. 횡사한 마을 사람들은 모두 그곳에 묻혀 있었지만 오랜 시간이 지나면서 어느 무덤에 누가 묻혀 있는지 아는 사람은 아무도 없었다.

아와이는 황량한 무덤들을 지났다. 머릿속에는 머리 없는 사람이 무덤에서 걸어 나오는 어렴풋한 환영이 스쳤다. 서북쪽의 깊은 산은 더 어두웠고 달은 점점 높아졌다. 아와이는 잠시 멍하니 서 있다가 큰 걸음으로 북쪽을 향해 서둘러 걸어갔다.

아와이는 낮에 양 떼를 몰면서 지나다니던 도랑과 비탈길을 지났지만 양들의 흔적은 전혀 찾지 못했다. 우두머리 양이 녀석들을 어디로 끌고 간 것일까? 하지만 아와이는 그냥 돌아가고 싶지 않았다. 그는 산봉우리로 올라갔다. 산봉우리는 가파르고 험준했다. 봉우리 위에는 꽤 넓은 평지가 펼쳐져 있고, 평지 뒤는 가파른 절벽이었다. 아와이는 이전에도 이곳에 올라온 적이 있었다. 때는 정오 무렵이었고 커다란 해가 머리 위에 걸려 있었다. 오늘은 해는 사라지고 달만 남아 있었다. 아와이는 조용한 밤하늘이 하나의 아름다움이라고 생각했다. 그는 산봉우리에 서서 자오 씨네 마을 전체를 바라보았다. 안개 속에 묻힌 마을은 허공에 떠다니고 있는 것 같았다.

"워우……."

갑자기 산꼭대기에서 늑대 울음소리가 들려왔다. 아와이는 놀라서 식은땀을 흘리며 재빨리 옆에 있는 큰 바위 뒤로 몸을 숨겼다. 저 멀리 가장 높은 바위 위에서 늑대 두 마리가 달을 향해 울부짖고 있었다. 절벽과 커다란 바위 사이에 잃어버린 네 마리 양이 있었다. 양들은 조금도 움직이지 않았다. 새끼 양 두 마리는 어미 샤오바이 옆에 바싹 붙어 있었다. 우두머리 양이 바로 옆에 서 있었다. 공포에 질린 눈은 이미 지쳐가고 있었다. 아와이는 양들이 늑대에 쫓기다 이곳까지 왔을 것이라고 짐작했다. 그렇다면 아마도 온종일 이곳에 갇혀 있었을 것이다. 두 늑대는 사뭇 이상한 태도를 보였다. 양 떼를 곧바로 공격하지 않았고 이날은 보름달도 아닌데 달을 바라보고 있었다. 보아하니 달이 가장 높이 뜰 때까지 기다렸다가 양들을 공격하려는 것 같았다. 이는 일종의 의식인 듯했다. 아와이는 계속 몸이 떨렸다. 한동안 아무런 방법도 떠오르지 않았다. 그는 조금씩 바닥에 주저앉았다. 심지어 눈도 깜빡일 수 없었다.

늑대들은 한참을 울부짖다 멈추고는 푸른 눈으로 양들을 차갑게 내려다보고 있었다. 양들은 몸을 서로 좀 더 가까이 붙이려 했지만 우두머리 양은 샤오바이와 새끼 양들을 한쪽으로 밀어냈다. 돌무더기 위에 넘어진 샤오바이는 다시 일어나 우두머리 양에게 가까이 다가갔다.

늑대 두 마리가 휙 하고 바위에서 뛰어내려 한발 한발 우두머리 양과 샤오바이를 몰아붙였다. 우두머리 양과 샤오바이는 조금씩 뒤로 물러났다. 녀석들의 뒷발은 이미 절벽 끝에 와 있었다. 녀석들의 발길에 돌이 우르르 떨어져 내렸다. 한참이 지나서야 절벽 아래로 경쾌한 낙하음의 메아리가 울려 퍼졌다. 늑대들은 으르릉거리며 달려들어 단번에 양들의 목을 물었다. 샤오바이와 우두머리 양은 몸부림치면서 저항했다. 우두머리 양은 제법 힘이 센 편이었고 두 뿔 또한 무척 길었다. 녀석은 필사적으로 오른쪽으로 붙어 샤오바이의 목에 뿔을 걸었다. 양 두 마리와 늑대 두 마리가 뒤엉켜 한 덩어리가 되었다. 우두머리 양은 몸에서 피가 줄줄 흐르는데도 목이 터져라 울부짖었다. 극도로 비통한 울음이었다. 아와이는 이미 몸을 일으킨 터였다. 달려가서 양들을 도와주고 싶었지만 어떻게 해야 할지 몰랐다. 우두머리 양은 늑대 두 마리를 끌고서 뒤로 물러서기 시작했다. 날카로운 늑대 이빨이 뼈에 박혀 한동안 빠지지 않자 네 마리의 동물이 절벽 끝까지 물러났다. 우두머리 양과 샤오바이의 몸은 이미 절벽 위 허공에 매달려 있었고 늑대들도 떨어지기 일보직전이었다. 울부짖기만 할 뿐, 이빨을 빼내지 못해 뒤로 물러날 수도 없었다. 아와이는 다른 것에 신경 쓸 여력이 없었다. 무조건 달려가야 했다. 그가 절벽 끝까지 다가간 순간, 샤오바이와 늑대 한 마리가 절벽 아래로 떨어졌다. 잠시 후 절벽 아래서 둔탁한 충돌음이 들려왔다. 우두머리 양과 또 다른 늑대 한 마리는 여전히 대치하고 있었다. 아와이가 우두머리 양과 눈이 마주치는 순간, 녀석의 눈이 그에게 뭔가를 말해주고 있는 것 같았다.

내가 너희를 다 절벽 아래로 밀어버리기를 원하니?

늑대들과 함께 죽기를 원하는 거야?

샤오바이를 따라가고 싶어?

아와이는 수십 가지의 가능성을 생각했다. 하지만 어떤 선택도 할 수 없었다. 큰 돌을 하나 집어 높이 치켜들었지만 늑대를 내리쳐야 할지 말아야 할지 몰라 안절부절못했다. 더욱 겁을 먹은 늑대는 필사적으로 이 상황을 벗어나려고 발버둥 쳤다. 저놈을 내리쳐야 할까? 아와이는 갑자기 극도의 공허함을 느꼈다. 모든 것이 무의미한 것 같았다. 가장 높은 곳에서 가장 낮은 곳으로, 가장 실질적인 상태에서 가장 공허한 상태로 떨어진 것 같았다. 그 순간 아와이는 우두머리 양과 역할을 바꾸고 싶었다. 차라리 자신이 절벽에서 떨어지는 것이 나을 것 같았다. 그러고 나면 비장함과 행복감, 죽음에 대한 갈망과 해방을 동시에 맛볼 수 있다는 것을 잘 알고 있었다. 하지만 그 순간 그는 그저 돌을 들고서 어쩔 줄 몰라 하는 양치기였다.

늑대가 빠져나가려고 하는 것을 알아차린 아와이는 크게 소리 지르면서 손에 들고 있던 돌로 늑대를 내리쳤다. 늑대와 우두머리 양은 긴 구간을 미끄러져 내려갔다. 아와이는 미친 듯이 돌을 집어 던지기 시작했다. 돌은 늑대의 몸을 맞히기도 하고 우두머리 양의 몸을 맞히기도 했다. 결국 두 놈 모두 절벽 아래로 떨어졌다. 조금 전의 샤오바이처럼 무력하게 떨어져 죽었다.

아와이는 바위에 앉아 달빛을 통해 새끼 양들을 살펴보았다. 녀석들은 심하게 몸을 떨고 있었다. 녀석들을 품에 안는 순간 아와이의 눈에서 참았던 눈물이 흘러내렸다. 달이 먹구름 안으로 들어가 땅에는 빛이 전혀 없었다. 대신 맑고 신선한 바람이 불어왔다.

나중에 아와이는 양들의 사체를 찾기 위해 절벽 아래로 내려가봤지만 백골과 흩어진 털밖에 보이지 않았다. 함께 떨어진 양과 늑대는 피범벅이 되었을 것이고 어떤 짐승이 먹어치웠는지 알 수 없었다. 뼈만 남아 뒹굴었다. 어느 것이 늑대의 뼈이고 어느 것이 양의 뼈인지 구별할 수 없었던 아와이는 큰 뿔이 달린 우두머리 양의 머리만 수습해 돌아왔다. 그리고 뿔을 톱으로 자르고 다듬어 양의 내장으로 만든 줄에 꿰어 새끼 양들의 목에 걸어주었다. 새끼 양들은 무럭무럭 자라 양 떼의 맨 앞에 서서 함께 산등성이에 올라 매일 첫 번째 햇빛을 맞이했다.

아와이는 날마다 샤오야오와 샤오바이 그리고 두 우두머리 양을 떠올렸다. 그 기묘한 밤도 함께 떠올렸다. 언제쯤 이런 회상에서 벗어날 수 있을지 알 수 없었다. 양 떼는 갈수록 늘어나 일부는 잡아서 먹고 일부는 팔았다. 또 일부는 늑대들에게 빼앗기기도 했다. 아와이는 더 이상 양 우리에서 자지 않았다. 그는 혼자 뜨거운 구들 위에 누워 대들보에 매달린 등나무 줄기를 세고 또 세면서 그렇게 늙어갔다.

책임 번역 : 배나우

추수

친(秦) 씨 아줌마가 고개를 돌리자 강아지 두 마리가 눈에 들어왔다. 번더우(奔鬪)와 더우더우(豆豆) 둘 다 새끼 강아지였다. 메밀밭에서 서로 엉겨 붙어 이리저리 뛰어다니고 있었다. 어둠 속에서도 털이 새하얗게 빛나는 녀석이 번더우이고 온몸에 먼지가 잔뜩 붙어 털이 고르지 않고 엉망인 녀석이 더우더우임을 쉽게 분간할 수 있었다. 잠시 후 두 강아지는 뛰기를 멈추고 혀를 내민 채 숨을 골랐다. 또 잠시 후에는 번더우가 다리를 쭉 벌리고 수레 주위를 빙글빙글 돌았다. 작은 다리가 바람이나 번개처럼 빨랐다. 더우더우는 바람과 구름을 바라보는 데 익숙한 듯이 귀를 축 늘어뜨리고 가만히 앉아 있었다. 번더우는 무척 활달했다. 친 씨 아줌마는 사람들에게 번더우가 그 짧은 다리로 하루 종일 미친 듯이 뛰어다닌다고 말했다. 더우더우는 좀 점잖은 편이라 종일 큰 소리를 내는 법이 없었다. 조용히 번더우의 뒤만 쫓아다니면서 어린 녀석이 제법 어른스럽게 굴었다.

북쪽 산에서 내려오는 바람은 마치 커다란 손 같아 먼저 산비탈을 타고 개암나무와 살구나무, 들쭉날쭉한 쑥과 온갖 풀들을 한번 훑고는 눈 깜짝할 사이에 산 밑 농지로 넘어갔다. 사사삭—옥수수를 타고 넘은 데 이어 사사삭—막대 모양의 벼와 대두를 넘어 공터를 한 바퀴 돌며 흙을 걷어 올린 다음, 눈 깜짝할 사이에 친 씨 아줌마 앞으로 다가갔다. "가, 저리 가라고!" 친 씨 아줌마가 손에 쥔 낫을 휘두르며 바람에게 소리쳤다.

"내 메밀 다 날려버리지 말고 어서 멀리 가버려! 세 무가 넘는 땅인데 도와주는 것도 없으면서 단숨에 다 날려버릴 셈이야? 올 초봄에는 한 달이 넘도록 비가 내리지 않았어. 메마른 땅에 농사지으려니 좋은 쟁기는 다 망가지고 당나귀는 너무 힘들어 드러누워서 사흘 동안 풀을 한 입도 먹지 않았다고. 그렇게 어렵사리 심은 작물을 다 날려버릴 셈이야? 여름에는 잡초 뽑느라 해를 등지고 여드레 동안 쪼그리고 앉았더니 허리가 휘어 끊어질 지경인데, 네가 작물을 단숨에 날려버리면 정말 너무 잔인한 것 아니겠니? 다음 달 초에 수확할 예정이었는데 가을비가 흠뻑 내리더니 해가 고추처럼 얼얼하게 며칠을 내리쬘 줄 누가 알았겠니? 꽤 많은 메밀이 보름 만에 물이 들어 줄기가 우뚝 서고 알곡이 단단하게 익었어. 다음 달에 수확하려고 했는데 이렇게 일찍 익을지 누가 알았겠니? 손으로 슥 쓸면 메밀 알갱이가 주르르 아래로 떨어져 너무 가슴이 아프단 말이야. 그 소리가 땀방울이 떨어지는 소리보다 더 크게 울려 퍼진다고. 바람아, 어서 다른 곳으로 가주렴. 사람이 없는 땅이나 옥수수밭으로 가란 말이야. 옥수수는 키가 크고 튼튼해서 바람을 두려워하지 않거든. 아니면 고구마밭으로 가렴, 고구마는 흙 속에 파묻혀 있어 바람을 두려워하지 않으니까 말이야."

친 씨 아줌마가 계속 중얼거리자 바람은 미안했는지 허리를 꺾어 옆으로 가버렸다.

정말 커다란 달이었다. 하늘에 달 말고는 아무것도 보이지 않았다. 검푸른 하늘이었다. 달은 무척이나 밝았다. 산에서든 마을에서든 어디든지 달을 맑고 또렷하게 볼 수 있었다. 밝긴 했지만 대충 밝은 빛이었다. 멀리서 보면 어느 집 지붕인지도 분간할 수 없었다. 갑자기 왕 씨네 개가 또 짖어댔다. 매일 저렇게 짖어대니 서쪽에 살던 망나니 쑨얼(孫二)이 살아 있었다면 틀림없이 그에게 잡아먹혔을 것이다. 쑨얼은 그다지 좋은 놈이 못 됐다. 식욕이 왕성하여 인육도 마다하지 않고 먹는 놈이었다.

친 씨 아줌마는 허리를 구부리고 왼손을 뒤집어 메밀 줄기를 움켜잡았다. 오른손에는 낫을 들고 줄기를 벴다. 우지직— 칼날이 바닥에 붙어 메밀을 쓰러뜨렸다. 메밀은 아주 단단하고 빼곡하게 자랐다. 검은 껍질이 흰 알곡을 싸고 있는 메밀은 마치 꽃 같았다. 구들장 위에 널어놓고 바라보면 바늘 하나 꽂을 수 없을 것처럼 빽빽해 보였다. 단지 바람이 두려웠다. 바람이 불면 메밀이 다 떨어졌다. 밤새 바람이 불어대면 다음 날에는 메밀 줄기만 남고 알맹이는 하나도 남지 않았다. 날아가지 말고 남아 있어야 했다. 올해는 메밀이 잘 자란 터라 곱게 갈아 둘째네 집에 메밀국수를 해 먹일 수 있었다. 아, 그런데 이 둘째 녀석은 어찌 된 일인지 한 달이 지나도록 편지 한 통 보내오지 않았다. 녀석이 그 집을 잘 샀는지도 알 수 없었다. 둘째가 지난번 편지에서 말했었다.

"엄마, 저희 집 살 예정이에요. 23층으로 골랐어요."

23층이라, 어디 보자. 도대체 얼마나 높은 거야? 서쪽에 있는 칭양산(靑陽山)보다 높겠네. 친 씨 아줌마는 고개를 들어 서쪽에 있는 칭양산을 바라보았다. 달빛 속에서 칭양산은 온통 농도가 다른 어둠의 덩어리였다. 희미하게 톱니 모양의 산꼭대기가 보이지만 산의 몸체는 윤곽이 드러나지 않았다. 밤에 숨어 있는 한 덩이 안개 같았다. 하지만 그저 보고 있기만 해도 얼마나 크고 가파른 산인지 알 수 있었다. 말하자면 20여 년 전의 일이었다. 당시 그녀는 겨우 스물셋이었고 갓 시집을 와서 마을 아낙네들과 칭양산에 약초를 캐러 올라갔다. 6월에 산꼭대기에 올라 저 아래를 내려다보니 마을도 작고 산도 작고 모든 것이 작아 보였다. 칭양산에 올라 웅달쪽을 바라보면 아직 여러 군데 눈이 남아 있는 것을 볼 수 있었다. 6월 한여름에 외진 산간 지역에 흰 눈이 숨어 있는 것이었다. 이십몇 년이 아니라 이미 31년 전 일이었다. 23층이면 틀림없이 이 칭양산보다 높겠지?

피곤함을 느낀 친 씨 아줌마가 상반신을 숙이자마자 머리가 묵직하게 바닥으로 떨어졌다. 허리도 아프고 다리도 아팠다. 늙은 것이 분명했다. 늙었다는 것을 인정할 수밖에 없었다. 옛날에 칭양산에 오를 때는 수십 근이나 되는 약초 자루를 등에 메고 중간에 숨도 고르지 않고 단숨에 산꼭대기까지 올랐었는데 이제는 늙은 것이 분명했다. 겨우 한 무밖에 안 되는 밭을 벴을 뿐인데 허리가 맷돌을 붙들어 맨 것처럼 무거웠다. 늙었다고 생각하니 친 씨 아줌마의 두 눈이 시큰해지고 혼탁한 눈물이 몇 방울 흘러내렸다. 그녀는 낫을 내려놓고 쌓인 메밀짚 위에 앉았다. 메밀짚이 삐걱삐걱 소리를 냈다. 아프다고 조용히 하소연하는 것 같았다. 차갑게 식은 목소리였다. 친 씨 아줌마는 갈증을 느껴 입술을 핥았다. 입술이 말라 갈라져 있었다. 하지만 물 주전자는 밭두렁에 놓여 있어 걸어가서 물을 마시려면 또 힘을 써야 했기 때문에 합리적이지 않았다. 한번 앉는 건 문제없었지만 다시 일어나는 것이 힘들었다. 이때 의도하기라도 한 것처럼 매우 거센 바람이 흙을 휘감으며 다가와 세워져 있던 메밀 다발의 머리를 흔들었다. 바람이 물처럼 넘실대며 앞으로 밀려오자 메밀 알갱이가 우수수 땅바닥에 떨어졌다. 친 씨 아줌마가 버럭 화를 냈다.

"이 악랄한 바람아! 왜 자꾸 내 메밀을 불어 떨어뜨리는 거야? 네가 이걸 먹을 수가 있어, 아니면 마실 수가 있어? 먹거나 마실 수 있으면 다 가져가. 너라도 먹고 마실 수 있다면 내 마음이 아프지 않겠지. 이 미치광이 같은 바람아, 먹지도 마시지도 못할 거면서 불기는 왜 부는 거야?"

친 씨 아줌마는 악을 쓰면서 몸을 일으켜 비틀비틀 밭두렁을 향해 걸어갔다.

밭두렁에 있던 강아지들이 친 씨 아줌마가 오는 것을 보고는 모두 반갑게 맞아주었다. 그러고는 아줌마가 가까이 다가오자 아줌마 다리에 몸을 비벼댔다. 강아지 두 마리는 아주 살가웠다. 친 씨 아줌마는 고함을 한 번 지르는 것으로 조금이나마 마음의 위안을 삼았다. 밭두렁으로 가서 물을 몇 모금 마신 그녀는 가방에서 구겨진 비닐봉지를 꺼냈다. 그 안에는 진통제가 들어 있었다. 친 씨 아줌마는 진통제를 한 알 먹고 몸을 돌려 아직 흔들리고 있는 메밀 다발을 바라보며 한숨을 내쉬었다. 그러고는 약을 한 알 더 먹고 다시 잘 갈무리하면서 말했다. "이건 신선이 만든 불사약이야. 이게 없으면 사람은 그저 나무토막에 불과하지." 번더우가 다정하게 그녀의 품에 안겼다. 친 씨 아줌마는 녀석의 머리를 감싸 안고 사랑스럽게 토닥여주었다. 그러고는 아직 베야 할 메밀이 몇 무는 된다면서 응석은 그만 부리라고 말했다.

"네가 말할 줄 알면 얼마나 좋겠니? 나는 메밀을 베고 넌 옆에서 주절주절 얘기하면 나는 하나도 피곤하지 않을 텐데 말이다. 말하지 못하면 그냥 듣기라도 해줘."

친 씨 아줌마는 또 말했다.

"번더우야, 네가 우리 집에 온 지 몇 년이나 되었지? 기억나니? 네가 우리 집에 처음 왔을 때는 몸이 겨우 한 뼘밖에 안 됐고 눈도 제대로 뜨지 못했지. 작은 생쥐 같았어. 그런데 지금의 모습을 봐라. 살이 얼마나 많이 쪘니? 내가 너를 얼마나 잘 먹였어, 그렇지 않니? 어서 말해봐."

번더우가 두 번 왕왕 짖었다. 그렇다고 맞장구를 치는 것 같았다.

친 씨 아줌마가 또다시 말했다.

"그래, 넌 양심이 있는 녀석인 것 같아. 내가 널 많이 아낀다는 걸 너도 아는구나!"

이런 말을 하는 그녀의 눈에서 또 눈물이 떨어졌다. 친 씨 아줌마는 주변에 아무도 없고 하늘도 자고 땅도 잔다는 것을 알고는 입을 크게 벌려 마음껏 울었다.

"라오친(老秦), 무슨 말이라도 해봐요! 나 혼자 답답해죽겠어!"

라오친이 세상을 떠난 지 이미 4년이 됐다. 방금 바람이 지나

온 산비탈에 묻혀 있었다. 4년 전에 라오친은 말 떼를 몰고 몽골인들에게서 돌아오다가 구이다창(鬼打墻)*을 만나 길을 잃었고 집으로 돌아오려고 서두르다가 깊은 구덩이로 떨어지고 말았다. 라오친은 죽지 말았어야 했다. 사람들은 구이다창을 만날 경우 담배를 한 대 피우면 안개처럼 사라지고 길이 보이게 된다고 말했다. 하지만 라오친은 담배를 친 씨 아줌마에게 빼앗겼다. 라오친은 기관지염을 앓고 있어 담배를 피우지 않을 때는 하루 종일 콜록콜록 기침하면서 계속 누런 가래를 뱉어냈다. 그의 폐가 가래 통으로 변한 것 같았다. 라오천은 그래도 담배를 피웠다. 친 씨 아줌마는 한밤중에 기침 소리 때문에 잠도 제대로 자지 못했지만 10년 정도 세월이 흐르면서 익숙해졌다. 그러나 어느 날, 라오친이 기침하다가 갑자기 숨을 쉬지 못해 병원으로 달려가 엑스레이를 찍어야 했다. 친 씨 아줌마가 필름을 들고 자세히 살펴보니 새까만 벌집 같은 것이 보였다. 친 씨 아줌마는 적당한 장소를 찾아 필름을 태워버리고는 라오친의 담배를 빼앗아 한 대도 피우지 못하게 했다. 의사는 폐를 원래대로 돌이킬 수 없을뿐더러 조만간 폐암으로 발전하게 될 거라고 말했다. 라오친이 구이다창을 만날 줄 누가 알았겠는가? 담배를 피우고 있

* '귀신이 지은 벽'이라는 뜻으로 영적 존재나 유령에 의해 한 장소를 떠나지 못하게 되는 현상을 말한다.

었다면 그가 죽지 않았을지도 모른다. "라오친, 정말 미안해. 내가 당신 담배를 빼앗지 말았어야 했어!" 담배를 피우지 않아도 라오친의 기침은 나아질 기미가 보이지 않았다. 그는 날이 갈수록 야위어갔고 고기를 먹을 때도 마지못해 입만 오물거렸다.

"아이고, 둘째야. 넌 대학원도 나오고 취직도 했는데 어째서 아직도 자기 앞가림을 못하고 있는 게냐? 시내 집값이 정말 그렇게나 비싼 게냐? 어떻게 아직도 부모한테 손을 벌리는 게냐? 네가 20만 위안이 필요하다는 말만 하지 않았어도 네 아버지는 몽골인들한테 말을 팔러 가지 않았을 것이고, 말을 팔지만 않았어도 구덩이에 떨어져 죽는 일은 없었을 게 아니냐. 그럼 여생을 건강하게 살았을 텐데 말이다."

울 만큼 실컷 울고 난 친 씨 아줌마는 소매로 눈물을 훔쳤다. 번더우가 아직 품에 안겨 눈물을 글썽이는 것을 보고 그녀가 말했다.

"네가 사람들보다 눈치가 빠르구나. 모든 사람이 너만 같았으면 이 메밀 수확은 벌써 끝났을 텐데 말이야. 못된 건 그 멍청한 올케야. 벌써 예순이 넘은 늙은이가 어째서 늙을수록 더 못되고 소심해지는지 모르겠어. 두 집이 함께 농사짓기로 해놓고 봄에는 그나마 돕는 척하더니 가을에 수확 철이 되니까 나 혼자 일하게 내버려두잖아. 그 여자가 뭐라고 하는지 한번 들어봐라.

'언니, 집집마다 사정이 있잖아요. 우리 집은 이번에 서른 무

남짓 되는 밭을 수확해야 하는데 너무 힘들어서 도저히 못 하겠어요. 저랑 남편 둘이서 새벽부터 일어나 하루 종일 밤낮으로 일하는데도 다른 사람들한테 너무 뒤처져요. 일단은 먼저 수확하고 계세요. 우리 일이 끝나는 대로 꼭 와서 도울 테니까요. 우린 친척이잖아요.'

말은 정말 그럴듯하지. 며칠 전만 해도 그 집 땅은 벼 한 포기 없는 맨땅이었어. 그런데도 그들은 나를 도와주지 않고 진(鎭)* 에 있는 사위의 고급 주택에 가서 따스한 온기를 누리며 시간을 보냈어. 다 내 탓이야. 처음부터 약속하는 게 아니었어. 이제야 모든 걸 제대로 알 수 있을 것 같아. 저 여자가 봄에 같이 농사짓자고 한 건 내가 여름에 잡초 뽑는 속도가 빠르다는 걸 알기 때문인 게 분명해. 저 늙은 여자는 정말 덕이 없어."

친 씨 아줌마는 갑자기 몸서리를 치며 고개를 들었다. 머리 위에서 달이 차가운 눈빛으로 그녀를 내려다보고 있었다. 아무런 표정도 없었다. 그저 한쪽 눈으로 반짝이며 그녀를 내려다보고 있었다. 친 씨 아줌마가 당황하여 말했다.

"뭘 봐, 여자가 우는 거 처음 봐? 여자가 하소연하는 거 처음 들어? 날 왜 쳐다보는 거야? 남들이 내게 그렇게 험한 말을 할 때는 신경도 안 쓰더니 뭘 보는 거야?"

* 중국에서 대도시나 유명한 산을 이름.

달은 아무 말도 하지 않았다. 계속 쳐다보기만 했다. 친 씨 아줌마는 분하고 창피해서 몸을 일으키며 말했다. "그렇게 보고 싶으면 계속 보라고. 난 일하러 갈 테니까." 그러고는 다시 숫돌을 가져다 낫을 갈았다. 슥삭슥삭— 낫의 날이 가늘어졌다. 친 씨 아줌마는 허공에 있는 뭔가를 베어버리려는 듯이 낫을 몇 번 휘두르며 고개를 끄덕이고는 중얼거리듯이 말했다.

"번더우, 더우더우! 잘 놀고 있어. 난 일하러 간다. 내가 일하지 않으면 너희도 먹을 게 없단다."

친 씨 아줌마가 또 허리를 굽혀 메밀을 한 줌씩 베는 것을 보고서 달은 손을 뻗어 구름을 당겨다가 자기 몸을 가려버렸다. 친 씨 아줌마는 단숨에 밭 끝까지 다 베고도 허리 한 번 펴지 않고 다시 몸을 돌려 똑같은 일을 몇 번 되풀이했다. 그녀의 등 뒤로 한 무더기의 메밀이 쌓였다. 메밀 줄기들이 숨을 헐떡이며 서로 귓속말을 나눴다.

메밀 줄기 하나가 말했다. 이 아줌마 손이 정말 야무지다니까! 다른 메밀 줄기가 말했다. 그러게 말이야. 수십 년을 일하면서도 이렇게 야무지다니! 나를 벨 때 아픈 걸 하나도 못 느꼈어. 스윽 하니까 몸이 밭에서 떨어지더라니까! 그러자 옆에서 또 다른 메밀 줄기가 끼어들었다. 친 씨 아줌마가 정말 힘드신 것 같으니 우리가 여름에 잘 자라야 해. 그래서 넉넉한 양식이 되어 아줌마를 도울 수 있다고. 또 다른 메밀 줄기가 말했다. 올해는 이 정도면 잘 자란 거야. 옆집 밭을 봐. 수확한 메밀의 3할은 거의 쭉정이잖아. 우리는 쭉정이가 1할밖에 안 되는데 말이야. 또 다른 메밀 줄기가 말했다. 너희 방금 아줌마가 우는 소리 들었어? 들었지. 못 들을 리가 있겠어? 그렇게 서글프게 우는데 말이야.

메밀 줄기들은 모두 숙연해졌다. 친 씨 아줌마의 슬픔이 전해지기라도 한 듯 메밀 줄기들도 슬퍼했다. 베인 메밀 줄기는 전부 땅바닥에 눕혀져 내일 이맘때가 되면 모두 말라 이 세상에서 없어질 것이다. 메밀 베던 아줌마가 갑자기 노래를 부르기 시작했다.

> 날이 어두워지면 소를 거둬들이고 양 우리의 문을 닫네
> 음식을 하려면 장작을 때야 하고, 전병을 구우려면 짚을 태워야 하네
> 반죽은 따뜻한 물로 하고, 쇠는 무거운 추로 두드려야 하네
> 밥을 먹으려면 입을 움직여야 하고 길을 걸으려면 다리를 움직여야 하네
> (……)

친 씨 아줌마는 모든 걸 잊고 신나게 노래를 불렀다. 목소리도 우렁찼다. 노래를 부르다 보니 마음이 편안해졌다. 그녀는 이때 메밀과 풀, 달과 밤도 모두 말없이 자신의 노래를 듣고 있

다는 사실을 알지 못했다. 달과 어두운 밤이 함께 아래로 내려가자 메밀 줄기들도 서서히 피곤해지기 시작했다.

시간이 흘러 이윽고 밤이 찾아왔다. 천지가 조용해졌다. 벌레도 울지 않고 바람도 피곤했는지 메밀밭을 향해 불어대지 않았다. 바닥에 누운 메밀 다발은 온돌 위에 놓인 이불 같았다. 친 씨 아줌마는 메밀밭의 아주 작은 부분만 남겨두었다. 원래 이 부분은 친 씨 아줌마가 책임져야 하는 밭이 아니었다. 이곳은 몇 년 전까지만 해도 돌만 가득한 황무지였다. 라오친이 가고 나자 친 씨 아줌마의 세월은 근심으로 가득 찼다. 집에 있으면 눈에 들어오는 모든 것이 라오친을 생각나게 해 눈물을 참느라 괴로웠다. 그러다가 나중에 강아지 두 마리를 데리고 산으로 가서 돌을 파내기 시작했다. 작은 돌은 도랑에 던지고 큰 돌은 잘 쌓아두었다가 사흘에 한 번씩 나귀가 끄는 수레로 옮겨 돼지 우리를 만들었다. 친 씨 아줌마는 겨우내 이 황무지를 평지로 만들었고 이듬해부터는 이 땅에 콩을 심었다. 이 땅이 평지가 될 줄은 아무도 생각지 못했다. 하지만 땅은 양분이 부족해 콩이 잘 자라지 않았다. 바싹 마른 콩은 한 자 이상 크지 못했다. 추수 때가 왔다. 친 씨 아줌마는 콩을 베려면 무릎을 꿇어야 했다. 그러다 보니 무릎이 부었다. 나중에는 양가죽을 무릎 밑에 깔았다. 그제야 가을걷이를 마무리할 수 있었다. 농사는 몇 해 동안 이어졌다. 작은 땅에 거름을 많이 주었더니 아주 비옥해져 무얼 심든지 튼실하게 잘 자랐다. 올해 메밀만 봐도 옆집보다 손가락 두 마디나 더 크게 자랐다.

동틀 무렵에는 날이 서늘한 편이었다. 동쪽 산비탈에서 한 줄기 빛이 새어 나왔다. 어느 집 소녀의 얼굴에 분칠을 한 것 같았다. 어디서 왔는지 모를 구름도 한가로이 떠다니고 있었다. 가을벌레가 실컷 자고 일어나 울어대기 시작했다. 찌익—찌르르—바람에 밀린 작물들이 멀리서부터 파도치듯 쓰러졌다. 메밀과 좁쌀, 대두의 잎과 줄기마다 작은 물방울이 맺혀 있었다. 밤이 깨끗이 씻어놓은 것 같았다. 벌레 소리가 스치자 이슬방울들이 가볍게 떨렸다.

친 씨 아줌마는 동쪽 산비탈을 걸어 올라가고 있었다. 산비탈 꼭대기에는 회색 당나귀 한 마리가 누워 있었다. 암컷이었다. 배가 불러 양쪽이 높고 가운데는 낮았다. 허리는 이미 활처럼 구부러져 있었다. 친 씨 아줌마는 자신을 책망했다. 밤새 나귀를 이곳에 두고 한번 돌아보지도 않다니! "친구야, 널 잊은 게 아니라 너무 바빠서 그랬어." 이 당나귀는 친 씨 아줌마와 10년 넘게 함께 살았다. 봄에는 쟁기를 끌고 가을에는 수확한 작물을 끌었다. 성격도 온순한 데다 두 해에 한 번씩 새끼를 낳았다. 지난 일들을 생각하니 친 씨 아줌마는 가슴이 아려왔다. "네가 새끼를 예닐곱 마리나 낳았는데 너한테 한 마리도 남겨주지 않고 다 팔아버렸구나. 정말 미안해." 첫 번째 새끼는 동쪽 마을의 목수 왕

씨에게 팔아버렸다. 그해에 둘째 고등학교 학비가 부족했다. 녀석을 팔고 받은 300위안으로 둘째의 학비를 냈다. "둘째는 너한테 고마워해야 해. 네가 없었으면 고등학교도 못 다니고 대학도 못 갔을 테니까 말이다." 산꼭대기에 있던 당나귀가 친 씨 아줌마를 보더니 구슬프게 울어댔다.

친 씨 아줌마가 말했다.

"너무 가슴 아파하지 마라. 새끼 얘기만 하면 우는구나. 새끼들에게는 나름대로의 복이 있는 법이야. 그러니 너무 걱정하지 마라. 작년에 내가 동쪽 마을에 가서 봤는데 왕 씨가 얼마나 잘 해주는지 몰라. 항상 싱싱한 풀을 먹이고 겨울에는 옥수수 알갱이도 먹여준다더구나. 키도 이미 너보다 머리 하나가 더 커졌어. 전혀 부족함 없이 자랐지. 네 새끼들도 다 새끼로서의 복이 있는 거야. 녀석들 얼마나 잘 지내고 있다고."

2년 후 이 나귀는 또 새끼를 낳았다. 새끼는 나귀가 아니라 노새였다. 이 이야기는 수의사 류(劉) 씨에게로 거슬러 올라간다. 어떻게 말과 나귀를 교미시킬 수 있단 말인가? 당나귀와 말이 교미하면 노새를 낳는 게 당연하지 않던가? 노새도 나쁘지 않았다. 류씨는 해마다 말과 나귀를 교미시켰다. 노새를 낳으면 대부분 류 씨에게 교미의 대가로 줘버리기 때문이었다.

나귀가 일어나 또 울었다. 아직도 울고 있었다. 녀석의 우렁찬 울음소리에 불덩이 하나가 산꼭대기로 솟아올랐다. 대지가 환하게 밝았다. 모든 풀과 작물들이 일제히 사람처럼 허리를 꼿꼿하게 세우고 바람에 몸을 맡겨 흔들며 정신 차렸다.

"알았어. 그만 울어. 네가 마지못해 녀석을 낳았다는 건 알겠는데 그건 이미 몇 달이나 지난 일 아니겠니? 류 씨 말에 의하면 그 말이 너를 아주 거칠게 대했다더구나. 일이 끝나고 한 대 걷어차이는 굴욕까지 안겼다며? 뭐라고? 너는 자신을 걱정하는 것이 아니라고? 아, 알았다. 지금 노새를 걱정하고 있구나. 하긴 노새는 암수 구분이 없어서 대가 끊기기 마련이지. 이런 걸 생각해서 뭐 하니? 모든 생명에게는 다 각각의 운명이 있는 거야. 그래도 걱정할 것 없어. 수많은 새끼 나귀와 노새들 가운데 녀석의 팔자가 가장 좋으니까 말이야. 장가를 안 가도 되고 새끼를 안 낳아도 되니 걱정할 게 뭐가 있겠니? 나는 녀석이 부러워 죽겠다."

친 씨 아줌마는 산등성이 아래로 걸음을 옮겼다. 해가 너무 눈부신 것 같아 동쪽으로 눈을 돌리자 빛 때문에 아무것도 보이지 않았다. 잠시 멍하니 서 있던 아줌마는 나귀를 끌고 산을 내려왔다. 나귀는 어젯밤에 풀을 배불리 먹었는지 친 씨 아줌마 뒤를 따라 내려오면서 연신 꼬리를 치켜세우고 푸드득푸드득 똥을 싸댔다. 산등성이를 내려온 친 씨 아줌마는 곧바로 수레를 채우지 않았다. 주섬주섬 물건을 정리한 그녀는 강아지들을 깨우면서 말했다. "라오친 만나러 갈래? 별로 안 멀어. 도랑 하나만 건너면 돼. 갈래, 말래?" 강아지 두 마리는 끙끙거리며 시큰둥한 반응을 보였다. 피곤하고 배가 고파 집에 돌아가고 싶어 했다. 어느새 친 씨 아줌마의 얼굴이 굳어 있었다. "짐승들은 양심이 없어! 라오친이 생전에 너희한테 얼마나 잘했니? 고기 한 쪽도 너희에게 나눠 주었던 사람을 보러 가기 싫다고? 정말 양심도 없구나!" 친 씨 아줌마의 말을 들은 강아지들은 더 이상 짖지 않고 고개를 푹 숙인 채 부끄러운 듯 북쪽으로 걸음을 옮겼다. 친 씨 아줌마는 나귀의 목을 두드리며 어젯밤 세 무나 되는 밭을 베느라 너무 힘들어 다리가 산처럼 부었다고 말했다. 나귀가 고개를 숙여 그녀의 다리를 쳐다보았다. 정말로 많이 부어 있었다. 종아리가 허벅지만큼이나 굵었다. 나귀가 말했다. 그럼 제가 태워드릴게요. 친 씨 아줌마는 빙긋이 웃으며 역시 나귀가 가장 살갑다고 말하며 수레를 밟고 나귀 등에 올라탔다. 나귀는 살랑살랑 강아지들을 뒤따라 갔다.

등 뒤에서는 햇볕이 내리쬐고 있었다. 작물과 바위, 초목이 이들의 발걸음을 바라보면서 일제히 활짝 피어났다.

"집 안에 사람이 하나 빠지니까 전부 뿔뿔이 흩어지네."

"아들 두 놈이 반년 동안 편지 한 통 없으니 마음이 허해서 남편이랑 얘기나 나누러 가려는 거지."

"큰아들놈은 지금 감옥에 있는데 편지는 무슨 편지야. 거기서 어떻게 마음대로 편지를 쓰겠어. 쓰게 해준다 해도 녀석은 쓰지 못할 거야. 초등학교도 못 나왔으니 어떻게 글을 알겠어!"

"탓하려면 나를 탓하는 수밖에 없어. 큰애가 공부를 잘했는데 공부는 안 시키고 벽돌공장 가서 일해 돈을 벌어 오라고 했잖아. 결국 공장에 가서 일은 하지도 않고 감옥에 가고 말았지."

"그래, 맞아. 이것도 다 내 탓이지. 벽돌공장 아들이 나에 대해 함부로 지껄이지만 않았어도 큰애가 사람을 가마로 밀어 태워 죽이지는 않았을 거라고."

"둘째는 효성이 전혀 없어. 첫째야 그렇다 치고 둘째는 대학도 다니고 도시에 살게 됐으면서 어쩌면 이렇게 야박한 거지?"

"둘째 녀석은 어려서부터 그다지 착하지 않았어. 옛날에 내가 오라버니들 모시고 풀 베러 왔을 때 첫째는 가만히 앉아서 기다리는데 둘째는 메뚜기를 잡아 불에 태우더라고. 메뚜기가 타면서 연기가 풀풀 나는데도 녀석이 실실 웃더라니까."

"작년에 둘째가 부교수가 됐다며?"

"맞아, 양복에 넥타이 매고 대학생들을 가르친다나."

"녀석이 학생들을 잘 가르칠 수 있겠나?"

"망치겠지. 그 녀석에게서 배우는 학생들은 전부 다 망가졌어."

해가 두 눈을 부릅뜨고 땅 위의 생물들을 바라보고 있었다. 농작물과 잡초들 모두 약간 부끄러워하는 모습이었다. 뒤에서 너무 인정 없다고 사람들을 욕하던 소리는 쏙 들어가고 온 힘 다해 땅속으로 뿌리를 내리며 하늘을 향해 자라고 있었다. 가을

이 왔다. 시간이 얼마 남지 않았다. 날씨는 눈에 띄게 추워졌다. 작물과 초목들은 바람이 불면 추위에 몸이 덜덜 떨리지만 점심때만 되면 해가 지독하게 내리쬐어 몸에 있던 물기가 전부 사라지고 금세 시들어버릴 것 같았다.

저 멀리 아주 먼 곳, 산 깊은 곳에서 한차례 굉음이 들려왔다. 땅이 덜덜 떨릴 정도로 큰 소리였다. 그곳에는 철광이 있었다. 매일 아침 일찍 거대한 드릴로 땅속을 파냈다. 오전 6시와 정오 12시에는 세 번의 포성이 울렸다. 이는 사람들이 절벽 암석을 발파하는 소리였다. 그해에 광산 공사팀이 온 뒤로 마을은 이전과 크게 달라졌다. 열 집 가운데 여섯 집의 남자들이 외지로 나가 일하는 대신, 전부 철광으로 가서 광석 채굴에 종사했다. 돈을 빨리 벌 수 있고 집과도 가까워 농사에도 신경 쓸 수 있었다. 단지 안전하지 않은 것이 문제였다. 1년도 채 안 되어 벌써 세 명이 죽었다. 그나마 헛된 죽음은 아니었다. 광산에서 보상금을 지급했기 때문이다. 첫 번째 사망자는 3만 위안을 받았고 두 번째 사망자는 4만 위안, 세 번째 사망자는 5만 위안을 받았다. 사람들은 목숨값이 점점 비싸진다고 말했다. 한 명에 5만 위안이라니! 원래 마을에는 공소사(供銷社)*가 한 군데밖에 없었는데 금

* '공급판매합작사'의 준말로 교통이 원활치 않은 농촌이나 산간벽지에 개설된 국영 생필품 판매장.

세 두 군데가 더 문을 열었다. 마을에서 밖으로 나가는 길도 잘 닦였다. 과거에 비해 모든 것이 훨씬 좋아졌다. 진에서만 운행되던 버스도 마침내 성대하게 15리나 연장되어 마을까지 다녔다. 이제는 매일 시간에 쫓기며 산 건너 강 건너 버스를 타러 가지 않아도 되었다.

갱도를 파는 굴착기 소리를 들은 친 씨 아줌마는 마음이 심란해졌다. 갱도의 구조물은 건물 몇 층 높이나 되고 전부 쇠로 되어 있었다. 굴착기가 들어가면 모래와 돌이 흩날리고 어둡고 깊은 갱도는 끝이 보이지 않았다. 친 씨 아줌마는 아무래도 이것 때문에 밭이 뚫려 가라앉을 것 같다고 생각했다. 철광석과 광석 가루를 실어 나르는 트럭은 하루 종일 산 밖으로 내달렸고 100리 밖에 떨어진 광석선별공장으로 보내졌다. 광석 가루가 도로에 떨어져 흩어지면 바람에 인근 논밭으로 날아갔다. 그러면 밭에 퇴비와 화학비료를 아무리 많이 뿌려도 작물들이 제대로 자라지 못했다. 친 씨 아줌마는 큰애가 돌아오면 철광에 가서 일하게 해야겠다고 마음먹었다. 몇 년이면 장가갈 돈을 모을 수 있을 것 같았다.

30분도 안 가서 쓸쓸히 봉분들이 흩어져 있는 산비탈이 나타났다. 봉분 옆에는 개살구나무 두 그루가 있었다. 모양이 울퉁불퉁한 것이 멋이 하나도 없었다. 살구나무는 라오친을 묻고 나서 친 씨 아줌마가 도랑 옆에서 파다가 심은 것이었다. 해마다 봄이면 물을 두 통씩 주는데도 잘 자라지 않았다. 작년에는 살구가 예닐곱 개 열린 것을 지나가는 노동자가 한 입 베어 먹더니 너무 쓰다면서 뱉어버렸다. 친 씨 아줌마가 이 말을 듣고는 눈물을 흘리며 말했다. "라오친, 당신은 생전의 삶도 그렇게 고되더니 죽어서도 쓴 땅에 묻히고, 열린 열매마저 쓴맛을 내는구려. 나중에 내가 죽으면 이곳에 당신과 함께 묻힐게. 나도 황련(黃連)*이 될 거야." 친 씨 아줌마가 올봄에도 물을 주고 퇴비까지 뿌려줬지만 뿌리가 깊게 내리지 않은 것을 보고서 말했다. "라오친, 왜 아직도 고집부리는 거야? 내가 늙기 전에 이 개살구나무 두 그루가 밤낮으로 당신의 친구가 되어주었으니 어서 뿌리 내리게 해줘. 뿌리가 깊지 못하면 바람에 날아간단 말이야. 뿌리를 못 내리게 막는 건 내가 미워서 그런 거야, 아니면 다른 사람 생각해서 그러는 거야? 그 사람은 당신 잊은 지 오래라고, 이 멍청한 사람아!"

이 가을 아침, 친 씨 아줌마는 나귀를 타고 산비탈에 올라 라오친의 봉분에 가까이 다가갔다. 무덤 위에는 풀 한 포기 없었다. 진즉에 친 씨 아줌마가 다 뜯어버린 것이다. 풀이 있었다면 소와 양, 나귀와 말이 와서 다 뜯어 먹느라 무덤을 마구 짓밟았을 것이다. 정말 그랬다. 뒷집 둘째 아저씨 무덤이 말에게 밟혀

* 맛이 아주 쓰고 떫은 한약재로 '고달픈 삶'을 의미한다.

묘혈에 구멍이 뚫렸던 것이다. 둘째 아저씨는 아들 친톈(秦天)의 꿈에 나와 비가 온다고, 집에 물이 샌다고 알려주었다. 친톈은 믿지 않았지만 아버지가 일주일 내내 꿈에 나오자 너무 무서워져 라오친에게 물어보러 왔다. "형님, 아버지가 자꾸 꿈에 나와서 집에 물이 샌다고 하시네요." 라오친은 잠시 고개를 숙이더니 혹시 무덤에 무슨 일이 생긴 건 아니냐고 물었다. 무덤에 가보니 과연 동물들에게 밟혀 구멍이 하나 나 있었다. 말발굽 자국이 아직도 선명했고 비가 오면 물이 샜다. 라오친은 친톈을 꾸짖었다. "톈아, 너희 아버지 무덤은 안 그래도 묘혈이 얕은 데다 바람이 불고 햇볕이 쬐어 더 얕아졌는데 어째서 자주 와서 흙을 덧씌우지 않은 게냐?" 친톈은 아무 말도 하지 않고 제 머리를 세 번 때리더니 삽을 들고 가서 봉분 위로 흙을 덮기 시작했다. 몇 자가 되는 높이였다. 라오친이 말했다. "그 정도면 됐다. 흙이 너무 많으면 묘혈이 주저앉을 수도 있어." 그러고는 곧장 자리를 떴다.

라오친의 무덤도 묘혈이 얕지만 친 씨 아줌마가 한두 달에 한 번씩 찾아와서 흙도 덧씌우고 풀도 뽑고 라오친에게 말도 걸다 보니 세월이 흐를수록 점점 두꺼워졌다.

이날도 친 씨 아줌마는 그곳에 앉아 있었다. 당나귀는 옆에서 풀을 뜯고 있고 강아지 두 마리는 조용히 흙 위에 엎드려 실눈을 뜬 채 산등성이의 해가 점점 커지고 밝아지는 것을 바라보고 있었다.

친 씨 아줌마가 아픈 다리를 두드리며 말했다.

"라오친, 나 또 왔어. 지겹지 않지? 뭐, 지겹다고? 지겨워도 잘 들어. 난 당신 아내야. 당신 빚을 갚아주고 있는데 당신한테 말하지 않으면 누구한테 해? 사실은 메밀을 수확하느라 밤새 바빴어. 너무 힘들어서 당신이랑 수다나 좀 떨려고 온 거야. 올해 메밀이 얼마나 잘 자랐는지 몰라. 수확하기 전에 산에서 바라보면 온통 눈이 내린 것처럼 새하얘. 에휴, 메밀이 넉넉하니 갈아서 당신한테 삼각만터우를 만들어 장아찌에 곁들여 먹게 해주고 싶네. 당신, 그걸 제일 좋아하잖아? 둘째에게서는 몇 달째 편지가 없어. 어찌 된 일인지 모르겠어. 나한테 화가 난 건가? 얼마 전에 녀석이 시내에 있는 집을 사려고 하는데 2만 위안이 부족하다고 하더라고. 그런데 내 수중에 그런 돈이 없어서 나귀 팔 생각을 했지. 그런데 나귀를 팔면 내가 어떻게 가을걷이를 할 수 있겠어? 봄에 심고 가을에 수확하는 건 다 이 늙은 나귀를 믿고 하는 일인데 말이야. 산에 올라가 뭘 좀 하려고 해도 나귀가 없으면 안 되잖아. 내가 동쪽 원자에 사는 샤오허(小鶴)에게 둘째한테 편지 좀 써달라고 부탁했어. 지금은 돈이 없으니까 가을걷이가 끝나면 양곡을 팔아서 보내주겠다고 했지. 손주들도 쉽지 않은 모양이야. 도시를 왕래하는 사람에게서 들은 얘기로는 시내 집값이 한 평에 만 위안이나 한대. 그 얘길 듣고 난 너무 놀랐지. 만 위안으로 겨우 엉덩이만 한 공간밖에 살 수 없다니 말이야. 내가 한 해 동안 농사를 짓고 날씨가 순조로워 작황이 좋아도 겨우 엉덩이만 한 공간에 맞먹는다는 거잖아!

둘째는 변했어. 학교 다닐 때는 집에 올 때마다 돌아가기 싫다면서 나한테 엉겨 붙어서 종일 자기가 졸업해서 좋은 직장 구하면 나를 꼭 시내로 데려다 몇 달 지내게 해주겠다고 말했는데 말이야. 몇 년 전에 취직해서 이제 부교수까지 됐으면서 그 얘기는 다시 꺼내지도 않더라고. 내가 굳이 시내에 가보겠다는 건 아니지만 아들이 나를 잊을까 봐 두려워. 더 이상 속 이야기를 안 하게 될까 봐 걱정이야. 시내에 산다고 좋을 게 뭐가 있겠어? 도로마다 자동차가 가득 들어차 있어서 여차하면 부딪칠 텐데 말이야. 뭐라고? 첫째는 어떠냐고? 첫째는 잘 지내고 있지. 수확하기 전에 장아찌 두 통 가져다주고 왔어. 감옥에서 주는 음식이 별로래. 배추를 소금이나 후추 같은 양념 없이 그냥 삶아서 준다나. 내가 집에 있는 암탉을 잡아가지고 갔는데 먹기 싫대. 어차피 가지고 들어가면 다 뺏겨서 몇 조각 못 먹는다나. 뺏기면 뺏기는 거지, 그 높은 담장 안에 사는 애들 중에 인생 고달프지 않은 애들이 어디 있겠어? 내가 그랬지. 그래도 가져가 먹어. 사람이 먹는 거면 아무래도 괜찮아. 네가 자신을 잘 개조해서 빨리 나오기만 하면 돼. 한데 걱정이 태산이네. 큰애가 나오면 거의 마흔인데 장가갈 수 있을까? 누가 그 애한테 시집을 가겠어? 과부나 어디 하자 있는 여자나 만날 수 있겠지. 이봐요, 말을 하자면 끝이 없다니까. 오늘 내가 얘기하려는 건 이게 아니라, 우리 마을 대대 서기 집에서 빌린 고리대 원금이 갈수록 불어나서 이젠 더 버티기 어렵다는 거야. 애들은 이 일을 모르지. 나도 말할 엄두가 나지 않고 말이야. 어떻게 할까? 다 당신이 벌인 짓이면서 왜 아무 말도 안 해?"

친 씨 아줌마는 무척이나 애절한 어투로 말했다. 해가 둥근 몸체를 다 드러냈다. 세상이 환하게 밝아졌다. 그녀는 또다시 눈물을 흘렸다. 밤새 라오친을 만날 생각에 몸부림쳤는데도 친 씨 아줌마의 눈물은 다 마르지 않았다. 말투도 조금 전처럼 평온하지 못하고 초조하고 무거워졌다.

"당신은 멀쩡하게 살지 않고 남들에게서 안 좋은 것만 배워 다른 여자를 찾았잖아? 그 여자가 좋은 사람일 리 있겠어? 좋은 사람이면 다른 사람들과 함께 당신을 꼬드겨서 노름에 끌어들였겠어? 당신이 그 여자랑 사통한 첫날부터 난 알고 있었어. 다 알고 있었다고. 자식들을 위해 아무 말도 안 하고 참았던 거야. 아무 일도 없었던 것처럼 밥하고 농사지었어. 어쨌든 노름은 하지 말았어야지. 당신이 돈을 얼마나 날렸는지 알기나 해? 당신은 아무것도 몰라. 당신은 아무것도 모르는 채 죽었어. 나는 당신이 정말로 구이다창을 만난 건지 아니면 스스로 안 좋은 생각을 한 건지 잘 모르겠어. 죽은 당신을 보내던 그날 내가 무슨 죄를 지었는지 잘 모르겠어. 바쁘고 피곤했다는 말은 하지 않겠어. 당신을 담은 관이 마을 한복판에 왔을 때, 당신과 사통하던 그 여자가 사람들을 너덧 데리고 와서는 차용증을 한 무더기 내놓더군. 다 당신이 빚진 거래. 차용증마다 당신 서명이 있었다고. 그 여자는 분홍 저고리 차림이었어. 나는 상복을 입고 있고 당신은 힘없이 관 속에 누워 있는데 비실비실 내 앞으로 다가와서는 그러는 거야. 아주머니, 이게 다 라오친 오빠가 저한테 빚진 돈이에요, 다 합쳐서 35600위안이에요. 사람이 죽어도 빚이 없어지지는 않아요. 오늘 중으로 돈을 주지 않으면 라오친 오빠는 오늘 장례를 치를 수 없어요. 첫째는 감옥에 있고 둘째는 도시에 나가 있어서 내게 그런 상황을 설명해줄 자식이 없었어. 큰아이 삼촌과 마을 남정네들이 그녀를 때리려 하자 그녀가 데려온 사내들이 칼을 꺼내 들고는 빌린 돈은 갚는 게 당연한 이치라고 우겨대더라고. 마을 사람들은 아무 말도 하지 못했어. 칼을 보고 겁내지 않을 사람이 누가 있겠어? 그 여자가 또 그러더군. 아주머니, 제가 오빠랑 잘 지냈으니까 이자는 안 받을게요. 우수리 푼돈도 안 받을게요. 부조한다고 칠게요. 그래도 원금은 꼭 갚아주셔야 해요. 나는 얼굴을 들 수가 없었어. 거의 짓밟힌 느낌이었지. 그때 당신은 어떻게 관 속에 누워 한 마디도 하지 않았던 거야? 너무하더군! 나는 한 푼도 안 빼먹고 갚겠다고 했어. 내 남편이 빌린 돈이라면 반드시 내가 다 갚겠다고 했지. 그리고 집으로 가서 예금통장을 가져다 그녀에게 줬어. 전 재산을 그녀에게 줬지. 이어서 당나귀를 끌고 와서 말했어. 내 나귀를 끌고 가. 우리 집 닭도 다 가져가. 우리 집이 돈이 될 것 같으면 집도 가져가라고. 그 여자 멍청하진 않더군. 예금통장을 받고는 가축은 필요 없다면서 보름에 한 번씩 와서 빚 독촉을 하겠다고 하더라고. 집은 몇 푼 나가지도 않아 술값도 안 될 거라면서 말이야. 이렇게 끝이 난 거야. 그 여자는 또 당신 관 앞으로 달려가 풀썩 주저앉더니 무릎을 꿇고 말하더군. 라오친 오빠, 날 너무 나쁘게 생각하지 말아요. 나도 살기 위해선 어쩔 수 없어요. 아무도 오빠에게 노름하라고 강요하지 않았고 나랑 살라고 강요한 사람도 없어요. 오빠는 죽었지만 난 살아야 해요. 더 잘살 거예요. 당신, 내가 처음에 왜 당신한테 시집 안 가겠다고 했는지 알아? 내가 스무 살에 당신한테 시집갔다면 당신도 이럴 필요 없었을 것이고 나도 이럴 필요 없었을 거예요.

라오친, 이건 그 여자의 위선이고 동정이었어. 나한테는 망신이었지. 그 여자의 한마디가 내 머리에 똥통을 엎는 거나 마찬가지였어. 한마디 더 하면 똥통을 하나 더 엎는 거지. 그 여자가 열 마디를 하는 바람에 내 머리는 온통 똥으로 가득해졌어. 평생 닦아도 다 못 닦을 만큼 엄청난 똥이지. 내가 그때 쓰러지지 않은 이유를 알아? 어떻게 그 옆에서 눈 똑바로 뜨고 아무 일도 없는 사람처럼 서 있을 수 있었는지 아냐고? 다 당신 위해서 그런 거야, 이게 내 운명이라고. 난 평생 동안 당신이 했던 그 말을 기억했어. 당신은 기억해? 당연히 기억 못 하겠지. 우리 결혼 때 당신이 했던 말 말이야. 우리는 이제 한 줄에 매달린 메뚜기라고 했잖아. 나를 쓰러뜨리지도 못하고 버리고 가지도 못한다고 했잖아! 그런데 당신은 아주 깔끔하게 도망치더군. 당신이 나에 대해 아무리 면목이 없고 미안해도 난 당신의 아내야. 당신 아내가 아닐 수 없지. 당신 아내니까 당신 뒷감당해주는 거야. 당신이 저지른 죄를 떠맡는 거라고.

그 여자는 정말로 보름에 한 번씩 찾아와서 수중에 있는 돈을 다 빼앗아 갔어. 나중에 대대 서기가 찾아와서 그러더군. 그 여자가 자꾸 와서 돈을 요구하는 건 알겠는데, 젊은 아이들을 꾀어내 노름하게 만들고 어르신들까지 꾀니까 이러다 곧 마을 전체가 시끄러워지겠어요. 나는 방법이 없다고 했지. 돈이 있었으면 진작에 다 갚아버렸을 거라고 했어. 그랬더니 서기가 돈을 빌려주더군. 그 여자에게 줄 돈을 한 번에 다 갚아버리라는 거야. 당시에 나는 서기가 너무 고맙게 느껴졌지. 좋은 사람이라 나를 도와주는 거라고 생각했어. 서기가 내게 빌려준 돈의 이자가 그렇게 높을 줄은 생각도 못 했지. 갚아야 할 돈이 점점 더 많아졌어. 그가 서기이다 보니 그가 정하는 대로 이자를 줘야 했어. 서기이다 보니 돈을 안 갚을 수도 없었지. 하지만 라오친, 난 도저히 이 빚을 다 못 갚을 것 같아. 어째서 갚으면 갚을수록 빚이 더 늘어나는 거지?"

잠시 침묵이 흘렀다. 하지만 곧 친 씨 아줌마의 하소연이 이어졌다.

"나 대신 빚을 갚아줄 사람을 찾기로 했어. 라오친 당신도 동의하지? 당신도 아는 사람이야, 우리 마을 맨 뒤에서 세 번째 집의 절름발이 후(胡) 씨지. 당신은 생전에 그를 무척이나 무시했지. 멍청한 노총각이라고 흉만 봤잖아. 사실 절름발이 후 씨는 전혀 멍청하지 않아. 뭐든지 훤히 다 알고 있지. 지난 2년 동안 그가 날 도와줬어. 다리를 절면서도 물을 길어다 주고 메밀 타작도 해주었어. 가엾게도 옷도 제대로 못 꿰매 입기에 내가 다 수선해줬지. 그가 나랑 같이 살고 싶다더군. 지난 몇 년 동안 모아놓은 돈이 좀 있으니 그걸로 내 빚을 다 갚아주겠다는 거야. 내가 그 돈을 원하면 그와 같이 살아야 해. 당신도 동의하지? 동의하면 한마디라도 좀 해봐."

친 씨 아줌마는 계속 중얼거렸다. 더 이상 울지 않았고 어투도 다시 평온을 되찾았다.

강아지 두 마리가 갑자기 귀를 쫑긋 세우더니 라오친의 무덤에 대고 왕왕 짖어대기 시작했다. 친 씨 아줌마가 깜짝 놀라 말했다.

"당신이 뭐라고 말을 한 거야? 당신이 맞으면 한번 움직여봐."

무덤 안에서 작은 소리가 들려왔다. 친 씨 아줌마가 놀라움을 금치 못하며 말했다. "정말 당신이로군. 나를 이렇게 놀라게 하다니! 내가 뭐, 틀린 말 한 건 아니잖아. 내가 말한 건 다 사실이야. 당신은 불만 가질 자격 없잖아?" 무덤에서 또 몇 차례 소리가 나자 강아지들이 그쪽을 향해 미친 듯이 짖어댔다. 친 씨 아줌마는 몸을 일으켜 고개를 들고는 커다란 해를 올려다보았다. 들판에는 사람 그림자 하나 없었다.

친 씨 아줌마는 더우더우와 번더우를 불러 돌아가자고 하고는 빠른 걸음으로 나귀를 끌고 산비탈을 내려갔다. 걷는 내내 다리가 후들거렸다.

몇십 걸음 걸었을 때, 갑자기 무덤 쪽의 인기척이 커졌다. 친 씨 아줌마는 참지 못하고 뒤를 돌아보았다. 토끼 두 마리가 돌로 만든 작은 묘혈 문 밖으로 나와 날듯이 뛰어가더니 이내 그림자조차 보이지 않았다.

친 씨 아줌마는 더 버티지 못하고 땅바닥에 주저앉았다. 이마에는 땀이 가득했고 숨도 거칠었다. 메밀밭으로 돌아온 친 씨 아줌마는 먹이를 훔치러 들어온 두더지 몇 마리를 쫓아내고는 갑자기 뭔가 생각난 듯이 몸 여기저기를 뒤졌지만 아무것도 찾지 못했다. 주머니를 다 뒤져도 찾는 물건은 들어 있지 않았다.

친 씨 아줌마가 강아지들에게 물었다. "내 팔찌 봤니? 녹색 팔찌 말이야. 메밀을 베기 전에 품 안에 넣어뒀는데 왜 없지? 너희 혹시 못 봤니?" 두 강아지는 아무 소리도 내지 않고 친 씨 아줌마를 쳐다보기만 했다.

친 씨 아줌마는 은근히 화가 났다. "너희는 정말 쓸모가 없구나! 내 팔찌가 없어져도 좀 찾아주지 않으니 말이야. 너희는 먹고 뛸 줄만 알지 사람 일에는 어째 그리도 신경 쓰지 않는 거니?"

친 씨 아줌마는 한바탕 불만을 늘어놓고는 강아지를 내버려두고 자신이 벤 메밀 더미로 가서 조심스럽게 뒤적거리기 시작했다. 온 힘을 다해 샅샅이 뒤졌다. 메밀 다발을 들었다 놓을 때마다 메밀 알갱이가 후드득 떨어졌다.

친 씨 아줌마는 마침내 세 번째 더미에서 팔찌를 찾았다. 팔찌의 색이 그렇게 뚜렷하지는 않았다. 아무리 밝은 햇볕 아래서 봐도 녹색은 아니었다. 그저 녹색을 띤 어둠 같았다. 오랫동안 차고 있어서 그런지 표면은 매끄럽기 그지없었다. 친 씨 아줌마가 팔찌를 주워 다시 차려고 했지만 아무리 애를 써도 팔목에 들어가지 않았다. 밤새 일한 탓에 손목이 잔뜩 부었던 것이다. 그런데도 친 씨 아줌마는 굳이 그걸 손목에 차려고 했다. 손목에 힘을 주는 순간 뚝 하는 소리와 함께 팔찌가 두 동강이 나고 말았다. 친 씨 아줌마는 어리둥절해하며 두 동강 난 팔찌를 들고 멍하니 서 있었다. 얼굴에는 혈색도 돌지 않았다. 그녀가 중얼거리듯이 말했다. "깨졌네. 깨져버렸어!" 잘라진 부분을 자세히 살펴보니 다른 곳보다 색이 훨씬 진했다. 팔찌 안쪽에 이미 오래전부터 금이 가 있어 조만간 끊어질 수밖에 없었다.

친 씨 아줌마는 나귀를 수레에 매면서 산길에 마차와 사람의 형태가 양들이 싸놓은 똥처럼 길에 이어져 있는 것을 보았다. 모두 아침을 먹고 가축에게 사료를 먹인 다음, 서둘러 가을걷이를 위해 밭에 나가는 길이었다. 수레를 끄는 사람이 가축에게 소리치는 소리와 부녀자들이 깔깔거리며 웃는 소리, 아이들이 가을 양곡 사이를 오가며 뛰어노는 소리를 들으면서 친 씨 아줌마는 흘러간 세월의 무게와 자신의 노쇠함을 느꼈다. 그녀는 수레 위에 앉아 이미 진흙투성이가 된 번더우를 안고 늙은 나귀를 몰며 울퉁불퉁한 길을 지나 가까운 지름길을 가고 있었다. "가자." 친 씨 아줌마는 나뭇가지로 나귀의 엉덩이를 가볍게 때렸다. 수레 뒤에서는 더우더우가 짧은 다리로 열심히 뒤좇아 오고 있었다.

조금 남은 메밀은 오후에 다시 와서 베야 할 것 같았다. 친 씨 아줌마는 몹시 피곤했다. 집에 가서 먼저 돼지에게 사료를 먹이고 밥을 데워 먹은 다음 한숨 푹 자야겠다고 마음먹었다. 평소에는 밥을 먹자마자 빨리 다시 밭으로 나가 수확을 계속해야 했지만 오늘은 편안하게 오전 내내 잘 생각이었다. 그녀는 바로 옆 밭의 마을 사람들이 어제까지만 해도 빽빽하게 자라 있던 메밀이 오늘 다 눕혀 있는 것을 보면 깜짝 놀라리라는 것을 잘 알고 있었다.

"한숨 자자. 푹 자자. 사람들이 전부 밭에서 일할 때 나는 편안하게 한숨 푹 자자."

바로 그때, 쾅 하는 굉음이 들려왔다. 철광 쪽에서 또 폭약을 터뜨린 것이다. 일정이 빠듯해졌는지 하루에 두 번 터뜨리던 것이 다섯 번으로 늘어났다. 정해진 시간도 없이 아무 때나 폭발음이 울려댔다. 광산에 샘물이 뚫려 겨울이나 여름 할 것 없이 물이 솟아나자 그들은 이 물로 기계를 씻고 광석을 씻기 시작했다. 비가 오면 샘물이 작은 광석 알갱이를 안고 흘러내려와 도랑을 타고 마을 앞의 강으로 흘러들었다. 그 강은 더 이상 예전의 강이 아니었다.

밭에서 마을 어귀에 이르는 길은 한없이 길어져 구불구불하고 울퉁불퉁했다.

머리 위의 해는 따분하게 이 세상을 비추고 있었다. 늦가을이라 가을의 뒤꽁무니를 보면서 이야기를 나누는 사이 산을 넘어 다른 곳으로 가버렸다. 바람은 북쪽 산비탈에서 내려와 길을 따라 친 씨 아줌마의 나귀수레를 따라잡았다. 그러고는 아줌마의 희끗희끗한 머리칼을 헤집어놓고 철광석 냄새를 풍기며 빙빙 몇 바퀴 돌다가 저 앞으로 가버렸다.

책임 번역 : 조혜린

작가 후기

신(新)허구: 내가 상상하는 소설의 가능성

1

'허구'라는 주제에 관한 담론에서 나는 먼저 그동안 배웠던 관련 이론이나 그 위대한 인물들의 논조를 다 버리고 싶다. 제대로 정리할 수도 없고 오히려 혼란만 일으키게 되는 터라 차라리 철저히 외면해버리고 자기 이야기를 하는 것이 낫기 때문이다. 인류의 문명사에서 허구는 매우 중요한 영역이다. 인류는 허구를 통해 세상을 재인식하고 배열하는 방법을 터득하게 되었다. 생각해보면 상고시대 사람들은 모든 견문, 심지어 종교와 환각조차도 의심할 여지가 없는 사실로 받아들였다. 인간과 세계는 정말 서로 분리할 수 없는 일체화된 관계에 있었다.

그러나 최초의 허구의 디테일이 탄생했을 때, 설사 그것이 최초의 서사의 거짓말이라 해도 세상은 완전히 달라졌고 인류의 의식 세계도 달라졌다. 이는 어느 정도 "하느님이 빛이 있으라 하시자 빛이 있었다"라는 최초의 명령에 버금가는 의미를 갖는다. 그 혼원 일체의 세계는 결국 허구로 인해 틈이 벌어졌고 마침내 2차원적 관념에 세 번째 차원이 생기게 되었다.

허구는 사람이 자연 세계에서 독립해 나오는 중요한 단계를 상징한다. 허구의 최종 결과 또한 가장 중요한 결과물 가운데 하나이다. 다름 아니라 소설이 탄생한 것이다. 소설이 안정적인 가공 방식이 되어야만 인간은 어느 정도 신을 모방할 수 있게 된다. 서사를 통해 인간 세상에 비와 바람을 부르고 세상을 좌지우지할 수 있는 능력을 부여할 수 있는 것이다. 극단적으로 말하자면 허구는 우리의 관념 세계를 구축하는 본질적인 방식이라고 할 수도 있다. 따라서 진정으로 소설과 관련된 문제는 모두 '허구'를 줄거리로 한 인류 발전사와 문명사로 돌아가서 논의되어야 한다. '허구의 역사' 한 편을 쓰는 것이 가능하다면, 이는 매우 가치 있는 일이 될 것이다.

2

우리는 이미 아주 오래전부터 소설의 근본적인 특징은 허구이고 소설가는 허공에서 현실을 움켜쥐는 사람이라고 말해왔다. 그러나 우리는 이 점을 점차 잊어가고 있다. (동시에 이 명제는 점차 희미해지고 있다.) 객관적 진실에 대한 추구가 허구의 힘을 서서히 잠식하고 있는 것이다. 우리는 논픽션 문체가 압도하는 시대를 살고 있는 것 같다. 인터넷 라이브 방송이나 뉴스 보도, 1인 미디어 등이 하나같이 진실이라는 이름으로 성행하고 있고, 모든 사람이 초미세먼지에 이르는 사소한 현실 문제에 둘러싸여 있다. 물론 깨어 있는 사람들은 사실로 표기된 모든 것에 대해 경계심을 가질 것이다. 시간은 빠르게 흐르고 세상사는 예측이 힘들어, 일찍이 언급된 명확한 진실들이 나중에는 더 큰 또 다른 허구로부터 기원한 것으로 밝혀지곤 한다.

허구가 기본 요소가 되어 수백 년 동안 소설 작품을 지배하고 난 뒤에 사람들은 그 반대편으로 가서 진실을 추구하기 시작했다. 사람들은 진실이 절대로 명확한 어떤 것이 아니라는 사실을 선택적으로 망각하기 시작했고, 모든 것이 인간의 관념과 그에 대한 인식에 의존하게 되었다. 설사 사각지대가 없는 360도 카메라가 촬영한 것이라 하더라도 여전히 한정된 진실일 수밖에 없다. 따라서 진실은 하나의 기표일 뿐 고정된 실물이 아니다.

비허구에 대한 사람들의 열정은 생활 자체에 격절함과 냉담함에서 비롯된다. 사실 비허구 작품들이 기록하는 것은 대부분 사람들이 일상적으로 경험하는 것이지만, 우리는 이에 주의 기울여 사유하는 것을 귀찮아한다. 누군가가 이런 작업을 하고 나면 우리는 흥분을 감추지 못하며 "봐라, 뜻밖에도 세상은 이렇다!"라고 말하곤 한다.

몇 년 전에 내가 또 다른 글에서 거론한 바 있지만, 비허구 작품에서 가장 감동적인 대목도 진실이 아니다. 진실은 그저 그 바탕일 뿐이다. 비허구 작품의 '허구' 부분 역시 문학적 서사 기법으로 구성하고 묘사하고 재현하는 부분이라고 할 수 있다. 고층빌딩의 최종 모습은 자재가 아닌 설계 도면에 따라 결정된다. 자재는 진실이지만 허구만이 빌딩을 지을 수 있는 것이다.

소설의 영역에서 진실에 대한 추구 또한 나날이 응당히 유지되어야 할 범위를 벗어나고 있고, '서민들의 삶에 광범위하게 접촉하는 것'이 많은 소설을 판단하는 가장 중요한 표준이 되면서 점점 더 많은 작가들이 단순한 현실적 작법에 깊이 빠지게 되었다. 그렇다. 깊은 물속에는 소재가 풍부하지만 빛이 흐릿하기 때문에 우리는 너무 많이 생각할 필요 없이 그저 몸과 마음을 편안하게 갖고 그 위에 둥둥 떠다니기만 하면 그만이다. 어차피 항상 무수한 현실 생활이 글쓰기의 소재를 제공해주기 때문이다. 이러한 흐름 속에서 우리는 새로운 세계를 재건하려는 의도가 담긴 거대한 서사를 포기하고, 심지어 끊임없이 조롱하기도 한다. 우리는 일상생활에 집착하면서 한 걸음 더 나아가기를 숭배하기까지 한다. 게다가 우리는 일상생활에서 특히 남녀 간의 사랑과 개인감정에 깊이 빠져드는 경향이 있다. 하지만 우리는 세속에 빠져든 것이 아니라 세속과 빈틈없이 친숙해진 것이다.

분명하게 밝혀야 할 것은, 현실을 작품으로 쓰는 데는 반드시 서민들의 생활 에너지가 있어야 한다. 이는 생활 속의 사람 사는 냄새와 구별되어야 하지만 이러한 차이가 간과되고 있다. 이 점은 소설은 물론이고 시도 예외가 아니다. 오늘날의 시에 서사의 유령이 가득 차 있는 것이 보이지 않는가? 더구나 이 유령들은 오 헨리 식의 서사, 즉 상성(相聲)이나 수필처럼 웃음보따리를 풀어내는 유령이다. 마찬가지로 시 속의 허구 부분도 무시되고 있다. 하느님이 세상을 창조하는 위력을 포기하고 매일 생활의 기본적인 필수품들만 관리하고 있는 것 같다. 신은 스스로 인간 세상에 있는 것이 아니라 그의 전설과 서사를 통해 인간 세상에 존재해야 한다. 소설도 마찬가지다.

3

독자로서, 동시에 작가로서 나는 소설이 현실 생활을 묘사하고 일부 비평가들의 말처럼 어떤 작품이 우리의 생활을 깊이 반영했다는 것에 만족할 수 없다. 쉽게 만족할 경우 작가의 존재 당위성이 위태로워진다. 우리는 같은 시대에 함께 살아가고 있기 때문에 다른 작가가 표현하는 것도 나의 경험을 넘어서지 않으며 나에게는 무효한 것이다.

소설로 쓰는 것은 확실하다고 여겨지는 부분이 아니다. 정반대로 우리가 표현해야 할 것은 바로 인류가 다른 언어로는 도저히 말할 수 없는 부분이다. 예컨대 우리가 책 한 권 전체를 사용하여 어떤 고통과 외로움, 무료함을 쓴다고 해도 이를 직설적으로 말하기는 어렵다. 오로지 허구의 틈새에만 독자들이 음미할 수 있는 감정적 요소를 담을 수 있는 것이다.

나의 첫 소설 『부커 마을의 편지』가 출간된 후 고향 집에 한 권을 보냈다. 나는 그 책을 가족이 읽어내지 못할 것이라고 생각했다. 그러던 어느 날 어머니의 전화를 받았다. 어머니는 그 책을 돋보기를 끼고 한 글자 한 글자 다 읽었다고 말씀하셨다.

내가 물었다.

"어땠어요?"

어머니의 대답은 한 가지였다.

"아주 잘 지어냈네."

이 한마디로 충분했다. 어머니는 무의식중에 소설의 허구적 본질이 곧 편집과 거짓말, 이야기 구성에 있다는 것을 완전하게 확인하고 있었다.

'지어내다'라는 단어에 대해 사전은 우리에게 한 가지 의미를 알려주겠지만 삶은 또 다른 의미를 알려줄 것이다. 문학의 기능은 바로 이러한 의미를 응고시키는 것이다.

4

문학의 대세는 허구가 오래되면 진실이 되고, 진실이 오래되면 허구가 된다는 것이다.

내가 관찰한 바에 따르면 수십 년 동안 꾸준히 진실을 추구한 결과, 소설의 허구성이 다시 수면 위로 떠올라 제자리를 되찾고 있다. 많은 선배 작가들과 동료 작가들의 소설에서 나는 허구 역량의 성장과 변형, 과장, 은유, 상징주의를 점점 더 실감하게 된다. 한때 시대를 풍미했던 다양한 무기들이 또 다른 사람들의 손에 쥐어졌다. 현실에 뿌리내린 그 이야기들은 우리의 경험 세계에서 지표면과 일상의 논리를 돌파하며 가지를 뻗어 꽃을 피우고 열매를 맺는다. 하지만 결국 시대와의 맥락이 역전됨에 따라 우리의 허구는 이전의 허구와 다른 양상을 나타낸다. 나는 문득 그렇다면 상투적인 방식에 따라 허구 앞에 '신(新)' 자를 하나 추가해야 하지 않을까 하는 생각이 들었다.

물론 '신(新)허구'는 신조어지만 문학사에는 이런 유형의 단어가 무수히 많다. 신소설과 신사실주의, 신조류 같은 것들이다. 만물은 새로운 구석을 갖고 있지만 동시에 만물은 낡은 부분을 갖고 있다.

어떤 사물 앞에 '신' 자가 붙는 것은 그것이 늙었다는 것을 의미하기도 하고 새로 태어나야 할 때임을 의미하기도 한다. 하지만 이는 붕괴를 의미하지 않는다. 윤기를 잃은 껍데기를 벗겨내고 신선한 살과 피를 다시 드러내는 매미처럼 신선한 살과 피만이 세상의 냉기와 열기, 고통과 마비를 새롭게 감지할 수 있는 것이다. 그 본질은 인간의 번성과 같다. 죽음에 저항하는 유일한 방식이 바로 번성이다. 숫자의 순서나 동일한 문자를 따라 배열하는 방식으로 영생을 추구하는 것이다. 이런 의미에서 모든 사람이 동일한 삶을 살아간다. 또한 이러한 의미에서 새 생명은 사실 늙은 생명이고 신허구는 사실 구허구이다.

고유한 사물에 '신' 자를 붙이는 것은 상투적인 방법이다. 하지만 그 상투적인 방법이 고정관념과 효과적인 연결을 형성할 수 있다. 어떤 개념에 있어서도 모호하거나 분명한 몇 개의 경계를 설정해줘야 한다.

그렇다면 신허구는 어떻게 규정될까? 솔직히 말해서 나는 정확한 정의를 내릴 수 없다. 이런 단어가 어떤 의미를 담고 있는지도 모르겠다. 하지만 나름대로 상상은 하고 있다. 신허구의 의의는 허와 실의 개념과 경계를 전략적으로 무시한 채, 사실적인 기법을 사용했는지 판타지의 기법을 사용했는지에 달려 있는 것이 아니다. 모든 것은 최종적인 텍스트로 판정된다. 다시 말해서 작품이 자체적인 방식으로 외부로 힘을 발산하며 자족할 수 있는지, 사실의 경계를 넓히려고 노력할 수 있지만, 허를 더 풍부하게 할 수 있는 능력이 있는지, 기존 소설의 관념 속에서 텍스트가 다른 모습을 보일 수 있도록 빈틈을 만들고, 그것이 세상을 인식할 수 있는 새로운 각도와 방법을 제공할 수 있는지, 낯선 읽기와 수용의 쾌감을 만들어낼 수 있는지에 따라 판정할 수 있다는 것이다.

신허구는 새로운 허구가 아니다. 심지어 어떤 오래된 것을 겨냥한 것도 아니다. 신허구는 진실과 사실이 아닌 어떤 서사 기법이나 스타일에 대한 고정적인 인식에 초점을 맞춘다. 예컨대 신허구는 대단히 유동적이어서 하나의 허구가 문체로서의 안정성을 가질 때마다 새로운 몸통을 찾아야 한다. 어쩌면 신허구는 불사의 영혼으로, 서로 다른 소설 텍스트를 차용하여 영원히 살아가는 것인지도 모른다.

나는 여전히 현실주의를 굳게 믿는다. 하지만 현실주의와 허구가 더 많은 결합 방식을 가지고 있다는 것을 증명하고 싶다. 비공상과학, 비판타지, 비현실, 비신사실 등이 허구와 현실 사이에 빈틈이 없이 긴밀한 연결과 자유로운 전환을 실현하여 인간의 정신 경험을 새롭게 하는 것이 신허구의 목적이다.

신허구는 현실이 '영혼과 신운'을 부여할 수 있는 그런 허구여야 한다. '영혼과 신운'은 발터 베냐민의 용어를 차용한 것이지만 그가 사용한 본래의 의미와는 다르다.

카프카의 『변신』을 예로 들어보자.

다른 사람들에게 무수히 말했던 이야기지만, 우리는 위대한 작품 『변신』을 읽을 때 대단히 핵심적인 문제를 발견하게 된다. 이 문제는 위대한 허구에 의해 만들어지고 제기된 것이다. 이 문제는 그레고리 잠자가 밤에 잠에서 깨어 자신이 딱정벌레가 된 것을 발견하면서부터 시작된다. 뜻밖에도 그 자신과 가족은 전혀 놀라지 않았다. 변형된 인간으로서 그가 우려하는 것은 다음과 같다.

"아, 맙소사!" 그는 생각했다. "난 왜 이렇게 피곤한 출장을 골랐을까! 몇 년 동안 여기저기 뛰어다니는 것이 사무실에 앉아 있는 것보다 훨씬 힘들었다. 게다가 자주 외출한다는 고민도 있었지. 여러 번 기차를 갈아탈 것을 걱정해야 하고, 불규칙하고 저열한 식사, 그리고 우연히 만나는 사람들도 항상 평범하지가 않았다. 전부 다 뒈져버려라!"

그는 생각했다. "너무 일찍 일어났잖아. 사람을 뭘로 바꾼 거야. 사람은 잠을 자야 해. 그래도 지금 일어나는 게 좋겠다. 기차가 5시에 출발하니까."

나는 어떤 유형의 현실 생활 속에서도 사람이 딱정벌레로 변해 놀랄 수 있다고 믿는다. 하지만 유일하게 카프카만은 그렇지 않다. 왜일까? 그가 사람을 딱정벌레로 만든 허구는 진짜 허구지만 이전 허구에 비하면 신허구이기 때문이다. 이 소설에서는 현실과 비현실, 상상과 관념이 빈틈없이 긴밀하게 연결된다. 어쩌면 이러한 순간에 우리는 허구와 진실에 관한 고유한 관념을 버리고 다른 차원의 사유, 즉 보다 높은 순수 사유의 수준으로 진입해야 하는 것인지도 모른다. 이런 콘텍스트에서만 비로서 딱정벌레가 되었다는 것이 그다지 걱정할 일도 아니고 기차를 놓칠까 봐 끊임없이 걱정하는 것이 하나의 힘으로 전환될 수 있을 것이다. 또한 일상생활과 관련된 모든 현실적 초조감이 그 본래의 모습으로 드러날 뿐, 큰 의미를 갖지 않게 된다. 하지만 이것이 작가의 허구를 통해 문학의 모습으로 독자들에게 보여질 때는 신비한 효력을 낳게 된다.

우리의 슬픔은 카프카가 인간을 딱정벌레로 만들면서부터 다시는 과거로 돌아갈 수 없다는 것이다. 우리는 더 이상 고전으로 돌아갈 수 없다. 사람과 자연, 사람과 타인, 사람과 자신이 일치된 시대로 돌아갈 수 없다. 또한 우리는 더 이상 어떤 것도 직접 인식할 수 없다. 모든 인식은 문학의 기법인 은유와 상징,

우화가 있어야 가능한 것이고, 우리 자신은 매체를 통해서만 세계와 소통할 수 있다. 다소 귀에 익은 이야기일지 모르지만, 고전 세계에서 무사들을 통해서만 하늘과 소통할 수 있었던 것처럼 우리는 좀 더 격을 낮춘 것에 불과하다. 문학 혹은 예술이 현대 생활의 종교의식이라면, 허구는 이 의식의 핵심 부분이라고 할 수 있다. 그리고 바로 이런 의미에서 허구는 소설이 소설일 수 있는 본질적 요소라고 할 수 있다.

5

이런 화두를 던진 것은 이번 기회에 소설의 필요성과 가능성을 다시 논의하고 싶었을 뿐이다. 소설이 정말로 필요하고 가능한 것이라면, 사실 소설이 아니라 서사라고 바꿔서 표현해야 한다. 소설이라는 문체가 사라져도 서사는 영원히 사라지지 않을 것이다. 서사 속의 허구 서사는 더더욱 사라지지 않을 것이다. 허구는 인간의 본능이자 자연적인 집단 무의식이다. 허구가 없는 세상은 '살아 있는' 특성을 모두 잃게 된다. 따라서 우리는 '허구'를 강조하고 서사에서의 그 핵심 역할을 강조해야 한다. 그 방법은 허구에 대한 모든 시도를 장려하고 수용하는 것이다. 이 글의 서두에서 허구의 '허(虛)' 자를 강조했지만 이제는 '구

(構)' 자를 강조할 필요가 있다. 모든 허구가 논리와 내용을 포함하는 서사를 구성할 수 있는 것은 아니다. 창의적인 '구'가 수반되어야만 '허'가 실제적인 효과를 발휘할 수 있고 '허'의 유연성을 보장할 수 있다. '허'가 원칙이자 방법론이라면 '구'는 구체적인 방법이자 작가의 능력을 시험하고 증명하는 지점이라고 할 수 있다.

신허구는 지금 이 순간 내가 상상할 수 있는 소설의 가능성 가운데 하나이다. 적어도 내 개인적 글쓰기의 가능성이다.

책임 번역 : 한지수

번역을 마치며

동덕(同德)한중문화번역학회는 중국 저작권 수입이 세계 1위인 한국 출판계의 중국 텍스트 번역 실태에 대한 깊이 있는 반성과 비판을 기초로 동덕여자대학교 중어중국학과에서 중국어 텍스트 번역 및 출판의 실질적인 발전을 도모하기 위해 2021년에 구성된 책 읽기 및 번역 훈련 모임이다.

본 학회는 정확하고 올바른 번역, 한중 두 언어가 담지하고 있는 문화적 차이와 정체성을 그대로 살리면서 텍스트를 통해 중국을 제대로 이해할 수 있는 번역, 역자가 아닌 독자와 출판계의 발전에 기여할 수 있는 번역을 지향한다. 이를 위해 본 학회는 번역이 외국어 능력의 문제이기 이전에 책 읽기와 태도의 문제라는 점을 깊이 인식하고 실무 위주의 번역 수업과 실력이 인정된 번역가들의 특별 강의, 출판 시스템 전체를 아우르는 전문가들과 국내 유수의 출판사와의 협업, 중국작가협회나 중화도서수출입공사 등 해외 유관 기관과의 협력을 통해 종합적인 노력과 실천으로 올바른 번역 문화의 재건을 시도하고자 한다.

본 학회의 첫 번째 작업인 이 책의 번역 수업에 참여한 회원 명단은 다음과 같다.

김나현, 김보예, 김성경, 김소정, 김채은, 김태연, 남정, 문수아, 박소진, 박세희, 박지완, 박현수, 배나우, 서리준, 서보림, 송서현, 심수련, 오민제, 이승현, 이예지, 이정민, 이지은, 이채원, 이채은, 이호정, 이혜림, 조예림, 조혜린, 최민지, 한지수, 홍은서.

이 가운데 엄격한 심사를 거쳐 선발된 열세 명의 책임 역자가 이 책을 번역한 다음, 감수자의 감수를 받아 출간하게 되었다.

본 학회는 새로운 번역 실천의 필요성을 인식하여 물심양면의 후원과 다양한 제안을 아끼지 않으신 김학용 선생과 동덕여자대학교 중어중국학과 교수 일동의 적극적인 지원을 동력으로 하여 설립되었으며 지도교수인 중어중국학과 김윤태 교수와 중국문학 번역가인 김태성(감수자)이 책의 출간에 관련된 모든 작업에 함께 참여했다.

앞으로도 본 학회는 중국의 세련된 문화 및 문학 텍스트를 엄선하여 이번과 마찬가지로 수업과 토론, 검증과 감수 등 일련의 엄밀한 과정을 거친 완성도 높은 번역을 수행함으로써 중국 텍스트 번역의 질적 발전에 크게 기여하고 공신력 높은 번역가 집단으로 성장해나가고자 한다.

뒤바뀐 영혼 류팅의 기묘한 이야기

초판 1쇄 인쇄일 2022년 3월 4일
초판 1쇄 발행일 2022년 3월 21일

지은이 류팅
옮긴이 동덕한중문화번역학회
펴낸이 정은영
편집 김정은 정사라
마케팅 최금순 오세미 김현아 김하은 오경미
제작 홍동근

펴낸곳 (주)자음과모음
출판등록 2001년 11월 28일 제2001-000259호
주소 10881 경기도 파주시 회동길 325-20
전화 편집부 (02)324-2347 경영지원부 (02)325-6047
팩스 편집부 (02)324-2348 경영지원부 (02)2648-1311
이메일 munhak@jamobook.com

ISBN 978-89-544-4819-2 (03820)